孔子诗乐思想研究

余 群 著

ZHEJIANG UNIVERSITY PRESS
浙江大学出版社

图书在版编目(CIP)数据

孔子诗乐思想研究 / 余群著. —杭州：浙江大学
出版社，2021.6
ISBN 978-7-308-21659-3

Ⅰ.①孔… Ⅱ.①余… Ⅲ.①孔丘(前551－前479)
－礼乐－文艺思想－研究②孔丘(前551－前479)－文学思
想－研究 Ⅳ.①I209.25

中国版本图书馆 CIP 数据核字(2021)第 160125 号

孔子诗乐思想研究

余　群　著

责任编辑	吕倩岚
责任校对	吴　庆
封面设计	项梦怡
出版发行	浙江大学出版社
	(杭州市天目山路 148 号　邮政编码 310007)
	(网址：http：//www.zjupress.com)
排　　版	浙江时代出版服务有限公司
印　　刷	浙江新华数码印务有限公司
开　　本	880mm×1230mm　1/32
印　　张	12
字　　数	270 千
版 印 次	2021 年 6 月第 1 版　2021 年 6 月第 1 次印刷
书　　号	ISBN 978-7-308-21659-3
定　　价	68.00 元

前　言

　　本书探讨孔子的诗乐思想。这似乎是一个老话题，但事实并非如此。诗乐是礼乐文化的产物。当我们回望历史，并置身于其中，就会有比较切身的感受。据此深入探究孔子的文化成就和人格魅力，以及他的使命担当，就能够更好地把握各种材料，选择合适的视角，得到深刻的理解。

一

　　孔子在诗歌和音乐方面的成就，一直为后人所津津乐道，有关这方面的研究，可谓层出不穷，美中不足的是，他们往往把诗歌与音乐分开，分门别类地展开阐释。因此，我们认为，在前人研究孔子诗歌思想、文学思想的基础上，还有必要进一步向前推进，那就是，探讨孔子的诗乐思想。当然，把孔子传播的《诗经》视为诗歌、文学作品固然不错，但更应当把它视为诗乐，即诗与乐（音乐与文学）的结合。因为，在当时，声、音、乐具有不同的内涵，它们之间既有区别，又有联系。其中，声，泛指各种响声；音，是指旋律之声；而乐则是德之音，体现着教化的功能，其意义自然不言而喻。因此,要把诗乐放在礼乐文化的具体环境中进行阐释。只有这样,我们才能更好地把握诗乐的特色。

1. 诗与乐的合一

在夏商周三代时期,礼乐文化盛行。作为礼乐文化的载体,诗乐主要是通过演奏来发挥其作用的。这方面,《论语》就记载了许多事例。例如,孔子来到武城,听到了弦歌之声,微笑着说:何必多此一举。弟子子游回答说:以前听您说,君子学习了礼乐就能够爱人,百姓学习了礼乐就容易使唤了。对此,孔子愉快地表示了赞同。平日里,孔子反对郑声淫,认为郑声曲调过于繁复,扰乱了正声。为此,他回到鲁国以后,就着手厘定诗乐,使雅颂各得其所。孔子还痴迷于优美的诗乐,曾经闻《韶》乐,而竟然三月不知肉味。

既然诗是配乐的,那么,《诗经》中每一篇诗歌,其实都是一首乐曲。《关雎》作为其首篇,当然也不能例外。事实上,《关雎》在日常生活、政治活动中,都是必不可少的演奏曲目。它不仅用于表彰乡贤、年终集会、开学典礼,还用于诸侯外交等各种活动之中。在各个诸侯国之间,无论是迎接贵宾,还是欢送使者,它也都是保留曲目。试想,在迎送诸侯贵宾之际,演奏一首表达儿女私情的作品,合适吗? 据此可知,《关雎》其实并不是我们今天所说的爱情诗,而是美"后妃之德"的诗乐。《毛诗》曾明确指出:"《关雎》,后妃之德也。"也就是说,《关雎》赞美后妃不生妒嫉之心,能够保持家庭和谐,以达成母仪天下的教化作用。这种解说,不能说没有道理。毕竟,在礼乐时代,结婚要经过六礼,即纳采、问名、纳吉、纳征、请期、亲迎之程序。而且《孟子》主张"父母之命,媒妁之言",认为如果不是这样,其行为就如同偷盗翻墙一般可耻。在这种社会环境之中,男女之间会如同今天的年轻人一样,搂搂抱抱,卿卿我我吗?试想,以教化为己任的孔子,会把《关雎》视为爱情诗,并置于《诗经》之首吗?要知道,先秦各家都没有片言只语涉及爱情问题,这与西方的柏拉图大谈爱情,是大不相同的。

2.诗乐与生活的合一

诗乐的使用非常广泛,涉及日常生活的方方面面,上至君王,下至百姓,莫不如此。如,婚礼、冠礼、乡饮酒礼等,都能体现其价值。子曰:"乐在宗庙之中,君臣上下同听之,则莫不和敬;族长乡里之中,长幼同听之,则莫不和顺;在闺门之内,父子兄弟同听之,则莫不和亲。"(班固《白虎通·礼乐》)在宗庙之中,诗乐可以使君臣上下和谐恭敬;在乡里,诗乐可以使长幼和平顺达;在闺门之中,诗乐可以使父子兄弟和睦亲爱。诗乐可以比物饰节,合和万民,所以,诗乐是天地之性命,中和之纲纪,人情所不能避免的。

正因为诗乐如此广泛的应用,所以它可以象征社会治理的面貌。例如曾皙在与孔子谈论自己的人生理想时,曾说:"莫春者,春服既成。冠者五六人,童子六七人,浴乎沂,风乎舞雩,咏而归。"(《论语·先进》)成年人和可爱的童子,来到舞雩台上吹吹风,来到沂水之中洗洗头。然后,他们又踏着轻松的步伐,愉快地吟唱着优美的诗乐,兴高采烈地回到家里。这是一幅美妙的生活画卷,虽然只是一个暮春时节的剪影,但可以依此类推,感知他们一年四季享受的幸福和安宁。

3.诗乐与教化的合一

对此,我们通过《仪礼》和《礼记》的相关记载,就可以得到深刻的领悟。孔子提出了"温柔敦厚"的诗教主张,这与"诗可以怨"的思路是一致的。正因为诗乐可以兴观群怨、怡情养性,所以才可以使学习者变得"温柔敦厚"。

孔子曾有详细的阐释。

> 子曰:"入其国,其教可知也。其为人也温柔敦厚,《诗》教也;疏通知远,《书》教也;广博易良,《乐》教也;洁静精微,《易》教也;恭俭庄敬,《礼》教也;属辞比事,《春秋》教也。故《诗》之失,愚;《书》之失,诬;《乐》之失,奢;《易》之失,贼;《礼》之失,烦;《春秋》之失,乱。其为人也,温柔敦厚而不愚,则深于《诗》者也;疏通知远而不诬,则深于《书》者也;广博易良而不奢,则深于《乐》者也;洁静精微而不贼,则深于《易》者也;恭俭庄敬而不烦,则深于《礼》者也;属辞比事而不乱,则深于《春秋》者也。"(《礼记·经解》)

孔子认为,《诗》之教化使人"温柔敦厚",而又不显得愚蠢;《乐》之教化使人"广博易良",而又不显得奢侈。这里虽然分开来讲,但这也是行文的要求使然。其实,诗乐是一体的,而"温柔敦厚"与"广博易良",也具有相同的含义,都是指受诗乐教育者,易于感化,易于相处,从而表现出温柔和气、为人敦厚的性格。显然,孔子对于诗乐最为关心的,不是创作之类的问题,而是其移风易俗的教化作用。《礼记·经解》孔颖达疏曰:"《诗》依违讽谏不指切事情,故云'温柔敦厚',是《诗》教也。……《乐》以和通为体,无所不用,是广博简易良善,使人从化,是易良。……然《诗》为《乐》章,《诗》《乐》是一,而教别者,若以声音、干戚以教人,是《乐》教也;若以《诗》辞美刺、讽喻以教人,是《诗》教也。"《诗》是以乐章的形式呈现的,《诗》《乐》是一体的。这就是说,诗乐还可以委婉讽谏而不直接指责某事,在含蓄委婉的表述之中,让人有所感触,从而受到良好的教育。

二

说到诗乐,我们会很自然地联想到孟子对孔子的称誉。孟子曾经称赞孔子是金声玉振的"集大成"者(《孟子·万章下》),所谓集大成,就是以诗乐演奏为喻。一次完整的礼仪演奏,始于金声而终于玉振,诗乐演奏若干成,统称之为集大成。金声,即金奏,指镈钟的敲击。玉振,即击磬,指编磬的敲击。可见,"集大成"是通过诗乐的演奏,来象征某人达成了融汇各派、自成体系的杰出成就。对于这个美誉,孔子当之无愧。

1.孔子的历史贡献

在思想上,孔子创立了儒学,使之成为中国文化的核心思想。而儒学是艺术、宗教、哲学三位一体的谐和体,可以这么说,儒学在很大程度上是通过诗乐来传播的。因为,声音之入人心,更为迅速有效。孟子曰:"仁言不如仁声之入人深也。"(《孟子·尽心上》)正是这个道理。

孔子的核心思想是"仁"。仁者,爱人。仁是"人的最高的道德品质"[①]。"仁"之内涵的深化,是孔子对人类思想的一大贡献。孔子生逢春秋末期,战争频繁,礼崩乐坏,传统的礼乐文化逐渐失去其本来的面貌,变成一种徒有其表的外在礼仪。对此,孔子

---

① 冯友兰.中国哲学史新编(第1册)[M].北京:人民出版社,1982:153.

深感痛心,于是,竭尽所能地复兴周礼,提振人心。其中,最为重要的一点就是,以"仁"来阐释"礼",并使之成为社会的心理结构。李泽厚《孔子再评价》一文说:"孔子释'礼'为'仁',把这种外在的礼仪改造为文化—心理结构,使之成为人的族类自觉即自我意识,使人意识到他的个体的位置、价值和意义,就存在于与他人的一般交往之中即现实世间生活之中。"①

在教育上,孔子开创了私人办学的先河。教学过程中,孔子传道授业,因材施教,有教无类,使教育从官府转向了民间,促进了文化的传播与交流,从而开创了百家争鸣的新局面。可以这么说,教育上的发展,与思想上的发展,可谓相辅相成、相得益彰。孙培青《中国教育史》说:"在百家争鸣中教育问题始终是一个中心问题,这不仅是因为参与争鸣的各家各派都可以说同时就是一个个教育团体,都有着丰富的教育实践……百家争鸣也意味着教育思想的争鸣、教育理论的发展。"②

在艺术上,孔子修《诗》正乐,涵养心性。子曰:"吾自卫反鲁,然后乐正,雅颂各得其所。"(《论语·子罕》)孔子重视艺术的美育功能,在"游于艺"的日常生活中,积极发挥艺术的作用,使人得到潜移默化的熏陶。这就意味着,通过"兴于《诗》,立于礼,成于乐"(《论语·泰伯》)的阶段性成长,最后可以上升到真善美合一的境界。

2.孔子的文化地位

宋儒无名氏有言:"天不生仲尼,万古长如夜。"(《朱子语类》)确实,孔子宛如一盏明灯,继往开来,照亮了中华民族前行的道路。柳诒徵对孔子高度赞赏:"孔子者,中国文化之中心也。

---

① 李泽厚.中国古代思想史论[M].天津:天津社会科学院出版社,2003:32.
② 孙培青.中国教育史[M].上海:华东师范大学出版社,2000:53.

无孔子则无中国文化。自孔子以前数千年之文化,赖孔子而传;自孔子以后数千年之文化,赖孔子而开。"①

　　前人的评价是恰如其分的。因为,孔子在中华民族文化发展史上具有举足轻重的地位。孔子"删《诗》"、"编《书》"、订《礼》"、"正《乐》"、"论《易》"和"修《春秋》",对以往的"六艺"(礼、乐、射、御、书、数)进行了合理的改造,并调整了教学的内容,使西周时代的旧六经转化为春秋时代的新六经。这就意味着从注重技能转为注重人文素养,因为六艺主要是技能的教育,而六经则是以人文素养为宗旨。正因为有了孔子对教材方面的取舍,才培养了大量适应当时社会现实的人才,这也为儒家思想的传播创造了条件。许道勋、徐洪兴《中国经学史》说:"孔子的新'六经',比以前'大学'六艺完善而丰富,在我国古代学术文化史具有重大而深远的意义。"②正因为如此,孔子传承的六经,后来成了儒家的经典。汉代设五经(《乐经》已失传)博士,教授弟子,选拔人才。在唐代,朝廷以五经取士。宋代开始,一直到元明清,四书五经都是科举考试的必读书。

　　3.孔子的人格魅力

　　唐君毅《孔子与人格世界》说:"直接自对其人格之崇敬,以了解其思想事业,乃了解古今第一流之大人物,一必由之路。"(《民主评论》1950 年第 2 卷第 5 期)可见,我们研究孔子的诗乐思想,也应当立足于其人格魅力,否则,我们就难以理解其中深刻的内涵。

　　孔子以其独特的人格,在历史的长河中放射出灿烂的光芒。孔子具有安贫乐道、勇敢坚毅、身体力行、诲人不倦、乐以忘忧等

①　柳诒徵.中国文化史[M].上海:上海古籍出版社,2001:263.
②　许道勋,徐洪兴.中国经学史[M].上海:上海人民出版社,2006:35.

多方面的优秀品格,因此,他在当时受到了广泛的追随,在后世享受着崇高的赞誉。唐君毅《孔子与人格世界》把人格分为六类,包括学者与事业家型、天才型、英雄型、豪杰型、超越的圣贤型、圆满的圣贤型。孔子就是圆满的圣贤型。因为,孔子不仅像超越的圣贤那样,能够高高在上;也能够如普通百姓那样,和蔼可亲、平易近人。唐君毅《孔子与人格世界》说:孔子"即是天,即是人。即是内,即是外。即是乾知,即是坤能。最易知易行。所谓'夫妇之愚,可以与知',然'及其至也,虽圣人亦有所不知焉',包涵无穷的深远、广大与高明"。可见,孔子在平易之中,展现出了不同寻常的伟大和高明。这与西方那些超越的圣贤,颇为不同。牟宗三《中国哲学的特质》一书认为,中国哲学家往往比西方哲学家更为可敬可爱。因为,西方的哲学家往往只是思辨的、理智的学者,私下的生活却是庸俗不堪的,而中国的哲学家往往都是圣贤,具有既哲且圣或既哲且贤的优点。他们除了智慧极高之外,还有极其强烈的道德意识。"典型的中国哲人,就是毕生尝试把自己的深切信念贯注入全部行为的哲人。……儒家人物可敬可爱之处均在此,一切圣哲可敬可爱之处均在此。"① 孔子就是这种既哲且圣的典型人物。

正因为孔子具有这种人格魅力,他才能以仁释礼,并使之上升到一个前所未有的高度。而"仁"的内涵,也不断地渗透到诗乐之中。此后,诗乐就成了"仁"的载体,产生了越来越深远的影响,使艺术在道德的引领下,发挥着重要的社会作用,承担着"文以载道"的使命。

---

① 牟宗三.牟宗三先生全集(第28册)[M].台北:联经出版事业公司,2003:93.

三

理解了诗乐的特征、孔子的文化地位,以及其人格魅力之后,我们就很容易理解孔子诗乐思想所要探讨的内涵。

春秋时期,礼乐相须为用:礼非乐不行,乐非礼不举;礼为乐之主,乐为礼之辅。而乐,其实亦即诗乐。《郑风·子衿》毛传:"古者教以诗乐,诵之,歌之,弦之,舞之。"这里的"诗乐"即代指"乐"。诗乐是诗与乐的统一体,它在礼乐制度下应运而生。因此,只有在礼乐文化的背景之下,诗乐的运用及其具体内涵才能得到客观、全面的揭示。三代以上,治出于一,诗与乐合为一体。而春秋以后,礼崩乐坏,各级贵族阶层都不同程度地存在着僭越礼制的行为。礼乐相配的局面开始慢慢地解体,而诗乐也不断分离,走向各自独立发展的道路。孔子痛感礼乐的衰落,希望力挽狂澜,复兴与重建周公时代的礼乐文化。因此,孔子一方面周游列国,四处游说,推销自己的政治主张;一方面又创办私学,广招弟子,使王室掌管的文化教育不断走向民间。梁启超说,三代之前以教为学,而春秋战国之后以学为教。孔子正是这两种教学方式的转型人物。孔子热爱传统文化,述而不作,整理《诗》、《书》《礼》《乐》等经典文献,并传授给弟子,使教学内容从六艺逐渐转变为"六经",从而使王官文化转向了士人文化。

在传统文化的整理与传播之中,孔子希望用艺术的方式实现政治的理想。诗乐作为孔子学术中的重要内容,就是一种道德的艺术。用诗乐可以更好地为政治服务,实现社会人生的理想。换言之,诗乐是孔子践行自己学术理想的重要手段。孔子学术的发展历程是起始于礼学,发展于仁学,而成熟于易学。而孔子的诗乐思想是在礼学的引导下,积极发挥诗乐的作用,提高自己的修养,并逐渐使之成为一种由外而内的仁德。同时,仁德作为一种人道,依然要与天道相统一,所以,用诗乐修养仁德之时,还应当有志于天道的推行。只有如此,才能真正实现"志于道,据于德,依于仁,游于艺"(《论语·述而》)的理想。所以说,孔子的诗乐思想就是要在易学指导下,以神道设教,努力推行"仁"学,做到"克己复礼"(《论语·颜渊》)。"仁"的高度就是诗乐的高度,"仁"的境界就是诗乐的境界。诗乐就是实行"克己复礼"的有效途径。

说到诗乐的传播,就必然要理解诗乐是如何演奏的。其实,诗乐常常是以乐悬的形式进行表演的。所谓乐悬,从本义来讲,就是钟、磬、鼓悬挂在簨虡上,组成一种诗乐演奏的乐器;从引申义来看,各种可以悬挂与不可悬挂的乐器,以及演奏乐器的众多乐工,共同组成了礼乐制度下的乐悬,大致相当于当今的乐队。乐悬有等级之分,天子、诸侯、卿大夫、士,分别享用宫悬、轩悬、判悬和特悬之待遇。乐悬的演奏分为五个步骤:金奏、乐工升歌(清唱)、笙奏、间歌和合乐。在乡饮酒礼、燕礼、射礼和大射礼等礼仪活动中,诗乐都是重要的组成部分。在诗乐演奏过程中,礼仪得到了更好的表现。参与者通过诗乐的演奏,可以兴,可以观,可以群,可以怨。这就是说,观看和聆听诗乐,可以兴发积极的情感,可以观察当地的风俗,可以群居相互切磋,还可以借此抒发怨愤之情。简言之,诗乐的演奏可以诉诸视听,更可以激荡人心。演奏之时,乐队颇为壮观,而美妙的诗乐又洋洋盈耳;之后,乐工与观礼者可以言谈道古,交流学习。可见,诗乐具有陶冶情操的作用。这正如梁漱溟《中国文化要义》所说:"儒家把古宗教转化为礼,转化为诗,转化为艺术。……这些礼文,或则引发崇高之情,或则绵永笃旧之情,使人自尽其心而涵厚其德,务郑重其事而妥安其志。人生如此,乃安稳牢韧而有味,却并非要向外求得什么。——此为其根本不同于宗教之处。"①

诗乐演奏一遍就是一终,或称之为一成。所谓集大成,就是以诗乐演奏为比喻,形容博采众长、承前启后的开拓者、掌门人。所谓"兴于《诗》,立于礼,成于乐"(《论语·泰伯》),既是礼乐进行的一个完整过程,同时又是人生受教育的一个整体阶段。春秋时期以前,教育是按照诗教、礼教和乐教三个过程来设置的。《郭店楚墓竹简·六德》说:"观诸《诗》、《书》,则亦在矣;观诸《礼》、《乐》,则亦在矣;观诸《易》、《春秋》,则亦在矣。亲此多也,密此多也,美此多也。道无止。"这表明,诗教、礼教和乐教依次展开,循序渐进。当然,孔子这番话还包含着人生修养的渐进过程:"兴于《诗》,立于礼,成于乐"是将一次礼乐的动态过程、人生的教育阶段,上升为人生或整个社会的道德修养。

孔子诗乐思想不仅内涵丰富,其风格也非常鲜明,具体包括:神道设教与道德一体、观其德义与据仁游艺、文质彬彬与尽善尽美、情理相融和知行合一等若干方面。孔子用鬼神之道来教化民众。这种神道与人道紧密地联系在一起,它要求在天命的感召下,完成人类的事业。也正是由于追求道与德的统一,孔子解释诗乐往往从德义角度入手,依于仁而悠游于艺。但仅仅"游于艺"是不够的,还要注重艺术深层的本质,即礼、乐。礼者,履也,理也;乐者,乐也,情也。因此,诗乐还要讲究文质彬彬、尽善尽美,做到情理适中、知行(履)一体。

就诗乐而言,孔子更加重视"乐"。乐与声、音三者虽然相

---

① 梁漱溟.中国文化要义[M].上海:上海人民出版社,2011:109.

通,但区别亦明显:"声"为声响,动于感官;"音"乃旋律之声,达于心智;而"乐"则为德之音,通乎伦理。故曰:"知声而不知音者,禽兽是也;知音而不知乐者,众庶是也。唯君子为能知乐。"所以说,孔子热爱"乐",不仅因为"乐"之境界高于"诗",更为重要的是"乐"乃德之音。德音之"乐"是社会和谐的最佳体现,是快乐的一种象征。孔子把文化现象乐(yuè)与审美体验乐(lè)进行了巧妙而创造性的对接。具体而言,孔子受《周易》"三乐"(乐业安居、乐观自信和乐善好施)精神之影响,把快乐之"乐"与音乐之"乐"融会贯通,从而使"乐"上升到前所未有之高度。"乐者,乐也"的思想也应运而生。这就意味着把艺术演奏转变为一种审美享受、道德修养。因此,诗乐是一种艺术,更是一种道德的载体。诗乐之"乐",之所以能够使人快乐,就是因为它是道德的艺术。孔子的人生就是道德艺术的人生,孔子的理想就是构建一个道德艺术盛行的社会。这样的人生和社会,就是"乐者,乐也"的诗意境界。孔子在为何而乐、如何而乐、乐在何处的哲学思考中,为后人构建了一个美好的世界。这个世界,按照西方存在主义的理论来说,即人是一种诗乐(艺术)的存在。

孔子诗乐思想影响深远。在古代,主要表现在理论著述和朝廷用乐两个方面。在理论方面,由于孔子在中国文化上的崇高地位,其诗乐思想在后世的传承之中成了艺术思想的主流,其线路可谓显而易见:孔子→《乐记》→《乐论》→《毛诗序》→《诗谱序》→《毛诗正义》→《诗集传》,等等。在朝廷用乐方面,历代统治者除了在祭祀宴飨等礼仪之中演奏诗乐以外,还专门设有管理诗乐之机构。朝廷用乐有规定,而各级官吏用乐也很有讲究。当然,由于时代的变迁,统治者可能会因地制宜地自制诗乐。另外,历代都存在一些官吏自作主张僭用礼乐的现象,这固然促进了艺术的发展,但却影响了诗乐的传承。在当今,孔子诗乐思想仍然具有重要价值,即:礼乐传家,门风优美;引领大众,品位为上;德音为首,兼顾多元。

2020 年 8 月 26 日星期三于宁波

目　录

绪　论

一、选题的缘由、价值及创新点

（一）选题的缘由及价值

鉴于以往孔子艺术研究过于理论化，而且往往脱离其产生的社会环境，本书力求在还原历史真实的基础上进行论述。虽然有关孔子艺术方面的研究已经非常深入，即无论是孔子诗歌、文献，还是音乐等方面，都取得了丰硕的成果，但这些研究往往都是从政治、社会的角度，以理论性的方式入手，显得比较抽象。其中，不少学者对于"三礼"缺乏了解，完全以现代人的视野进行观照，所以论述还有待深入。众所周知，儒家经典，与孔子艺术思想的关系是相当密切的。可以这么说，忽视"三礼"的研究，是很难全面而准确地理解孔子艺术思想的，这当然也包括其诗乐思想。因此，结合"三礼"等文献，以及当时的历史语境分析孔子的诗乐思想就很有必要。例如，要分析"兴观群怨"、"兴、立、成"等内涵，必须要理解当时诗乐运用的场景，以及诗乐演奏的过程。只有如此，才能准确地把握孔子的诗乐思想，理解孔子在学术和艺术上继往开来的意义。

　　另外,尽管孔子的艺术研究已经全面展开,但从诗乐的角度来研究者还很少。诗乐毕竟不等于诗歌或音乐的简单叠加,它是时代的缩影。这从诗乐的存在形态、演奏方式、重要意义可见一斑。诗乐包括诗歌,更包括德之音等概念。诗乐是礼的附属物,是为礼服务的,所以,从礼的角度来分析诗乐就显得理所当然。而以这种思路来研究孔子的艺术思想,是以往研究的一个薄弱环节,至今也没有出现专门的著作或课题,因此,孔子诗乐思想研究就有一定的学术和理论价值。

　　当然,要研究孔子的诗乐思想,还必须具备一个前提,那就是"诗乐"是可以作为一个专门的范畴的。事实上,这个范畴早为学者们所采用,可谓屡见不鲜了。例如,敏泽先生直接以"诗乐"范畴来分析孔子的诗乐观,并把孔子"兴于诗,立于礼,成于乐"也纳入孔子诗乐的范畴之中。[①] 陈子展《雅颂选译》一书则直接用诗乐来指称《诗经》。陈子展先生曰:

　　　　我们以为《楚茨》、《信南山》、《甫田》、《大田》可能是西周初年王室也就是大奴隶主一家举行宗庙方社田祖等祭祀所用的诗乐。[②]

　　傅道彬《诗可以观:礼乐文化与周代诗学精神》在论述周代诗学精神时,总是把诗与乐联系起来,所以书中往往以"诗乐"来进行叙述。在"周代乡里诗乐活动与世俗生活的诗化"一节中,认为"周代文化中特别强调政治的礼与艺术的诗和乐的关系,孔子说'兴于诗,立于礼,成于乐',即发源于诗,立身于礼,完成于音乐,在礼乐文化中一直伴随着诗乐的艺术精神,这种境界被后

---

① 敏泽.中国美学思想史(第一卷)[M].济南:齐鲁书社,1987:145.
② 陈子展.雅颂选译[M].上海:复旦大学出版社,1986:253.

来的儒家哲学概括为诗礼相依、诗礼相成"。^① 在周代,"与政治性的宫廷庙廊礼乐活动不同的是,诗乐风雅渗透乡里生活通常是以朴素的基础的风俗的形式实现的",^②"诗乐精神凭借着乡间里巷的礼乐活动渗透到周代乡人物质与精神生活的各个层面"。^③ 傅先生的论说建立在对于周代礼乐文化的独到理解上,在阐明观点时,总是在礼乐文化和当时社会时代背景基础上提出自己的理论,所以论述全面而见解深刻,为我们的研究提供了较好的范例。

马银琴在评价孔子的诗教主张时,也把诗乐视为一个固定范畴。马银琴结合《孔子诗论》对《诗》之音乐内涵的全面肯定,孔子诗乐一体的思想观念以及他以诗论乐、以乐论诗的实践来分析孔子的思想。马银琴认为,"郑声淫"以及"思无邪"的评论,"反映了孔子思想中诗乐一体的诗歌观念,而这种观念,与季札的诗乐思想一脉相承"^④。

从上面的实例可见,诗乐作为礼乐文化下的特有术语,早已成为一个专门范畴,广泛地运用于各种讨论。正因为如此,研究诗乐,就必须联系当时的社会现实。按照存在主义哲学的思想,人的存在总是在世界之中的存在,也就是说,人的存在总是与当时的历史社会联系在一起的。海德格尔说:

　　作为作品,作品唯一属于它自身敞开的领域。^⑤

作品使存在得以敞开,作品只属于与它相关联的种种事物

---

① 傅道彬.诗可以观:礼乐文化与周代诗学精神[M].北京:中华书局,2010:225.
② 傅道彬.诗可以观:礼乐文化与周代诗学精神[M].北京:中华书局,2010:225.
③ 傅道彬.诗可以观:礼乐文化与周代诗学精神[M].北京:中华书局,2010:225-226.
④ 马银琴.周秦时代《诗》的传播史[M].北京:社会科学文献出版社,2011:201.
⑤ 海德格尔.诗·语言·思[M].北京:文化艺术出版社,1991:41.

的存在。

海德格尔又说:

> 作为过去的作品,它们在传统和保存的领域里面对我们。从今以后,它们只是保持着这样一种对象。它们站立在我们面前,虽然它们是以前自身存在的结果,但不再是其自身。这种自我存在已从作品中消失。……如果它外在于各种关系,作品仍然是一作品吗?处于关系之中,难道不属于作品吗?当然是的——除了仍然必须探问它处于何种关系之中。①

作品存在于传统之中,虽然我们现在面对的作品不再是其本来的面貌,但我们必须尊重历史,把它置于它自身的关系之中,尽可能地恢复其本来的面貌。这就表明,作品具有历史性、社会性,只有在社会历史文化的大背景下,才能作出正确的判断和把握。

对于诗乐,如果只是从如今观念上的诗歌或音乐的角度来进行研究,往往会脱离当时的社会历史背景,以及真实的生活状态,从而难免论述空疏,甚至不着边际。而"诗乐",是"礼乐"文化下的诗乐,而且"诗"与"乐"合而为一,这是当时的艺术特点。"诗乐"不是"音乐",笼统来看,也只能算是音乐的一部分而已。诗乐,是雅乐,是德之音,而孔子非常重视雅乐。只有从"诗乐"的角度,才能理解孔子反对"郑声淫"的思想。因为,如果仅从音乐的角度来看,孔子反对"郑声淫",是一种落后保守的思想;但从"诗乐"的角度来看,孔子则是为了社会的安宁、稳定,具有深刻的洞见。

---

① 海德格尔.诗·语言·思[M].北京:文化艺术出版社,1991:41.

需要补充的是,既然礼乐可以理解为一个并列词组或偏正词组,那么,诗乐也可以如此。也就是说,诗乐既包括诗与乐各自独立的一面,也包括作为一个整体的方面,还包括诗之乐的一面。

（二）选题的创新点

结合春秋时期诗乐的礼乐背景,分析诗乐在不同礼乐场合中的具体运用,本书以此为基点来分析孔子的诗乐思想。为使孔子的诗乐思想更加立体化,本书结合孔子的学术历程来进行阐述。诗乐具有动态的特点,而不仅仅是一种静止的理论。例如,孔子所说的"兴于《诗》,立于礼,成于乐",它首先是对诗乐演奏的总结,在此基础上又包含教育进程,进而还包含人生修养等内涵。不懂得诗乐演奏的过程,很难理解其中的深刻含义。本书的论说建立在诗乐动态的特点之上。

"兴观群怨"不仅可以从社会政治的视角进行观照,还可以从艺术的角度进行分析。例如,孔子说"诗可以观",但为何不说"诗可以'听'"? 明明诗与乐合一,诗当然也可以"听",而且也必须"听"。要说明这个问题,不妨从诗乐本身的特点说起。"乐者,乐也",是孔子诗乐思想的一个创新,孔子已经把音乐从艺术体验转向了社会状况和心理感受。这种观点前人很少具体分析,本书将进行比较深入的探讨,说明孔子把"乐"上升到基于"礼"而又超越其境界的高度。

此外,本书结合西方"存在主义"理论,探讨"人是一种诗乐的存在"这么一个话题。

二、孔子诗乐思想研究综述

诗乐,礼乐盛行时期的伴生物,是礼乐的一个表现形式。在古代,一般以"乐"指称"诗乐",但随着社会的发展,双音词的普遍使用,以及学科划分的精细,加之"乐"的含义变化,它很难与"诗乐"画上等号。尤其是当前,"诗"与"乐"判然有别,为了避免产生分歧,以"诗乐"一词指称孔子时代的"乐"也就在所难免。例如,傅道彬《诗可以观:礼乐文化与周代诗学精神》一书就经常用"诗乐"代指乐。① 当然,这里有一个前提,那就是"诗乐"一词自古以来就是一个特定的词汇。《郑风·子衿》毛传:

> 古者教以诗乐,诵之,歌之,弦之,舞之。②

可见,"诗乐"一词最晚在汉初就已经出现了。明代朱载堉撰写了《乡饮诗乐谱》,也以"诗乐"作为一个专门术语。大量的事实都说明"诗乐"一词由来已久。孔子诗乐思想的研究主要涉及以下三个方面:

第一,礼乐之关系;第二,诗乐范畴的认可,诗乐一体的认同;第三,孔子诗乐思想的内涵。

前两个方面基本上属于经学之范畴,从古到今一直得到学者们的关注;而孔子诗乐思想内涵,主要属于艺术学之范畴,则是现当代学者题中应有之义。凡此种种,既取得了丰硕的成果,也存在一些不足。

(一)礼乐关系的研究及存在的问题

有关礼乐关系的问题,古人的观点是一致的:礼为主而乐为辅。近年来有一些学者却提出了新的见解,完全颠倒了古人的理论,那就是:乐为主而礼为辅。

---

① 傅道彬.诗可以观:礼乐文化与周代诗学精神[M].北京:中华书局,2010:225.
② 阮元.十三经注疏[M].北京:中华书局,1980:345.

1."礼主乐辅"理论

礼乐关系,自古以来就受到广泛重视。在古代,学者们一致认为:礼为主,乐为辅。这种思想,孔子自己就已经做了明确表述。子曰:

> 制度在礼,文为在礼,行之,其在人乎!(《礼记·仲尼燕居》)

一切制度和文饰都归于礼,而要靠人来实施。战国时期,以礼为本的思想也很普遍。《郭店楚墓竹简·尊德义》曰:

> 由礼知乐,由乐知哀。有知己而不知命者,无知命而不知己者。有知礼而不知乐者,无知乐而不知礼者。①

礼比乐更广泛,而乐依附于礼,所以,有些礼不需要用乐,但用乐则一定是为礼服务的,存在知道礼而不知道乐的情况,但不存在知道乐却不知道礼的情形。既然"礼"为礼乐的根本,所以,六经也以礼为本。《礼记·经解》孔颖达疏引用皇侃语曰:"六经其教虽异,总以礼为本。"②清代学者皮锡瑞《经学通论》也持类似的观点:

> 六经之文,皆有礼在其中。六经之义,亦以礼为尤重。③

现代许多学者仍然沿袭古代学者的这种思路,不断把研究推向深入。沈文倬先生认为:

> "礼"所学习的是当时实行各种礼典的具体仪式。……音乐演奏以"诗"为乐章,诗、乐结合便成为各种礼典的组成

---

① 刘钊.郭店楚简校释[M].福州:福建人民出版社,2005:123.
② 阮元.十三经注疏[M].北京:中华书局,1980:1609.
③ 皮锡瑞.经学通论[M].北京:中华书局,1982:81.

部分。①

陈戍国《先秦礼制研究》②认为,礼与乐是配合使用的,它们都有等级之分,而舞的使用也有等级之分。"礼与乐的关系,礼当然是占主导地位的,而乐的作用不可轻视。"江林《〈诗经〉与宗周礼乐文明》认为,周代文明以"礼"为核心,《诗》、乐和礼都是当时贵族教育的重要内容,学《诗》学乐从属于习礼。"③

就礼乐关系而言,周公与孔子是最为重要的两个人物。蒋孔阳先生说:

> 周公最大的政治措施之一,便是"制礼作乐"。但是,把"礼"与"乐"连接在一起,成为一个专门的名词,并形成了一套完整的哲学和美学的思想体系的,却是从孔丘开始。④

孔子以六艺教育弟子,其中最为重要的是礼与乐。当然,孔子是要用"礼"来统帅"乐"的,而"乐"是用来服务于"礼"的。两者相辅相成,相得益彰。

2. "乐主礼辅"之说

近年来,一些学者持"乐主礼辅"的观点。如,王秀臣《三"礼"用诗考论》⑤在"'礼'藏于'乐':礼与诗、乐关系的形态原型"一节中提出了"'礼'藏于'乐'"的理论,认为"礼节"和"仪节"是从"乐"中分化出来的。夏静也有类似的观点,她在《乐教之为"六艺"先》⑥一文中否定马一浮"言礼则摄乐"的理论,而持"乐主

---

① 沈文倬.宗周礼乐文明考论[M].杭州:浙江大学出版社,2001:3.
② 陈戍国.先秦礼制研究[M].长沙:湖南教育出版社,1991:51.
③ 江林.《诗经》与宗周礼乐文明[M].上海:上海古籍出版社,2010:12.
④ 蒋孔阳.先秦音乐美学思想论稿[M].北京:人民文学出版社,1986:76.
⑤ 王秀臣.三"礼"用诗考论[M].北京:中国社会科学出版社,2007.
⑥ 夏静.乐教之为"六艺"先[J].中国文化研究,2007(冬之卷):143-150.

礼辅"之说。此外，张祥龙《孔子的现象学阐释九讲——礼乐人生与哲理》一书提出"礼的根在乐"①。张先生认为：

> 乐或诗乐乃是孔子与儒家全部学说的源头，也是中华文明的精神源头。②

又说：

> 我觉得儒家的整个修养境界、哲学境界都发源于乐。得乐感，就得了孔子思想的源头。孔子全部思想，一部《论语》，皆由此乐感鼓动笼罩。③

在此，张先生把"乐"推到了无以复加的程度，这显然是错误的。当然，张先生"孔子全部思想，一部《论语》，皆由此乐感鼓动笼罩"的理论，是可以成立的。这其实是受王夫之思想的影响。王夫之《读四书大全说》中主张"《诗》与乐相为表里"，并以"乐"为标准区分了《论语》与《孟子》的高下，认为造成这种情况的原因是，孔子的学说之中充满了乐感，而孟子的学说则缺乏乐感。故而《论语》余音绕梁，言已尽而意无穷，而《孟子》则总有一种尾煞之感。王夫之说："《孟子》七篇不言乐，自其不逮处，故大而未化。"④王夫之的见解非常深刻，张先生把王夫之的理论进行延伸，是言之有据而又不乏新意的。但是，张祥龙先生说："儒家的整个修养境界、哲学境界都发源于乐。得乐感，就得了孔子思想

---

① 　张祥龙.孔子的现象学阐释九讲——礼乐人生与哲理[M].上海：华东师范大学出版社,2009:42.
② 　张祥龙.孔子的现象学阐释九讲——礼乐人生与哲理[M].上海：华东师范大学出版社,2009:72.
③ 　张祥龙.孔子的现象学阐释九讲——礼乐人生与哲理[M].上海：华东师范大学出版社,2009:78.
④ 　王夫之.读四书大全说[M].北京：中华书局,1975:232.

的源头"①,这显然是臆想之词。因为,乐虽然意义重大,但乐是礼的组成部分;乐虽然可以提升乃至超越礼的境界,但乐永远都是为礼服务的。所以,中国文化、儒家思想的源头不是乐,而是礼。

从上面分析可知,之所以会产生"礼主乐辅"、"乐主礼辅"的争论,主要原因在于对"礼"与"乐"定义及其起源的理解之不同。由于"礼"、"乐"内涵非常丰富,理解上的千差万别也是在所难免了。另外,如果把"礼"与"乐"分割开来,只是从各自的内涵来做出分析,显然是容易造成混淆的。这就是说,"礼"与"乐"应当结合起来,并放在"礼乐文化"的层面上定义,才是可取的。"礼"是"礼乐文化"之"礼","乐"是"礼乐文化"之"乐"。不能把"礼"、"乐"的外延和内涵无限延伸,否则就会公说公有理,婆说理更长了。再者,不能把"礼"等同于"礼仪",不能把"乐"等同于"音乐"。也不能以它们起源的早晚来决定主次,起源的早晚与两者的主次,是两个不同的概念,不能等同视之。

(二)诗乐范畴的研究及存在的问题

"诗乐"是一个特定的范畴,从古至今都得到学者们的认可,而诗乐一体的情形也为他们所认同。

1. 对诗乐范畴的认可

诗乐不是现今的诗歌,也不是现今的音乐,它是礼乐盛行的伴生物,是诗与乐相联的统一体。西周春秋,甚至是距离我们不远的古代,乐与声、音,都有着明显的区别。古人所用"乐"字,有着丰富的含义,而且往往代表着一个完整的概念。而当今,只用

① 张祥龙.孔子的现象学阐释九讲——礼乐人生与哲理[M].上海:华东师范大学出版社,2009:72.

"乐"字作为一个范畴,不仅太不符合语言习惯,而且也很容易造成混淆——毕竟现在的"乐"往往与音乐等同了。所以,当今用"诗乐",才能指代古代"乐"与"诗"结合的那种艺术。当然,"诗乐"这一范畴早已出现,并在古代典籍中大量运用。

《郑风·子矜》毛传:

> 古者教以诗乐,诵之,歌之,弦之,舞之。①

这里的"诗乐"已经是一个独立范畴。之后,"诗乐"一词频频现身。如,孔颖达说:"五帝以还,诗乐相将,故有诗则有乐。"②在明代,一些文人用"诗乐"作为著作的标题,如吕柟编撰了《诗乐图谱》。吴志武先生说:"明代吕柟等人编撰的《诗乐图谱》是存世为数不多的诗乐专谱。"③吕柟之后,朱载堉撰写了《乡饮诗乐谱》。

在清代,"诗乐"一词的运用更广泛。清代顾镇《虞东学诗·诗乐说》曰:

> 凡诗皆乐也。乐之八物,所以节诗而从律也。《周礼》大司乐以乐语教国子。"乐语"者,诗也。荀卿曰:"诗者,中声之所止也。"盖以诗为本,以声为用,离诗以言乐,则钟鼓之徒乐而非乐也。……离乐以言诗,则后世之徒诗而非诗也。

在这里,顾镇认为"诗乐"不等于"徒乐",也不等于"徒诗"。所谓"徒乐",就是脱离诗而言乐;所谓"徒诗",就是脱离乐以言诗。显然,顾镇对于"诗乐"作为一个固定的范畴,有着非常清醒

---

① 阮元.十三经注疏[M].北京:中华书局,1980:345.
② 阮元.十三经注疏[M].北京:中华书局,1980:271.
③ 吴志武.明代吕柟编撰的《诗乐图谱》研究[J].中国音乐学,2012(3):69—73.

的意识。魏源在文中经常提到诗与乐、声与义相通的问题,还特意以"诗乐"为题目,写了四篇文章,重申诗乐相须的意义。其中说:"不知诗、乐之相通,则不明'四始'之例,而以此读全《诗》,犹入室而不由户也。"[①]魏氏认为,只有懂得诗乐之关系,才能领悟"四始"、"正始"、"正变"的含义,进而理解整部《诗经》。此外,陈启源也以"诗乐"为题,分析诗乐之关系。陈启源《毛诗稽古编》卷二十五:"《诗》篇皆乐章也,然诗与乐实分二教。"

　　到了现代,"诗乐"一词也常为学者们所采用。顾颉刚主编的《古史辨》第三册收有他自己一篇论文《孔子对于诗乐的态度》,题目即用到了"诗乐"。朱东润《古诗说摭遗》说:

　　　　战国而后,无复朝享赋诗之事,诗乐既分,故学诗者止就文字立论。然在春秋间则大异,其时诗乐不分,言诗者必言乐,必言歌,而以朝享赋诗之故,其事遂于人伦日用。[②]

　　这里同样以"诗乐"作为一个范畴。另外,还有不少相关的例子。如,朱自清《朱自清说诗》据《今文尚书·尧典》所记载的舜命夔典乐教胄子一段话认为,诗是言志的,而且"诗乐不分家"。

　　到了当代,"诗乐"一词运用更为广泛。敏泽先生直接以"诗乐"范畴来分析孔子的诗乐观,并把孔子"兴于诗,立于礼,成于乐"也纳入孔子诗乐的范畴之中。[③] 晁福林先生《从上博简〈诗论〉第23号简看孔子的诗乐思想》[④]一文以"诗乐"命题。另外,

---

① 魏源.诗古微[M].长沙:岳麓书社,2004:9.
② 朱东润.诗三百篇探故[M].上海:上海古籍出版社,1981:80.
③ 敏泽.中国美学思想史(第一卷)[M].济南:齐鲁书社,1987:145.
④ 晁福林.从上博简《诗论》第23号简看孔子的诗乐思想[J].中国文化研究,2007(秋之卷):169-178.

寇淑慧编辑的《二十世纪诗经研究文献目录》一书专设"诗乐"一栏,其中收录一条书目曰:"诗乐论 罗倬汉 上海:正中书局 1948年 8 月 272 页"①。傅道彬《诗可以观:礼乐文化与周代诗学精神》在论述周代诗学精神时,总是把诗与乐联系起来,书中往往以"诗乐"来进行叙述,并有"周代乡里诗乐活动与世俗生活的诗化"一节。② 马银琴在评价孔子的诗教主张时,也把诗乐视为一个固定范畴。马银琴认为,"郑声淫"以及"思无邪"的评论,"反映了孔子思想中诗乐一体的诗歌观念,而这种观念,与季札的诗乐思想一脉相承"③。再者,"诗乐"一词也常常出现在学者的论文中,如,吴志武先生说:"钟、鼓是统领诸乐的节奏乐器……诗乐每章结束则各击鼓、钟一次"④。

从上面的分析可知,从古到今,"诗乐"就是一个特定的范畴,广为学者们所用,而且古代"乐"、"诗乐"相互代替的情况比比皆是。例如,孔颖达曰:

> 乐本由诗而生,所以乐能移俗。……此之谓诗乐。⑤

这里"乐"与"诗乐"是同一个概念。又如,朱载堉《乐律全书》中,"乐"与"诗乐"互通。在书中,有《乡饮诗乐谱》六卷⑥,此"诗乐"即为"乐",统归于"乐律"之"乐"。而如今,由于学科的不断细化,原有的单音词"乐"很难满足学科划分的要求,所以用双音词"诗乐"也就理所当然了。这就是说,如今以"诗乐"代替古

---

① 寇淑慧.二十世纪诗经研究文献目录[M].北京:学苑出版社,2001.
② 傅道彬.诗可以观:礼乐文化与周代诗学精神[M].北京:中华书局,2010:225.
③ 马银琴.周秦时代《诗》的传播史[M].北京:社会科学文献出版社,2011:201.
④ 吴志武.明代吕柟编撰的《诗乐图谱》研究[J].中国音乐学,2012(3):69-73.
⑤ 阮元.十三经注疏[M].北京:中华书局,1980:271.
⑥ 朱载堉.乐律全书[M].北京:书目文献出版社,1990:565-674.

代的"乐"是势在必行的。例如,朱光潜先生《音乐与教育》一文说:

> 诗与乐原来是一回事,一切艺术精神也都与诗乐相通,孔子提倡诗乐,就如近代人提倡美育。他说:"诗可以兴,可以观,可以群,可以怨。"又说:"温柔敦厚,诗教也。"都是看到了诗乐对于情感教育的重要。他不但把诗乐认为教育的基础,而且把它们认为政治的基础,实在政教是不能分离的,世间安有无教之政呢?①

在这里,朱光潜先生多次运用"诗乐"一词,而且都是以此指代"诗"或"乐"。类似的还有李春青先生《乌托邦与诗:中国古代士人文化与文学价值观》一书,也多次用了"诗乐"。李先生说:

> 诗乐的审美价值毕竟作为一种现实的精神价值而为社会认可了。对此,孔子自然不能视而不见。他无法否定诗乐审美价值的存在,又不能在价值观给予充分肯定,唯一的办法是用伦理价值去限制、规范审美价值,使二者尽可能统一起来。②

在文中,"诗乐"一词与孔子的美学思想联系在一起,如"文质彬彬"、"尽善尽美"等。这实际上已经指明孔子诗乐美学思想具有"文质彬彬"等种种特点。

另外,上述顾颉刚《孔子对于诗乐的态度》一文、晁福林先生《从上博简〈诗论〉第23号简看孔子的诗乐思想》一文,以及傅道彬《诗可以观:礼乐文化与周代诗学精神》一书中都用"诗乐"指

---

① 朱光潜.朱光潜全集(第九卷)[M].合肥:安徽教育出版社,1993:144.
② 李春青.乌托邦与诗:中国古代士人文化与文学价值观[M].北京:北京师范大学出版社,1995:43.

代"乐"。

　　可见,"诗乐"就是诗与乐的统一体,它是礼乐时代的产物,在各种礼仪中通过演奏的方式得到合理的运用。"诗乐"像"礼乐"一样,既可以成为一个并列词,也可以成为一个合成词。作为并列词时,诗乐即诗之乐,或乐之诗;而作为合成词时,诗乐之间就有性质之异及主次之分。合而言之,诗为乐之体,而乐为诗之声;分而言之,诗与乐可以各自独立,乐虽无形,但其价值却高于有形之诗。

　　值得一提的是,虽然"诗乐"是春秋时期的一个特定范畴,但现当代一些学者由于对历史语境的生疏,以及对"声"、"音"和"乐"之间区别认识不够,研究文学的只从诗歌、文字的角度研究孔子,而研究音乐的,只从音乐、乐曲的角度研究孔子,所以往往把"诗"、"乐"自觉或不自觉地分离。这其实与孔子时代诗乐一体的状况极为不符,当然难免空疏或抽象之弊。之所以如此,主要还是对诗乐范畴认识模糊。运用"诗乐"这个古代的范畴,可以更加合理地回归历史语境,从而得出恰如其分的解说。

　　2. 对"诗乐一体"的认同

　　诗与乐之关系也是自古以来就广受关注的。《尚书·尧典》曰:"诗言志,歌永言,声依永,律和声。八音克谐,无相夺伦,神人以和。"诗言志,而歌延长诗的语言,并配以高低的声音,这就是诗乐合一的体现。《左传·襄公二十九年》记载了吴公子季札出使到鲁国,"请观于周乐。使工为之歌《周南》、《召南》"。《周南》、《召南》之诗可以由乐工来演唱,这正如刘勰《文心雕龙》所说的"诗为乐心,声为乐体"。

　　诗乐一体的表述在古代还有许多。如《史记·孔子世家》曰:"三百五篇,孔子皆弦歌之,以求和《韶》、《武》、《雅》、《颂》之

15

音。"班固《汉书·食货志》曰:"孟春之月,群居者将散,行人振木铎徇于路,以采诗,献之大师,比其音律,以闻于天子。"①孔颖达疏《礼记·经解》曰:"《诗》为《乐》章,《诗》、《乐》是一。"②孙诒让曰:"凡《诗》皆可弦歌入乐,故《诗》亦通谓之乐。""六诗为乐之枝别。"③

现当代学者们对诗乐关系的表述更加详细。王国维《汉以后所传周乐考》说:"《诗》、乐二家,自春秋之际,已自分途。"④这就说明诗乐在春秋之前是合一的,之后则各自分途。朱东润先生《古诗说摭遗》也说:

> 战国而后,无复朝享赋诗之事,诗乐既分,故学诗者止就文字立论。然在春秋间则大异,其时诗乐不分,言诗者必言乐,必言歌,而以朝享赋诗之故,其事遂于人伦日用。⑤

类似的观点还有许多。如,顾颉刚《论诗经所录全为乐歌》一文指出,《诗经》所录是否全为乐歌,这在宋代以前是不成问题的,而自宋代以来始有人开始怀疑其中有一部分是徒歌。对此,顾氏进行了反驳,他认为,《诗经》里所收录的都是乐歌,即使收入之前是徒歌,也经过了乐师的加工。他还通过实例证明了自己的观点:

> 我以为《诗经》里的歌谣,都是已经成为乐章的歌谣,不是歌谣的本相。凡是歌谣只要唱完就算,无取乎往复重沓。

① 班固.汉书[M].北京:中华书局,1962:1123.
② 阮元.十三经注疏[M].北京:中华书局,1980:1610.
③ 孙诒让.周礼正义[M].北京:中华书局,1987:1845.
④ 王国维.观堂集林(外二种)[M].石家庄:河北教育出版社,2001:57.
⑤ 朱东润.诗三百篇探故[M].上海:上海古籍出版社,1981:80.

惟乐章则因奏乐的关系,太短了觉得无味,一定要往复重沓的好几遍。《诗经》中的诗往往一篇中有好几章都是意义一样的,章数的不同只是换去了几个字。我们在这里可以假定其中的一章是原来的歌谣,其他数章是乐师申述的乐章。①

另外,朱自清先生说:"《诗经》所录原来全是乐歌。"②张西堂说:"《诗经》是中国古代的一部乐歌总集,用一句话说得更明显些,《诗经》是中国秦汉以前的乐府。"③

尽管诗乐一体为孔子所重视,司马迁也说孔子对"三百五篇"皆弦歌之,但还是有些学者对此存在误会。张中宇先生说:"孔子也是最早把文学从音乐中以'文本形式'剥离出来的。《诗三百》为文学艺术提供了独立存在的文本范式,具有强烈的形式及心理示范作用。"④张先生认为,孔子删订《诗经》的主要意义是文字化。这显然误解了孔子正乐的良苦用心,其原因在于忽视了孔子对《诗经》音乐性的重视。孔子整理编辑《诗经》不仅仅是为了保存它的文字材料,而是更希望把乐与诗完美地结合起来。毕竟,没有音乐,诗不是完美的诗;同样,没有诗心,音乐则缺少了灵魂。著名诗人艾青说:"没有音乐的诗,不是确切涵义的诗。"徐平先生说:"缺乏诗心的音乐,是没有灵魂的音乐。"⑤所以,了解诗乐一体的本质,才能还原孔子,从而更好地理解中国

① 顾颉刚.古史辨(第三册)[M].上海:上海古籍出版社,1982:616.
② 朱自清.朱自清说诗[M].上海:上海古籍出版社,1999:15—16.
③ 张西堂.诗经六论[M].上海:商务印书馆,1957:1.
④ 张中宇.《国语》《左传》的引"诗"和《诗》的编订——兼考孔子"删诗"说[J].文学评论,2008(4):29—36.
⑤ 程民生.音乐美纵横谈[M].上海:上海音乐出版社,2000:91.

的文化。

　　此外,有的学者虽然懂得诗乐一体的事实,但对诗乐如何一体则认识不足。例如,马银琴《周秦时代〈诗〉的传播史》把周代的教育分为重声与重义两个系统,其实已经把诗与乐进行了分离。该书认为:"周代礼乐文化体制下的人才培养,主要有两个系统,以培养行政人才为目的的国子之教,以培养乐官为目的的瞽蒙之教。"①国子之教,注重诗之"言语"、"德义"的传诗系统,而瞽蒙传诗则注重诗之"声"的传诗系统。显然,这种见解是主观臆断的,其原因有两点。其一,作者把"国子"与"瞽蒙"这两种不同身份的人相提并论,混淆了概念。"国子"是学生,而"瞽蒙"是工作人员,他们之间的区别相当于后世的师生。其二,周代的教育系统只能有一个,就是对国子、平民子弟的教育系统。在这个教育系统之中,只有国学和乡学的类型之异,以及大学和小学的阶段之分,而没有两个独立的教育系统。周大明先生说:

　　　　西周的学校,分国学、乡学两类和大学、小学两级。国学,专门为上层贵族子弟而设,按学生年龄和程度分设大学和小学,有环水而建的辟雍及南学成均、北学上庠、东学东序、西学瞽宗。……乡学则有塾、庠、序、校之称,是地方学校,奴隶无权入学,平民子弟可入乡学接受小学教育,少数经考试可进入国学深造。②

　　在周代的教育系统中,无论是国学还是乡学,无论在小学阶段还是大学阶段,诗乐都是不分家的。所以,并不存在国子之教

---

① 　马银琴.周秦时代《诗》的传播史[M].北京:社会科学文献出版社,2011:9.
② 　周大明.中华文明寻根——从口耳相传到文字著述[M].北京:人民出版社,2007:152-153.

与瞽蒙之教的区分,当然也就不存在前者重"义",而后者重"声"之不同的传诗系统。

其实,在诗乐教育中,重"声"与重"义"的不同,不是共时性的,而是历时性的,也就是说,重"声"的教学发生在前,而重"义"的教学在后。王小盾在《两周诗史序》中认为,在《周礼·春官·大师》之"六诗"理论和《诗大序》之"六义"理论之间,有一个历时数百年的演变过程,它分为三个发展阶段:诗文本经历过"因仪式需要、乐教需要、德教需要而逐步成形的过程"[①],这说明诗教前后存在着乐教和德教的演变,即从重"声"到重"义"的历史演进。

(三)孔子诗乐思想内涵的研究及存在的问题

古代学者对于孔子的研究主要是经学的,而不是艺术的。而孔子诗乐思想的研究则是艺术性的——这是现当代学者的研究思路,所以,这类研究就集中在现当代学者的著作中。孔子诗乐思想是他核心思想的体现,涉及诗歌、文献、音乐诸多方面。因此,这方面的研究主要针对孔子思想的核心内涵:孔子诗乐思想中的"兴观群怨"、"兴于《诗》,立于礼,成于乐"、"游于艺"、"乐者,乐也"、"文质彬彬"、"尽善尽美"、"诗亡隐志,乐亡隐情"等。其中,兴观群怨"、"兴于《诗》,立于礼,成于乐"、"游于艺",是关于诗乐功能的,而"文质彬彬"、"尽善尽美"、"诗亡隐志,乐亡隐情"是关于诗乐特色的。

孔子思想的核心内涵,至今仍然众说纷纭。我国学术界对于孔子思想体系核心的认识,主要可分为三大派:一是以陈独秀、蔡尚思、丁鼎等学者为代表,认为孔子思想体系的核心是

---

① 马银琴.两周诗史[M].北京:社会科学文献出版社,2007:2.

"礼";二是以牟宗三、匡亚明、金景芳等学者为代表,认为是"仁";三是以王世明为代表,认为是"仁礼二元一体的结构"。[①]学者们之所以争论孔子思想核心是"礼",是"仁",还是"仁礼二元一体的结构",是因为他们把孔子动态的、历时的思想,看成一个静止的、共时的思想。如果以历时的角度看待孔子学术的演进,则相关的争论不辩自明。那就是,孔子的思想起始于"礼学",发展于"仁学",成熟于"易学",而"仁"学是孔子的独创。这正如梁启超《儒家哲学》所说:"孔子学说,最主要者为'仁',仁之一字,孔子以前,无人道及。……这是孔子最大发明。"[②]梁启超还认为,儒家哲学范围非常广博,但概括起来就是《论语》中的"修己安人",或《庄子》中的"内圣外王"。

有关孔子诗乐功能的研究,学者们的研究取得了丰硕的成果。傅道彬《诗可以观:礼乐文化与周代诗学精神》从礼乐关系、时代背景等方面,结合"三礼"等经典,详细分析了"兴观群怨"的具体内容,以及"兴、立、成"渐进过程。该书论述从政治社会的角度入手,分析深入而透彻,尤其是对于"兴观群怨"的阐释相当全面而又不乏新意,是总结性的权威著作。另外,张少康《中国文学理论批评史》、蔡先金《孔子诗学研究》对于孔子的文艺思想都进行了全面的论述,尤其是蔡先金《孔子诗学研究》,面面俱到,几乎囊括孔子的艺术理论,可备参考。另外,关于"兴、立、成",敏泽《中国美学思想史》、李泽厚《中国美学史》、钱穆《孔子传》等都认为这是一个不断进步的过程。

---

① 丁鼎.礼:中国传统文化的核心[M]//浙江大学古籍研究所.礼学与中国传统文化——庆祝沈文倬先生九十华诞国际学术研讨会论文集.北京:中华书局,2006:3.

② 梁启超.儒家哲学[M].长沙:岳麓书社,2010:23.

关于孔子"乐者,乐也"的理论,徐复观的分析具有独创性。他认为,孔子努力恢复西周以乐为教育中心的状况。春秋以前,我国古代的教育是以音乐为中心,礼在人生教育中所占的分量,决不能与乐所占的分量相比拟。而春秋时代是一个人文主义自觉的时期,礼作为敬与节制的规范性比较容易做到,但乐作为陶冶、陶熔的规范性则难以收到效果。所以,"春秋时代,在人文教养上,礼取代了乐的传统地位"①。对此,孔子经常思考如何矫正礼文太过的毛病。"礼乐本是常常合在一起的。礼乐并重,并把乐安放在礼的上位,认定乐才是一个人格完成的境界,这是孔子立教的宗旨。所以他说出了'兴于《诗》,立于礼,成于乐'(《论语·泰伯》)的话。可以说,到了孔子,才有对于音乐的最高艺术价值的自觉;而在最高艺术价值的自觉中,建立了'为人生而艺术'的典型。"②孔子求于乐的,是美与仁的统一;而孔子之所以特别重视乐,也正因为仁中有乐,乐中有仁。因此,孔子非常重视音乐(艺术)在人格与政治中的重要作用,即"为人生而艺术"的品格,这对于文学也有非凡的启示意义。此外,蒋孔阳先生的研究也给人以启迪。他说:

> 中国古代的美学思想主要包括两个方面,一是文学艺术,这就是快乐、乐趣;另外一个方面就是行为规范,就是我们的行为职业当中所遵守的"礼"。中国古代的美学思想就是把"礼"和"乐"两者结合起来所形成的一种"礼乐思想"。两千多年以来,一直占统治地位的就是"礼乐思想"。这种

---

①　徐复观.中国艺术精神[M].武汉:湖北人民出版社,2009:4.
②　徐复观.中国艺术精神[M].武汉:湖北人民出版社,2009:4.

"礼乐思想"最早提出,最早把它系统化,就是孔子的功劳。[①]

既然礼是行为规范,而艺术是快乐的,在"礼乐"一体的时代,孔子当然深知"乐"即为"快乐",即"乐者,乐也"。

对于孔子思想中"文质彬彬"、"尽善尽美"、"诗亡隐志,乐亡隐情"等诗乐特色的内容,学者们也进行了全面的分析。敏泽认为,孔子诗学的审美标准是"美"与"善"、"文"与"质"的辩证统一。孔子在"美"与"善"方面的贡献不在于强调它们的联系或相同,而"在于他第一次对两者进行了区别,并提出了两者应该统一的观点:'子谓《韶》尽美矣,又尽善也。谓《武》尽美矣,未尽善也'(《八佾》)"[②]。另外,孔子"诗教"的"温柔敦厚"说,就是中庸美学思想的一种具体运用。孔子的诗乐观还表现在"崇雅"与"贬郑"两个方面。"孔子之所以崇古乐,抑俗乐,并不在于古乐与俗乐的官能享受方面的差异,关键在于其所体现的社会、道德内容的不同。"[③]叶朗先生《中国美学史大纲》认为,孔子强调"美"与"善"、"文"与"质"的统一,形成了中国把艺术与政治教化紧密联系的传统。孔子还提出了"大"的美学范畴。孔子"提出的'知者乐水,仁者乐山'的命题,则在中国美学史上开创了一种关于自然美欣赏的'比德'的理念",[④]而"孔子的'比德',即以自然状态之于人之精神品格方面的类比,实际上概括了我国美学思想史中一个非常普遍的创造美的手法,这就是我国诗学中的比兴说"[⑤]。

---

① 蒋孔阳.孔子的美学思想[J].学术月刊,2000(6):3—7,14.
② 敏泽.中国美学思想史(第一卷)[M].济南:齐鲁书社,1987:152.
③ 敏泽.中国美学思想史(第一卷)[M].济南:齐鲁书社,1987:145.
④ 叶朗.中国美学史大纲[M].上海:上海人民出版社,2011:42.
⑤ 敏泽.中国美学思想史(第一卷)[M].济南:齐鲁书社,1987:141.

　　另外,对于"诗亡隐志,乐亡隐情"的思想,陈桐生《〈孔子诗论〉研究》、赵玉敏《孔子文学思想研究》都进行了专门的论述。赵玉敏认为,孔子文学思想的文化渊源是周代礼乐文明,具体表现为"《诗》亡隐志"的诗学理论,"乐亡隐情"的乐论思想。

　　总体来看,就孔子诗乐思想的研究来说,传统的研究集中于经学,缺少文艺理论的支撑,很难与时俱进,所以显得有些不足;而现当代的研究集中于文艺学,理论的阐述过多,而具体的实例分析则过少。传统的研究基本功扎实,没有现代人的理论自觉,是无可厚非的。但现代的研究就值得反思了,主要是现代研究者缺少对于"三礼"(《周礼》、《仪礼》和《礼记》)的重视,或对"三礼"过于生疏,从理论到理论,纸上谈兵。因此,孔子诗乐研究想要突破,还是要回归传统的经学研究的路子,并在此基础上借用各种理论来进行深入的阐述。也就是说,把经学与艺术学结合起来,运用当今的理论观照古人礼乐协配的生活;把诗歌与音乐联系在一起,如实地再现古人诗乐悠扬的场景:这样才能使研究更深入更扎实,才能有新的发现和创见,从而取得新的成果。

三、诗乐的内涵与外延

(一)诗与《诗》

　　诗与《诗》是两个不同的概念。诗不仅包括《诗》,还指一种抒情言志的文学体裁和文学表现形式。《周礼·大师》记载:"大师掌六律、六同以合阴阳之声。……教六诗,曰风,曰赋,曰比,曰兴,曰雅,曰颂。"①此"六诗",后世分别演化为"三体"、"三用"。所谓"三体",就是指诗的三种文学体裁;所谓"三用",就是指诗的三种表现形式。

诗的起源是非常久远的。上古时期,诗与史是相伴而生的。上古之际,文字没有产生,记事记史只能口耳相传,为了便于记忆和理解,往往缀以韵文。章太炎说:"古者文字之未兴,口耳之传,渐则忘失,缀以韵文,斯便吟咏,而易记忆。"②诗史一体的局面,到了孔子时代已经出现明显的分化。孟子曰:"王者之迹熄而诗亡,诗亡然后《春秋》作。"(《孟子·离娄下》)王道兴盛之际,也正是诗盛行之时,诗正好反映了这段历史;当王道衰落之时,诗的历史作用已经让位于《春秋》了。钱锺书《谈艺录》说:

> 诗者,文之一体,而其用则不胜数。先民草昧,词章未有专门,于是声歌雅颂,施之于祭祀、军旅、昏媾、宴会,以收兴观群怨之效。记事传人,特其一端,且成文每在抒情言志之后。赋事之诗,与记事之史,每混而难分。此士古诗即史之说,若有符验。然诗体而具纪事作用,谓古诗即史,史的本质即是诗,亦何不可?③

"诗"早在尧舜时代就已经产生了,《尚书·尧典》:"诗言志,歌永言","诗言志"是上古共同的认识。《左传·襄公二十七年》记赵文子之言曰:"诗以言志。"《礼记·乐记》曰:"诗言其志也。"《礼记·孔子闲居》记孔子之言曰:"志之所至,诗亦至焉。"

---

① 阮元.十三经注疏[M].北京:中华书局,1980:787.
② 章太炎.正名杂义[M].//章太炎全集.上海:上海人民出版社,1984:507.
③ 钱锺书.谈艺录(上册)[M].北京:生活·读书·新知三联书店,2001:121.

　　"诗",形声字。《说文解字》曰:"诗,志也。从言,寺声。"①"诗"的左右偏旁分别是表义的"言"和表声的"寺":"诗"者,志也,志发于言,所以左旁一个"言"字;而发于言之"志",其字"从心屮声",且"屮"、寺"与"志",三者古音相同,可以相互假借,所以,"诗"由"言"、"志",变成了"言"、"寺"。换言之,"诗"字既有"言"、"志"之义,又有"言"、"寺"之形。杨树达《释诗》曰:

　　《说文·三篇上·言部》云:"诗,志也,志发于言。从言,寺声。"古文作訨,从言,屮声。按"志"字从心屮声,寺字亦从屮声,屮志寺古音无二。古文从言屮,言屮即言志也。篆文从言寺,言寺亦言志也。②

　　杨先生认为古文"诗"为"訨",是完全正确的,但这可能是比较晚近的写法。因为,上海博物馆藏战国楚竹简《孔子诗论》中孔子所说的"诗亡隐志,乐亡隐情,文亡隐言"之"诗",其写法是上"止"下"言",而不是左右结构之"訨"。另外,杨先生引用《说文》"诗,志也,志发于言。从言,寺声"云云,与现存《说文》内容有出入,今本《说文》中并无"志发于言"一句,可能是杨先生所据版本有误,或记忆有误。许慎之所以不说"志发于言",是因为"诗"不仅有言志之意。诗还有"承"、"持"之意,所以许慎笼统言之,读者可根据不同语境对此进行理解。但《毛诗序》曰:"诗者,志之所之也。在心为志,发言为诗。"《毛诗序》是解释文学体裁之"诗",与许慎解释文字之"诗"是不能等同的。

　　"诗"作为一个概念显然要早于《诗》。《尚书·舜典》曰:"诗言志,歌永言。"《诗》作为专有名词,是孔子删订诗歌之后才产生

---

① 许慎.说文解字注[M].段玉裁,注.上海:上海古籍出版社,1981:90.
② 杨树达.积微居小学金石论丛(卷一)[M].北京:科学出版社,1955:25-26.

的。《诗》特指《诗经》,是其在先秦时期的名称,由于共有 305 篇诗歌,因此又可取其整数而称为《诗三百》;到了西汉,经学产生,《诗》被尊为儒家经典,于是被称为《诗经》,从此沿用至今;汉代毛亨、毛苌曾注释《诗经》,因此又称《毛诗》。

尽管诗与《诗》是不同的概念,但在先秦时期,"诗"与《诗》没有绝对的界线,"诗"有时等同于《诗》。孔子等人的言论中经常如此;在诸如"诗三百"、"诗曰"和"诗云"等术语中,"诗"就是专指《诗》。如,"诗三百,一言以蔽之,曰:思无邪"(《论语·为政》);又如,"诗云:'他人有心,予忖度之'"(《孟子·梁惠王上》)。

(二)乐与《乐》

乐与《乐》也是两个不同的概念。乐包含《乐》,但是在先秦典籍之中,这两者也经常是难以区分的。正因为如此,先秦文献中的"乐",到底要不要加上书名号,颇有争议。例如《礼记·王制》:"春、秋教以礼乐,冬、夏教以诗书。"这个"乐"是不是指《乐经》,颇有分歧,这涉及《乐经》的有无。

"乐"是一个集体概念,在先秦时期,"乐"包括乐器、舞蹈、乐悬、乐师、乐的制度等诸多方面的内涵,涉及的范围非常广泛,它是一个综合体。

就文字的起源来看,"乐"字最晚在西周时期已经出现。《尚书·大传》有"周公摄政……六年制作礼乐"之说。传世的文物或文献中,"乐"在当时普遍写为"樂"。例如,郭店楚简中出现了此字,写为"樂"。《郭店楚墓竹简·尊德义》曰:"有知豊(礼)而不知樂(乐)者,无知樂(乐)而不知豊(礼)者。"[1]上海博物馆藏战

---

① 刘钊.郭店楚简校释[M].福州:福建人民出版社,2005:123.

国楚竹简中该字的写法与此一致。

就艺术的起源来看,"乐"的起源也是非常古老的,它来源于祭祀。刘师培《舞法起于祭法考》说:"三代以前之乐舞,无一不源于祭神。"①而祭祀神灵必然有沟通神与人的专职人员,这种专职人员就是巫,她们通过乐舞的形式来交通神人。《说文解字》说:"巫,祝也。女能事无形,以舞降神者也,象人两袖舞形。"②王国维说:"歌舞之兴,其始于古之巫乎? 巫之兴也,盖在上古之世……古代之巫,实以歌舞为职,以乐神人者也。"③正是由于祭祀,才产生了礼和乐。在先秦时期,"乐"与"礼"有着不可分割的联系。《礼记·礼运》云:"夫礼之初,始诸饮食,其燔黍捭豚,污尊而抔饮,蒉桴而土鼓,犹若可以致其敬于鬼神。"原始先民以供物奉神和歌舞娱神之礼来祭祀神灵。《礼记·月令》郑玄注曰:"凡用乐必有礼,用礼则有不解乐者。"④可见,在儒家的观念中,乐是礼的依附,失去了礼的支撑,乐也就不能称之为"乐"了。

在礼乐制度下,"乐"与"音"、"声"有明显的区别。"乐"代表"德音"。如,《左传·襄公十一年》记载,晋侯把乐队的一半赐给了魏绛,原因是晋侯认为魏绛在和好戎狄、整顿中原等方面立了大功。起初,魏绛表示推辞,并且把这些功劳归之于国家的福气、君王的威灵,以及众多大臣的努力。在晋侯的坚持下,魏绛最后还是接受了一半之乐的赏赐,"魏绛于是乎始有金石之乐,礼也"。接受赏赐之前,魏绛对晋侯说:"夫乐以安德,义以处之,

①　刘梦溪.中国现代学术经典(黄侃、刘师培卷)[M].石家庄:河北教育出版社,1996:790.

②　许慎.说文解字注[M].段玉裁,注.上海:上海古籍出版社,1981:201.

③　王国维.宋元戏曲史[M].上海:上海古籍出版社,1998:2.

④　阮元.十三经注疏[M].北京:中华书局,1980:1384.

礼以行之，信以守之，仁以厉之，而后可以殿邦国，同福禄，来远人，所谓乐也。"魏绛认为，"乐"是用来巩固德行的，但要用礼义、信用来推行、保障它。

但是到了春秋晚期，"乐"的含义已经开始出现转变的迹象。魏文侯已经把乐与音混为一谈了，于是，子夏为魏文侯详细地分析了乐与音的区别。据《礼记·乐记》记载，魏文侯曾经问孔子弟子子夏，自己正襟危坐地聆听古乐，总是担心提不起精神，简直要昏昏欲睡了；而欣赏郑卫之音就不同了，从不感觉疲倦。不知古乐何以让人感觉枯燥，而新乐何以如此振奋人心？子夏回答说，君王您所提问的是乐，而所喜好的是音。乐与音虽然相近，但并不相同。乐讲究行列进退，整齐划一，其气象和平中正而又宽广。弦匏笙簧等乐器的演奏，都听从拊与鼓的指令。舞蹈开始时击鼓，舞蹈结束时击铙。舞蹈结尾时击相以整齐行列，舞蹈动作过快时击雅调整步伐。乐舞结束后，君子们一起谈论乐的意义，谈论古代的事迹，其内容都是修身齐家治国平天下。这就是古乐的意义。而现在那些新乐，舞蹈者进退弯腰驼背，参差不齐，歌曲的声音也奸诈淫邪，放荡不已。又有优伶侏儒，还混杂有男男女女，父子不分。歌曲结束没有什么可以谈论的，也无从联系古代的事迹，这就是新乐的后果。因此，君主应当崇尚德音，安定天下，"然后正六律，和五声，弦歌诗颂"，教化万民。

而《乐》则指有关"乐"的理论著作。《乐》到了汉代经学确立以后，又被称为《乐经》。但《乐经》经秦火而失传，因此，关于《乐经》有无的问题一直争论不休。

从古到今，绝大多数学者认为《乐经》是曾经存在的。郑樵《六经奥论·〈乐〉书》曰：

> 古者以《诗》、《书》、《礼》、《乐》造士，谓之四教。后世兼

以《易》、《春秋》，谓之六艺。……虽六经之《乐》书不存，其乐制乐官杂出于二《礼》之书，犹可覆也。二戴《礼》虽立乐官于宣帝之时，并无《乐记》篇。至后汉马融始以《月令》、《明堂位》、《乐记》三篇，足之为四十九篇行于世。《周礼》、《礼记》为《乐》书之遗，而后世不列之学官。唐有《周礼》生徒而无《周礼》学官，良可惜也。吁！《乐》书之不存于后世久矣。唐之李嗣真振铎于地，而黄钟自应；张文收断竹为律，而哑钟自鸣。《乐》书虽亡，而人心之乐，未始不存也。①

郑樵认为，古人以《礼》、《乐》等教育弟子，《乐》书是四教、六艺或六经之一。虽然此书不存于世，但乐制乐官可能通过《周礼》、《礼记》书得其概貌。《乐》书虽然久佚，但乐之义、乐之德自始至终都存在于人们心目之中。

章学诚《校雠通义·原道第一》曰：

后世文字，必溯源于六艺。六艺非孔氏之书，乃《周官》之旧典也。《易》掌太卜，《书》藏外史，《礼》在宗伯，《乐》隶司乐，《诗》颂于太师，《春秋》存乎国史。②

章学诚认为，后世的文字都源于六艺，六艺之《乐》为司乐掌管。

刘师培先生则认为，孔子以六经教授弟子，其中《诗》、《书》、《礼》、《乐》为普通的学科，《易》、《春秋》则为特别的学科，而"《乐经》者，唱歌课本以及体操之模范也"③。在弟子之中，学业优异

---

① 郑樵.六经奥论[M].长春：吉林出版集团有限责任公司，2005：104－105.
② 章学诚.文史通义[M].上海：上海书店，1988：53.
③ 刘师培.中国中古文学史讲义[M].北京：中国人民大学出版社，2011：174.

者不乏其人,"如子夏、子贡,皆深于乐"①。

但也有一些学者否定《乐经》曾经存在的事实。清代学者邵懿辰认为,乐原本在《诗经》之中。他在《礼经通论》中说:"乐本无经也,乐之原在《诗》三百篇之中,乐之用在《礼》十七篇之中。"②沈文倬先生赞同邵氏之说:"论证乐无书本,邵说确不可易。"③

（三）乐与音、声

在先秦时期,"乐"与"声"、"音"虽然有一些联系,有时可以通用,但严格来说它们是有区别的。宫、商、角、徵、羽五声单独发出的,叫作"声";众声组合而成并有规律的,叫作"音";各种"音"共同构成了"乐"。《礼记·乐记》曰:"凡音之起,由人心生也。人心之动,物使之然也。感于物而动,故形于声。声相应,故生变,变成方,谓之音。比音而乐之,及干戚、羽旄,谓之乐。"孔颖达疏曰:"初发口单者谓之声,众声和合成章谓之音,金石干戚羽旄谓之乐,则声为初,音为中,乐为末也。"④可见,"声"、"音"、"乐"三者是阶梯式递进的。"声"通于动物的感官,也作用于人的感官;"音"通于心智,作用于人的心情;而"乐"则通于伦理,作用于人的理智。三者之间在伦理上的差别也是显而易见的。

"聲"（声）是声响。《说文解字》曰:"聲,音也。从耳殸声。殸,籀文磬。"⑤"宫、商、角、徵、羽"构成了最基本的五声,万物都

---

① 刘师培.中国中古文学史讲义[M].北京:中国人民大学出版社,2011:177.

② 沈文倬.宗周礼乐文明考论[M].杭州:浙江大学出版社,2001:3.

③ 沈文倬.宗周礼乐文明考论[M].杭州:浙江大学出版社,2001:3.

④ 阮元.十三经注疏[M].北京:中华书局,1980:1527.

⑤ 许慎.说文解字注[M].段玉裁,注.上海:上海古籍出版社,1981:592.

能产生它,而且动物也能感受到它,对于"声"而言,人与动物没有区别。但是,"音"就不同了。《说文解字》曰:"音,声生于心,有节于外,谓之音。宫、商、角、徵、羽,声也。丝、竹、金、石、匏、土、革、木,音也。从言含一。凡音之属皆从音。"①"音"产生于人心,是"声"之文,相当于今天的歌曲,它是由"声"按照一定的规律,并用"丝、竹、金、石、匏、土、革、木"等八种不同材料所制作的乐器进行演奏而成的,因此,只有人才能接受并领悟它。"音"是人与动物相区别的标志。《礼记·乐记》曰:"知声而不知音者,禽兽是也。"当然,人之中又有君子与小人的不同,这种不同可以通过"乐"来进行区别。小人听"音"而已,而君子则懂得创造并欣赏"乐"。"乐"虽然有时与"音"相通,但严格来讲,"乐"只是"音"之中高雅的那一部分,简而言之,"乐"为德之"音"。

"樂"(乐)是歌曲、舞蹈、演奏等的结合体。许兆昌先生说:"上古时期,'乐'的形式包括三个基本方面,分别是奏、歌、舞。其中,奏用乐器;歌有词,也就是诗;舞则是舞蹈。"②正因为"乐"是一种综合性艺术,所以,它的出现比较晚。《说文解字》:"樂,五声八音总名。象鼓鞞,木,虡也。"③许慎释"樂"为"五声八音总名",这是符合"樂"字的发展历史的。就目前文献来看,"樂"字首先出现在金文之中,这应当是我们祖先对于音乐有了一个比较全面的理解之后,才创造了"樂"字。从"樂"字的字形字义来看,它起源于祭祀。王小盾先生说:

从现有资料看,中国古代音乐是同礼仪制度一直成熟

---

① 许慎.说文解字注[M].段玉裁,注.上海:上海古籍出版社,1981:102.
② 许兆昌.先秦乐文化考论[M].哈尔滨:黑龙江人民出版社,2010:1.
③ 许慎.说文解字注[M].段玉裁,注.上海:上海古籍出版社,1981:265.

起来的。汉语文献中最早的音乐记载,是关于祭祀之乐的记载。古史所记的"六代乐舞"……反映了早期音乐用于祭祀的重要功能。[1]

可见,"樂"字,很可能就是西周初期周公为"制礼作乐"而创造出来的。西周初年,周公"制礼作乐"以维护国家的稳定。因此,"礼"与"乐"往往水乳交融,"礼中有乐","乐中有礼",共同发挥着重要的教化作用。可见,在"樂"字产生的初期,它已经是一种高度综合化了的文化,是周朝"礼"制的重要载体和表现形式。所以说,"樂"首先出现于祭祀,然后才有了音乐之义,即社会性的性质在前,艺术性的性质在后。因为,音乐"首先是一种社会文化符号形式,其次才是艺术符号形式"。[2]

"乐"是德音。《礼记·乐记》曰:"乐者,所以象德也。"又曰:"德音之谓乐。"乐,能够感动人之善心,而不使放心邪气得以接近,所以它产生的道德(乐德)影响是非常深远的。君臣在宗庙之中一同听乐,则能够和谐恭敬;老幼在乡里之中一同听乐,则能够和睦顺从;父子兄弟在家里一同听乐,则能够亲近融洽;夫妇在闺房一同听乐,则能够相亲相爱。因此,乐就是要先确定适当的乐调,再用乐器来伴奏,按照一定的节奏演奏出优美的乐曲,用以融洽君臣与父子之间的关系,并使万民亲附。这就是先王制定乐的宗旨。乐就是天地之教化、中和的纲纪,人情所无法避免、不可缺少的。"夫乐者,乐也,人情之所不能免也。乐必发于声音,形于动静,人之道也。"(《礼记·乐记》)

[1] 王小盾.中国音乐学史上的"乐""音""声"三分[J].中国学术,2001(3):55—73.
[2] 袁静芳.中国传统音乐概论[M].北京:音乐出版社,2000:65.

（四）诗乐

诗乐,作为礼乐盛行的产物,是诗与乐的统一体,它是指诗要配合乐的演奏,在各种礼仪中使用。诗乐像礼乐一样,既可以作为一个并列词,也可以作为一个合成词。作为并列词时,诗乐即诗之乐,或乐之诗;而作为合成词时,诗乐之间就有性质之异及主次之分。合而言之,诗为乐之体,而乐为诗之声;分而言之,诗与乐可以各自独立,乐虽无形,但其价值却高于有形之诗。

在孔子时代,诗乐的内涵非常广泛,它不仅包括《诗》和《乐》、诗和乐相互依存而又各自独立的辩证关系,甚至包括两者的偏正关系、递进关系,即诗之乐、诗与乐的递进,等等。

诗乐不等于诗歌与音乐的简单叠加,诗乐是礼乐文化的代表。只有在礼乐文化背景下,诗乐的具体内涵才能得到客观、全面的揭示。三代以上,治出于一,诗与乐合为一体,春秋以后诗与乐各自独立。而孔子正是处于社会转型时期,诗乐一体的关系既上升到前所未有的程度,但也开始由盛而衰,诗乐已经出现分化的趋势。所谓"礼崩乐坏",并不是礼、乐都崩塌毁坏了,而是指礼、乐、诗的关系乱了,各种越级使用诗、乐的行为比比皆是。既然诗乐的使用与礼没有必然联系,则诗、乐的关系当然是各行其是。孔子面对这种现状痛心疾首,决心力挽狂澜,恢复周礼,使诗乐保持其本来的面貌。

诗乐一体,就是礼有序之时;诗乐分离,就是礼混乱之际。礼作为社会的根本制度,涉及政治、经济、文化、伦理、道德,它是社会稳定与否的风向标;而诗乐又是礼的载体,是社会健康与否的温度计。所以,从诗乐的角度研究孔子,不仅抓住了问题的关键和实质,而且还可以更好地理解当时的社会现实,从而得出比较客观的结论。

　　诗乐，是诗与乐的有机统一，这种情形由来已久。《尚书·尧典》曰："诗言志，歌永言，声依永，律和声；八音克谐，无相夺伦，神人以和。"孔颖达《毛诗正义》卷首《诗谱序》疏引郑玄《尚书注》曰："诗所以言人之志意也。永，长也，歌又所以长言诗之意。声之曲折，又长言而为之。声中律乃为和。"① 可见，诗乐协配之情形是由来已久的。《汉书·艺文志》曰："哀乐之心感，而歌咏之声发。诵其言谓之诗，咏其声谓之歌。"② 这说明诗与乐是相通的。孙诒让指出："凡诗皆可弦歌入乐，故诗亦通谓之乐"，"六诗为乐之枝别"。③ 可见，把诗乐视为一个固定词组，是古人的共识，可谓理所当然。《毛传》对《诗经·郑风·子衿》中"子宁不嗣音"的注释是"嗣，习也。古者教以诗乐，诵之歌之，弦之舞之"④。这是把诗乐视为教学内容，它是诗歌与音乐的统一体。刘勰《文心雕龙》："诗为乐心，声为乐体。乐体在声，瞽师务调其器；乐心在诗，君子宜正其文。"诗与乐不是红花与绿叶的关系，而是互为表里、不分主次的关系。沈文倬先生说：

　　　　音乐的演奏以"诗"为乐章，诗、乐结合便成为各种礼典的组成部分。⑤

　　由于诗乐的广泛运用，所以先秦典籍中大量记载了诗乐的使用情况。例如，《左传·襄公二十九年》："吴公子札来聘……请观于周乐。"吴公子季札到鲁国聘问，请求观周乐。鲁国为他演奏了《周南》、《召南》、《小雅》、《大雅》和《颂》等诗乐，季札一一

①　阮元.十三经注疏[M].北京：中华书局，1980：262.
②　班固.汉书[M].北京：中华书局，1962：1708.
③　孙诒让.周礼正义（卷四五）[M].北京：中华书局，1987：1845.
④　阮元.十三经注疏[M].北京：中华书局，1980：345.
⑤　沈文倬.宗周礼乐文明考论[M].杭州：浙江大学出版社，2001：3.

联系道德、政治等诸多内容作了恰如其分的审美评价。又如，《论语·八佾》记载："三家者以《雍》彻。子曰：'相维辟公，天子穆穆，奚取于三家之堂？'"这里所说的三家，即鲁国三桓，他们是孟孙氏、叔孙氏、季孙氏。这三家在祭祀祖先之后，用《诗经·周颂·雍》撤除祭品。而《雍》是周武王祭祀文王的诗乐，属于天子的祭祀礼仪，而三家却僭越礼制，以此诗乐为祭。所以孔子质问道："相维辟公，天子穆穆"这样的诗乐怎么可以在三家祭祀的庙堂上演奏呢？在此，孔子与季札一样，是站在礼制的立场上对诗乐的使用作出评价的。

1. 春秋时代及以前，诗乐是相须为用的

春秋以前，诗、乐尚未自觉，只是天然地结合在一起。当时有专门的音乐管理机构和音乐管理人员，大司乐就是专门管理音乐的官员。《周礼·春官·大司乐》曰：

> 大司乐……以乐语教国子：兴、道、讽、诵、言、语。以乐舞教国子舞：《云门》、《大卷》、《大咸》、《大磬》、《大夏》、《大镬》、《大武》。以六律、六同、五声、八音、六舞，大合乐以致鬼神示，以和邦国，以谐万民，以安宾客，以说远人，以作动物。[①]

这里的"乐语"就是配乐的诗，它与"乐舞"配合在一起"以致鬼神"。另外，《尚书·尧典》所载"诗言志，歌永言，声依永，律和声"，以及《吕氏春秋·古乐》所载"昔葛天氏之乐，三人操牛尾，投足以歌八阕"，都说明了诗、乐、舞一体的特点。正如岑家梧先生所说，音乐、诗歌、跳舞三者结合，不可分割，"音乐实为原始人

---

① 孔颖达.周礼注疏[M].北京：北京大学出版社，1999：573－578.

类一切宗教仪式之一部分"①,"音乐在最低文化阶段,是与跳舞诗歌极密切地连结而出现的"②。不仅我国古代,古希腊也是如此。朱狄先生说:

> 在古希腊,音乐是诗歌的附属物,诗歌本来就具有音乐性,因此可以直接吟唱。……希腊人最初把音乐和诗歌看作是灵感的产物,这两种艺术都被看作为听觉的对象,而且诗、音乐、舞蹈和建筑、雕塑之类的艺术不同,它们都具有一种迷狂的特征,因此,这三种艺术很容易结合在一起。……欧洲直到基督教产生才开始有从诗歌中独立出来的音乐,在此之前,音乐被看作诗歌的一个从属部分,它之所以能对心灵产生作用就在于它与诗的联系。③

诗、乐不分,不仅是中国古代一个普遍的现象,在世界各国也是如此。可见,诗乐是人类早期艺术的一种重要形式。

春秋时代,礼乐文化盛行,诗与乐基本上仍然保持水乳交融的状态。《礼记·经解》孔颖达疏曰:"《诗》为《乐》章,《诗》、《乐》是一。"④诗是乐的肌体,而乐是诗的灵魂。春秋时代之所以诗乐没有分家,是因为在各种场合下,诗乐共同为礼服务,即使是外交场合下的赋诗言志,也是如此。朱自清《诗言志》说:"赋诗是合乐的,也是诗乐不分家。"⑤

诗乐的运用非常广泛,最重要的是,它用于祭祀之中。据《礼记·明堂位》记载,天子在大庙中以禘礼祭祀周公,除了各种

---

① 岑家梧.图腾艺术史[M].上海:学林出版社,1987:100.
② 岑家梧.图腾艺术史[M].上海:学林出版社,1987:89.
③ 朱狄.当代西方艺术哲学[M].北京:人民出版社,1996:9.
④ 阮元.十三经注疏[M].北京:中华书局,1980:1610.
⑤ 朱自清.朱自清说诗[M].上海:上海古籍出版社,1999:6.

礼器、礼品以外,还要演奏诗乐,表演舞蹈:"升歌《清庙》,下管《象》;朱干玉戚,冕而舞《大武》;皮弁素积,裼而舞《大夏》"。另外,在乡饮酒礼、燕礼、射礼、大射礼等礼仪之中,诗乐演奏作为迎宾、娱宾的礼仪,是一个不可缺少的环节。例如,《仪礼·燕礼》记载,如果以诗乐迎接异国之宾,则在宾客进门到达庭前之际开始演奏《肆夏》。当外宾尝酒后向主人行拜礼告旨,而主人回拜时,诗乐停止。当主人向君献酒,君行拜受礼受爵时,又开始演奏《肆夏》。当君饮干爵中酒,主人升堂从君手中接过空爵下堂时,诗乐又一次停止。这时,乐工升堂歌唱《鹿鸣》,接着,堂下乐工吹奏《新宫》,而笙工也进来与之合奏,一共吹奏三遍,之后,歌声、管、笙三者同时响起,合奏乡乐,即《周南》和《召南》中的六首诗。如果要表演舞蹈的话,就演奏《勺》。还有,在射箭礼仪活动中,射箭者在第三番射之时,必需按照诗乐的节奏进行射击,否则不计算成绩。射箭所配置的诗乐是有等级之分的:天子以《驺虞》节射,诸侯以《狸首》节射,卿大夫以《采蘋》节射,士则以《采蘩》节射。而《驺虞》、《狸首》、《采蘋》、《采蘩》都既是诗,又是乐。

2.诗乐具有独立性,后来不断解体

诗乐虽然是一体的,但两者有时存在相对的独立性,因为,乐、舞与诗的配合往往要根据不同的礼仪来决定。《周礼·春官》把舞分为六类,乐分为九类。《周礼·春官·乐师》曰:"凡舞,有帔舞,有羽舞,有皇舞,有旄舞,有干舞,有人舞。"舞一共有六类。《周礼·春官·钟师》曰:"凡乐事,以钟鼓奏九夏:《王夏》、《肆夏》、《昭夏》、《纳夏》、《章夏》、《齐夏》、《族夏》、《祴夏》、《骜夏》。"乐一共有九类。可见,尽管诗、乐、舞是一体的,但具体的用乐情况则随着不同的诗歌篇目而有所变化,这说明诗、乐具有一定的相对独立性。另外,《论语·泰伯》记载孔子所说的:"兴于《诗》,立于礼,成于乐",也把诗与乐分开表述,同样说明了两者各自的独立性。

春秋之际,诗乐关系开始松动。王国维《汉以后所传周乐考》说:"《诗》、乐二家,自春秋之际,已自分途。"[①]就诗乐两分来说,"《诗》家习其义,出于古师儒"[②],其支流分为齐、鲁、韩、毛四家,到秦汉之际,都得到了传承;而"乐家传其声,出于古太师氏"[③],乐家之诗,只有伶人世代坚守,至先秦以后,各种乐声开始大量失传。王氏大致勾勒了春秋至汉代诗乐之间的关系。由于诗乐关系的改变,则音乐与文学之间的关系也随之而改变。春秋战国之际,是诗乐从结合走向分离的转折点。顾颉刚先生说:"春秋时乐的主要作用,是作歌诗的辅佐,战国时音乐就脱离了歌诗而独立了。"[④]春秋末期,郑声作为一种新声的出现也说明了诗乐关系开始疏离。春秋时期,由于祭祀、朝聘、外交等的要求,言诗者必及乐;而战国时代,已经没有朝聘、外交等的要求,诗乐已经分家,所以学者也只能在文字上、理论上谈论诗乐了。这正如朱东润《古诗说摭遗》所说:

> 战国而后,无复朝享赋诗之事,诗乐既分,故学诗者止就文字立论。然在春秋间则大异,其时诗乐不分,言诗者必言乐,必言歌,而以朝享赋诗之故,其事遂于人伦日用。[⑤]

虽然诗乐是一个包括诗与乐的概念,但是春秋战国之后,随

---

① 王国维.观堂集林(外二种)[M].石家庄:河北教育出版社,2001:57.
② 王国维.观堂集林(外二种)[M].石家庄:河北教育出版社,2001:57.
③ 王国维.观堂集林(外二种)[M].石家庄:河北教育出版社,2001:57.
④ 顾颉刚.古史辨(第三册)[M].上海:上海古籍出版社,1982:354.
⑤ 朱东润.诗三百篇探故[M].上海:上海古籍出版社,1981:80.

着诗乐的解体,古代学者往往把诗乐看成是诗之乐,这种情形一直延续至今。另外,当代还有许多学者又把诗乐分而视之,自觉或不自觉地把孔子的诗乐思想分裂开来,使诗、乐变成了没有多大联系的、各自独立的艺术。因此,研究孔子的诗学思想、孔子的音乐思想、孔子的文学思想之类的课题也层出不穷,这些研究的问题就在于把孔子时代的诗与乐想当然地割裂,而忽视它们的天然联系,从而造成了不少误解。这表现在多方面,既有把《诗经》之诗与乐独立开来,单独地研究诗歌或音乐,又有把乐完全理解为音乐的做法,还有把《诗经》的内容与《诗经》的运用等同视之的错误做法。前面两种误解比较容易理解,后面一种则难以发觉。例如,《诗经·周颂·载芟》、《诗经·周颂·良耜》分别是春祈、秋报的祭祀乐歌,但历代有不少学者对此却有不同意见。上述两诗,《毛诗序》分别注释为"春籍田而祈社稷也"[①],"秋报社稷也"[②]。与之不同的是,魏源《诗古微》则认为这两首诗都是"蜡祭之诗",与耕籍与祈报社稷没有关系[③]。之所以如此,是因为魏源只从《诗经》的内容理解此诗。尽管魏源非常重视诗、乐合一的理解,但却在此问题上犯了错误。陈子展先生曾经对此类错误批评道:"他们都不明白《诗序》作在《诗》三百和乐之后,往往是用作乐章之谊,而不是诗之本谊。《诗序》说:'《载芟》,春籍田而祈社稷也。'正和我们读过的许多农事诗一样,《诗序》所说只是用作乐章之谊。"[④]这就是说,《诗经》的运用不能仅仅从诗的角度来理解,而忽略其作为乐的价值,否则就容易造成

---

① 阮元.十三经注疏[M].北京:中华书局,1980:601.

② 阮元.十三经注疏[M].北京:中华书局,1980:602.

③ 魏源.诗古微[M].长沙:岳麓书社,2004:318-319.

④ 陈子展.诗三百篇解题[M].上海:复旦大学出版社,2001:1193.

误解。毕竟《诗经》的内容并不能与其运用完全对等。如,《周南·关雎》、《葛覃》、《卷耳》和《召南·鹊巢》、《采蘩》、《采蘋》,用于合乐,在乡射礼、大射礼、燕礼等礼仪场合都可以运用。《周南·关雎》的内容与射箭场合的运用有多少关系?可见,这六首诗的内容显然不能一一对应其运用的场合。所以,要准确地理解《诗经》,以及孔子的诗乐思想,就必须把诗与乐有机地结合起来。其实,只要置身于当时的社会背景,我们就能非常清楚地发现:诗乐相亲,且融入社会生活的方方面面。

四、本书的思路和框架

本书主要研究礼乐背景下孔子的诗乐思想。分析礼与诗乐的关系,以及孔子诗乐在其学术中的发展、演变。孔子学术历程始于"礼",发展为"仁",最后上升到"易",而其诗乐思想也在其不断践行自己的学术信念之中得到弘扬与升华。孔子以诗乐进行教化,主张"兴观群怨"、"兴于《诗》,立于礼,成于乐"、"乐者,乐也"。换言之,孔子以诗乐推行礼学、仁学,并把"乐"上升到一个悟证天道、力尽从事("易")的高度。孔子的诗乐思想对当今仍有极其重要的现实意义。本书按照这种思路,分六章论述。此外,还包括绪论和结语两部分。

首先是绪论。说明本书选题的缘由、价值及创新点,综述国内外研究情况,以及核心范畴"诗乐"的内涵和外延。

第一章 诗乐与周代礼乐制度。分析礼与乐的起源及其本义。"乐"的起源是一个争论不休的话题,故本章对有关的学说进行了细致的辨正,得到结论:许慎对"乐"的解释是完全正确的。另外,诗乐是礼乐文化的产物,所以要对诗、礼、乐的关系进行考论。这主要包括礼仪中诗乐的运用情况,以及通过《诗经》

与《仪礼》的用辞来讨论礼与诗乐的关系。

第二章　孔子诗乐思想的形成。孔子诗乐思想与其学术历程息息相关。孔子学术历程始于"礼学",发展为"仁学",上升到"易学",其诗乐思想在他的学术历程中得到体现。孔子用诗乐践行周礼,并创造性地把礼从外在的行为转为内在的道德修养(仁)。这种道德追求是敬畏天命、力尽人事的一种表现。孔子通过诗乐使"孔颜乐处"的诗意在生活中熠熠生辉,这种诗意是孔子易学的最高境界。

第三章　孔子诗乐关系观。孔子用诗乐进行教化,把诗乐视为统一体。所谓"礼非乐不行,乐非礼不举"[①],就是这个意思。由于孔子时代的诗乐是通过乐悬来演奏的,所以孔子对乐悬也有大量的评说。通过这些评说,可以了解孔子的思想:"吾观于乡,而知王道之易易也"(《礼记·乡饮酒义》)。

第四章　孔子诗乐功能观。孔子用诗乐教化弟子,主张"兴观群怨"、"兴于《诗》,立于礼,成于乐"。就"兴观群怨"而言,孔子拓展了"兴"的内涵。孔子对"观"的重视,不禁让人想到这么一个问题:诗何以"观"而不听?孔子认为诗可以"群",不仅是听者有此美好愿望,诗乐本身就有"群"的特征。在孔子看来,"怨"不是说作者可以抒发"怨恨",而是指用"乐"者可以借此进行微言讽谏。

第五章　孔子诗乐思想的品格。大致包括四大方面,分别是神道设教,道德一体;观其德义,据仁游艺;文质彬彬,尽善尽美;情理相融,知行合一。

第六章　乐者,乐也——孔子的审美境界。孔子面对春秋

---

① 郑樵. 通志二十略[M]. 北京:中华书局,1995:883.

晚期礼乐向礼义的转型,不是随波逐流,而是力挽狂澜。孔子坚守"乐"的立场,并进行拓展和创新,把《周易》中的"三乐"精神与礼乐之"乐"结合起来,成功地转换成"乐者,乐也",使音乐与人的生理、社会的和谐联系在一起,构建了一个美好的、诗乐盛行的理想社会。这样的社会,就是一个理想的蓝图:人是一种诗乐的存在。

结语 孔子诗乐思想的影响及其当代价值。孔子诗乐思想的影响非常深刻,这主要包括两个方面,即理论思想和朝廷用乐。理论思想一直延续至今,而朝廷用乐则成为古代社会的一种政治制度。孔子诗乐思想内涵丰富,而且特色鲜明,构成了中国礼乐传统文化的核心思想,源远流长,至今仍然具有重大的意义:诗乐传家,门风优美;引领大众,品位为上;德音为首,兼顾多元。

如上所述,我们可以通过诗乐来领悟孔子的追求,那就是:志于道、据于德、依于仁、游于艺。孔子的理想和信念可谓放之四海而皆准。社会人生只有道德的,才能得到幸福,只有艺术的,才能全面发展;而道德的、艺术的人生,就是诗乐的人生。这样的人生就是"乐"的人生,是我们中华民族世世代代的梦想,共同追求的目标!

第一章　诗乐与周代礼乐制度

第一节　"礼"义溯源

一、"礼"之起源

《说文解字》云:"禮,履也,所以事神致福也;从示从豐,豐亦声。"[①]可见,"礼"最初是祭祀神灵的一种礼仪,它的本质是事神。礼(禮)的偏旁分别为"示"、"豐"。许慎对它们都进行了解释。《说文解字》曰:"示,天垂象,见吉凶,所以示人也,从二,三垂,日月星也。观乎天文,以察时变,示,神事也。""豐,行礼之器也,从豆,象形。"[②]这就是说,"示"字上面的"二"代表"上",即"天",下面的"小"代表日、月、星,"豐"字代表行礼之时的承物之器。刘师培《古政原始论》说:"盖二字即上字之古文,而小字即象日月星之形,示字古文作〖示〗,一即天也。……礼字从示足证古代礼制

①　许慎. 说文解字注[M]. 段玉裁,注. 上海:上海古籍出版社,1981:2.
②　许慎. 说文解字注[M]. 段玉裁,注. 上海:上海古籍出版社,1981:2,208.

悉该于祭礼之中,舍祭礼而外,固无所谓礼制也。若礼字从豊,亦含祭礼之义,《说文》豊字下云,行礼之器也。盖古代之祭天日月星也,未制礼器,仅以手持肉而已,故祭字从ㄕ从ㄟ。ㄕ,肉也,ㄟ,手也。即捧肉以祀天日月星之义也。及民知制祭器之品日增,《说文》曲字下云,象器曲受物之形也。……若豊字从豆,则《诗》言于豆于登,复言上帝居歆,足证豆器为祀天之物。"可见,"礼"字偏旁"示"代表对天日月星的祭祀,而"礼"之"豊"也含有祭祀之义。所以说,"礼"字源于祭祀。总之,"观于礼字之从示从豊,益足证上古五礼之中仅有祭礼,若冠礼、昏礼、丧礼,咸为祭礼所该"[①]。

从上面的分析来看,许慎和刘师培通过字的构造对"礼(禮)"进行了合乎逻辑的解释。但两位学者对于"豊"中之"曲"的解释则语焉不详,王国维的解释补完了这一不足之处。王氏认为"豊"中之"曲"为"二玉之形"。王国维的解说很有说服力,他通过甲骨文来证明"禮"是一个会意字。王国维《释礼》一文认为甲骨文中的"豊"即礼字:"豊……象二玉在器之形。古者行礼以玉。"又说:"盛玉以奉神人之器谓之曲、若豊,推之而奉神人之酒醴亦谓之醴,又推之以奉神人之事通谓之礼。"[②]王先生认为"豊"字上部为"二玉之形",即"玨"字,得到学界普遍认同,下面一部分为"豆",则是沿用旧说。这就是说,王国维在许慎、刘师培学说的基础上,提出了新说,但对"豆"的理解仍存在不足。对此,郭沫若先生又把研究向前推进了一步。

郭沫若把"豊"字下部分解释为"鼓"字,而不是"豆"字,认为

---

① 刘梦溪.中国现代学术经典(黄侃·刘师培卷)[M].石家庄:河北教育出版社,1996:697.

② 王国维.观堂集林[M].石家庄:河北教育出版社,2003:144.

"乃鼓之初文"①,得到了诸多学者认可。从古文字字形来说,"豐字原先确系从壴从玨无疑"②。"豐"字从壴从玨,而不是从豆从玨,其原因在于,在礼仪中,"壴"比"豆"更重要。在上古时期,行礼常用玉和鼓。孔子云:"礼云礼云,玉帛云乎哉? 乐云乐云,钟鼓云乎哉?"(《论语·阳货》)虽然玉帛与钟鼓并不代表礼乐,但这也说明了玉帛和钟鼓在各种礼仪中的重要地位。另外,鼓本身就可以专门用于祭祀或重大礼仪活动,这在甲骨文等文献中都有记载:

　　辛亥卜,出贞:其鼓彡告于唐,一牛。九月(续一·七·四　余一〇·二)

　　己酉卜,大贞:乞告,其壴于唐,衣,亡尤? 九月(后下三九·四)

　　六月辛未,朔,日有食之,鼓,用牲于社。伯姬归于杞。秋,大水,鼓,用牲于社、于门。(《春秋·庄公二十五年》)

　　九月庚午朔,日有食之,鼓,用牲于社。(《春秋·庄公三十年》)

　　六月辛丑朔,日有食之。鼓,用牲于社。(《春秋·文公十五年》)

　　非日月之眚,不鼓。(《左传·庄公二十五年》)

　　日有食之,天子不举,伐鼓于社,诸侯用币于社,伐鼓于朝,以昭事神、训民、事君,示有等威,古之道也。(《左传·文公十五年》)

　　从上面的实例可知,"壴"作为一个事神的礼仪用器,其重

---

① 　郭沫若.卜辞通纂[M].北京:科学出版社,1983:321-322.
② 　林沄.豐豊辨[M].//古文字研究第十二辑.北京:中华书局,1985:183.

要性绝不是其他器物所能比拟的。因此,"豊"字从壴从珏,就是理所当然的事情了。后来,古人在"豊"的左边加上一个"示"旁,成了"禮"。林沄先生说:"目前所见古文字资料中但有豊字而未见禮字,战国时代之中山国方壶铭文中,'不用禮义'及'辞禮敬则贤人至'之禮均只作豊。可见加示旁之禮乃后起的分化字。"①郭沫若《孔墨的批判》一书说:"礼是后来的字,在金文里面我们偶尔看见有用豊字的,从字的结构上来说,是在一个器皿里面盛两串玉具以奉事于神,《盘庚篇》里面所说的'具乃贝玉'就是这个意思。大概礼之起,起于祀神,故其字后来从示,其后扩展而为对人,更其后扩展而为吉、凶、军、宾、嘉的各种仪制。"②

从上面的分析可知,"禮"的初字为甲骨文"豊",从壴从珏。它的含义是盛玉伐鼓以奉神灵。战国以后,"豊"加"示"旁而构成"禮"字。其中,"示"旁表示祭祀的对象是"天日月星"之类的神灵。在祭祀之中,"天日月星"都是尊贵之神,而天可谓是诸神之极则。"禮"字起源于祭祀,而以祭祀"天日月星"为其代表,可见五礼之中以吉礼即祭祀为首,而祭祀之中,又以祀天为首。此字的构造与古代的礼制是相符的。祀天之礼是天子之礼,是最高级别的礼仪,而日月星辰之祭也非常重大,有历史文献为证:

> 子曰:"明乎郊社之义、尝禘之礼,治国其如指诸掌而已乎!"(《礼记·仲尼燕居》)

> 孔子曰:"郊社之礼,所以事上帝(天)也;宗庙之礼,所

---

① 林沄.豊豐辨[M].//古文字研究第十二辑.北京:中华书局,1985:18.
② 郭沫若.十批判书[M].北京:东方出版社,1996:96.

以祀乎其先也。明乎郊社之礼，谛尝之义，治国其如示诸掌乎！"（《中庸》）

《周礼·春官·大司乐》曰：乃奏黄钟，歌大吕，舞云门，以祀天神。

《周礼·春官·大宗伯》曰：以吉礼事邦国之鬼神示。以禋祀祀昊天上帝，以实柴祀日月星辰。

孔子所说的"郊社之礼"，是天子祭祀上帝（天）的礼仪。理解了这种礼仪，以及祭祖的谛尝之义，治理国家就会易如反掌。祭祀上帝用黄钟大吕，跳起《云门》的舞蹈。日月星辰的祭祀与上帝的祭祀相提并论，其重要性也可想而知了。

二、"礼"之含义

虽然大致可以说，礼者，仪也，但是，礼既包括礼仪、礼制、礼器，又与"仪"有别。礼的核心是祭祀神灵和崇敬祖先。神灵祭祀与祖先祭祀总是相伴相随，而祖先崇拜带有浓厚的血缘和社会色彩，这就使祭祀活动与血缘、社会关系紧密地联系起来。祭祀因而具有宗法性质，带有明显的伦常秩序。因此，在一套礼仪动作或礼仪装饰之中，有严格的等级差别。不同的等级，其文与质也是不尽相同的。所谓"文"，包括文饰和动作；所谓"质"，包括身份与品德。当然，每一个人都要做到文与质的完美统一，所谓"文质彬彬，然后君子"，而且要做到"不在其位，不谋其政"。《古今图书集成·礼仪典》注曰："乾天在上，衣象，衣上阖而圆，有阳奇象。坤地在下，裳象，裳下两股，有阴偶象。上衣下裳，不可颠倒。使人知尊卑上下，不可乱，则民自定，天下治矣。"

甲骨卜辞和彝器铭文的记载表明，商周的祖先祭祀制度一直是两代礼制的重心。刘雨先生经过对西周金文资料的详细统计和分析后认为:"我国古代传统上分吉、嘉、宾、军、凶五种,然而'礼有五经,莫重于祭',诸祭礼中又以祭祖礼更为重要。西周是古礼盛行的时代,因此对西周祭祖礼的研究,是认识古礼的关键。"①虽然祭祀之中以祭祖礼为最重要,但这并不表明其档次最高,祭祀中还是以祭天地之礼为最高等级。

周代对神灵和祖先的祭祀礼仪加以改造,使之更加系统化、礼仪化,从而形成一套完整的宗法制度,要求国人严格地遵守,甚至成为一种不约而同的道德要求。这就使"礼"从祭祀之宗教,转向了政治,之后在日常生活之中又演变成一种伦理。钱穆先生说:"礼本是指宗教上一种祭神的仪文……但中国古代的宗教很早便为政治意义所融化,成为政治性的宗教了。因此,宗教上的礼,亦渐变而为政治上的礼。……中国古代的政治,也很早便为伦理意义所融化,成为伦理性的政治。因此政治上的礼,又渐变为伦理上的,即普及于一般社会与人生而附带有道德性的礼了。"②所以,中国古代的礼,"包括有'宗教的、政治的、伦理的'三部门的意义,其愈后起的部门,则愈占重要"③。

在"礼"从宗教转向政治、伦理的过程中,周公和孔子是决定性的两个人物。周公制礼作乐,而孔子则把"礼"上升到人文的高度,以"仁"来充实"礼"。周公制礼作乐之事,最早见于《左传·文公十八年》:"先君周公制周礼曰:'则以观德,德以处事,事以度功,功以食民。'"而孔子对"礼"的人文化,《论语·八佾》有明确的记载:"人而不仁,如礼何? 人而不仁,如乐何?"孔子热

---

① 刘雨.西周金文中的祭祖礼[J].考古学报,1989(4):495.
② 钱穆.中国文化史导论[M].北京:商务印书馆,1994:71.
③ 钱穆.中国文化史导论[M].北京:商务印书馆,1994:72.

衷于继承并发展传统文化，专心致志地整理六经，创办私学，把"礼"从王官之学推广为平民的学问，从而改变了文化的格局。蒋孔阳先生说："周公最大的政治措施之一，便是'制礼作乐'。但是，把'礼'与'乐'连接在一起，成为一个专门的名词，并形成了一套完整的哲学和美学的思想体系的，却是从孔丘开始。"①孔子以六艺教育弟子，其中最为重要的是礼与乐。当然，孔子是要用"礼"来统帅"乐"的，而"乐"是用来服务于"礼"的。两者相辅相成，相得益彰。

周公、孔子的努力，使原始的"礼"增添了更多的文饰，并逐渐演变成了一种"礼乐"文化。周公生当三代兴盛时期，礼乐自然也处于发展壮大之际；而孔子则处于三代末期，礼乐正处于由盛而衰的时期。欧阳修《新唐书·礼乐志》曾说："由三代而上，治出于一，而礼乐达于天下。由三代而下，治出于二，而礼乐为虚名。"孔子面对"治出于二"的局势，勇敢地肩负起历史的使命，使礼乐文化得以维护、保存并广为流传。

正是孔子对"礼"的改造，使之内涵更加丰富、外延更加广泛。从内涵来看，"礼"包括物质的和精神的两个层面。物质的层面指礼之器物，而精神的层面则指礼仪、礼义。沈文倬对于"礼"的定义是，"礼"包括"名物度数"（即"礼物"）方面的宫室、衣服器皿，及其大小贵贱的区分；还包括"揖让周旋"之"礼仪"，即在进退、登降、坐兴、俯仰上显示尊卑贵贱。"'礼'所学习的是当时实行各种礼典的具体仪式。……音乐演奏以'诗'为乐章，诗、乐结合便成为各种礼典的组成部分。"②由于"礼"的内涵过于丰富，要给它下个确切的定义是非常艰难的，所以有时只能笼统地

---

①　蒋孔阳.先秦音乐美学思想论稿[M].北京：人民文学出版社，1986：76.

②　沈文倬.宗周礼乐文明考论[M].杭州：浙江大学出版社，2001：3.

加以界说。彭林先生说:"中国的'礼',实际上是儒家文化体系的总称。"①从外延来看,"礼"涉及宗教、政治、伦理、情感、道德等诸多方面,简直成了三代文化的代名词。钱玄在《三礼辞典自序》中说:

> 今试以《仪礼》、《周礼》及大小戴《礼记》所涉及之内容观之,则天子侯国建制、疆域划分、政法文教、礼乐兵刑……可谓应有尽有,无所不包。其范围之广,与今日"文化"之概念相比,或有过之而无不及。是以三礼之学,实即研究上古文化史之学。②

第二节 "乐"义溯源

一、"乐"之起源

对于"樂"字的解释,许慎《说文解字》:"𣕧,五声八音总名。象鼓鞞,木,虡也。"③许慎认为,从字义上来看,"樂"是五声和八音的总称;而从字形上来看,"樂"字由上下两部分构成,上半部为"㡭",像乐悬中的鼓鞞(鼗),下半部为"木",代表悬挂钟磬鼓的簨虡。

先说"乐"的字义。从字义来看,最早对"乐"进行定义的是《礼记》。《礼记》认为,"乐"与"声"、"音"是有区别的,是在"声"、"音"的基础上发展而来的。《礼记·乐记》曰:"感于物而动,故

---

① 彭林.中国古代礼仪文明[M].北京:中华书局,2004:8.
② 钱玄,钱兴奇.三礼辞典[M].南京:江苏古籍出版社,1998:3.
③ 许慎.说文解字注[M].段玉裁,注.上海:上海古籍出版社,1981:265.

形于声。声相应,故生变,变成方,谓之音。比音而乐之,及干戚、羽旄,谓之乐。"感物而动,产生"声",即宫、商、角、徵、羽。五声相应,生出变化,形成"音",即丝、竹、金、石、匏、土、革、木。简言之,"声"为声响,而"音"为乐曲。乐曲再伴以手持干戚、羽旄的舞蹈,用来配合礼仪的演奏,就形成了"乐"。显然,"樂"(乐)字比"声"、"音"两字产生的时间要晚,是礼仪概念形成之后的产物。所谓"比音而乐之",是指音乐的演奏能够使人快乐,这就意味着"乐"具有道德的要求。周代时,人们一致认为,有德之音才能使人快乐,而"淫声"只能扰乱人的心志。《左传·昭公二十五年》曰:"气为五味,发为五色,章为五声,淫则昏乱。"就是这个意思。

再说说"樂"的字形。"樂"分上下两部分。下部分的"木"代表悬挂乐器的簴虡,这容易理解,无需赘述。而上半部的"丝"比较抽象,需要较为详细地分析。所谓"丝",它像是由鼓和鼗构成的符号,即由中间的"♦"和左右两边的"ᢥ"构成。"♦"像一个大鼓,而"ᢥ"像鼓两边各有一个的小鼗。段玉裁注"象鼓鞞"曰:"鼓大鼗小,中象鼓,两旁象鼗也。乐器多矣,独像此者。"[1]考之乐悬中的乐器,中间的"♦"代表建鼓,而左右两边的"ᢥ"则代表朔鼗和应鼗,是与建鼓相配的两个小鼓,分别置于其东西两侧。这样的摆放在《仪礼》中有明确的记载。《仪礼·大射仪》曰:

> 乐人宿县于阼阶东,笙磬西面,其南笙钟,其南镈,皆南陈。建鼓在阼阶西,南鼓;应鼗在其东,南鼓。西阶之西,颂磬东面,其南钟,其南镈,皆南陈。一建鼓在其南,东鼓,朔鼗在其北。一建鼓在西阶之东,南面。簜在建鼓之间,鼗倚

---

① 许慎. 说文解字注[M]. 段玉裁,注. 上海:上海古籍出版社,1981:265.

于颂磬西纮。

在大射仪中,乐器的摆设也同其他礼仪一样,是有讲究的,其具体情形是:在堂下的东边,从北到南分别摆放笙磬、笙钟和镈。在堂下的西边,从北到南分别摆放颂磬、颂钟和镈。在阼阶与西阶之间,摆放两个建鼓,鼓面都朝南,而在堂下西边之镈的南面也要放一个建鼓。建鼓两边则是朔鼙和应鼙。

为了便于理解建鼓及其两边的朔鼙和应鼙的摆放情形,我们按照《仪礼·大射仪》所记,制作大射仪乐器摆放图一份,如下。

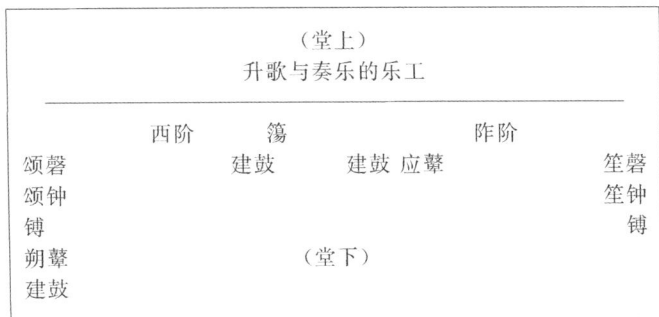

(堂上) 升歌与奏乐的乐工			
西阶　　　簜		阼阶	
颂磬　　建鼓　建鼓 应鼙			笙磬
颂钟			笙钟
镈			镈
朔鼙　　　(堂下)			
建鼓			

大射仪乐器摆放图

从上图可知,建鼓放好以后,还要配合两个小鼓,即在建鼓的东边放应鼙,西边放朔鼙。《礼记·礼器》:"县鼓在西,应鼓在东。"如下图[①]:

---

① 朱载堉.乐律全书[M].北京:书目文献出版社,1990:346.

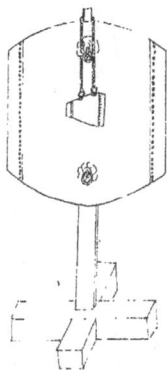
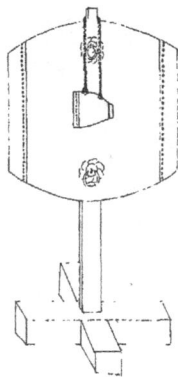

　　朔鼙又叫悬鼓、田鼓、楝。应鼙又名应鼓，或简称为应。朱载堉曰："盖田鼓与县鼓乃一器二名耳。县鼓亦名朔鞞，又名曰楝。应鼓亦名曰应鞞，又名曰应。"①在奏乐时，先奏朔鼙，再奏应鼙。朔鼙，是奏乐起始之鼓，因为宾在堂上西边，而乐为宾而奏，故先奏西边的朔鼓。郑玄《仪礼·大射》注曰："朔，始也。奏乐先击西鼙，乐为宾所由来也。"②应鼙，是奏乐之时的应答之鼓，它是响应朔鼓的。郑玄《仪礼·大射》注曰："应鼙，应朔鼙也。先击朔鼙，应之。"③

　　由于朔鼙和应鼙分置于建鼓两边，所以敲击建鼓、朔鼙和应鼙的表演由一个人承担。下面一人击楝兼击建鼓应鼓之图④即是对此的形象反映。

---

①　朱载堉.乐律全书[M].北京：书目文献出版社,1990：581.

②　阮元.十三经注疏[M].北京：中华书局,1980：1029.

③　阮元.十三经注疏[M].北京：中华书局,1980：1028.

④　朱载堉.乐律全书[M].北京：书目文献出版社,1990：580.

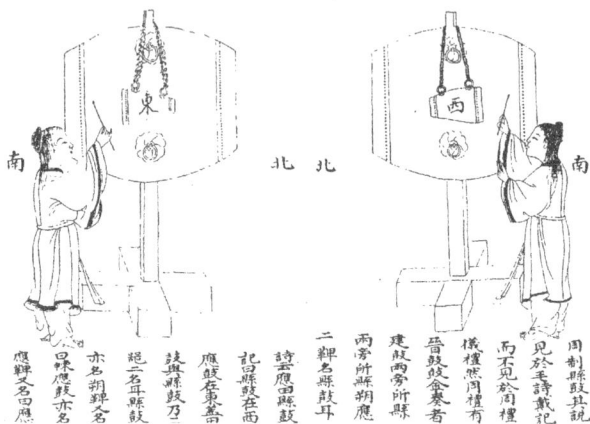

　　分析至此，我们对"乐"有了一个较为直观的理解。那就是，"樂"是一个会意字，其上部"丝"代表一个建鼓加上两边的朔鼓和鼙鼓，而下部的"木"则代表悬挂乐器的簨虡。事实上，建鼓、朔鼓、鼙鼓，以及簨虡，是最能反映乐悬的情形，即"乐"的特征的。通过《仪礼》等著作，我们得知，周朝的乐器是悬挂的，并以乐悬的演奏来配合各种礼仪的举行。这些都与"樂"字字形的会意十分吻合。知道了"樂"字的构型，理解"樂"的字义就顺理成章了。那就是，"樂"（乐）是在礼乐文化的背景中应运而生的，它是五声八音的总称，代表着诗、乐、舞的统一体。这正如郑樵《六经奥论·读诗法》所说：

　　　　诗三百篇，皆可歌可诵可舞可弦。……诵之则习其文，歌之则识其声，舞之则见其容，弦之则寓其意。[1]

---

① 郑樵.六经奥论[M].长春:吉林出版集团有限责任公司,2005:75.

而《诗三百》就是"乐",则"乐"皆可歌可诵可舞可弦,听者观者可以习其文、听其声、见其容、知其义。此外,"乐"还有礼仪与道德的要求,所以又称之为"德音"。《礼记·乐记》曰:"天下大定,然后正六律,和五声,弦歌诗颂,此之谓德音;德音之谓乐。"

需要说明的是,"樂"的字形、字义虽然非常明了,而且与周朝乐器摆放与演奏的情形完全一致,但由于时代久远,后人对其本义难免产生臆想,甚至出现各种错误,因此,有必要对"樂"的本义进行细致的辨正,以免贻误后人。

二、"樂"本义辨正

对于"樂"字,学术界存在不同的理解。特别是甲骨文发掘以后,更是众说纷纭,莫衷一是。在这些解释中,最有代表性的是许慎和罗振玉的观点,他们分别代表传统与现代的思路。许慎《说文解字》曰:"樂,五声八音总名。象鼓鞞,木,虡也。"[①]而罗振玉《增订殷虚书契考释》曰:"樂,从丝附木上,琴瑟之象也;或增'白',以象调弦之器,犹今弹琵琶、阮咸者之有拨矣……许君谓'象鼓鞞;木,虡者',误也。"[②]许慎认为"樂"是五声八音之总称,而罗振玉认为"樂"是琴瑟之象。两相比较,许慎借助金文,从文化的角度,以鼓悬挂在簨虡上的会意,来解释"樂"字;而罗振玉借助甲骨文,从乐器的形状,即丝弦附着在木头上的角度,来解释"樂"字。

对此,我们必须认真研究,仔细比较,才能辨明哪种观点才是正确的。事实上,许慎的解释是经得起推敲的。因为,他的理

---

① 许慎. 说文解字注[M]. 段玉裁,注. 上海:上海古籍出版社,1981:265.
② 罗振玉. 殷虚书契考释三种[M]. 北京:中华书局,2006:463.

论,不仅符合礼乐文化中乐器使用的实际,与乐器的发展变化相吻合,而且也与文字的发展一致。相反,罗振玉的解释,不仅与甲骨文的字义不吻合,也与乐器的发展不对应。罗振玉之后,学者们的解释也存在各自的误区。具体情况,下面详细分析。

（一）许慎的解释与鼓的使用非常吻合

许慎《说文解字》曰:"樂,五声八音总名。象鼓鞞,木,虡也。"段玉裁注释曰:"鞞,当作鼙,俗人所改也。象鼓鼙,谓鐈鐈也。鼓大鼙小,中象鼓,两旁象鼙也。乐器多矣,独像此者。"[①]段玉裁认为,从构成来看,"樂"字的上半部是乐器之象,下半部是木架子之象。乐器包括大鼓和小鼙,中间的图像代表大鼓,大鼓两边的代表小鼙,而下面的木架子,则表示悬挂乐器的簨虡。显然,这种解释,很符合礼乐文化的特点。考察先秦的乐器,深感许慎的解释是完全正确的。

商周时代,乐器以"金石之乐"为主,重量和体积往往比较大,一般是悬挂在簨虡上。这些乐器和簨虡一同构成了一个整体,称为乐悬。乐悬的乐器包括钟磬镈和鼓类。文献明确记载,周代的鼓是可以悬置的。《礼记·明堂位》:"夏后氏之鼓足,殷楹鼓,周悬鼓。"正因为周朝使用"悬鼓",所以《周礼·春官·小胥》贾公彦疏曰:"乐悬,谓钟磬之属悬于簨虡者。凡悬者,通有鼓、镈,亦悬之"[②]。可见,鼓是乐悬的一部分,而以鼓置于簨虡之上就是理所当然的。按照萧友梅的解释,周代的"悬鼓"是指建鼓两边的鼙鼓,即朔鼙和应鼙。[③]

---

① 许慎.说文解字注[M].段玉裁,注.上海:上海古籍出版社,1981:265.
② 阮元.十三经注疏[M].北京:中华书局,1980:795.
③ 萧友梅.中国古代乐器考[M].长春:吉林出版集团有限责任公司,2010:83-84.

建鼓本身有一个木柱直贯鼓身以为支柱,此支柱即指"虡"。建鼓两旁是朔鼙和应鼙,它们分别悬挂在建鼓的右边和左边,合称为"悬鼓"。朔鼙义为开始小鼓,在演出祀神音乐的时候才得到应用;应鼙义为应对小鼓,它的形式完全与朔鼙相同,只是稍为小一点。①悬鼓的使用在《诗经》里有明确的记载。《诗经·周颂·有瞽》曰:

> 有瞽有瞽,在周之庭。设业设虡,崇牙树羽。应田县鼓,鞉磬柷圉。既备乃奏,箫管备举。喤喤厥声,肃雍和鸣。先祖是听。我客戾止,永观厥成。

此诗所写祭祀的奏乐场面非常壮观,使用的乐器包括打击乐器和吹管乐器,但没有弦乐器,其中的"县鼓",即"悬鼓"。

可见,许慎《说文解字》所说的"ⵉ……象鼓鞞,木,虡也",正好与商周乐悬实际情况吻合。"樂"字上面中间部分象形为建鼓,建鼓两边分别是朔鼙和应鼙,而下边部分则象形为"虡"。

(二)从乐器发展历程来看,鼓比弦乐器早得多

上面说到,"樂"字由鼓和虡的象形构成。其中,虡的象形没有争议,不必赘述。需要说明的是,古人何以用鼓来造"樂"字。其实,这也不难理解,原因之一就是,鼓是人类最早的乐器。刘威说:

> 不仅在我国,在世界上其他地区,鼓也被认为是最早出现的乐器。这从世界各地、各民族几乎都用状声字词作为鼓的名称上这一点上可以得到证实。②

---

① 萧友梅.中国古代乐器考[M].长春:吉林出版集团有限责任公司,2010:83-84.

② 刘威.音乐审美(欣赏)教程[M].北京:人民出版社,2007:42.

例如,我国汉族称之为鼓(gǔ),维吾尔族称之为达卜(du-pu)。此外,泰国人称之为 thon,俄罗斯人称之为 барабан,印尼人称之为 kendang,意大利人称之为 timpani,几内亚人称之为 tam-tam。仔细琢磨,都是从拟声的角度来命名鼓的。在我国,鼓作为最早出现的乐器,古书已有明确记载,原始先民用土鼓来祭祀神灵。如,《礼记·礼运》:"夫礼之初,始诸饮食,其燔黍捭豚,污尊而抔饮,蒉桴而土鼓,犹若可以致其敬于鬼神。"《周礼·春官·籥章》:"籥章掌土鼓豳籥。"郑玄注引杜子春云:"土鼓,以瓦为匡,以革为两面,可击也。"①

鼓是人类最早的乐器,也可从乐器发展历程而得知。按照乐器构造之繁简,乐器的发展分为三个阶段,即鼓、笛、弦。其发展顺序是:鼓最先,笛次之,弦最后。鼓具有乐器中最原始、最古老的形式。岑家梧先生说:

> 最足为鼓系最古之乐器的证明者是:"各野蛮人间,有时可以单独的使用鼓,而笛、弦则永不见单独的使用;如果他们有笛必带有鼓,有弦又必有用鼓与笛。"②

鼓之所以会成为乐器之祖,与它自身的特点有关。鼓是打击乐器,而原始人类祭祀时,要跳舞打拍子,鼓足以满足这个要求,自然充当了这个角色。"事实上,图腾的器乐,不过用以取得跳舞的拍子,鼓类敲击之乐器之音调,已可满足其要求。由于乐器的简单,发声也仅作简单的旋律,不能与声乐具有同样的组织形式。"③

---

① 阮元.十三经注疏[M].北京:中华书局,1980:801.
② 岑家梧.图腾艺术史[M].上海:学林出版社,1987:105.
③ 岑家梧.图腾艺术史[M].上海:学林出版社,1987:108.

鼓作为乐器之祖，一直到三代，仍然是乐器的主角。《吕氏春秋·侈乐》曰：

> 凡古圣王之所为贵乐者，为其乐也。夏桀、殷纣作为侈乐，大鼓、钟、磬、管、箫之音，以巨为美，以众为观；俶诡殊瑰，耳所未尝闻，目所未尝见，务以相过，不用度量。

这是两千多年前的古代学者对夏商音乐的追述。令人惊喜的是，这些乐器"竟然为考古出土的夏商乐器（尤其是商代乐器）所证实"[①]！从上面列出的乐器来看，其中打击乐器有三件，而吹管乐器只有两件。而且，从罗列顺序来看，打击乐器在前，而吹管乐器在后。可见，夏商时代以打击乐器为主，而吹管乐器为辅。至于弦乐器，是否已经出现还是一个问题。其实，不管商朝有没有弦乐器，可以肯定的是，打击乐器是商朝最为重要的乐器，其地位最高；就算商朝有弦乐器，其地位与打击乐器也不可同日而语。既然如此，先民造字时，怎么可能忽视打击乐器，却偏偏青睐弦乐器呢？这显然与事实不合。

所以说，把"樂"字视为"丝附木"的象形，时间定为商代，是与乐器的发展历程不相吻合的。

（三）从乐器的作用来看，鼓比弦乐器重要得多

古人用鼓来造"樂"字，还有一个重要原因就是，鼓在祭祀等诸多方面都占有极其重要的地位，以致在古代典籍中，记载着不少有关鼓的神话传说。由于早期的鼓用鼍皮和夔皮鞔制而成，因此出现了"鼍为乐倡"、"夔始制乐"和"夔为乐正"的传说。再者，鼓具有非同凡响的地位，以致后世把钟磬等打击乐器的敲击

[①]　陈其射.中国古代乐律学概论[M].杭州:浙江大学出版社,2011:167.

处称之为"鼓",而且还把"鼓"与"演奏"等同起来。考诸甲骨文,可知,"鼓"的初字为"壴(🥁)",是象形文字。屮为鼓的装饰,⊟像鼓的正面,最底下的△,则像鼓的脚。另有🥁字,其右偏旁像人立其旁敲鼓。"比较而言,鼓在我国具有独特的地位,我国目前流传的民族乐器,有相当一部分是由鼓演化来的。"[①]例如,我国许多弦乐器是在鼓的基础上形成的,它们的共鸣箱都保留着鼓的形状,而且人们也一直把这些乐器的共鸣箱称之为"鼓"或者"鼓子"。

鼓属于打击乐器,在先秦一直处于非常重要的位置,其重要性是丝弦乐器无法比拟的。《周礼·春官》和《国语·周语》所提到的"八音"——金、石、土、革、木、匏、竹、丝,前面五种用来制作打击乐器,匏、竹用于制作吹管乐器,仅有丝是用来制作弹弦乐器的。《周礼·大司乐》中提到的打击乐器如钟、鼓、磬等达到十三种之多,吹管乐器如埙、萧、管等有八种,而弹弦乐器只提到一种,即"弦"。郭沫若先生说:

> 古代的音乐,我感觉着我们所固有的东西非常简单,卜辞及金文中所见到的乐器,只有钟、鼓、磬、簫等类。……琴瑟是西周末年由国外传来的新乐器,三《颂》中祭祀乐器无琴瑟,《风》《雅》中虽见琴瑟的使用,而是用于燕乐男女之私,足见这类乐器传统不古,没有资格供奉宗庙鬼神,也就如一直到今天二胡琵琶还不能进文庙一样。[②]

可见,打击乐器在春秋晚期祭祀中仍然具有绝对的地位,而琴瑟用于燕乐男女之私,没有资格供奉宗庙神灵。

---

① 刘威.音乐审美(欣赏)教程[M].北京:人民出版社,2007:42.
② 郭沫若.郭沫若全集[M].北京:人民出版社,1982:487-488.

正因为鼓可以用于祭祀,而琴瑟不能,所以,在"国之大事,在祀与戎"的商周时代,鼓可以登大雅之堂,而琴瑟则还没有这个条件。《春秋·宣公八年》记载:"辛巳,有事于太庙。……万入去龠。"[①]在祖庙中举行大祭时,"金石之声"可以入内,而龠之类的吹管乐器不得进入,则琴瑟之类的弦乐器不能用于祭祀不言而喻。既然如此,先人造"樂"字,怎么可能舍去举足轻重的"鼓",而选择不起眼的"丝"呢?

(四)从甲骨文来看,商朝还没有出现"樂"字

从目前已知的甲骨文来看,商朝还没有出现"樂"字。"乐"在已知的甲骨文中共有9例,皆不从"白",它们是:

　　……未贞……在𝑌　　(《合集》33153)

　　丙午卜在商贞今日王步于𝑌无灾　　(《合集》36501)

　　己酉卜在𝑌贞今日王步于衰无灾　　(《合集》36501)

　　癸亥王卜在𝑌贞旬无祸王卜日吉　　(《合集》36556)

　　戊申,……𝑌……今……　　(《合集》36900)

　　……王卜在叉贞……𝑌无灾……在二月　　(《合集》36902)

　　癸亥卜在𝑌贞王旬无祸　　(《合集》36904)

　　癸亥卜在𝑌贞王旬无祸　　(《合集》36905)

　　己酉……𝑌……于衰……　　(《英藏》2565 正)

上面列举的甲骨文中,"𝑌"字没有一个与音乐和乐器有关。徐中舒说:"卜辞中樂无用作音乐义之辞例。"[②]因此,以甲骨文

---

① 李梦生.左传译注[M].上海:上海古籍出版社,1998:452.
② 徐中舒.甲骨文字典[M].成都:四川辞书出版社,1988:650.

"丫"来分析"樂"字就显得牵强附会(至于"丫"与"樂"之间的音义关系,现在还有争议,姑存疑,希望今后有专家能够解答)。罗振玉《增订殷虚书契考释》说:"丫,从丝附木上,琴瑟之象也;或增'白',以象调弦之器。"这种见解不仅与甲骨文本身的字义没有关系,而且也与琴瑟的产生时代难以调和。也就是说,甲骨文在商代已经出现,但琴瑟在当时已经出现了吗?杨荫浏先生说:

> 关于商朝有没有弦乐器,目前,因没有可靠的材料,还是一个存疑的问题。[①]

既然在商朝有没有琴瑟还存疑,那么罗振玉的理论怎么经得起推敲?

(五)从文字的发展来看,"樂"字的产生应当在西周

既然"樂"字不太可能出现于商代,那么,"樂"字应当产生于什么时代?笔者认为,"樂"字在"声"、"音"字之后出现,时间应当是西周时期。因为,"樂"包含"声"和"音",是诗歌、音乐和舞蹈的综合体。《礼记·乐记》曰:

> 音之起,由人心生也。人心之动,物使之然也。感于物而动,故形于声。声相应,故生变,变成方,谓之音。比音而乐之,及干戚、羽旄,谓之乐。

郑玄注曰:"宫、商、角、徵、羽杂比曰音,单出曰声。"[②]孔颖达疏曰:"然则初发口单者谓之声,众声和合成章谓之音,金石干戚羽旄谓之乐,则声为初,音为中,乐为末也。"[③]这就是说,"上古时

---

① 杨荫浏.中国古代音乐史稿(上)[M].北京:人民音乐出版社,2004:26.
② 阮元.十三经注疏[M].北京:中华书局,1980:1527.
③ 阮元.十三经注疏[M].北京:中华书局,1980:1527.

期,'乐'的形式包括三个基本方面,分别是奏、歌、舞。其中,奏用乐器;歌有词,也就是诗;舞则是舞蹈。"①正因为"樂"是一种综合性的艺术,所以,它的出现比较晚,只在金文中才能找到,也是情理之中的事情。可见,许慎解释"樂"为"五声八音总名",也是符合"樂"字的发展历史的。

从文字发展来看,甲骨文之中,有"Ψ"、"声"、"音"三个字,但没有"樂"字。"樂"字在金文之中才出现,应当是我们祖先对于音乐有了一个比较全面的理解之后,才创造了"樂"字。从"樂"字的字形字义来看,它很可能就是西周初期周公为"制礼作乐"而创造出来的。西周初年,周公"制礼作乐"以维护国家的稳定,因此,"礼"与"乐"往往水乳交融,"礼中有乐","乐中有礼",共同发挥着重要的教化作用。可见,在"樂"字产生的初期,它已经是一种高度综合化了的文化,是周朝"礼"制的重要载体和表现形式。所以说,"樂"首先出现于祭祀,然后才有了音乐之义。因为,音乐,"首先是一种社会文化符号形式,其次才是艺术符号形式"②。

(六)当今一些学者的误区

罗振玉对"Ψ"的解说,引起了很大的反响,他的观点、方法更是为当今一些学者所认可。这些学者沿着罗先生的思路,又提出不少新的见解,大胆地猜测"乐"的本义及其起源,以致众说纷纭,莫衷一是。但是,无论他们怎么自圆其说,其实都是经不起推敲的,具体情况如下。

冯洁轩《"乐"字析疑》③认为:"乐"字"从木、丝声"、大约是先

①　许兆昌.先秦乐文化考论[M].哈尔滨:黑龙江人民出版社,2010:1.
②　袁静芳.中国传统音乐概论[M].北京:音乐出版社,2000:65.
③　冯洁轩."乐"字析疑[J].音乐研究.1986(1):63-68,18.

民们"竖立一木或植上一树",围着跳舞,口中发出"吆、吆"的欢呼叫喊之声,由此"推断'乐'在商代是一种大型的风俗性乐舞,大约不会去事实太远"。冯先生把"乐"视为形声字,也是以甲骨文"ᴪ"为依据来推断的,并没有其他佐证材料。

修海林《"樂"之初义及其沿革》[①]一文认为,"甲骨文中的'ᴪ'形字为'樂'的基本字形",又说,"樂"上面的两边的字形"总是与食物相关的东西",而"白"则应当"作盛在容器中的食物来看"。显然,这些观点都没有足够的证据,不足凭信。

洛地《"樂"字考释》[②]认为:"'樂'字,是商创造的,'樂'中的'木'字,指的是商族先王、先祖的'木'——商族的神主、社稷,也就是'宋'。"另外,"'种植'繁盛、'种殖'繁盛,便是'丝'的两个'幺',祭祀先祖'木'祈求的就是这两个'幺'——甲骨文中'幺'就是'子孙'的'孙'字。这里,万不可忽略的,是:'絲'上没有写出来的'子'字——既是'种子'的'子',又是'子孙''的'子',更是商族的姓'子'姓!"又说,殷人尚"白",后来被加上,从而构成"樂"字。显然,以上的解说牵强附会,难以成立。

周武彦《"乐"义三辨》[③]认为:"'乐'的本义为:'社树';'乐'字的引义为:欢乐;'乐'字的再引义为:音乐。"该文引用徐中舒"从木、从乐之栎,与乐实为一字。从木乃踵事增繁"之观点,来证明"乐"就是"栎",即"社树"。这种论证思路是错误的,因为,虽然"乐"字代表"栎"字,但并不等于"栎"字代表"乐"字。

---

①　修海林."樂"之初义及其沿革[J].人民音乐,1986(3):50—52.
②　洛地."樂"字考释[J].音乐艺术(上海音乐学院学报),2007(1):26—28.
③　周彦武."乐"义三辨[J].音乐艺术,1998(3):1—4.

　　刘正国《"樂"之本义与祖灵（葫芦）崇拜》[①]："'樂'字见于殷墟甲骨卜辞,字之成形比'礼'早。"该文还论证了"樂"字的构形与祖灵"葫芦"崇拜相关联。刘先生的观点也很难成立。因为,认为"樂"字出现比"礼"字早的观点显得武断,而且"樂"字的构形与祖灵"葫芦"崇拜的说法也过于牵强附会。

　　张国安《"乐"名义之语言学辨析》[②]："甲文之'乐'字,取象于以谷物祭祀神鸟的'傩祭','傩祭'亦可称之为'乐祭'或'乐礼',伴有歌舞,具有极强的娱乐性质。"张先生认为"ᵞ字为糯谷之象无疑",而"糯"、"乐"与"傩"皆可通转,"乐"就是"傩祭"。此说转弯抹角,没有什么可靠的佐证材料,很难让人认同。

　　陈双新《"乐"义新探》[③]曰:"我们认为'乐'字本义为栎树,栎叶可饲蚕,因而其字从丝。由于常于栎林祭祀歌舞而引申有快乐之意。音乐、诗歌、舞蹈逐渐分化之后,'乐'又可专指音乐。""乐"字的本义是否是"栎",也没有可靠的证据,而且古人是否在栎林中祭祀歌舞也很难考证,所以,陈先生的结论也难成立。

　　许兆昌《"樂"字本义及早期樂与藥的关系》[④]："'樂'字的构形初义,即'藥'字。上古时期,乐舞是一种重要的医疗方式,因此也被冠名为'（藥）',并在意义日益加强之后独占'（樂）'字,使'樂'字成为音乐之乐的单称。而原来的药物之'樂',则另加一义符,成为后来的'藥'字。"许先生认为,从字形上看,甲骨文中的"樂"字,下从"草"或"木",具有表达治病之"草"的象形的功

---

① 刘正国."樂"之本义与祖灵（葫芦）崇拜[J].交响（西安音乐学院学报）,2011(4):5—17.
② 张国安."乐"名义之语言学辨析[J].黄钟（武汉音乐学院学报）,2005(1):94—95,117.
③ 陈双新."乐"义新探[J].故宫博物院院刊,2001(3):57—60.
④ 许兆昌."樂"字本义及早期樂与藥的关系[J].史学月刊,2006(11):20—24.

能,并且"樂"与"藥"完全相同。应当说,从文化学的角度解释"樂"与"藥"之间的关系有一定道理,但许先生把"樂"之"木"与"藥"之"草"扯上关系,显然证据不足。

从上面的各家理论可知,罗振玉运用甲骨文来解释"乐",后来的学者步其后尘,也往往视甲骨文为唯一可靠的证据,并进行各自的论证。各种解说层出不穷,以至于王秀萍《甲骨文"乐"字研究分析》①一文特意对此进行总结分析。该文从商代甲骨文来解释"乐",认为"商代的'乐'字其内涵十分丰富"。王秀萍的观点同样难以令人信服,因为已知的商代甲骨文之中还没有出现"樂"字,商朝是否出现了"樂"字是存疑的。

也许有人会说,"樂"在尧舜时期就已经出现了,何况是商朝?其证据是《尚书·尧典》的记载:帝曰:"夔!命汝典乐,教胄子。"②此事虽然无可辩驳,但这是后人的一种补述,而"乐"字是一种后来的说法,并不存在于尧舜时期。林方直《关于〈尚书·尧典〉一段乐论的认识》一文认为:"学者们一致的意见认为它不产生于尧舜时代,而产生于战国甚至西汉时代。……从声律角度论证的有罗根泽,他说:'声律的起源很晚,自然不能认为是尧舜时代之说。'"林先生的观点是:"至于舜所说的那番话,体现了地道的儒家礼乐观念的儒家音乐美学思想的核心——中和之美,这当然不可能产生于尧舜时代,而只能产生于儒家思想出现的时代。"③

---

① 王秀萍.甲骨文"乐"字研究分析[J].交响(西安音乐学院学报),2007(1):34—38.
② 江灏,钱宗武.今古文尚书全译[M].贵阳:贵族人民出版社,1990:33.
③ 林方直.关于《尚书·尧典》一段乐论的认识[J].内蒙古民族师院学报,1988(2):15—19.

综上所述,具有音乐之意的"樂",首先出现于金文,与甲骨文没有必然的联系。许慎以金文材料作依据来解释"樂"字,符合乐器的发展历程、重要程度,以及乐悬中鼓的悬挂特点;而罗振玉等学者用甲骨文作依据来解释"樂"字,与文字、乐器的发展不相吻合,不能令人信服。

第三节　西周礼乐文化下的诗、礼、乐关系考论

一、礼仪中诗乐运用情况概观

在周朝,诗乐的运用非常广泛,几乎所有的礼仪都要用到,《周礼·大司乐》、《乐师》、《钟师》、《射人》,《仪礼·乡饮酒礼》、《乡射礼》、《燕礼》、《大射仪》,《礼记·文王世子》、《明堂位》、《乐记》、《祭统》、《仲尼燕居》、《孔子闲居》、《乡饮酒义》、《射义》等篇章,都有相关的记载。可见,诗乐是周代礼乐文化的产物。所以,要考察诗乐的运用情况,必须要结合当时的各种礼仪进行分析。周代礼仪繁多,统称为五礼,即吉礼、凶礼、军礼、宾礼、嘉礼五大类。其中,吉礼是核心部分,它是有关祭祀神灵之礼。凶礼、军礼、宾礼、嘉礼则是有关人与人之间关系的礼仪。其中,嘉礼涉及面最为广泛,它侧重于人伦关系之礼,在日常生活中举足轻重。当然,尽管五礼的性质不同,但与诗乐的使用与否都息息相关,以下逐一进行介绍。

（一）吉礼中的诗乐

吉礼是古代五礼之一,指祭祀天神、地祇和人鬼之礼,如郊天、祭社稷、祭日月、祭山川、大享明堂等。《周礼·春官·大宗伯》曰:"以吉礼事邦国之鬼神祇。以禋祀祀昊天上帝,以实柴祀

日月星辰……以祠春享先王,以禴夏享先王,以尝秋享先王,以烝冬享先王。"祭祀之礼非常频繁,祭祀对象也众多,除了天神、地祇、先祖以外,还有先师等等。《礼记·文王世子》曰:"凡学,春,官释奠于其先师,秋冬亦如之。"①

吉礼毫无疑问是有诗乐配合的。祀天神、祭地祇和享先祖的诗乐各不相同,而且演奏的遍数也各异。《周礼·春官·大司乐》记载,大司乐以六律、六同、五声、八音和六舞来举行大合乐,用来祭祀天地神灵和祖先,以此来安定国家、和谐万民。对于天神、地祇和先祖的祭祀分别简称为"祀"、"祭"和"享"。祀天神,要奏黄钟,歌大吕,舞《云门》;祭地祇,要奏大簇,歌应钟,舞《咸池》;享先妣,要奏夷则,歌小吕,舞《大濩》;享先祖,要奏无射,歌夹钟,舞《大武》。另外,祭祀四望、山川,以及各种裸虫、鳞介、羽毛等之神,都要运用不同的诗乐,采用不同的演奏方式。孔颖达曰:"尊者用前代,卑者用后代,使尊卑有序。"②也就是说,用前代的诗乐祭祀尊者,而用后代的诗乐祭祀卑者。例如,《云门》是黄帝之乐,比尧乐《咸池》要早,所以前者祭祀的对象要比后者尊贵。另外,诗乐的运用还根据季节的不同而变化。《周礼·春官·籥章》:"籥章掌土鼓、豳籥。中春昼,击土鼓,龡《豳诗》,以逆暑。中秋夜迎寒,亦如之。凡国祈年于田祖,龡《豳雅》,击土鼓,以乐田畯。国祭蜡,则龡《豳颂》,击土鼓,以息老物。"朱熹《诗集传》认为,《豳风》中的《七月》为《豳诗》,同时推测《小雅》中的《楚茨》、《信南山》、《甫田》、《大田》四篇就是指《豳雅》,还推测《周颂》中的《思文》、《臣工》、《噫嘻》、《丰年》、《载芟》、《良耜》六

---

① 阮元.十三经注疏[M].北京:中华书局,1980:1405.
② 阮元.十三经注疏[M].北京:中华书局,1980:778.

篇就是指《豳颂》。① 由于每个季度的祭祀不同,所以所用诗乐也不同。《诗经·小雅·甫田》就是反映先农祭祀之诗:"瑟瑟击鼓,以御田祖,以祈甘雨,以介我稷黍,以穀我士女。"②

在祭祀准备阶段,乐悬要在前一天晚上就预备好。祭祀之时,不同的阶段有不同的诗乐。《周礼·春官·大司乐》:"凡乐事,大祭祀,宿县,遂以声展之。王出入,则令奏《王夏》;尸出入,则令奏《肆夏》;牲出入,则令奏《昭夏》,帅国子而舞,大飨不入牲。其他,皆如祭祀。"

祭祀是一个隆重而又虔诚的礼节,要准备好美酒、佳肴,陈列好牺牲、鼎俎,祭祀时钟鼓齐鸣,祝嘏声声,恭敬地迎接神灵的降临。在天神地祇和先祖的保佑下,君臣、父子、夫妇的关系会更加有序和谐,社会更加安宁稳定。孔子曰:"故玄酒在室,醴盏在户,粢醍在堂,澄酒在下。陈其牺牲,备其鼎俎,列其琴瑟管磬钟鼓,修其祝嘏,以降上神与其先祖,以正君臣,以笃父子,以睦兄弟,以齐上下,夫妇有所。是谓承天之祜。"(《礼记·礼运》)《孔子家语·问礼》也有几乎与此一样的一段文字,都说明了这个道理。

(二)军礼中的诗乐

军礼为五礼之一,是有关军事活动的礼数。"国之大事,在祀与戎。"(《左传》成公十三年)军礼作为战争的行动准则,与诗乐相结合,艺术地体现了春秋时期的社会生活。《礼记·仲尼燕居》:"子曰:'以之军旅有礼,故武功成也。'"军礼可以用来成就武功。《周礼·春官·大宗伯》:"以军礼同邦国,大师之礼,用众

---

① 朱熹.诗集传[M].上海:上海古籍出版社,1980:93,235.
② 阮元.十三经注疏[M].北京:中华书局,1980:353.

也;大均之礼,恤众也;大田之礼,简众也;大役之礼,任众也;大封之礼,合众也。"军礼包括大师之礼等五项,涉及出师、献捷、田猎、射礼、兵祭等几个方面,它们都有诗乐的配合。

出师之前祭祀必用诗乐。王先谦《诗三家义集疏》引《齐诗》,认为《大雅·棫朴》叙述的是文王受命称王,祭天之后伐崇之事。王先谦注曰:

> 《齐》说曰:天子每将兴师,必先郊祭以告天,乃敢征伐,行子之道也。文王受天命而王天下,先郊,乃敢行事,而兴师伐崇。①

献捷必用诗乐。《周礼·春官·大司乐》曰:"王大食,三宥,皆令奏钟鼓。王师大献,则令奏恺乐。"郑玄注曰:"大献,献捷于祖。恺乐,献功之礼。"②古代军队胜利之后要向天神和祖先献祭告捷,奏恺乐,以庆祝战争胜利。武王克商后便制作了《大武》诗乐。孔子评价《大武》说:"尽美矣,未尽善也。"(《论语·八佾》)可见孔子对武力征伐并不持肯定的态度。

田猎等练兵活动必用诗乐。《穀梁传·昭公八年》:"因蒐狩以习用武事,礼之大者也。"春蒐冬狩是帝王的射猎活动,可以借此以操练军队,这是国家的大礼。另外,《周礼·夏官·大司马》记载,大司马四季教民操练戎马之事,同时伴有相应的祭祀。此大礼之中,有专门负责诗乐之人,例如,鼓人负责"六鼓、四金之音声"。《周礼·地官·鼓人》:"鼓人,掌教六鼓、四金之音声,以节声乐,以和军旅,以正田役。"贾公彦疏曰:"田猎所以习战,则

---

① 王先谦.诗三家义集疏(下册)[M].北京:中华书局,1987:842.
② 阮元.十三经注疏[M].北京:中华书局,1980:791.

田鼓当与军事同。……五声须鼓乃和。"①

对于军礼所用诗乐,孔子也曾经做过一些评价。《礼记·乐记》详细记载了孔子与弟子宾牟贾对《大武》内涵及其乐舞的分析。《大武》是宗周祭祀祖先的一种乐舞,现在《诗经·周颂》中还保存着《大武》乐章。王国维曾经做过考证:

> 《乐记》:"夫《武》,始而北出,再成而灭商,三成而南,四成而南国是疆,五成而分,周公左,召公右,六成复缀,以崇。"是《武》之舞凡六成,其《诗》当有六篇也。……至其次弟,则《毛诗》……六篇分居三处,其次则《夙夜》弟一,《武》弟二,《酌》弟三,《桓》弟四,《赉》弟五,《般》弟六,此殆古之次弟。②

(三)宾礼中的诗乐

宾礼,五礼之一,周天子、诸侯之间的朝聘礼仪制度。这是一种外交活动,表示各国之间以宾客相待,所以称为宾礼。如果说,军礼更多的是通过武力来威慑对方,那么,宾礼更多的是通过怀柔来表示安抚。

《周礼·大宗伯》中讲得很清楚:"以宾礼亲邦国。春见曰朝,夏见曰宗,秋见曰觐,冬见曰遇,时见曰会,殷见曰同,时聘曰问,殷覜曰视。"据此记载,宾礼有八种:朝、宗、觐、遇、会、同、问、视。其中,朝、宗、觐、遇、会、同是天子之礼,而问、视则是臣子之礼。《周礼·秋官·小行人》曰:"掌邦国宾客之礼籍,以待四方之使者。……宾客之礼:朝、觐、宗、遇、会、同,君之礼也;存、覜、省、聘、问,臣之礼也。"虽然,《周礼》记载的宾礼有八种,但在春

---

① 阮元.十三经注疏[M].北京:中华书局,1980:720.
② 王国维.观堂集林[M].石家庄:河北教育出版社,2001:48—49.

秋时期,真正实行的宾礼主要是朝礼和聘礼。朝礼是弱小者朝见强大者,而聘礼则是强大者聘问弱小者。江林《〈诗经〉与宗周礼乐文明》曰:

> 概括地说:春秋时期的朝礼、聘礼都是外交方式,诸侯朝觐周王、弱小诸侯朝见强大国家皆称朝;周王派遣使臣到诸侯国,大国派遣使者到小国,都称聘。[1]

朝礼和聘礼在经典中大量出现。例如:

> 《礼记·祭义》说:"朝、觐,所以教诸侯之臣也。"
> 《礼记·经解》说:"朝、觐之礼,所以明君臣之义也。"
> 《礼记·乐记》说:"朝、觐,然后诸侯知所以臣。"
> 《周礼·秋官·大行人》说:"时聘以结诸侯之好。"郑玄注:"时聘者亦无常期,天子有事,诸侯使大夫来聘。亲以礼见之,礼而遣之,所以结其恩好也。"[2]
> 《周礼·秋官·大行人》说:"凡诸侯之邦交,岁相问也,殷相聘也,世相朝也。"
> 郑玄《三礼目录》(《仪礼注疏》引)云:"大问曰聘。诸侯相于久无事,使卿相问之礼。小聘使大夫。"[3]

《左传·襄公元年》载:"九月,邾子来朝,礼也。冬,卫子叔、晋知武子来聘,礼也。凡诸侯即位,小国朝之,大国聘焉,以继好结信、谋事补缺,礼之大者也。"曹元弼先生指出:"聘、食、觐礼,皆见《左传》,而聘礼尤备。"[4]周代贵族一般对《诗》、《书》、《礼》、

① 江林.《诗经》与宗周礼乐文明[M].上海:上海古籍出版社,2010:221.
② 阮元.十三经注疏[M].北京:中华书局,1980:890.
③ 阮元.十三经注疏[M].北京:中华书局,1980:1046.
④ 曹元弼.礼经学(卷四)[M].上海:上海古籍出版社,2002:726.

《乐》都非常娴熟,他们能够在各种场合灵活自如地运用这些知识。礼乐成为他们交往的工具,诗乐充当了他们交流的公共语言,在诸多的朝聘外交活动中,被赋予了重大的使命。刘勰《文心雕龙·明诗》说:"春秋观志,讽诵旧章,酬酢以为宾荣,吐纳而成身文。"[1]孔子对于诗乐的重要使命非常重视,经常以此教育自己的儿子和弟子,希望他们学以致用。例如:

> 子曰:"是故古之君子,不必亲相与言也,以礼乐相示而已。"(《礼记·仲尼燕居》)

> 子曰:"不学《诗》,无以言;不学礼,无以立。"(《论语·季氏》)

> 子曰:"不能《诗》,于礼缪;不能乐,于礼素。"(《礼记·仲尼燕居》)

> 子曰:"诵《诗》三百,授之以政,不达;使于四方,不能专对,虽多,亦奚为?"(《论语·子路》)

(四)嘉礼中的诗乐

嘉礼也是五礼之一,是婚冠、燕饮、视学、养老之类的礼仪。《周礼·春官·大宗伯》曰:"以嘉礼亲万民,以饮食之礼,亲宗族兄弟;以婚冠之礼,亲成男女;以宾射之礼,亲故旧朋友;以飨燕之礼,亲四方之宾客;以脤膰之礼,亲兄弟之国;以贺庆之礼,亲异姓之国。"郑玄注曰:"嘉,善也,所以因人心所善者而为之制。"[2]嘉礼的目的在于引导万民和睦友好。同样,嘉礼也往往是礼乐协配。飨燕饮食礼、射礼、乡饮酒礼等的诗乐使用情况,文献记载得非常清楚。下面就飨燕饮食礼、射礼、乡饮酒礼等谈谈

---

① 刘勰.文心雕龙注释[M].周振甫,注.北京:人民文学出版社,1981:48.
② 阮元.十三经注疏[M].北京:中华书局,1980:760.

诗乐的使用情况。

　　1.飨燕饮食之礼

　　(1)飨燕礼。宗周时期，飨、燕既有区别，也有联系。《周礼·春官·大宗伯》云："以飨燕之礼，亲四方之宾客。"飨、燕之礼都与宴饮有关，但飨礼在太庙举行，燕礼则在寝宫举行。飨礼烹太牢以饮宾客，但并不真正吃喝，其重点在于表达礼仪。燕，通"宴"，为吃喝之宴，故可以尽情饮食。对于飨礼的礼仪意义，经典多有说明。《礼记·聘义》曰："酒清人渴而不敢饮也，肉干人饥而不敢食也，日暮人倦，齐庄整齐，而不敢懈惰，以成礼节。"又如，《左传·成公十二年》杜预注曰："享有体荐，设几而不倚，爵盈而不饮，肴干而不食。"[①]而燕礼中的开怀畅饮，也见之于文献。《诗经·小雅·行苇》："肆筵设席，授几有缉御。或献或酢，洗爵奠斝。醓醢以荐，或燔或炙。嘉肴脾臄，或歌或咢。"另外，飨(享)、燕(宴)存在着等级之分。《左传·宣公十六年》："公当享，卿当宴：王室之礼也。"可见，天子对公或诸侯用飨(享)礼，而对卿大夫则用燕(宴)礼。再者，飨礼更加重视威仪、等级，一般在大祭、朝觐等重大礼仪中举行；而燕礼则重在表示相互的情谊、关怀，可以在日常生活中频频举行。相对而言，燕礼比飨礼更普遍、更常见，燕礼对于加固社会的纽带有更为切实的意义，各种经典对燕礼的记载也更详细。郑玄《三礼目录》云："诸侯无事，若卿大夫有勤劳之功，与群臣燕饮以乐之。燕礼于五礼属嘉。"[②]对此，贾公彦疏曰：

　　　　案上下经注，燕有四等。《目录》云诸侯无事而燕，一

---

①　阮元.十三经注疏[M].北京：中华书局,1980:1910.
②　阮元.十三经注疏[M].北京：中华书局,1980:1014.

也；卿大夫有王事之劳，二也；卿大夫又有聘而来，还与之燕，三也；四方聘客与之燕，四也。①

贾公彦认为，燕礼有四种。第一种是"诸侯无事而燕"。《诗经·鲁颂·有駜》云："夙夜在公，在公明明。振振鹭，鹭于下。鼓咽咽，醉言舞。于胥乐兮。"郑玄笺云："君臣无事则相与，明义明德而已。洁白之士，群集于君之朝，君以礼乐与之饮酒。"②燕乐以尽其欢，是其无事而燕也。第二种是"卿大夫有勤劳之功"而燕，它包括"聘使之劳兼王事之劳"。"聘使之劳"，即燕劳使臣完成使命而回国之诗，《诗经·小雅·四牡》就是关于这方面的诗乐。"王事之劳"燕者，据"若以乐纳宾，则宾及庭，奏《肆夏》"可知，郑注云："卿大夫有王事之劳，则奏此乐焉"③是也。第三种是"己之臣子有王事之劳者"。《礼记·郊特牲》云："宾入大门而奏《肆夏》。"郑玄注云："宾，朝聘者。"④此"宾"就是"己之臣子"。第四种是"异国聘宾有燕者"。《仪礼·聘礼》云："公于宾。壹食，再飨。燕与差，傛献，无常数"。《仪礼·聘礼》虽没有使用诗乐的说明，但可以肯定"异国聘宾入大门奏《肆夏》"。这正如钱玄先生所说："《仪礼·聘礼》一文对飨、食、燕，都没有详细叙述，当然没有说到歌诗、赋诗。但《仪礼·燕礼》一文里，对作乐和歌诗有较详叙述，可以根据它来了解聘礼的作乐、歌诗情况。"⑤

（2）乡饮酒礼。《乡饮酒礼》记述乡人以时聚会宴饮的礼仪。乡饮酒约分四类。第一，三年大比，诸侯之乡大夫向其君举荐贤

①　阮元.十三经注疏[M].北京:中华书局,1980:1014.
②　阮元.十三经注疏[M].北京:中华书局,1980:610.
③　阮元.十三经注疏[M].北京:中华书局,1980:1446.
④　阮元.十三经注疏[M].北京:中华书局,1980:1446.
⑤　钱玄.三礼通论[M].南京:南京师范大学出版社,1996:648.

能之士,在乡学中与之会饮,待以宾礼。乡饮酒礼是尊老敬贤之礼。《周礼·地官·乡大夫》曰:"三年则大比,考其德行道艺而兴贤者能者,乡老及乡大夫,帅其吏与其众寡,以礼礼宾之。"第二,乡大夫以宾礼宴饮国中贤者。第三,州长于春、秋会民习射,射前饮酒。第四,党正于季冬蜡祭饮酒。乡饮酒是乡民各种活动中的一项重要内容,其主旨在于序长幼,别贵贱,以一种普及性的道德实践活动,成就孝弟、尊贤、敬长、养老的道德风尚,达到德治教化的目的。《礼记·射义》说:"乡饮酒礼者,所以明长幼之序也。"《礼记·乡饮酒义》说:"乡饮酒之礼,六十者坐,五十者立侍以听政役,所以明尊长也;六十者三豆,七十者四豆,八十者五豆,九十者六豆,所以明养老也。民知尊长养老,而后乃能入孝弟。民入孝弟,出尊长养老,而后成教,成教而后国可安也。君子之所谓孝者,非家至而日见之也,合诸乡射,教之乡饮酒之礼,而孝弟之行立矣。"

(3)饮食之礼。"饮食之礼",即指宴饮,简称"食礼",是宗族之内的"宴饮",它不同于日常生活的起居饮食。《周礼·春官·大宗伯》云:"以饮食之礼,亲宗族兄弟。"宗族之内的宴饮,主要在祭祀时或节日举行。"饮食之礼"的目的是加强宗族意识,强化尊老爱幼的观念,促进彼此的情感交流,进而相亲相爱地劳作和生活。

"食礼"与"飨礼"存在一些异同。相同之处在于,都可用于宗庙祭祀或款待宾客,且所用牲都是豕羊牛俱备的太牢。区别则在于,食礼以饭为主,有牲而无酒,飨礼则牲、酒皆有;飨礼用乐,而食礼不用乐。其原因在于,两者分别体现了阳、阴之义。《礼记·郊特牲》曰"飨、禘有乐,而食、尝无乐,阴阳之义也。凡饮养阳气也,凡食养阴气也。"对于食礼,可根据《仪礼·公食大夫礼》得知大概,而飨礼久佚,难以考证。两者相同点在于,"食礼"与"飨礼"都用诗乐,但不是为了享乐,而是遵守礼节、传达礼义。《礼记·乐记》曰:"食飨之礼,非致味也。《清庙》之瑟,朱弦而疏越,壹倡而三叹,有遗音者矣。大飨之礼,尚玄酒而俎腥鱼。大羹不和,有遗味者矣。是故先王之制礼乐也,非以极口腹耳目之欲也,将以教民平好恶,而反人道之正也。"《礼记·礼器》曰:"大飨,其王事也。……其出也,《肆夏》而送之,盖重礼也。"

2. 养老礼和学礼

养老礼由来已久,从舜帝时期开始,历经夏、商、周,一直延续到清代。在宗周,这是以燕飨酒食对德高望重、年岁已高的老者进行宴请、款待和乞言、合语的礼节,目的是引导人们尊重和孝敬老人。养老礼每次都与学礼同时举行,对此,文献有明确的记载。

《礼记·王制》曰:"凡养老,有虞氏以燕礼,夏后氏以飨礼,殷人以食礼,周人修而兼用之。五十养于乡,六十养于国,七十养于学,达于诸侯。"

《礼记·文王世子》曰:"凡学,春官释奠于其先师,秋冬亦如之。凡始立学者,必释奠于先圣先师;及行事,必以币。凡释奠者,必有合也,有国故则否。凡大合乐,必遂养老。"

凡是学校,每年的春、秋和冬三季都必须举行释奠礼,以祭祀先师。另外,建立学校之始,也要举行释奠礼,以祭祀先圣先师。而每次举行释奠礼,都一定要演奏合乐,演奏合乐则必须行养老之礼。可见,只要举行释奠礼,就必须举行养老礼,并合奏诗乐。

学礼除了上述的释奠礼之外,还有视学礼。视学礼是指天子视察学校,督促学校的各项工作。在天子视察学校的当天,天刚亮的时候就要击鼓召集学官和学士,让他们做好准备。天子来到学校后,命令有司各行其职,并按照常礼祭祀先圣先师。之后,便举行养老礼。天子要亲自察看为养老礼准备的食品和礼物,以及设置的席位。于是,演奏诗乐迎接三老、五更和群老入席。天子要捧上酒食,以体现对老者的孝养。天子返回自己的席位以后,诗乐正式开始。《礼记·文王世子》曰:"登歌《清庙》,既歌而语,以成之也。言父子、君臣、长幼之道,合德音之致,礼之大者也。下管《象》,舞《大武》。大合众以事,达有神,兴有德也。正君臣之位、贵贱之等焉,而上下之义行矣。有司告以乐阕,王乃命公侯伯子男及群吏曰:'反! 养老幼于东序。'终之以仁也。"诗乐演奏初始阶段之后,彼此进行交流,谈论父子、君臣、长幼的道理,以与《清庙》所歌颂的文王美德相配合,这是养老礼中重要的部分。诗乐的最后阶段是集合众人参与其中,以此来沟通神与人,使有德之人得到兴盛,从而使君臣、贵贱的等级得到明确。诗乐的演奏虽然已经完成,但养老的仁心仍然没有停止,众人在各自回家之后还要继续推进养老之礼。

3. 射礼

周代的射礼有"大射"、"宾射"、"乡射"、"燕射"等四种。一是大射,即天子、诸侯在祭祀之前举行的射礼,其目的是选拔参加祭祀的人选。二是宾射,在诸侯朝见天子或诸侯相会时举行。三是燕射,平日宴饮之时举行。四是乡射,是乡大夫为推荐贤德人士而举行。各种射礼前后,常有燕饮。射礼之前的燕饮依照燕礼而行,分为纳宾、献、酢、酬及演奏诗乐以娱宾等环节,宴饮之后再举行射礼。而射礼之中的乡射礼常常与乡饮酒礼同时举行。

射礼必有诗乐助兴。射礼共有三番射,第三番射的重点是以乐节射，乡射中奏《驺虞》以射，大射中则奏《狸首》以射。射礼结束之后，宾客出门也有诗乐相送。《周礼·春官·大司乐》："大射，王出入，令奏《王夏》；及射，令奏《驺虞》，诏诸侯以弓矢舞。王大食，三宥，皆令奏钟鼓。"

另外，与射礼相仿的还有投壶之礼。投壶之礼是射礼的变异。郑玄注《礼记·投壶》云："投壶，射之细也。"[①]投壶既是礼仪，同时又是游戏，来源于射礼。如果庭院不够宽阔，没有足够的空间以张侯设乏；或者参与的宾客比较多，无法俩俩比耦，就可以用投壶代替射箭。投壶，即用手把箭矢投入壶内，每人四矢，中多者为胜，负方则饮酒作罚。其宗旨也是以乐嘉宾，以习礼仪。《礼记·投壶》说："投壶者，主人与客燕饮讲论才艺之礼也。"当然，投壶之礼中同样有诗乐伴奏。

通过上面的分析，按照金奏（迎宾）、升歌、笙奏、间歌、合乐、以乐节射、无算乐、金奏（送宾）的进程，结合相关的历史文献，我们大致可以了解当时各种礼仪所用诗乐。

（五）不用诗乐的情况

宗周社会是礼乐社会，但并不是所有的礼都必须用乐。《礼记·月令》郑玄注："凡用乐必有礼，用礼则有不用乐者。"[②]凡是用乐就必须用礼，但有些礼则不能用乐，如，凶礼不用乐，而嘉礼中的昏礼也不用乐。

先说凶礼不用乐。《周礼·春官·大宗伯》："以凶礼哀邦国之忧，以丧礼哀死亡，以荒礼哀凶札，以吊礼哀祸灾，以襘礼哀围败，以恤礼哀寇乱。"凶礼、丧礼、荒礼、吊礼、襘礼、恤礼统称为凶

---

① 阮元.十三经注疏[M].北京:中华书局,1980:1665.

② 阮元.十三经注疏[M].北京:中华书局,1980:1384.

礼。周礼对凶礼中的诗乐使用有严格的限定,其目的在于节制享受,唤起同情之心或怜悯之情。面对日食、月食、山崩、年谷不登等自然灾害时,古人往往视为上天在发怒,是对世人的告诫。因此,统治者总是诚惶诚恐,于是用取消诗乐享乐等方式来约束自己,希望取得上天的宽恕,先秦典籍对此多有记载。

《周礼·春官·大司乐》:"凡日月食、四镇五岳崩、大傀异灾、诸侯薨,令去乐。大札、大凶、大灾、大臣死,凡国之大忧,令弛县。凡建国,禁其淫声、过声、凶声、慢声。大丧,莅廞乐器。及葬,藏乐器,亦如之。"凡遭遇国家的大忧患,都要命令解下悬挂的乐器。《礼记·曲礼下》:"岁凶,年谷不登,君膳不祭肺,马不食谷,驰道不除,祭事不县。大夫不食粱,士饮酒不乐。君无故,玉不去身;大夫无故不彻县,士无故不彻琴瑟。"在收成不好的年份,祭祀时不悬挂钟磬。《礼记·玉藻》:"年不顺成,则天子素服,乘素车,食无乐。"年成不顺,天子饮食时不奏乐。对于自然灾害不用诗乐,孔子还有专门的评论。《孔子家语·曲礼子贡问》:"孔子在齐,齐大旱,春饥。景公问于孔子曰:'如之何?'孔子曰:'凶年则乘驽马,力役不兴,驰道不修,祈以币玉,祭祀不悬,祀以下牲,此贤君自贬以救民之礼也。'"

遇见亲人有疾,或天子殂落等,也不用诗乐。《礼记·曲礼下》:"父母有疾,冠者不栉,行不翔,言不惰,琴瑟不御。"《尚书·舜典》:"帝乃殂落,百姓如丧考妣,三载,四海遏密八音。"孔颖达疏曰:"四海之人,蛮、夷、戎、狄,皆绝静八音而不复作乐。"[①]

再说说嘉礼之昏礼也不用诗乐。昏礼不用诗乐,其原因是女方家人念及亲人即将离别,而男方家人则想到男子和新妇将

① 阮元.十三经注疏[M].北京:中华书局,1980:129.

要取代父母的地位,新老交替,不免感伤。孔子曰:"嫁女之家,三夜不息烛,思相离也。取妇之家,三日不举乐,思嗣亲也。"《礼记·曾子问》)再者,从阴阳观念来看,昏礼属于阴,而诗乐属于阳。阴阳不能混淆,故昏礼之中不用诗乐。《礼记·郊特牲》:"昏礼不用乐,幽阴之义也。乐,阳气也。昏礼不贺,人之序也。"

二、从《诗经》与《仪礼》用辞看礼与诗乐的关系

西周礼乐文化的核心是礼,而当时的诗乐与礼达到了水乳交融的境界。《礼记·仲尼燕居》云:"达于礼而不达于乐,谓之素;达于乐而不达于礼,谓之偏。"礼没有乐的配合,就太质朴;乐没有礼的规范,就不完备。

要了解礼与诗乐的关系,不妨通过一些文献的记载来考察。

如果把《礼记》与《诗经》进行比较,我们能够非常容易地发现:两者用辞有许多相似之处,如祈求祖先保佑、降下福祉、福禄万年等,虽然在不同的典籍中表达方式不同,但内容却是一致的。

（一）冠礼中祝辞、醴辞、醮辞与《诗经》的比较

《仪礼·士冠礼》中加冠的祝辞、醴辞,主要是祝福加冠者,增修美德,敬慎威仪,如此上天就会降下无边的福祉,例如:

> 始加,祝曰:"令月吉日,始加元服。弃尔幼志,顺尔成德。寿考惟祺,介尔景福。"再加,曰:"吉月令辰,乃申尔服。敬尔威仪,淑慎尔德。眉寿万年,永受胡福。"三加,曰:"以岁之正,以月之令,咸加尔服。兄弟具在,以成厥德。黄耇无疆。受天之庆。"

醴辞曰："甘醴惟厚,嘉荐令芳。拜受祭之。以定尔祥。承天之休,寿考不忘。"

醮辞曰："旨酒既清,嘉荐亶时。始加元服,兄弟具来。孝友时格,永乃保之。"再醮,曰："旨酒既湑,嘉荐伊脯。乃申尔服,礼仪有序。祭此嘉爵,承天之祜。"三醮,曰："旨酒令芳,笾豆有楚。咸加尔服,肴升折俎。承天之庆,受福无疆。"

字辞曰："礼仪既备,令月吉日,昭告尔字。爰字孔嘉,髦士攸宜。宜之于假,永受保之,曰伯某甫。"

与《仪礼·士冠礼》中加冠的祝辞、醴辞与相似的是,《诗经》中也有许多类似的表达。两者不仅都以四言为主,而且内容也相似,主旨是品德无差,才能获得上天赐予的巨大福祉,包括长寿、令德、宜兄宜弟,等等。例如:

《诗经·小雅·蓼萧》："其德不爽,寿考不忘。……宜兄宜弟,令德寿岂。……和鸾雍雍,万福攸同。"

《诗经·小雅·天保》："群黎百姓,遍为尔德。"

《诗经·小雅·南山有台》："乐只君子,遐不黄耇。乐只君子,保艾尔后。"

《诗经·大雅·行苇》："曾孙维主,酒醴维醹,酌以大斗,以祈黄耇。黄耇台背,以引以翼。寿考维祺,以介景福。"

《诗经·周颂·敬之》："敬之敬之,天维显思,命不易哉。"

《诗经·商颂·殷武》："寿考且宁,以保我后生。"

（二）昏礼中的告诫与《诗经》的比较

《仪礼·士昏礼》中表达了男子承继宗事、女子无违家教的愿望，而《诗经》中也有相似的诗句。两相比较如下：

> 父醮子，命之曰："往迎尔相。承我宗事。勖帅以敬，先妣之嗣。若则有常。"（《仪礼·士昏礼第二》）

> 《诗经·大雅·板》："怀德维宁，宗子维城。"《诗经·大雅·下武》："永言孝思，昭哉嗣服。"《诗经·周颂·闵予小子》："维予小子，夙夜敬止。"

以上两者都表达了继承宗事、有所作为的愿望。

> 父送女，命之曰："戒之敬之。夙夜毋违命！"母施衿结帨，曰："勉之敬之。夙夜无违宫事！"庶母及门内，施鞶，申之以父母之命，命之曰："敬恭听宗尔父母之言。夙夜无愆，视诸衿鞶！"（《仪礼·士昏礼第二》）

> 《诗经·卫风·氓》："三岁为妇，靡室劳矣。夙兴夜寐，靡有朝矣。"

以上两者都表达了女子遵守家规的愿望。

（三）《仪礼》中嘏辞与《诗经》的比较

《仪礼》中出现了大量祭祀并进献嘏辞的活动。其中的嘏辞与《诗经》的诗句颇为相似。如：

> 祭酒，啐酒。进听嘏。佐食抟黍授祝。祝授尸。尸受以菹豆。执以亲嘏主人。

> 其绥祭其嘏亦如傧。……祝受加于阼。

嘏辞的内容主要是祝福主人得到神灵的保佑，长命百岁，多福无疆，子子孙孙，福禄万年。《仪礼·少牢馈食礼》中记载了工祝对主人的祝福：

> 尸执以命祝。卒命祝。祝受以东北面于户西。以嘏于主人，曰："皇尸命工祝，承致多福无疆于女孝孙。来女孝孙，使女受禄于天，宜稼于田，眉寿万年，勿替引之。"

> 上篹亲嘏，曰："主人受祭之福，胡寿保建家室。"

《诗经》中也同样有类似的祝福。

> 礼仪既备，钟鼓既戒。孝孙徂位，工祝致告。神具醉止，皇尸载起。钟鼓送尸，神保聿归。……神嗜饮食，使君寿考。孔惠孔时，维其尽之。子子孙孙，勿替引之。

从上面的分析可知，礼与诗乐往往具有对应关系。

第二章　孔子诗乐思想的形成

　　孔子诗乐思想有一个逐渐发展成熟的过程,这个过程与他的学术历程密切相关。在学术上,孔子先从礼学发展成仁学,最后上升到易学,而他的诗乐也不断地践行着自己的学术使命。

　　既然孔子诗乐思想与其学术历程相辅相成,便有必要先简单说说他的学术历程。谈及这个话题,必然要涉及如何看待孔子思想体系之核心的问题。我国学术界对于孔子思想体系核心的认识,主要可分为三大派:第一是以陈独秀、蔡尚思、丁鼎等学者为代表,认为孔子思想体系的核心是"礼";第二是以牟宗三、匡亚明、金景芳等学者为代表,认为是"仁";第三是以王世明为代表,认为是"仁礼二元一体的结构"。[①] 学者们之所以存在着孔子思想核心是"礼",是"仁",或是"仁礼二元一体的结构"的争论,是因为他们把孔子动态的、历时的思想,看成一个静止的、共时的思想。如果以历时的角度看待孔子学术的演进,则相关的争论自可止息。

---

① 丁鼎. 礼:中国传统文化的核心[M]. //浙江大学古籍研究所. 礼学与中国传统文化——庆祝沈文倬先生九十华诞国际学术研讨会论文集. 北京:中华书局,2006:3.

　　说到孔子的学术历程,我们首先想到孔子晚年曾经说过的一番话。孔子曰:"吾十有五而志于学,三十而立,四十而不惑,五十而知天命,六十而耳顺,七十而从心所欲,不逾矩。"(《论语·为政》)这是孔子对自己一生经历的总结,又何尝不是对自己学术生涯的概括? 孔子大致在十五岁开始学习礼乐文化;三十岁时对于传统的周礼有了全面的理解和掌握;四十岁时学识得到了巨大进步,能够举一反三、融会贯通,而且不再有迷惑之感;到了五十岁时,懂得了天命的真正含义;六十岁以后,达到"耳顺"的高度。所谓"耳顺",就是"通圣"之意。《说文解字》云:"圣,通也。从耳,呈声。"①到七十岁时,孔子的学识已经出神入化了。这正如杨树达所说:"孔子六十圣通,七十则由圣入神矣。"如果就学术的内涵来看,简而言之,孔子开始于礼学,发展为仁学,最后上升到易学,即礼学→仁学→易学的过程。金景芳先生说:"礼与义,皆因事立名,举其特点以示人,其实皆仁之事也。"②而"仁为孔子行道立教之原动力,亦与《易》理相契合"③。这就是说,孔子年轻时继承传统,积极推崇周礼;中年时注重创新,以"仁"改造"礼";晚年爱好《周易》,对"仁"的领悟上升到一个至高的境界。其中,礼是仁的表现,仁是礼的旨归,而仁又以《易》理(生)为根柢。生,乃"生生",即"易"。《周易·系辞传》曰:"生生之谓易。"又曰:"天地之大德曰生。"金景芳先生说:"《易》以宇宙变化为象,宇宙变化,瞬息不停,是即所谓'生生',故'天地之大德',亦可以一言蔽之,曰'生'而已矣。"④礼的价值

①　许慎.说文解字注[M].段玉裁,注.上海:上海古籍出版社,1981:592.
②　金景芳.学易四种[M].长春:吉林文史出版社,1987:104.
③　金景芳.学易四种[M].长春:吉林文史出版社,1987:91.
④　金景芳.学易四种[M].长春:吉林文史出版社,1987:93.

在于仁,而仁又以生(易)为根柢,为归依。

理清了孔子的学术历程后,理解孔子诗乐思想在其学术体系中的定位也就顺理成章了。孔子的诗乐思想,可以按照如下理论模式来把握,即:礼学→仁学(从外在的规范转为内心的诉求)、易学(对天道、天命的敬畏)→诗乐的践行。也就是说,诗乐是孔子礼学、仁学和易学思想的一种体现。其中,易学使孔子对神灵怀有无限的敬意,而仁学又使孔子对个体情感无比重视。诗乐在礼的运用中,发挥着极其重要的作用。这种作用通过礼仪,转化为个人内心的仁德,怀着仁德,便对神灵充满了无限的敬意,对社会充满了深切的关怀。换言之,孔子的诗乐思想就是要使人在诗乐的感召下,怀着对神灵的敬畏之情,依礼而行,把外在的礼学,转化为内心的仁学,不断提高自身的修养,相互谦让,相亲相爱,从而共同营造一个和谐的社会。而要做到仁者爱人,就必须修己安人,修己安人的有效途径就是艺术性的诗乐教化。

由于诗乐思想是一个动态的过程,因此有必要分别论述孔子诗乐与礼学、仁学和易学之关系。之所以如此,只是为了理解的方便,其实这三者是连绵不断而又相互缠绕的。

第一节　孔子礼学及其诗乐思想

一、孔子的礼学

孔子最初的学术旨趣乃在于"礼",这可以从他早年的活动中找到脉络。孔子从十五岁开始致力于学习,内容主要是"礼乐射御书数"六艺。十九岁时,孔子到宋国,开始学习殷礼,两年后学成回到鲁国。《礼记·礼运》记孔子之言曰:"吾欲观殷道,是故之宋,而不足征也,吾得《坤乾》焉。"孔子二十二岁时,因为享有知礼之名而被人重视,从而得以进入鲁国上卿季平子家做家臣,后来成为季氏家相礼之官,负责季氏家庭四时祭祀以及外交往来的礼仪。由于季氏家庭显赫,孔子可以经常接触各国使节,进行广泛的学习。《左传·昭公十八年》记载:

> 郯子来朝,公与之宴。昭子问焉,曰:"少皞氏鸟官名,何故也?"郯子曰:"吾祖也,我知之。……"仲尼闻之,见于郯子而学之。既而告人曰:"吾闻之:'天子失官,官学在四夷。'犹信。"

郯子详细地给昭子解答了少皞氏为何是鸟官名。孔子作为季氏家礼官,有机会见到郯子,向他学习并表达自己的感悟。

随着生活阅历和知识的增长,孔子更加增强了复兴周礼的愿望,他打算开办私学,把自己的知识和理论推而广之。孔子三十岁时,毅然辞去了季氏家臣的职务,准备创办私学。次年,私学正式开办,以"礼乐射御书数"等六艺教育弟子。孔子在这个时候,对于"礼"的理解和运用都达到成熟的阶段,《论语》的记载说明了这一点。

> 子曰:"三十而立。"(《论语·为政》)
>
> 子曰:"不知礼,无以立也。"(《论语·尧曰》)
>
> 子曰:"兴于《诗》,立于礼。成于乐。"(《论语·泰伯》)

综合这三句,可知"立"是指"立于礼",孔子到三十岁而立于礼,对于礼有着相当深刻的理解,并且可以为人师表了。

孔子三十五岁时,鲁昭公派遣他以鲁国国君使者的身份到周王室观礼。在周王室,孔子见到了老聃,并向其学礼。孔子的

学问可谓"教学相长"。大约就在这个时期,"说与何忌于夫子……而学礼焉"。《左传·昭公七年》对此有非常明确的记载:

> (孟僖子)曰:"礼,人之干也。无礼,无以立。吾闻将有达者曰孔丘,圣人之后也……我若获没,必属说与何忌于夫子,使事之,而学礼焉,以定其位。"故孟懿子与南宫敬叔师事仲尼。仲尼曰:"能补过者,君子也。《诗》曰:'君子是则是效。'孟僖子可则效已矣。"

鲁国大臣孟僖子,又叫仲孙貜,非常重视礼,认为礼是人的立身之本。在他强烈的要求下,"说(南宫敬叔)与何忌(孟懿子)"学礼于夫子,可见孔子在礼学上的成就。

孔子三十六岁时,鲁昭公与季氏之间的矛盾已趋白热化,季氏公然违礼,鲁昭公讨伐季氏,却兵败逊齐。孔子也来到齐国,做了齐国卿大夫高昭子的家臣,负责礼乐之事。次年,孔子与齐国太师探讨古乐,并欣赏了上古的《韶》乐。《论语·述而》记载了此事:"子在齐闻韶,三月不知肉味。曰:'不图为乐之至于斯也!'"三年后,孔子三十九岁,从齐国返回鲁国,继续从事自己的私学教育事业,开始搜集整理《诗》、《书》、《礼》和《乐》等周代的礼乐典章文献。

从孔子早年的活动经历来看,其最初的核心思想就是"礼",这是因为孔子生长的鲁国比较完善地保存了周代的礼乐文化。鲁国是周公旦的封地,他的儿子伯禽为鲁国的开国之君。鲁国在一开始就受到周王朝特殊的礼遇。周王朝为了表彰周公旦对周朝的卓越贡献,允许鲁国使用天子等级的祭祀礼仪。因此,鲁国成为名副其实的礼仪之邦,直到春秋末期,鲁国仍然是周代礼乐文化的核心。《左传·鲁昭公二年》记载,在鲁昭公二年春天,晋平公派遣韩宣子到鲁国来聘问,韩宣子观书于太史氏,见到了《易》、《象》和《鲁春秋》,非常感叹地说:"周礼尽在鲁矣。吾乃今知周公之德,与周之所以王也"。可见,周代礼乐文化对鲁国的影响十分深远。生活在这样一个社会,孔子从小就表现出对周礼的热爱。《史记·孔子世家》说"孔子为儿嬉戏,常陈俎豆,设礼容",这足见周礼在孔子心中打下了深深的烙印。在孔子九岁的那一年,季札到鲁国出使,尽观在鲁国保存完好的"周礼"。季札赞叹不已,曰:"德至矣哉,大矣! 如天之无不帱也,如地之无不载也。"(《左传·襄公二十九年》)周礼如此神奇,令孔子心向神往。正因为怀着对周礼的无限憧憬,所以孔子说:"周监于二代,郁郁乎文哉! 吾从周"(《论语·八佾》)。孔子"从周"的本质,就是从周礼,因为,周代文化的渊源就是"礼"。著名史学家柳诒徵先生曾说过:"周之文化,以礼为渊海,集前古之大成,开后来之政教。"[1]正因为如此,孔子早年也是以"礼"作为自己的基础理论的。蔡尚思先生说:

> 《论语》全书所载孔子的言行,多在"礼"的范围之内。除《论语》外,《左传》、《荀子》、《礼记》等书均一致强调"礼"的无比重要性。[2]

孔子特别强调"从周",也与当时动荡不安的社会密切相关。孔子曰:"天下有道,则礼乐征伐自天子出;天下无道,则礼乐征伐自诸侯出。"(《论语·季氏》)而那时正是礼乐征伐自诸侯出的时代,春秋五霸先后登上历史舞台,他们打着"尊王攘夷"、"仁义之战"的旗帜,表面上是维护周礼,实际上是进行权力和地盘的

---

[1] 柳诒徵.中国文化史[M]上海:上海古籍出版社,2001:138.
[2] 蔡尚思.孔子思想体系研究[M].上海:上海人民出版社,1982:238-239.

争夺。因此，当时的僭礼行为特别频繁。《左传·襄公十九年》记载：

> 季武子以所得于齐之兵，作林钟而铭鲁功焉。臧武仲谓季孙曰："非礼也。夫铭，天子令德，诸侯言时计功，大夫称伐。今称伐则下等也，计功则借人也，言时则妨民多矣，何以为铭？"

季武子把从齐国缴获的兵器铸造成林钟，以铭记功劳，这是违礼的行为。又，《左传·昭公二十五年》记载，鲁昭公"将禘于襄公，万者二人，其众万于季氏。臧孙曰：'此之谓不能庸先君之庙。'大夫遂怨平子"。鲁昭公举行禘祭时，跳万舞者仅有二人，而其他人都到季氏家去跳万舞了，季氏这显然也是违礼之举。总而言之，层出不穷的违礼之举，令孔子痛心疾首。孔子曰：

> 夫礼，先王以承天之道，以治人之情。故失之者死，得之者生。《诗》曰："相鼠有体，人而无礼，人而无礼，胡不遄死。"是故夫礼，必本于天，殽于地，列于鬼神，达于丧、祭、射、御、冠、昏、朝、聘。故圣人以礼示之，故天下国家可得而正也。（《礼记·礼运》）

孔子把"礼"视为国家盛衰的关键，可见对"礼"的重视。

孔子所主张的"礼"，其宗旨就是要以宗法制度为核心，努力构建"君君、臣臣、父父、子子"的伦理社会。在这个社会中，只要做到"父子有亲，君臣有义，夫妇有别，长幼有序，朋友有信"，那么周文王、周武王时代的"小康"社会，甚至是"天下为公"的"大同"社会都能够顺利实现。

孔子的"礼"建立在家庭伦理之上，而"孝"是建构这种伦理的核心。当然，"孝"必须要有"礼"的规范。鲁国大夫孟懿子向孔子请教孝道,孔子回答是"不要违背礼节"。后来弟子樊迟问具体的内涵,孔子曰:"生,事之以礼;死,葬之以礼,祭之以礼"(《论语·为政》)。在整个社会中,将个人对于长辈的"孝"推而广之,爱天下所有的民众。

孔子深深懂得民众在治理国家中的非凡意义。他曾经向鲁哀公说:"丘闻之,君者舟也;庶人者,水也。水则覆舟,水则复舟,君以此思危,则危将焉而不至矣。"(《荀子·哀公》)由于民众关乎社会的长治久安,所以在庶人中推行周礼就显得尤其重要。因为,治理国家仅仅采用政与刑的手段是不够的,还得依靠"礼"。子曰:"道之以政,齐之以刑,民免而无耻;道之以德,齐之以礼,有耻且格。"(《论语·为政》)以"礼"来约束自身,百姓就能"有耻且格",而且不会有离经叛道的行为。孔子曰:"君子博学于文,约之以礼,亦可以弗畔矣夫!"(《论语·雍也》)在"礼"的制约下,每个人的行为会趋于端正,人情会更加淳厚,社会就能和谐,否则就会出现许许多多的问题。孔子曰:"恭而无礼则劳,慎而无礼则葸,勇而无礼则乱,直而无礼则绞。君子笃于亲,则民兴于仁;故旧不遗,则民不偷。"(《论语·泰伯》)可见,"礼"的意义非同凡响。

二、孔子诗乐对礼学的践行

孔子重视诗乐,是因为诗乐可以践行礼的价值。《史记·孔子世家》曰:"三百五篇,孔子皆弦歌之,以求和《韶》、《武》、《雅》、《颂》之音。"孔子使《诗经》都可以弦歌鼓舞,并与《韶》、《武》、《雅》、《颂》之乐保持一致,这就提升了《诗经》的品格,将人完全纳入礼仪之轨道。郑樵《通志·乐略·乐府总序》曰:"乐以诗为本,诗以声为用,八音六律为之羽翼耳。仲尼编诗,为燕享祀之时用以歌,而非用以说义也。古之诗今之辞曲也,若不能歌之但能诵其文而说其义可乎?"①

孔子编订诗乐,不是为了申说其中的义理,而是用于燕享祭祀诸种仪礼之演奏。仪礼是诗乐存在的根据。孔子曰:"诵《诗》三百,不足以一献。一献之礼,不足以大飨。大飨之礼,不足以大旅。大旅具矣,不足以飨帝。毋轻议礼!"(《礼记·礼器》)

孔子认为,诗乐是服务于礼的,礼具有更加本质的意义,所以对礼要有一种敬畏之心。燕飨之礼、大飨之礼、大旅之礼、飨帝之礼,其规格和意义依次增强。燕飨中的献、酢、酬,合称为一献之礼,行一献之礼不足以行大飨之礼,行大飨之礼不足以行大旅之礼,而行大旅之礼又不足以行飨帝之礼。诵《诗》三百,尚且不足以行一献之礼,何况行大飨、大旅、飨帝之礼? 当然,乐为礼服务,并不意味着诗乐就微不足道,孔子对乐的内涵是非常看好的。《礼记·郊特牲》记载:"宾入大门而奏《肆夏》,示易以敬也,卒爵而乐阕,孔子屡叹之。"宾客进入大门要演奏《肆夏》,这是向来宾表示和悦和敬意,直到宾客喝完主人的献酒,诗乐的演奏才停止。孔子对这种礼仪屡次赞叹,之所以如此,是因为诗乐使礼仪更加规范、典雅,从而更加鼓舞人心。

在诗乐的感召下,孔子对礼的践行可谓持之以恒、矢志不渝。这不仅表现在理论上对礼的重视,也表现在日常生活中对礼的执着。孔子有关礼的理论非常丰富,如:

> 子曰:"礼云礼云,玉帛云乎哉? 乐云乐云,钟鼓云乎哉?"(《论语·阳货》)

> 子夏问曰:"'巧笑倩兮,美目盼兮,素以为绚兮。'何谓

---

① 郑樵.通志二十略[M].北京:中华书局,1995:883.

也?"子曰:"绘事后素。"曰:"礼后乎?"子曰:"起予者商也!始可与言诗已矣。"(《论语·八佾》)

在孔子看来,礼乐共生共融,内涵深刻,并不仅仅是玉帛之礼器和钟鼓之乐器而已,而是人心的情感,以及美的本质。所谓"绘事后素",就是这种本质的体现。

当然,仅有理论上的关注是不够的,孔子还依"礼"生活。《论语·先进》曰:"南容三复白圭,孔子以其兄之子妻之。"南容多次吟诵《诗经》中"白圭之玷,尚可磨也;斯言之玷,不可为也",孔子就把侄女嫁给他。《论语·阳货》记载,孔子到武城,听到了弦歌之声,无比欣喜,因为弟子子游用实际行动来践行老师的乐教理念:"君子学道则爱人,小人学道则易使也"。

当然,孔子依"礼"而行,主要是为了言传身教。这不仅表现在孔子对乐教的实施,还表现在他日常行为的礼节性和诗乐性。这些行为,不仅显示了孔子"非礼勿视,非礼勿听,非礼勿言,非礼勿动"的态度,还分明让我们感觉到他举手投足之间,每每踏着节拍,展现的最为优雅的姿态。《论语》等典籍对此多有记载,其中《论语·乡党》的记载最为全面、系统,例如以下五条。

孔子于乡党,恂恂如也,似不能言者。其在宗庙朝廷,便便言,唯谨尔。

朝,与下大夫言,侃侃如也;与上大夫言,訚訚如也。君在,踧踖如也。与与如也。

君召使摈,色勃如也,足躩如也。揖所与立,左右手。衣前后,襜如也。趋进,翼如也。宾退,必复命曰:"宾不顾矣。"

入公门,鞠躬如也,如不容。立不中门,行不履阈。过位,色勃如也,足躩如也,其言似不足者。摄齐升堂,鞠躬如也,屏气似不息者。出,降一等,逞颜色,怡怡如也。没阶趋,翼如也。复其位,踧踖如也。

　　执圭,鞠躬如也,如不胜。上如揖,下如授。勃如战色,足缩缩,如有循。享礼,有容色。私觌,愉愉如也。

　　孔子的言谈可谓有礼、有节、有乐感。孔子在本乡本土,恂恂如也;在宗庙朝廷,便便言也;与下大夫谈话,侃侃如也;与上大夫谈话,訚訚如也。孔子言语之中的恂恂如也、便便言也、侃侃如也、訚訚如也,与《论语·八佾》中孔子语太师乐所说的"始作,翕如也;从之,纯如也,皦如也,绎如也,以成",颇有相通之处。不仅用辞相似,而且语感也相同。孔子的行为,伴随这些美妙的文辞,穿越历史,如同金石之乐一般,舒缓、安静,无不显示出一种节奏之美。

　　孔子的仪表也有礼、有节、有乐感。君主来了,则踧踖如也,与与如也。君主要他接待外宾时,则色勃如也,足躩如也。与两旁的人作揖,拱手一左一右,衣裳一仰一俯,襜如也。快步向前行走,翼如也。走进朝廷的大门,鞠躬如也。经过君主的座位,色勃如也,足躩如也。提起衣服的下摆升堂,鞠躬如也;出来下台阶,怡怡如也;走完台阶,快速向前,翼翼如也。出使国外,举行典礼,执圭,鞠躬如也,勃如也,蹜蹜如也。以私人身份与外国国君相见,愉愉如也。孔子行为之中的踧踖如也、与与如也、色勃如也、足躩如也、一左一右、一仰一俯、襜如也、翼如也、鞠躬如也、色勃如也、怡怡如也、翼翼如也、蹜蹜如也、愉愉如也,如同诗乐一般,缓慢优美、雍容典雅而又张弛有度。

　　孔子之所以处处有礼有节,"克己复礼",其目的就是要复兴周礼,使社会达到小康,甚至是大同的境界。要实现这个目标,最好的办法就是推行乐教。子曰:"教民亲爱,莫善于孝。教民礼顺,莫善于悌。移风易俗,莫善于乐。安上治民,莫善于礼。"(《孝经·广要道》)治理国家,安定百姓,以"礼"为至善;"礼"的社会基础,在于百姓的孝悌、和顺;要形成这样一种社会风气,最佳途径是以"诗乐"来移风易俗。其原因有多种,主要包括以下两点。

(一)诗乐的用途十分广泛

在礼乐社会,诗乐发挥着极其重要的作用。《礼记·孔子闲居》中说:"志之所至,诗亦至焉。诗之所至,礼亦至焉。礼之所至,乐亦至焉。"这就是说,诗乐与礼可谓如影随形,相得益彰。在乡饮酒礼、燕礼、射礼、大射礼和大飨礼等礼仪之中,诗乐都是不可或缺的环节,发挥着独特的作用。子曰:

> 乐在宗庙之中,君臣上下同听之,则莫不和敬;族长乡里之中,长幼同听之,则莫不和顺;在闺门之内,父子兄弟同听之,则莫不和亲。故乐者,所以崇和顺,比物饰节,节奏合以成文,所以合和父子、君臣,附亲万民也。是先王立乐之意也。故听其雅、颂之声,志意得广焉,执干戚习俯仰屈信,容貌得齐焉;其缀兆,要其节奏,行列得正焉,进退得齐焉。故乐者天地之命、中和之纪、人情之所不能免焉也。[1]

在宗庙之中,诗乐可以使君臣上下和谐恭敬;在族长乡里之中,诗乐可以使长幼和平顺达;在闺门之中,诗乐可以使父子兄弟和睦亲爱。诗乐可以比物饰节,合和万民。诗乐是天地之性命,中和之纲纪,人情所不能避免的。

---

① 班固.白虎通[M].北京:中华书局,1985:45—46.

(二)诗乐的功能非常强大

诗乐可以使礼仪更加有序,使人端正行为,提高修养。所谓"兴于《诗》,立于礼,成于乐",就充分显示了诗乐成人的意义。诗乐依附于礼仪,随着礼仪的不同而有所改变,而其本身也具有礼仪的品格。诗乐演奏中的五个环节,即金奏、升歌、笙奏、间歌、合乐,丝毫不容改变,其中的诗乐曲目也不能随意调换。孔子曾经参加乡饮酒礼,亲自观看了礼仪以及诗乐的演进,切身体会礼乐不同寻常的感染力,不禁感叹曰:"吾观于乡,而知王道之易易也"(《礼记·乡饮酒义》)。孔子通过乡饮酒礼,感悟到王道非常容易实现。乡民在观礼、听乐之际,可以道古,可以交谈,不仅增进了彼此的感情,也受到了古道的熏陶。这种潜移默化的教育,是通过道德的引导、礼乐的规范而落实的,因此可以移风易俗,大治天下。孔子说:"道之以政,齐之以刑,民免而无耻。道之以德,齐之以礼,有耻且格。"(《论语·为政》)以礼乐来治国教民,就能培养民众的良知,从而在内心规范和调整社会的秩序。这正如 E·博登海默在《法理学:法律哲学与法律方法》一书中所引用的观点:

> 秩序的真正生命力依然源自内部。是良知造就了我们所有的公民。[①]

[①] 博登海默.法理学:法律哲学与法律方法[M].北京:中国政法大学出版社,1999:345.

第二节　孔子仁学及其诗乐思想

一、孔子的仁学

孔子在继承传统文化的同时，也进行了合理的改造。最为明显的是，孔子把"礼"学发展为"仁"学。

对于"仁"字的解释，《说文解字》曰："仁，亲也。从人二"。段玉裁注曰：

> "从人二"，会意。《中庸》曰："仁者，人也。"注："人也，读如相人偶之人。以人意相存问之言。"《大射仪》"揖以耦"注："言以者，耦之事成于此，意相人耦也。"……按人耦犹言尔我亲密之辞。独则无耦，耦则相亲，故其字从人二。[1]

段玉裁认为"仁"是一个会意字。其中，"人"是"相人偶"之人。所谓"相人偶"，就是人与人之间相敬、相亲和相爱之意。"偶"，通"耦"，"合"、"匹"、"配"、"双"、"对"之意。先秦时期诸多礼仪都涉及"相人偶"的关系。例如，《仪礼·大射仪》"揖以耦"郑玄注曰："'以'犹'与'也，言以者，耦之事成于此，意相人偶也。"[2]《仪礼·聘礼》"每曲揖"郑玄注曰："每门辄揖者，以相人偶为敬也。"[3]贾公彦疏曰："云'以相人偶'者，以人意相存偶也。"[4]《仪礼·公食大夫礼》"宾入三揖"郑玄注："每曲揖，及当碑揖，相

①　许慎. 说文解字注[M]. 段玉裁，注. 上海：上海古籍出版社，1981：365.
②　阮元. 十三经注疏[M]. 北京：中华书局，1980：1036.
③　阮元. 十三经注疏[M]. 北京：中华书局，1980：1053.
④　阮元. 十三经注疏[M]. 北京：中华书局，1980：1053.

人偶。"①可见,在春秋时代,射箭、聘问、宴饮等礼仪之中,存在着温馨、友善的交往,人与人之间往往两两配对,揖还相与,相亲相爱。"仁"就在这些礼仪之中产生。也正因为如此,当樊迟问何谓"仁"时,孔子的回答是:"爱人。"(《论语·颜渊》)子曰:"夫仁者,己欲立而立人,己欲达而达人。"(《论语·雍也》)这就是要处处把自己的愿望与他人的利益紧密地联系起来,彼此休戚与共。《孟子·尽心下》曰:"仁也者,人也。"《中庸》亦曰:"仁者,人也。"也都是把"仁"与"人"联系起来,视"仁"为人与人之间可贵的相处之道,其基本内涵就是彼此的敬爱之心。阮元说:"凡仁,必于身所行者验之而始见,亦必有二人而仁乃见。"(阮元《揅经室集》卷八)梁启超所说的"二人以上相互间之同类意识"②,都是这种思想的具体阐释。

"相人偶"还表现为相亲相爱,没有等级差异。《诗经·桧风·匪风》曰:"谁能烹鱼?溉之釜鬵。谁将西归?怀之好音。"郑玄注云:"谁能者,言人偶能割烹者……谁将者,亦言人偶能辅周道治民者也。"这就是说,无论人与人之间的高低贵贱如何,"能烹鱼者"之老百姓,或"能辅周道治民者"的大人物,都应当以"同位"待之,"相与为礼仪",即"以人意存问之",以示敬爱。

这就是"仁"的本质,它油然而生"勇敢"和"博爱"之心。子曰:"仁者,必有勇。勇者,不必有仁。"(《论语·宪问》)按照这个标准来看,管仲就是一个"仁"者。子路曰:"桓公杀公子纠,召忽死之,管仲不死。"曰:"未仁乎?"子曰:"桓公九合诸侯,不以兵车,管仲之力也。如其仁! 如其仁!"(《论语·宪问》)

---

① 　阮元.十三经注疏[M].北京:中华书局,1980:1080.
② 　梁启超.先秦政治思想史[M].上海:东方出版社,1996:82.

在为"仁"之时,一定要持之以恒、孜孜以求。子曰:"君子去仁,恶乎成名?君子无终食之间违仁,造次必于是,颠沛必于是。"(《论语·里仁》)在长辈面前也不必谦让。子曰:"当仁不让于师。"(《论语·卫灵公》)对于有志之士,为了得到"仁",甚至不惜一切。子曰:"志士仁人,无求生以害仁,有杀身以成仁。"(《论语·卫灵公》)

孔子之所以如此重视"仁",是因为他必须紧跟时代的步伐,要用"仁"去充实传统的"礼"。孔子重视周礼维护社会稳定的作用,同时,也深刻认识到周礼在现实中受到的严峻挑战。随着社会的发展,"礼崩乐坏"成为一股潮流,不断地冲击着旧有的礼乐文化。因此,对传统的文化进行改革是必须的。而孔子也深知世异时移,社会思想观念也会悄然改变。子曰:

> 夏道尊命,事鬼敬神而远之,近人而忠焉,先禄而后威,先赏而后罚,亲而不尊;其民之敝:蠢而愚,乔而野,朴而不文。殷人尊神,率民以事神,先鬼而后礼,先罚而后赏,尊而不亲;其民之敝:荡而不静,胜而无耻。周人尊礼尚施,事鬼敬神而远之,近人而忠焉,其赏罚用爵列,亲而不尊;其民之敝:利而巧,文而不惭,贼而蔽。(《礼记·表记》)

夏、商、周三代,民众的思想各不相同,因此,"礼"的内涵也要与时俱进。面对子张的提问:往后十代的礼仪制度是否可以预知?孔子回答曰:"殷因于夏礼,所损益,可知也;周因于殷礼,所损益,可知也;其或继周者,虽百世可知也。"(《论语·为政》)从这番话可知,孔子深知事物发展演变的规律。

时代的变迁必然会引起民众观念的改变,因此,要让周礼重新焕发强大的生命力,就必须进行适当的损益。孔子提出"仁"

的理念,就是力图使越来越外化的"礼",变为内心深处的自觉要求。因为,仅有形式上的"礼"是不够的,还得有内在观念上的"礼",即"仁"。孔子主张的"仁"有着非常丰富的理论内涵。《论语》一书共出现"礼"字 75 次,而"仁"则达到了 110 次之多。虽然不能简单地通过字数的多少来判断其重要性,但这多少也能说明两者细微的差异。子曰:"民之于仁也,甚于水火。水火,吾见蹈而死者矣,未见蹈仁而死者也。"(《论语·卫灵公》)可见,"仁"对于治理国家的重要性。事实上,在孔子心目中,"仁"是对"礼"的一种发展和超越。庞朴先生说:

　　孔子学说主要是强调仁和礼两个方面,仁者内部性情的流露,礼者外部行为的规范。仁不能离开礼,所谓"克己复礼为仁";礼不能离开仁,所谓"人而不仁如礼何"。仁和礼的相互为体、相互作用,是孔子思想的最大特色和贡献。二者之中,礼是传统既有的,仁是孔子的发明。[①]

　　孔子从三十九岁起整理《诗》、《书》、《礼》和《乐》,到五十一岁时基本整理完成。在这十多年的岁月中,孔子把传统的"礼乐射御书数"等六艺转向《诗》、《书》、《礼》、《乐》、《易》和《春秋》等经典文献的传承,为"六艺"逐渐转向"六经"打下了坚实的基础。在这种教学过程中,各种技能逐渐为人文知识所代替,这也意味着孔子对"礼"进行了必要的改造,加入了"仁"的内容。孔子的"仁"学是在前人"礼"学的基础上发展起来的,孔子的创造也不是随心所欲的,而是建立在对传统的扬弃之上。这正如马克思《路易·波拿巴的雾月十八日》所说:

---

① 庞朴.孔孟之间——郭店楚简的思想史地位[J].中国社会科学,1998(5):88—95.

　　人们自己创造自己的历史,但是他们并不是随心所欲
地创造,并不是在他们自己选定的条件下创造,而是在直接
碰到的,既定的,从过去承继下来的条件下创造。一切已死
的先辈的传统,象梦魇一样纠缠着活人的头脑。当人们好
象只是在忙于改造自己和周围的事物并创造前所未闻的事
物时,恰好在这种革命危机时代,他们战战兢兢地请出亡灵
来给他们以帮助,借用它们的名字、战斗口号和衣服,以使
穿上这种久受崇敬的服装,用这种借来的语言,演出世界历
史的新场面。①

　　孔子认为"克己复礼"为"仁",而为"仁"完全取决于自己。
这就要求对"礼"的践行实实在在,做到"非礼勿视,非礼勿听,非
礼勿言,非礼勿动"。也就是说,只要依"礼"而行,而又出自内心
强烈的愿望,那就是"仁"。对于具体的行为准则,有子曰:"君子
务本,本立而道生。孝弟也者,其为仁之本与!"(《论语·学而》)
孔子对此也说得很清楚,曰:"恭、宽、信、敏、惠。恭则不侮,宽则
得众,信则人任焉,敏则有功,惠则足以使人。"(《论语·阳货》)
当然,提高自身的"仁"德,还必须通过朋友之间相互促进,相互
提高。曾子曰:"君子以文会友,以友辅仁。"(《论语·颜渊》)

二、孔子诗乐对仁的践行

　　孔子诗乐践行周礼,目的是要让礼在人身上产生内心的转
向,即更加依靠人的内心,而不是向外有所企求。这个内心的诉
求,就是孔子独创的"仁"。李泽厚先生曾经指出:

　　如果说周公"制礼作乐",完成了外在巫术礼仪理性化

---

① 马克思,恩格斯. 马克思恩格斯选集(第 1 卷)[M]. 北京:人民出版社,1972:603.

的最终过程,孔子释"礼"归"仁",则完成了内在巫术情感理性化的最终过程。[1]

孔子思想的这种转向,使传统宗教具有极其深厚的艺术色彩。梁漱溟先生说:

> 儒家把古宗教转化为礼,转化为诗,转化为艺术。……这些礼文,或则引发崇高之情,或则绵永笃旧之情,使人自尽其心而涵厚其德,务郑重其事而妥安其志。人生如此,乃安稳牢韧而有味,却并非要向外求得什么。——此为其根本不同于宗教之处。[2]

孔子继承周公的传统,但又有所发展,从而把传统的宗教信仰转向了人文关怀、人本思想。人本思想所重视的是君民之间的张力或拔河关系,并在这种关系中强调民作为"本"的重要性。因此,在尊君的时候,也不能忘记尊君的目的不在于君而在于民,这就是"仁者,爱人"的最佳体现。阮元曰:

> 凡仁,必于身所行者验之而始见,亦必有二人而仁乃见。若一人闭户齐居,瞑目静坐,虽有德理在心,终不得指为圣门所谓之仁矣。[3]

"仁"乃是诉诸于人与人之间的道德,它可以通过诗乐表现出来,具体包括两个方面。

其一,从社会生活的维度来看,诗乐是"礼"(或"仁")最为直接的外化,它将"礼"(或"仁")的内容具体化为祭祀形式、礼仪规

---

① 李泽厚.乙卯五说[M].北京:中国电影出版社,1999:61－62.
② 梁漱溟.中国文化要义[M].上海:上海人民出版社,2011:109.
③ 阮元.揅经室集(卷八)[M].北京:中华书局,1993:176.

范、等级制度中的诗乐表演。孔子说："志于道，据于德，依于仁，游于艺。"(《论语·述而》)"艺"就是以道、德、仁为依据的。仁是道、德的主要内容，人的所有活动都要以仁为中心，而艺术则是仁的外化。《论语·雍也》中的"文质彬彬"正是对"仁"的这种秀外慧中的概括，其中的"文"也不妨看作是一种"诗乐"。有关诗乐的现实意义，孔子弟子子游有着切身的体会。据《论语·阳货》记载，当孔子到武城时，听到弦歌之声，孔子莞尔而笑，问子游何必小题大做。子游理直气壮地回答说，这是按照您的教导来做的啊。在治理武城时，子游以"弦歌之声"作为"学道则爱人"的手段，即把诗乐作为学"道"和行"仁"的一种艺术，这是对孔子教学理念的有效实施。子曰："礼节者，仁之貌也；言谈者，仁之文也；歌乐者，仁之和也。"(《孔子家语·儒行解》)孔子认为，诗乐与"礼"、"仁"关系密切，而"移风易俗，莫善于乐"，诗乐是"仁"的文饰、和谐之美，具有改善社会风气的作用。

其二，从修身养性的角度来看，诗乐是人性完善的最佳途径和手段。诗乐之所以可以完善人性，主要是诗乐是道德与情感的结晶，它可以陶冶情操。孔子曰："诗亡隐志，乐亡隐情，文亡隐意。"(《孔子诗论》)诗乐通过情感的表达，抒发内心的喜怒哀乐，从而泄导人情，促进交流学习，进而增强修养。孔子曰："性相近也，习相远也。"(《论语·阳货》)就说明了学习的价值。陈望衡先生说：

> 虽然乐是抒情的，但是此情因为经过理性的过滤，溶解了理性的内容，这理性的内容，就是上面讲到的仁。①

诗乐能使理性(仁)与情感完美融合，所以它可以渗入人的

---

① 陈望衡.中国古典美学史(上卷)[M].武汉:武汉大学出版社,2007:124.

心灵深处,对人进行熏陶,其作用是长久而全方位的。亚里士多德认为,旋律可以"培养品德、鼓励行动和激发热忱"[①],而音乐有三种益处:"其一,教育,其二,被除情感,其三,操修心灵"[②]。可见,诗乐可以从根本上改善人格的结构。孔子所说的"诗可以群",充分肯定了诗乐在人际交往中相互促进的意义。诗乐还可以带来希望和快乐,从而保证人生得到更大的安稳。梁漱溟先生认为,宗教给人以希望,从而稳定人生,而孔子也要给人以希望,稳定人生,但孔子自有妙道。梁先生说:

> 他给人以整个的人生。他使你无所得而畅快,不是使你有所得而满足;他使你忘物忘我忘一切,不使你分别物我而逐求。怎能有这大本领? 这就在他的礼乐。[③]

又说:

> 礼乐使人处于诗与艺术之中……他的礼乐有宗教之用,而无宗教之弊;亦正维其极邻近宗教,乃排斥了宗教。[④]

孔子所说的"兴于《诗》,立于礼,成于乐"(《论语·泰伯》),就是有关人性培养的思想。这是一个系统的工程,诗、礼、乐在这个系统工程中各自起着不同的作用,共同构成一个真善美的整体。人在这个系统教育中不断提高,从而达到尽善尽美的境界。而之所以能够"兴、立、成",是因为一个人能够以诗乐来启发、陶冶自己的性情,并且一以贯之地以"仁"来渗入个体的人格

---

① 亚里士多德.政治学[M].北京:商务印书馆,1965:429-430.
② 亚里士多德.政治学[M].北京:商务印书馆,1965:460.
③ 梁漱溟.中国文化要义[M].上海:上海人民出版社,2011:110.
④ 梁漱溟.中国文化要义[M].上海:上海人民出版社,2011:110.

建构之中。这就使诗乐具有内在的感化功能。李泽厚、刘纲纪《中国美学史》说：

> 从感化人心来说，艺术正是一种能够使人们乐于行"仁"的重要手段。十九世纪德国美学家席勒说过，审美和艺术能够"通过个体的天性去实现全体的意志"。在一定程度上，两千多年前的孔子也已经意识到这一点。这集中表现在他所提出的"成于乐"和"游于艺"的思想中。[①]

所以说，孔子诗乐具有非凡的意义。

第三节　孔子易学及其诗乐思想

一、孔子的易学

随着学识和见闻的增长，孔子最后把"仁学"上升到了"易学"。金景芳先生说："孔子之哲学基础在《周易》，其一生言行，胥以此为出发点。"[②]"研究孔子，当以六经为准，尤当侧重《易》与《春秋》。"[③]《春秋》因历史事件而凸现其深刻的大义，而《周易》则以不同的卦象而显现幽深的义理。前者因事见义，后者借象显义，各有侧重，相须而备，这就是孔子垂教的精意所在。可见，孔子的教化起始于"礼学"，发展为"仁学"，但最终都要归结于"易学"。

虽然，孔子的"仁学"是对"礼学"的超越，体现了孔子义理说

---

①　李泽厚,刘纲纪.中国美学史[M].合肥:安徽文艺出版社,1999:112.

②　金景芳.学易四种[M].长春:吉林文史出版社,1987:74.

③　金景芳.学易四种[M].长春:吉林文史出版社,1987:71.

的一个方面,但孔子的学说显然并不仅仅局限于此。孔子除了对"礼学"义理化、内心化之外,还把"礼"与天道结合起来。这表现在他对《周易》德义化的阐释上。《周易》本是卜筮之书,孔子把它上升到了天道证悟与道德修养相结合的高度,使之成为一本名副其实的哲学著作。当前通行的《周易》一书中的"十翼"部分,有许多内容都体现了孔子的思想。因此说,《易传》主要内容来自孔子是可信的。韩仲民先生说:

> 孔子所述易道,由门弟子笔录、整理,不断补充,发展,成为《易传》主要内容。源自孔子,出之后学,大体脉络还是清楚的。[①]

有关孔子研究《周易》的事情,诸多传世文献都有记载。《论语·述而》:"子曰:'加我数年,五十以学《易》,可以无大过矣。'"杨树达《论语疏证》认为:"此盖孔子四十以后之言。《易》为穷理尽性以至命之书,学《易》数年,故五十知天命也。"这种观点是比较符合孔子的生平实际、思想发展的。《史记·孔子世家》亦云:"孔子晚而喜《易》,序《彖》、《系》、《象》、《说卦》、《文言》。读《易》,韦编三绝。曰:'假我数年,若是,我于《易》则彬彬矣。'""孔子晚而喜《易》",以至于读《易》"韦编三绝",可见他对《周易》的热爱。《帛书周易》对孔子晚而好《周易》也有明确的记载:

> 子曰:吾好学而才闻要,安得益吾年乎?[②]

> 夫子老而好《易》,居则在席,行则在囊。子赣曰:夫子它日教此弟子曰:"德行亡者,神灵之趋;知谋远者,卜筮之繁。"赐以此为然矣。以此言取之,赐缗行之为也。夫子何

① 韩仲民.帛书说略[M].北京:北京师范大学出版社,1992:104—105.
② 邓球柏.帛书周易校释(增订本)[M].长沙:湖南出版社,1996:477.

> 以老而好之乎？夫子曰：君子言以矩方也。……《尚书》多
> 于矣，《周易》未失也，且又古之遗言焉。予非安其用也。①

　　从上面的引言可知，孔子老而好《易》，但也并不仅仅停留在实际使用上，而是从中发现更深的义理。孔子通过认真钻研《周易》，领悟了天道与人道水乳交融的联系。所以，孔子既继承《周易》卜筮之用，也积极发掘其中的道德修身之要义。如，《论语·子路》曰："子曰：'南人有言曰："人而无恒，不可以作巫医。"善夫！'不恒其德，或承之羞。'子曰：'不占而已矣'。"孔子读《周易》更多是关心其中抽象的哲理意义。孔子认为，只要领悟《周易》的奥妙，不占卜也能知道事物发展的趋势。另外，《帛书周易》也记载了孔子求其德义的论述：

> 子赣曰：夫子亦信其筮乎？子曰：吾百占而七十当，唯
> 周梁山之占也，亦必从其多者而已矣。子曰：《易》，我复其
> 祝卜矣，我观其德义耳也。幽赞而达乎数，明数而达于德，
> 又仁守者而义行之耳。赞而不达乎数，则其为之巫。数而
> 不达于德，则其为之史。史巫之筮，乡之而未也，好之而非
> 也。后世之士疑丘者，或以《易》乎？吾求其德而已，吾与史
> 巫同涂而殊归者也。君子德行焉求福，故祭祀而寡也；仁义
> 焉求吉，故卜筮而希也。祝巫卜筮其后乎？②

　　孔子认为，幽赞神明而未通达于卜筮策数者，是巫；幽赞神明而又通达于卜筮策数者，是史。而自己则是既达于策数，而又达于德。自己与巫史可谓同途而殊归。可谓达到了"从心所欲不逾矩"的境界了。这就是说，孔子通过对《周易》的研究，把"易

---

① 邓球柏.帛书周易校释（增订本）[M].长沙:湖南出版社,1996:480.
② 邓球柏.帛书周易校释（增订本）[M].长沙:湖南出版社,1996:481.

学"与以往学术中"礼"与"仁"统一起来,用"一以贯之"的方式进行了提升。"礼"与"仁"相比,前者更重天道,而后者更重人道。但天道与人道本来就紧密相连。所以,天道与人道的完美结合便是孔子理论的题中之义。

孔子十五而志于学,至"四十而不惑",对于周礼更加执着,也不再有迷惑之感。但这时还没有找到最好的救世之道,没有达到"知天命"的境界。只有在认真研究《周易》以后,孔子的天道观才豁然开朗。孔子研究《周易》是四十多岁以后的事情。邢昺曰:"孔子四十七岁学《易》。"[①]经过不断的探讨,五十岁以后懂得了"天命"的实质意义。《论语·子罕》曰:"仁者不忧。"(此语又见《论语·宪问》)何以不忧?《易·系辞上传》曰:"乐天知命,故不忧。"杨树达曰:"孔子五十知天命,知命者不忧,已尽仁者之能事矣。"[②]孔子知天命,顺于天地之心,能够极尽仁者之能事,所以不忧。刘大钧《孔子与〈周易〉及〈易〉占》说:

> 在孔子看来,由"吾求其德"而臻至"顺于天地之心",这才是一个真正精通《易》及《易》之象数者的精神境界。[③]

可见,孔子通过《周易》的不断学习,使自己在学术上达到了一个前所未有的高度。于此,孔子把以往的学术进行了整合,使之成为一个完整的系统。

孔子开始着手研究《周易》之时,也正是他专心教育、整理文献的时期。正是在这个时期,鲁国的家臣地位不断上升,公室的权力受到了严峻的挑战。季氏家臣阳虎囚禁了季桓子而独揽鲁

---

①　阮元.十三经注疏[M].北京:中华书局,1980:2461.
②　杨树达.论语疏证[M].上海:上海古籍出版社,1986:42.
③　刘大钧.孔子与《周易》及《易》占[J].社会科学战线,2010(12):210—218.

109

国大权,形成了"陪臣执国命"的局面。在孔子五十一岁时,即鲁定公八年之际,阳虎与季氏的矛盾更加尖锐。于是,三桓家族联合起来,共同对付阳虎。阳虎被驱逐出了鲁国都城曲阜。就在这一年,鲁定公任命孔子为中都(今山东省汶上县城西)宰。《孔子家语·相鲁》记载:

> 孔子初仕为中都宰……行之一年,而西方之诸侯则焉。定公谓孔子曰:"学子此法,以治鲁国何如?"孔子对曰:"虽天下可乎,何但鲁国而已哉。"于是二年,定公以为司空。……由司空为鲁大司寇。

孔子任中都宰仅一年,就取得了非凡的成效,于是许多诸侯纷纷效仿,孔子也因此而受到了重用。之后,孔子从五十三岁到五十五岁,历任大司寇,其中两年摄行鲁国相事。大司寇之职使得孔子达到了政治生涯的顶峰。孔子在此期间,曾经积极推行自己的政治主张并具体实施"堕三都"(即拆毁孟孙氏、季孙氏和叔孙氏三桓贵族各自所有的城邑)的政策。但此事事与愿违,最终归于失败。孔子不得不离开祖国,到处颠沛流离。从此,整整十四年,孔子周游列国,积极推销自己的政治主张。尽管孔子终究不为各国重用,但丰富的人生阅历,拓展了自己的见闻,加之废寝忘食的学习,使他对于《周易》的研究渐入佳境,从而对于天命有了更为切身的体悟。因此,面对挫折也能坦然自若。

孔子五十七岁那年,离开卫国,准备到陈国去,路过了匡地。匡人误把孔子当作了鲁国的阳虎。因为,阳虎曾经掠夺和残杀过匡人,而孔子的相貌与阳虎很相像。于是,匡人就囚禁了孔子。面对遭遇,孔子气定神闲,曰:"文王既没,文不在兹乎?天之将丧斯文也,后死者不得与于斯文也;天之未丧斯文也,匡人其如予何？（《论语·子罕》）一年后，"孔子去曹，适宋，与弟子习礼大树下。宋司马桓魋欲杀孔子，拔其树。孔子去，弟子曰'可以速矣！'孔子曰：'天生德于予，桓魋其如予何？'"（《史记·孔子世家》）

可以这么说，孔子在人事上越是"颠沛"和"造次"，越是对天道怀有虔诚和敬畏之情。子曰："畏天命。"（《论语·季氏》）就是最好的证明。而天道、天命，可以通过自己的行为来证悟，那就是行"仁"。孔子一生栖栖遑遑，到处游说。虽然没有实现使天道在天下广为推行的宏伟愿望，但孔子从不气馁，从不抱怨。孔子曾经对弟子子贡说："不怨天，不尤人，下学而上达，知我者其天乎！"（《论语·宪问》）

孔子七十岁时，《诗》、《书》、《礼》、《乐》、《易》修订完毕，开始修起《春秋》。孔子作《春秋》，除了立德、立功和立言"三不朽"思想的影响以外，还有强烈的挽救世道人心的愿望。孔子晚年曾说："'弗乎弗乎！君子病没世而名不称焉。吾道不行矣，吾何以见于后世哉？'乃因史记作《春秋》。"（《史记·孔子世家》）孔子希望立言而不朽。《孟子·滕文公下》曰："世衰道微，邪说暴行有作，臣弑其君者有之，子弑其父者有之。孔子惧，作《春秋》。"孔子为了扭转世风，故修《春秋》。而修《春秋》的准则是《周易》。司马迁曰："《春秋》推见至隐，《易》本隐以之显。"（《史记·司马相如列传》）因此，《周易》与《春秋》互为表里，相得益彰。《周易》通过人事来推演和阐明天道，而《春秋》则是依据天道来观照和探讨人事。

孔子深知，如果仅以"天命"言其思想，让人难以实行，也容易产生言说上的困窘。因为，天道自然。子曰："天何言哉？四时行焉，百物生焉，天何言哉？"（《论语·阳货》）而孔子的思想从来不是空洞、抽象的，他非常注重实用性、可行性。子贡曰："夫子之文章，可得而闻也；夫子之言性与天道，不可得而闻也。"（《论语·公冶长》）正因为如此，孔子罕言性与天道，也很少通过天命来探讨人事，而往往通过人事来默识"天道"，体认"天道"。孔子用可操作的"仁"来改造传统的"礼"，并以此来沟通天人关系。孔子所说的"仁"，不仅表现为天的意志，即为天道、天命，同时又是自我的力量。孔子的使命就是要实现自身的仁德，以求合于天道、天命。实现仁道的关键力量，不在"天"，而在于"人"。子曰："人能弘道，非道弘人"（《论语·卫灵公》），就是对人的自身主体性的肯定。孔子说："天生德于予。"（《论语·述而》）更是自信满满的体现。对于孔子而言，仁道是贯通天道的最佳途径。因为，"我欲仁，斯仁至矣。"（《论语·述而》）

二、孔子诗乐对易学的践行

在孔子看来，诗乐不仅可以使"礼"产生转向，进入"仁"的内心修养，还可以使人证悟天道。孔子所说的"兴于《诗》，立于礼，成于乐"，就是一个从"礼"，转向"仁"，最后上升到"易"的过程。"成于乐"之"乐"，不仅是经过"礼"的熏陶而产生了"仁"心，而且还体现了参天化育之功的"易"道。孔子曰："乐节礼乐。"这个"礼乐"，就是孔子孜孜以求的"仁"，所谓"我欲仁，斯仁至矣"。在这个"仁"心之基础上，圣人无为而无不为，诗乐也能够乐以动人，移风易俗，从而使社会走向和谐，国泰民安，普天同庆，这就是孔子所追求的"乐者，乐也"的最高境界。"乐"者，是诗乐，也是诗乐教化之后的喜悦。这种喜悦是天道与人道相互贯通之后的"高峰体验"。因为，只有天道流行，人道才能获得诗乐的存在。反之，人道借助诗乐的引导，才能真理地领悟天道的化境。

　　在孔子心目中,"乐者",来源于《周易》之乐业安居、乐观自信、乐善好施之"三乐"精神,这些传统美德深刻地影响着孔子的行为和观念。加之孔子自身"乐节礼乐"的愿望,孔子自觉地把诗乐之"乐"与悦乐之"乐"融为一体,因此,"乐"(yuè)、"乐(lè)"不分,相互转换了。由于"乐节礼乐",所以"乐(lè)"。礼、仁、易,就是悦乐的源泉。由于艺术的"乐"(yuè),与心理和社会的"乐"(lè)彼此交融、携手共存,所以,"乐(yuè)"者,"乐(lè)"也。

　　可见,孔子诗乐对易学的实践,主要是通过礼乐的学习,达到"成于乐"的目的。换言之,"乐者,乐也",就是孔子践行易学的最佳途径。当然,诗乐之所以能够具有如此巨大的作用,是因为孔子通过诗乐的洗礼,对易学产生了更加深刻的领悟,对神灵无比敬畏,从而形成了自觉的道德自律。

　　子曰:"朝闻道,夕死可矣。"(《论语·里仁》)这就可见孔子对求道的迫切心情。由于求道心切,孔子对神灵总是怀有无限虔诚和敬畏的心理。《论语·八佾》曰:"祭如在,祭神如神在。子曰:'吾不与祭,如不祭。'""祭神如神在",可见"神灵"在孔子心目中的地位何等重要。而祭祀之中,郊社和宗庙之礼尤其重要,如果明白其中的礼仪和要义,则治理国家也就轻而易举了。

　　子曰:"明乎郊社之礼、禘尝之义,治国其如示诸掌乎!"(《礼记·中庸》)郊社,指天子祭祀天地的国家大典。周代冬至日祭天于国都南郊称郊,夏至日祭地于北郊称社。禘尝,禘礼与尝礼的并称,是周礼天子四时之祭中最为重要的两种。《礼记·祭统》曰:"禘、尝之义大矣,治国之本也,不可不知也。明其义者,君也。能其事者,臣也。不明其义,君人不全。不能其事,为臣不全。"孔颖达疏曰:"祭祀之重禘、尝之义,人君若能明于其义,可以为民父母。"①天子四时之祭指春、夏、秋、冬四季之祭,春祭叫作礿,夏祭叫作禘,秋祭叫作尝,冬祭叫作烝。礿祭和禘祭是顺从阳气的意义,尝祭和烝祭是顺从阴气的意义。禘祭是阳气最盛的体现,尝祭是阴气最盛的体现。因此,没有比禘、尝更重要的了。《礼记·祭统》曰:"禘者阳之盛也,尝者阴之盛也。故曰:莫重于禘、尝。"

　　孔子对神灵的敬畏,是他的天命观的最佳体现:敬仰而不神化,践行而不深究。子曰:"务民之义,敬鬼神而远之,可谓知矣。"(《论语·雍也》)孔子之所以对鬼神敬而远之,主要是天道只可意会,不可言传,而且孔子更重视"务民之义",致力于遵守仁义道德。子曰:"鬼神之为德,其盛矣乎! 视之而弗见,听之而弗闻,体物而不可遗。使天下之人齐明盛服,以承祭祀,洋洋乎如在其上,如在其左右。《诗》曰:'神之格思,不可度思! 矧可射思!'夫微之显,诚之不可掩如此夫。"(《礼记·中庸》)鬼神虽然看不见,摸不着,但却使人无比敬畏,好像时时刻刻都在身边。这正如《礼记·乐记》所说:"明则有礼乐,幽则有鬼神。"所以说,在日常生活中,可见可闻的是礼乐,而可敬可畏的是鬼神。这种敬畏感更加促进了内心道德与情感的充盈。

　　可见,孔子依然有着深厚的宗教之情。这种宗教之情源于早期巫术时代的文化特点。尽管这个宗教之情给人带来神秘主义色彩,但它把诗乐上升到一种"天人合一"的高度,认为诗乐应当体现宇宙、自然、社会、人生的有序有节、和谐统一。孔子把诗乐立足于人生与万物相通之处,进而强调诗乐的政治作用。正因为孔子的诗乐思想与宗教有着密切的联系,所以孔子才能成

---

① 阮元.十三经注疏[M].北京:中华书局,1980:1606.

为一个承前启后、金声玉振的巨人。这正如克尔凯郭尔所说：

> 一个人的伟大与渺小完完全全取决于他自身与上帝交往的程度。[①]

克尔凯郭尔是一位宗教哲学家，提出了"人生三段论"（审美、伦理、宗教）学说，并毕生追求自我完善。在孔子看来，诗乐是日常生活的重要组成部分，就其终极的意义而言，它与宗教密不可分。美国现代哲学家苏珊·朗格在她的《情感与形式》一书中就曾指出：

> 宗教想象在社会中占统治地位时，艺术与宗教就无法分离，因为大量的实际感情都伴随着宗教经验，纯真、不知疲倦的心灵为寻求自身客观的表现而欢快地奋争着，而且一直持续下去，为其所发现的表现，寻求进一步可能的表现方法。在认为艺术应为宗教服务的时代里，宗教确实也养育了艺术。凡是人们感到神圣的东西都能激发艺术观念。[②]

宗教的思想滋养了孔子，也激发了孔子的诗乐观念。

当然，孔子相信鬼神并不是要盲目地信仰。孔子只是希望民众心中有一种道德律令，时时监督自己。子曰："礼者，敬而已矣。故敬其父，则子悦；敬其兄，则弟悦；敬其君，则臣悦；敬一人，而千万人悦。所敬者寡，而悦者众，此之谓要道也。"（《孝经·广要道》)李隆基注曰："敬者，礼之本也。"[③]邢昺疏曰：

> 天子敬人之父，则其子皆悦；敬人之兄，则其弟皆悦；敬

[①]　克尔凯郭尔.基督徒的激情[M].北京:中央编译出版社,2001:8.
[②]　朗格.情感与形式[M].北京:中国社会科学出版社,1987:467.
[③]　阮元.十三经注疏[M].北京:中华书局,1980:2556.

人之君,则其臣皆悦。此皆敬父兄及君一人,则其子弟及臣千万人皆悦,故其所敬者寡而悦者众。①

礼的本质是敬,即"所敬者寡而悦者众"。所以说,礼,除了要敬仰神灵,还要把这种敬畏之情,转化为最高境界的"孝"在人间推而广之。这也就是孔子所谓"至德要道"的本义。

子曰:"先王有至德要道,以顺天下,民用和睦,上下无怨。"(《孝经·开宗明义》)

可见,孔子希望把对神灵的敬畏之情付诸日常生活之中。具体表现为,一是待人要有敬爱之情,即"孝"的一种升华。所谓"老吾老以及人之老,幼吾幼以及人之幼(《孟子·梁惠王上》),就是这个意思。二是待己要讲究自身修养。《中庸》所谓的"慎独"思想,就是这种道德修养的体现。

总之,敬是社会和谐的根本。否则,乐悦的生活只是一种空想而已。试想,民众如果没有丝毫对于天地敬仰之情,还谈什么畏惧,还谈什么自律? 只有懂得神灵高高在上、主宰众生的意义,才能从根本上敦促世风的淳厚。子曰:"儒有今人与居,古人与稽;今世行之,后世以为楷。"(《礼记·儒行》)儒者生活在现在,以古人为榜样,在今世努力践行,从而做后世的表率。而以古人为表率,就是他自己所说的"吾从周"。

---

① 阮元.十三经注疏[M].北京:中华书局,1980:2556.

第三章　孔子诗乐关系观

第一节　孔子诗乐关系的理论

一、诗乐合一:"乐正,《雅》、《颂》各得其所"

对于孔子所说的"乐正,《雅》、《颂》各得其所",历来众说纷纭。综合起来,对于"乐正"的含义,主要有三种见解,分别认为正诗篇、正乐章、正音律。其实,"乐正",是诗乐之正,所以正诗篇、正乐章、正音律三个方面都包括。而"《雅》、《颂》各得其所",就静态的角度来看,是指《风》、《雅》、《颂》的篇章、音律得到了整理,其运用场合、等级等要素也都符合礼乐的规范;而就动态的角度来说,在一次完整的诗乐演奏中,《颂》、《雅》、《风》总是次第奏响,典雅纯正,洋洋盈耳。

（一）以往研究简述

郑玄认为"乐正",主要是正错乱的诗篇。而郑司农、毛奇龄、曹元弼等人认为,"乐正"是指正乐章。包慎言则认为"乐正",是指正音律。其实,以上各家观点都是正确的,但都只涉及

117

一部分内涵。因为，在春秋时期，诗乐是不分家的，而且存在等级之分。所以，"乐正"不仅是正诗篇，还包括正乐章和音律，司马迁的史记、朱熹的注释已经做出了准确的分析。总言之，"乐正"为诗乐之正。在论述"乐正"的真正内涵之前，有必要对诸观点逐一评价。

1. 正诗篇

郑玄认为，孔子所谓的"乐正"，就是删订整理颇为重复杂乱的礼乐之书。《仪礼·乡饮酒礼》郑玄注云："后世衰微，幽厉尤甚。礼乐之书，稍稍废弃。孔子曰：'吾自卫反于鲁，然后乐正，《雅》、《颂》各得其所。'谓当时在者而复重杂乱者也，恶能存其亡者乎？"[①]礼乐之"书"，稍稍废弃，意味着"乐正"主要是对于诗篇的校订。这种观点可能受司马迁的影响。司马迁《史记·孔子世家》："古者诗三千余篇，及至孔子，去其重，取可施于礼义，……三百五篇孔子皆弦歌之。"[②]这段话说明，孔子删订了《诗经》的篇章。而"三百五篇孔子皆弦歌之"云云，则说明其音律都合乎《韶》、《武》、《雅》、《颂》之雅音。

2. 正乐章

最早明确提出孔子正乐乃正乐章的观点，应当是汉代经学家郑众。《周礼·春官·大师》郑司农注云："时礼乐自诸侯出，颇有谬乱不正，孔子正之。"[③]当时礼乐自诸侯出，僭越礼制，谬乱不正，故孔子正之。

到了清代初期，毛奇龄也认为孔子正乐不是正《诗》，而是正乐章，也就是把每一曲诗乐运用的等级、场次等确定下来。毛奇

---

① 阮元.十三经注疏[M].北京：中华书局，1980：986.
② 司马迁.史记[M].北京：中华书局，1959：1936.
③ 阮元.十三经注疏[M].北京：中华书局，1980：796.

龄《四书改错》曰："正乐，正乐章也，正《雅》《颂》之入乐部者也。"①例如，《鹿鸣》是一首《雅》诗，可以奏于乡饮酒礼、乡射礼、燕礼，这三种礼仪就是《鹿鸣》演奏之所。反过来，乡饮酒礼、乡射礼、燕礼之中，也不仅仅有《鹿鸣》一首，《四牡》《皇皇者华》两诗也是。《鹿鸣》《四牡》《皇皇者华》三首诗都属于《雅》，它们都可用于上述三种礼仪之中，总之称为"各得其所"。又如，《采蘩》《采蘋》两诗，在燕礼上使用，但在《射义》中又分别用于为大夫和士节射。"乐各有所真，有不如是而必不可者，所谓正也。"②这就是说，每首诗乐"各得其所"，有固定的用场，而且"各有所真"，有相应的等级。如果不是这样，就必须从而"正"之。

对于诗乐"各有所真"、各有等级，曹元弼进行了充分的说明。曹元弼《礼经学·乡饮酒燕礼升歌合乐并天子飨燕用乐大例述》曰：

> 《燕礼》："遂歌乡乐《周南·关雎》《葛覃》《卷耳》《召南·鹊巢》《采蘩》《采蘋》。"经明以《周南》为乡乐，则风为大夫所用之正乐无疑。乡饮酒、乡射、息司正，乡乐惟欲用其正也。大夫以《风》，诸侯自必以《小雅》，天子自必以《大雅》。既大夫以《风》，诸侯以《小雅》，天子以《大雅》，则大夫用《风》为正，其用《小雅》者，上取也。诸侯《小雅》为正，其用《大雅》者，上取；用乡乐者，下就也。天子《大雅》为正，其用《颂》者，上取；用《小雅》、乡乐者，下就也。所以必上取下就者，以飨宾礼盛，燕臣礼轻，不同故耳。③

① 刘宝楠. 论语正义[M]. 北京：中华书局，2011：345.
② 刘宝楠. 论语正义[M]. 北京：中华书局，2011：345-346.
③ 曹元弼. 礼经学[M]. 上海：上海古籍出版社，2002：761.

可见,诗乐的使用有其"正",天子以《大雅》为正,诸侯以《小雅》为正,大夫以《风》为正。反之,如果不是以此为正,则属于越礼行为。孔子谓季氏:"八佾舞于庭,是可忍也,孰不可忍也?"(《论语·八佾》)季氏作为大夫,采用天子的八佾之舞,让孔子忍无可忍。而季氏三家在祭祀结束时,竟然以《雍》彻。孔子对此行为,十分痛恨。子曰:"'相维辟公,天子穆穆',奚取于三家之堂?"(《论语·八佾》)既然,诗乐的使用有严格的礼制,所以,在礼崩乐坏之时,孔子努力使遭到毁坏的礼乐得以纠正,当然要"然后乐正,然后《雅》、《颂》各得其所"了。

孔子编订《诗经》,主要是为了"取可施于礼义"。所以,孔子正乐,必然也包括正乐之等级。王国维《释乐次》[①],明确地指出春秋时代诗乐的使用等级,可见"乐正"中包涵"礼正"的含义。另外,《礼记·郊特牲》记载了春秋时代齐桓公、赵文子的越级演奏诗乐的事件:"庭燎之百,由齐桓公始也。大夫之奏《肆夏》也,由赵文子始也。朝觐,大夫之私觌,非礼也。"这表明儒家对此行为的批判。

3. 正音律

对于孔子的"乐正",清代的包慎言也提出了十分新颖的观点。包慎言《敏甫文钞》认为,孔子所正者为《雅》、《颂》之音律,包氏曰:

> 《论语》"《雅》、《颂》"以音言,非以诗言也。乐正而律与度协,声与律谐,郑卫不得而乱之,故曰得所。[②]

包慎言认为,《诗》分《风》、《雅》、《颂》,这从体裁来划分的,

---

① 王国维.观堂集林(外二种)[M].石家庄:河北教育出版社,2001:36.
② 刘宝楠.论语正义[M].北京:中华书局,2011:346-348.

而乐分《风》、《雅》、《颂》，则是从音律来区分的。凡是中正和平
之音，都称之为《雅》、《颂》。所以，乐有乐之《风》、《雅》、《颂》，
《诗》有诗之《风》、《雅》、《颂》，两者不能混为一谈。包氏还引用
班固的论点来进行论证。《汉书·礼乐志》云："周衰，王官失业，
雅颂相错，孔子论而定之。故曰：'吾自卫反鲁，然后乐正，雅颂
各得其所'。"包氏认为，班固所说的"雅颂相错"，是指声律的错
乱，而不是篇次的错乱。所谓"孔子论而定之"，是指定其声律，
而不是整理其篇次。因为，在新声兴起之后，音律混乱，《雅》、
《颂》之音也出现了错乱的局面。所以，孔子正音律，为的是不使
郑卫之类的新声以扰乱先王的《雅》、《颂》之音。因为，《雅》、
《颂》之音就好像礼之威仪。礼之威仪可以修身，而乐之《雅》、
《颂》则可以养性。先王制定音律，就是为了节制人欲，不使听者
乐而过淫，哀而过伤，而是使之保持中正和平之礼节。

　　诗之《雅》、《颂》与乐之《雅》、《颂》虽然不能等同，这是包氏
的独到之处。但是，并不意味着这两者可以强行分开。这表明
包氏的见解也有偏颇之处。其实，孔子正乐的目的，也正是要使
音律与诗篇——对应、若合符契。

　　4."乐正"的内涵

　　在上文中，我们对三种观点进行了详细的论述。从各家对
"乐正"的解释来看，他们无疑都有道理，但又仅仅限于一个方面
的理解，所以又有偏颇之嫌。也正因为如此，所以才众说纷纭。
另外，有的解说模棱两可。邢昺的注疏就是如此。邢昺曰："此
章记孔子言正废乐之事也。孔子以定十四年去鲁，应聘诸国。
鲁哀公十一年，自卫反鲁，是时道衰乐废，孔子来还，乃正之，故

《雅》、《颂》各得其所也。"①当然,"乐正"应当是一个全方位的工作:不仅包括删订错误的诗篇,还包括整理不合场次、不合等级的乐章,以及修订不正确的音律,等等。简言之,孔子所做的"乐正"不仅是对独立的诗、独立的乐,或者独立的音律,是对整个的"诗乐"而言。因为,在孔子心目中,诗乐一体,而且是为礼而服务的。子曰:"礼也者,理也;乐也者,节也。君子无理不动,无节不作。不能《诗》,于礼缪;不能乐,于礼素;薄于德,于礼虚。"(《礼记·仲尼燕居》)不能诗,行礼就会产生错误;不能乐,行礼就会显得单薄,可见诗乐对于礼的作用。

其实,对于孔子"乐正"的内涵做出正确理解的,最早的要算司马迁了。《史记·孔子世家》:

> 古者诗三千余篇,及至孔子,去其重,取可施于礼义,上采契后稷,中述殷周之盛,至幽厉之缺,始于衽席,故曰"关雎之乱以为风始,鹿鸣为小雅始,文王为大雅始,清庙为颂始"。三百五篇孔子皆弦歌之,以求合《韶》、《武》、《雅》、《颂》之音。礼乐自此可得而述,以备王道,成六艺。②

这段话表明,孔子既删订了诗篇,也校对了音律。此外,朱熹的解释也非常准确生动:

> 鲁哀公十一年冬,孔子自卫反鲁。是时周礼在鲁,然诗乐亦颇残阙失次。孔子周流四方,以知其说。晚知道终不行,故归而正之。③

朱熹认为,孔子对诗乐的"残阙失次"参互考订,最后"归而

---

① 阮元.十三经注疏[M].北京:中华书局,1980:5410.
② 司马迁.史记[M].北京:中华书局,1959:1936—1937.
③ 朱熹.四书集注[M].北京:中华书局,1983:113.

正之"。这里的"残阙",是指诗篇而言,而"失次"则是就诗乐的等级、场合而言。所以说,"然后乐正,《雅》《颂》各得其所",也必然是既包括音乐之正,也包括诗篇之正。因为,在春秋时期,在诗与乐是相互配合、密不可分的。顾颉刚先生认为:"春秋时乐的主要作用,是作歌诗的辅佐,战国时音乐就脱离了歌诗而独立了。"[1]可见,当时是"诗乐不分家"[2]的。

（二）"乐正,《雅》《颂》各得其所"

从上面的分析可知,所谓"乐正,《雅》《颂》各得其所",意思是说诗乐之《风》《雅》《颂》,都归于"正"且各得其所,不仅诗篇井然有序,而且乐章、音律也都合乎礼仪的规定。刘宝楠曰:

> 孔子正乐,兼有《风》《雅》《颂》,此不及《风》者,举《雅》《颂》则《风》可知。[3]

当然,以上是从静态的思路来分析"乐正,《雅》《颂》各得其所"的含义。其实,这句话还可以从动态的角度来理解。

如果从诗乐演奏之动态的角度来理解,则"乐正",主要是指乡乐而言,但也包括《雅》《颂》。可以说,"乐正,《雅》《颂》各得其所",对于一次完整的诗乐演奏来看,必须是《颂》《雅》《风》依次登场,有条不紊。诗乐的次第、节奏、音律、场合、等级等各种要素都依礼而行,从而恰如其分,各得其所。

《仪礼·燕礼》记载了诗乐的演奏情形,当乐工按要求演奏了一遍诗乐以后,大师会向乐正报告说:"正歌备"。所谓"正歌备",就是说按规定的曲目演奏完备。而"正歌",则包括声歌、笙

① 顾颉刚.古史辨(第三册)[M].上海:上海古籍出版社,1982:354.
② 朱自清.朱自清说诗[M].上海:上海古籍出版社,1999:6.
③ 刘宝楠.论语正义[M].北京:中华书局,2011:345.

奏、间歌各三首，以及合乐六首（《周南》和《召南》各三首，共为六首）。郑玄注曰："正歌者，声歌及笙各三终，间歌三终，合乐三终，为一备。备亦成也。"①

当然，"正歌"也可以单独指代乡乐。这一点可以从文献的记载而推断得知。《仪礼·乡射礼》中没有升歌、笙奏与间歌，但有合乡乐的环节，所以后面有"正歌备"之语。而《仪礼·大射仪》之中有升歌、笙奏，但没有间歌和合乐部分，所以没有大师告乐正"正歌备"之语。可见，"正歌"一定要包括乡乐在内，甚至专指乡乐。这就是说，在"一成"诗乐当中，尤以乡乐为重。《仪礼·乡射礼》曰："乃合乐，《周南·关雎》、《葛覃》、《卷耳》，《召南·鹊巢》、《采蘩》、《采蘋》。"在乡射礼之中，只有合乐，而没有升歌、笙奏、间歌等环节。之所以如此，是因为乡射礼以射箭为目的，所以这些环节可以省略；但其中的合乐部分则不能省略，因为它是"风化之原"，所以必须"合金石丝竹而歌之"。可见，《周南》和《召南》中的六首诗就是乡乐，也可以指称为"正歌"。它们是王化之基，可以"用之乡人焉，用之邦国焉"（《毛诗序》），其重要性也就可想而知了。孔子所谓"乐其可知"，以及"然后乐正"之"乐"，都是指乡乐。② 可见，只有合乐，才是正歌，才可以说是"正歌备"，才能算是"一成"。总括起来，则"一成"涵盖了《风》、《雅》、《颂》三大部分。这与孔子对太师所论之乐是相吻合的。

据《论语·八佾》记载，孔子曾经与太师谈论诗乐的整个演奏过程，即是"始作，翕如也；从之，纯如也，皦如也，绎如也，以成"。其具体内涵是：当宾客入门时，乐工开始敲击钟镈以奏

① 阮元.十三经注疏[M].北京：中华书局，1980：1021.
② 刘宝楠.论语正义[M].北京：中华书局，2011：132.

《颂》，众人听乐而有所动容。当一献之礼过后，在缓慢的诗乐中，乐工升堂演唱《雅》，其美妙的歌声无比纯正。接着，传来了清脆明亮的乐声，那是乐工在吹笙演奏《雅》。之后，乐工与笙奏交替表演《雅》，连绵不断。最后，人声与各种乐器共同响起，进入了诗乐的高潮阶段——合乐《风》。可见，诗乐的演奏过程是《风》《雅》《颂》陆续登场，始于金奏，而终于玉振也。用孟子的话来说，就是"金声而玉振"了。所以说，孔子这番话是对包括金奏、升歌、笙奏、间歌和合乐五个环节之"一成"的评价。金奏所用乐曲是《颂》，而升歌、笙奏和间歌三个环节所用乐曲都是《雅》，这就是所谓的"《雅》《颂》各得其所"。而最后阶段是合乐，用乡乐，即《关雎》《葛覃》《卷耳》《鹊巢》《采蘩》《采蘋》六首诗。这六首诗属于《风》。而合乐才算"正歌备"。可见，如果仅就诗乐的一次演奏而言，"然后乐正，《雅》《颂》各得其所"云云，就是指《风》《雅》《颂》都完整地演奏了一遍。

由于孔子有着极高的音乐天赋，所以，孔子对于诗乐之"正"总是有着特殊的兴趣和悟性，每当《风》《雅》《颂》完整地演奏一遍，都会令他心向神往，陶醉不已。子曰："师挚之始，《关雎》之乱，洋洋乎盈耳哉。"（《论语·泰伯》）从大师挚开始金奏《颂》，到最后乐队演奏乡乐《风》，美妙的诗乐典雅纯正，洋洋盈耳！

二、乐高于诗

从孔子的一些言论可知，孔子认为"乐"是高于"诗"的。如：

子曰："兴于《诗》，立于礼，成于乐。"（《论语·泰伯》）

子曰："教民亲爱，莫善于孝。教民礼顺，莫善于悌。移风易俗，莫善于乐。安上治民，莫善于礼。"（《孝经·广要道》）

"乐"是成人的最后一个阶段，而且在移风易俗方面无以伦比，则"乐"自然是高于"诗"的。这可以从以下三个方面说明。

（一）乐比诗更多义

音乐不是再现生活，而是表现生活。而诗歌虽然是以表现生活为主，但仍然可以再现生活，如杜甫的"三吏"、"三别"等。乐中所蕴含的是非实体性原型。卓菲娅·丽莎说：音乐"它既不是在它之外独立存在的某种东西的符号，也不是它的相关体。""音乐作品中使用的各个单独的音，除了代表它自身之外，不是任何客体的标志。"①音乐不代表任何处在的事物，而只代表其自身，因此，它具有非语义性的特点，音乐中的声音不能像文字那样表达人们可以理解的语义。当然，我们也不能把音乐的非语义性加以绝对化。虽然音乐没有文字的语言，但音乐仍能带来思考，引起想象，从而产生甚至比文字更多的含义。程民生先生说：

> 文字的概括性又使它无力表达客观世界与主观世界的无限多样性，特别是无力表现同一事物或现象、同一情感状态中彼此不同的细微差别。②

此外，音乐还具有非具象性的特点。它虽然不像文字语言那样可以给人以栩栩如生的艺术形象，但音乐可以通过情感的表现，从而营造一种意境、气氛和情调，使人浮想联翩。这种体验正如刘勰所说："予欲虑之而不能知也，望之而不能见也，逐之而不能及也。"（刘勰《文心雕龙·神思》）当然，音乐虽然只表现情感，但音乐也有其客观的一面，只是这种客观无法实实在在地

---

① 程民生. 音乐美纵横谈[M]. 上海：上海音乐出版社，2000：17.
② 程民生. 音乐美纵横谈[M]. 上海：上海音乐出版社，2000：19.

对象化而已。音乐的独特之处,就在于它能够激发想象,唤醒非对象化的联系,以及相应的意义活动和思想活动。而音乐也正是以这种方式不知不觉地来到我们的心灵。音乐虽然不对应着事物,但可以唤起着事物。这些事物在我们接受音乐之前不得而知,但接受之后又欲说而未说出。可见,音乐表现的情感和激起的想象不只是抽象的概念,它还会在我们心中留下已经知晓的情景和实际意义,这说明音乐有着概念无法比拟的普遍性。叔本华曾经指出:

> 概念只含有刚从直观抽象得来的形式,好比含有从事物上剥下来的外壳似的,所以完全是真正的抽象。而音乐则相反,音乐拿出来的是最内在的、先于一切形态的内核或事物的核心。这种关系如果用经院哲学的语言来表示倒很恰当。人们说概念是"后于事物的普遍性",音乐却提供"前于事物的普遍性",而现实则提供"事物中的普遍性"。①

音乐虽然不真实,但却有其他艺术所无可媲美的效果,因为它能提供"前于事物的普遍性",从而使人从特殊走向普遍,获得更为丰富的感情体验,产生积极的共鸣。而这种功效是诗歌所不能具备的。

由于音乐表达意义的不确定性,所以其所提供的可能性远远小于诗歌,而其传递的信息则要多于诗歌。这正如罗伯特·怀尔勒所说:

> 传递越是取可能的方式,信息就越小。例如,陈词滥调

---

① 叔本华.作为意志和表象的世界[M].北京:商务印书馆,1982:364.

就不及伟大的诗歌。①

苏珊·朗格也说：

> 较大的不确定性和较大的信息是齐头并进。②

可见,孔子的诗乐理论与现代音乐理论是不谋而合的。

(二)乐比诗更感人

音乐有着比诗歌更感人的力量,孔子对此有深刻的领会。例如：

> 子之武城,闻弦歌之声。夫子莞尔而笑,曰："割鸡焉用牛刀?"子游对曰："昔者偃也闻诸夫子曰:'君子学道则爱人,小人学道则易使也。'"子曰："二三子! 偃之言是也。前言戏之耳。"(《论语·阳货》)

孔子到武城,听到弦歌之声,莞尔而笑,问子游"割鸡焉用牛刀"。在此,孔子以比喻的方式发问,意思是说:治理小地方,何必要用大道(此指礼乐)? 面对老师的提问,子游理直气壮地回答:诚如老师您所言,君子学习礼乐则懂得爱人,小人学习礼乐则容易管理。子游的回答得到了孔子的称赞,这说明了礼乐的教化产生了巨大的效果,使孔子也不得不点头认可。这正如邢昺所注曰:"礼节人心,乐和人声。言若在位君子学礼乐则爱养下人也,若在下小人学礼乐则人和而易使也。"乐之所以有如此巨大的感染力,是因为乐是情感的载体。子曰:"诗亡隐志,乐亡

---

① 张洪模.现代西方艺术美学文选(音乐美学卷)[M].沈阳:春风文艺出版社、辽宁教育出版社,1990:333.

② 张洪模.现代西方艺术美学文选(音乐美学卷)[M].沈阳:春风文艺出版社、辽宁教育出版社,1990:334.

隐情"(《孔子诗论》),就是这个道理。继孔子之后,类似的观点还有许多,又如:

> 笑,礼之浅泽也。乐,礼之深泽也。凡声,其出乎情也信,然后其入拨人之心也厚。

> 凡至乐必悲,哭亦悲,皆至其情也。……乐之动心也,浚深郁陶,其烈则流如也以悲,悠然以思。

> 凡学者求其心为难,从其所为,近得之矣,不如以乐之速也。(《郭店楚墓竹简·性自命出》)[1]

> 荀子曰:"夫声乐之入人也深,其化人也速。"(《荀子·乐记》)

《性自命出》认为,"笑"是礼之浅泽,而"乐"是礼的深泽,"乐"的内涵更丰富。如果出于真情,"乐"对人的影响也更深入。"乐"感动人心,可谓"浚深郁陶",非常强烈,而且速度也更快。所以,荀子说,音乐感人至深,对人产生教化作用也更迅速。

音乐能够具有如此神奇的作用,如此迅速的效果,都是因为音乐比诗歌更能传达人类丰富的情感。从某种角度来说,音乐就是情感与情感的对话,自己与自己的交流。费尔巴哈曾经指出:

> 如果你对音乐没有欣赏力,没有情感,那么你听到最美的音乐,也只是像听耳边吹过的风,或者脚下流过的水一样。那么,当音调抓住了你的时候,是什么东西抓住了你呢?你在音调里面听到了什么呢?难道听到的不是你自己的心的声音吗?因此感情只能向感情说话,因此感情只能

---

[1] 刘钊.郭店楚简校释[M].福州:福建人民出版社,2005:89—90.

> 为感情所了解，也就是为自己所了解——因为感情的对象本身只能是感情。[①]

正因为音乐以情感人，所以，"乐"也可以"兴"。孔子明确指出"诗可以兴"，充分说明了孔子认识到诗歌作为一种艺术的感染和教育作用。这种效果在于艺术以个别而有限的形象唤起人们自由的联想。而且"乐"产生的"兴"的效果比"诗"更为明显。孟子曰："仁言不如仁声之入人深也。"（《孟子·尽心上》)，就是这个意思。另外，孔子还主张"诗可以群"，当然也表明"乐"也可以群了。其实，"乐"比"诗"更能够起着"群"的作用。因为，"乐"更能够直接地作用于人们的感情，起着更加强烈的交流协调与互相促进的作用。而且"乐"是"德之音"，它与德有着天然的联系，从而可以感发人们的"仁"的意念，而"仁"的实现也就意味着"群"的实现。可见，"乐"作为一种审美，有"群居相切磋"的审美价值，这也就是治国平天下的最高境界。李泽厚、刘纲纪《中国美学史》指出：

> 在孔子看来，治国之道在礼乐教化，而"游于艺"却是达到礼治天下的最高境界。因之，在孔子那里，这个仁学的最高境界恰恰不是别的，而是自由的境界，审美的境界，也即是孔子自论和夸赞颜回"不改其乐"的人生境界。孔子要求把社会的"礼治"和理性的以往规范变为人们出自天性的自觉要求，最终成为一种自由的"游戏"（"成于乐"、"游于艺"），以完成全面的人的发展。把本来是维系氏族社会的原始歌舞（乐）转化为与发展完满的自觉的人相联系，这正

[①] 费尔巴哈. 十八世纪末——十九世纪初德国哲学[M]. 北京：商务印书馆，1975：551.

是孔子美学观极为深刻的地方。①

孔子所谓的"成于乐"，就是要求通过"乐"的学习，在诗、礼造人的基础上，上升到一个全面发展的人。这正如孔安国所说的"乐所以成性"，就是认为"乐"可以增修美德，提高自己的人品和人格。其原因在于，音乐具有一种震撼人心的作用，这种作用可以促进人们智慧之中美感的觉醒和产生。而美感又能让人们的想象插上翅膀，使人"精骛八极，心游万仞"，从而在艺术的领域里畅想神游。所以，音乐具有巨大的审美价值、教化作用。

（三）乐比诗更高雅

乐是比诗更高雅的。孔子认为"乐"体现着道德精神与艺术精神的合一、审美境界与道德境界的合一，孔子主张的"尽善尽美"就是最好的注解。《郭店楚墓竹简·语丛一》曰："德生礼，礼生乐。"②《郭店楚墓竹简·尊德义》曰："德者，且莫大乎礼乐焉。治乐和哀，民不可惑也。"③这是说，"德"派生出"礼"，而"礼"又派生出乐。礼乐都产生于"德"，"德"是礼乐的根本。《礼记·乐记》中所谓"乐，德之音"，也是这个意思。

《郭店楚墓竹简·尊德义》曰："由礼知乐，由乐知哀。有知己而不知命者，无知命而不知己者。有知礼而不知乐者，无知乐而不知礼者。"④这里已经把"乐"置于比"礼"更高的层次。由从"知礼"到"知乐"，这是一个认识不断深化的进程。因为，"知乐"自然能够"知礼"，但"知礼"不一定能够"知乐"。两相比较，"礼"

---

① 李泽厚，刘纲纪.中国美学史[M].合肥:安徽文艺出版社,1999:116.
② 刘钊.郭店楚简校释[M].福州:福建人民出版社,2005:181.
③ 刘钊.郭店楚简校释[M].福州:福建人民出版社,2005:123.
④ 刘钊.郭店楚简校释[M].福州:福建人民出版社,2005:123.

虽为根本,但"乐"的境界更高。这种思想与后来《礼记·乐记》中的"知乐则几于礼矣"的理论是相似的。

"乐"不仅是"德之音",是道德,是理性,它还是情感的。"乐"由心生,反映的是人内在的真实情感。故大乐必简,而且达到了情与理的统一。而诗未必与德合一,诗可以是轻佻,是滑稽,但乐不可能是轻佻滑稽的。叔本华说:

> 同样,把可笑的东西完全排除在音乐的直属范围以外的,是音乐本身上的严肃性;这可从音乐的客体不是表象这一事实来说明的。唯有在表象中误认假象,滑稽可笑才可能,但音乐的客体直接是意愿,意愿作为一切一切之所系,在本质上就是最严肃的东西。——音乐的语言如何内容丰富、意义充沛,即令是重奏的符号以及"重头再奏"也可以证实。如果在文字写的作品中,这样的重复会令人难以忍受,而在音乐的语言中却反而是很恰当,使人舒适。[①]

音乐的客体不是表象,而是情感,所以音乐不可以出现表象之中才有的假象,音乐毫无疑问是严肃的。但诗歌的客体可以是表象,诗歌的假象当然也不可避免。所以说,从内容的表达来看,乐显然比诗更高雅。

孔子所说的"兴"、"立"、"成",包含一个渐进的过程。诗可以激发积极的情感,因而诗可以用之于教化。诗之教在于温柔敦厚,这就是"礼"。而懂得温柔敦厚,才能理解"乐"之深意。这是一个不断积累、循序渐进的过程,一个"心与心相通、人与人相接"的进程。钱穆先生说:"人群相处,心与心相通之道,当于诗中求之。知于心与心相通之道,乃始知人与人相接之礼。由此

---

① 叔本华.作为意志和表象的世界[M].北京:商务印书馆,1982:365—366.

心与心相通、人与人相接之诗与礼、而最后达于人群之和敬相乐。孔子之道,不过于讲求此心与心相通、人与人相接而共达于和敬相乐之一公。"①可见,从兴于《诗》,到立于礼,再到成于乐,是一个从个人发展到为公的过程。这不仅是私人修身的要求,也是齐家治国平天下的旨归。一切制度文为的要义都在于此。这既是孔子教育的起点,也是孔子教育的归宿。所以说,"成于乐"的"成"比"立于礼"的"立"境界更高。"立"是建立、独立之意。而"成"是完成、成就之意。"成于乐"意味着人在诗乐的熏陶之中得到了全面发展。陈望衡先生说:

> 音乐,在孔子看来是比诗更高的艺术,如果说诗美是低层次的美,乐美则是高层次的美。音乐为什么具有如此高的地位,甚至在"礼"之上? 这是因为音乐具有"和"的功能。②

而且"乐"还可以提升人的心灵境界,使人实现情感与理智的平衡,从而忘却一切上下等差,真正体会其乐融融的幸福。这样,个体的满足促进群体心灵之间的沟通与和谐,进而达到和谐相处、共同幸福的境界。所以说,"'乐'在孔子的心目中具有至高无上的地位。这不仅因为'乐自中出',具有较'礼'强大得多的情感力量,而且因为'乐'能创造一个'与天地同和'的境界,此种境界正是孔子所向往的。"③乐还可以使情感与理性水乳交融,改善人格结构,提升人的品位、境界。这正如《礼记·乐记》所说:"乐也者,圣人之所乐也,而可以善民心,其感人深,其移风易

---

①　钱穆.孔子传[M].北京:生活·读书·新知三联书店,2002:96—97.

②　陈望衡.中国古典美学史(上卷)[M].武汉:武汉大学出版社,2007:112—123.

③　陈望衡.中国古典美学史(上卷)[M].武汉:武汉大学出版社,2007:123.

俗,故先王著其教焉。"

正因为"乐"可以感人至深、移风易俗,所以,在春秋以前,先圣都懂得以"乐"教民。徐复观先生认为,通过西周的文献乃至反映西周情形的资料可以得知,春秋以前,我国古代的教育是以音乐为中心,"礼在人生教育中所占的分量,决不能与乐所占的分量相比拟。"[①]而春秋时代是一个人文主义自觉的时期,礼作为敬与节制的规范性比较容易做到,但乐作为陶冶、陶熔的规范性则难以收到效果。所以,"春秋时代,在人文教养上,礼取代了乐的传统地位。"[②]对此,孔子经常思考如何矫正礼文太过的毛病。"礼乐本是常常合在一起的。礼乐并重,并把乐安放在礼的上位,认定乐才是一个人格完成的境界,这是孔子立教的宗旨。所以他说出了'兴于《诗》,立于礼,成于乐'(《论语·泰伯》)的话。可以说,到了孔子,才有对于音乐的最高艺术价值的自觉;而在最高艺术价值的自觉中,建立了'为人生而艺术'的典型。"[③]可见,孔子的"乐"教之目的,就是要恢复春秋以前的传统,以"乐"作为教育的中心。因为,"乐"才是一个人格完成的最高境界。孔子视音乐为最高艺术价值的自觉,充分体现了他"为人生而艺术"的追求。

① 徐复观.中国艺术精神[M].武汉:湖北人民出版社,2009:3.
② 徐复观.中国艺术精神[M].武汉:湖北人民出版社,2009:4.
③ 徐复观.中国艺术精神[M].武汉:湖北人民出版社,2009:4.

第二节 孔子对乐悬的评价

一、"乐悬"略说

要了解孔子的诗乐思想,除了要了解其中的一些诗乐篇章以外,还应当知道这些诗乐是怎么演奏的。因此,有必要对"乐悬"进行一些探讨。

乐悬,并不仅仅意味着字面意义上的乐器悬挂而已,从深层来看,乐悬还是先秦时期乐器摆放的制度,以及诗乐演奏的形式。对于乐悬,自古以来不同的学者往往有不同的理解。例如,有关乐悬之中的乐器,就有不同看法。《周礼·春官·小胥》郑玄注:"乐悬,谓钟磬之属悬于簨虡者。"[①]郑玄认为,乐悬之中的乐器是钟磬,而贾公彦则认为,"乐悬"不仅包括可以编悬的编钟、编磬,也包括"悬于簨虡"、"惟悬一而已"的鼓、镈。《周礼·春官·小胥》贾公彦疏曰:"乐悬,谓钟磬之属悬于簨虡者。凡悬者,通有鼓、镈,亦悬之。"[②]另外,对于乐悬的定义,也有不同的观点。如上所述,王光祈先生把乐悬视为乐队,而王子初先生则认为:乐悬,"是指必须悬挂起来才能进行演奏的钟磬类大型编悬乐器。"[③]王清雷先生认为:"周代乐悬应该包括甬钟、纽钟、镈、磬。"[④]显然,王光祈先生把乐悬当作一个由乐器、乐工等组成的综合体,而王子初和王清雷两位先生则把乐悬理解为所悬之乐,

---

① 阮元.十三经注疏[M].北京:中华书局,1980:795.
② 阮元.十三经注疏[M].北京:中华书局,1980:795.
③ 王子初.中国音乐考古学[M].福州:福建教育出版社,2003:143.
④ 王清雷.西周乐悬制度的音乐考古学研究[M].文物出版社,2007:6.

即悬挂的乐器。如此理解，则把乐悬几乎等同于乐器了。所以说，两相比较，还是王光祈先生更符合当时的情形。

所谓"乐悬"，大致就是当时的乐队，是诗乐传播的重要渠道。也就是说，我们如今有乐队，春秋时期也不例外。王光祈先生指出："吾国古代所谓'乐悬'，殆与近代所谓'乐队'之意义相似。最初只是表示各种钟磬应该悬于何所之意，其后渐渐成为乐队组织之代名词。"①据此可知，吴公子季札到鲁国来观乐，不是某个乐工为他吟诵某个诗篇，而是由庞大的队伍来为他演奏了《诗经》。这个队伍以及所使用的众多乐器，统称之为乐悬。虽然我们现在很难一睹当时乐悬演奏时的风采，但湖北随县曾侯乙墓出土的战国编钟等乐器，还是能够让我们想象当时乐悬的盛况。

乐悬是在西周、春秋礼乐制度下的产物。由于礼乐制度是一套严密的国家制度，因此，作为礼乐制度的诗乐、乐悬、用乐场合等诸多方面，都有严格的等级要求。其中，乐悬包括宫悬（天子所用）、轩悬（诸侯所用）、判悬（卿大夫所用）、特悬（士所用）四种类型。《周礼·春官》曰："正乐悬之位。王，宫悬；诸侯，轩悬；卿大夫，判悬；士，特悬。"宋代陈旸在其所著《乐书》卷四十五中，对此进行过解释："宫悬四面，象宫室，王以四方为家故也。轩悬，缺其南，避王南面故也。判悬，东西之象，卿大夫左右王也。特悬，则一肆而已，象士之特立独行也。"②当然，乐悬的产生是与先秦的乐器发展有着紧密联系的。当时，乐器主要是打击乐器，各种乐器体积比较庞大，不适合徒手握持而打击，而适合悬挂于簨虡而演奏，而且乐器的音调不够丰富、旋律不够细腻，因此，诸

---

① 王光祈.王光祈音乐论著选集（中册）[M].北京：人民音乐出版社,1993:183.
② 蒋孔阳.先秦音乐美学思想论稿[M].北京：人民文学出版社,1986:19.

多乐器的配合就显然理所当然。西周、春秋时期,悬挂的乐器包括钟(编甬钟、编纽钟、编镈、特镈)、磬(编磬和特磬)和鼓(朔鼓、应鼓、鼛鼓、鼗鼓、建鼓等)。

对于乐悬的真实面貌、摆放情形,我们现在很难一睹其风采,但可以通过朱载堉所绘轩悬、特悬之图[①]而略知其概貌,如下图所示。

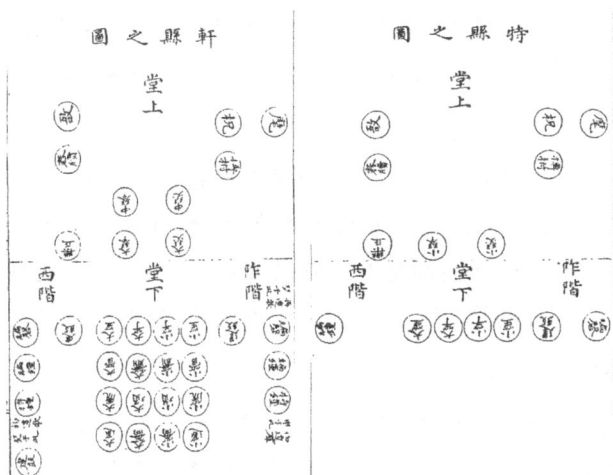

从上图来看,专业歌唱与弹瑟伴奏的乐工在堂上,而各种定音与不定音的打击乐器——钟磬和鼓等,则放置在堂下。在堂下的两阶之间,则是吹管乐器。之所以这样安排,其原因是:"乐工的歌唱以及瑟的弹奏,声音比较小,离宾客的距离最近,而管乐器的声音稍为大一些,离宾客的距离远一些。打击乐器的声音最大,离宾客的距离也最远。这样,各种声音都比较适中,声

---

① 朱载堉.乐律全书[M].北京:书目文献出版社,1990:109.

音小的不至于听不见,声音大的不至于感觉刺耳。"[①]

正是在礼乐制度下,乐悬自然也就产生了乐悬制度。乐悬的摆放除了根据乐器的自身条件来安排以外,还体现了一定的审美情趣和尊尊、亲亲的伦理思想。在乐悬的设计中,歌者象征仁德,在堂上;舞者象征成功,在堂下。这表明了古人重德轻功的审美思想。班固《白虎通·礼乐》曰:

> 歌者在堂上,舞在堂下何?歌者象德,舞者象功,君子上德而下功。《郊特牲》曰:"歌者在上。"《论语》曰:"季氏八佾舞于庭。"

乐悬中的排位还含有丰富的伦理思想。在堂上,乐工皆坐在席子上,他们都是六十岁以上的老者,而且都是盲人。在堂下,乐工皆站立,他们都是五十岁以上比较年轻之人,而且都不是盲人。这样的站位显然体现了尊重老者、长者、弱者的意图。朱载堉曰:

> 凡堂下乐皆立,故经文不言席。皆非无目之人,故经文不言相。六十者坐,故堂上工宜择老者。五十者立,故堂下乐宜用少者。[②]

此外,儒家还给主宾等人的座位赋予了丰富的象征意义。在包括乡饮酒礼的乐悬等仪礼之中,都是如此。《礼记·乡饮酒义》曰:"宾主象天地也;介僎象阴阳也;三宾象三光也;让之三也,象月之三日而成魄也;四面之坐,象四时也。"这显然把《周易》中的天地阴阳之理念运用到了实际的生活之中。天地有序、

---

① 杨荫浏.中国古代音乐史稿(上)[M].北京:人民音乐出版社,2004:39.
② 朱载堉.乐律全书[M].北京:书目文献出版社,1990:572.

天人合一的思想已经融入日常生活的各个角落。《礼记·乡饮酒义》还说，天地之义气，始于西南，盛于西北，而主宾是用义气与人交接的，所以坐在西北边，三位宾长则坐在他的西边。而介则坐在西南边以辅助宾。主人是以厚德待人的，所以坐在堂上东南边，而僎是主人的副手，则坐在堂上东北边。此外，在乐悬之中，乐工的站位，乐器的摆放也都有条不紊，等级分明。如此推而广之，则人人有礼有节，王道自然是轻而易举地就可以实现了。故而孔子曰："吾观于乡，而知王道之易易也。"（《礼记·乡饮酒义》）孔子如此称赞乡饮酒礼，就是因为其中每个环节都充分体现了王道容易实现。

孔子生活的年代正是乐悬制度发展到顶峰的时期。一方面乐悬被广泛地存在并被使用，另一方面乐悬又面临着"礼崩乐坏"的冲击。正是在这样一个转折时期，孔子不畏艰难，勇敢地肩负起历史的使命。他决心力挽狂澜，恢复周礼，让往日的礼乐盛况重现于天下。乐悬作为礼乐文化中的重心，孔子毫无疑问地对它表现了巨大的热情，以及由衷的关注，具体表现如下。

二、孔子的乐悬思想

（一）表现的范围

1. 祭祀之中的乐悬

众所周知，宗周时期的诗、乐、舞总是有机地联系在一起，而各种乐器也常常相互配合着使用。乐悬作为当时的一种乐队，毫无疑问地承担着各种重大表演的角色。在祭祀时，乐悬可以用来虔诚地侍奉鬼神。例如：

夫大尝、禘，升歌《清庙》，下而管《象》；朱干玉戚，以舞

《大武》;八佾，以舞《大夏》；此天子之乐也。（《礼记·祭统》）

　　夫祭有三重焉：献之属，莫重于裸，声莫重于升歌，舞莫重于《武宿夜》，此周道也。（《礼记·祭统》）

　　上面明确地记述了天子举行大尝、大禘祭的乐悬演奏情况，说明各级祭祀在诗乐的运用上是有所区别的，这就意味着祭祀存在着等级差别。此外，祭祀时还包括献酒、奏乐、舞蹈等三个非常重要的方面，而其中就有两个与诗乐有关，即升歌环节和舞《武宿夜》。升歌、舞蹈都是在乐悬的配合下进行的，乐悬演奏在祭祀中的地位也就可想而知了。正因为如此，孔子也非常重视祭祀中的乐悬使用。

　　孔子曰："以养生送死，以事鬼神。故玄酒在室，醴盏在户，粢醍在堂，澄酒在下。陈其牺牲，备其鼎俎，列其琴瑟，管磬钟鼓，以降上神与其先祖，以正君臣，以笃父子，以睦兄弟，以齐上下，夫妇有所。是谓承天之佑。"（《孔子家语·问礼》）所谓"列其琴瑟，管磬钟鼓"，就是表示悬挂钟磬、鼓，安排琴瑟、管乐，组成庞大的乐悬，配合各种礼仪、祭品，用来恭敬地迎接上神及先祖的降临，从而获得神灵的保佑。

　　当然，乐悬不仅大量地用运于吉礼，而且也运用于丧礼，但丧礼中的乐悬则是不完整的。孔子曰："之死而致死乎，不仁，不可为也；之死而致生乎，不智，不可为也。凡为盟器者，知丧道也。有备物而不可用也。是故竹不成用，而瓦不成味，琴瑟张而不平，笙竽备而不和，有钟磬而无簨虡。其曰盟器，神明之也。"（《孔子家语·曲礼子夏问》）孔子认为，在丧事之中，为逝者准备的器物称为"明器"。器物虽然准备了，但不能使用。乐悬只有钟磬，但没有悬挂它们的簨虡。此外，琴瑟张开了弦，但没有调好音节,笙竽配备了,但没有调好声调,这都意味着把逝者当作神明来敬奉。懂得这种道理的人,才能算是明礼之人。孟献子在丧礼中懂得如何"有备物而不可用",因此得到了孔子的称赞。《礼记·檀弓上》记载:"孟献子禫,县而不乐,比御而不入。夫子曰:'献子加于人一等矣!'"孟献子举行禫祭,悬挂了钟磬却不演奏,安排了同房的妇女却不同房,真正做到了"祭如在,祭神如神在"(《论语·八佾》)的虔诚。因此,孔子赞他比一般人高出一筹。

孔子认为,乐悬不仅在丧礼中要悬而不用,而且在国家灾难之际也应如此。《孔子家语·曲礼子贡问》记载:

> 孔子在齐,齐大旱,春饥。景公问于孔子曰:"如之何?"孔子曰:"凶年则乘驽马,力役不兴,驰道不修,祈以币玉,祭祀不悬,祀以下牲,此贤君自贬以救民之礼也。"①

孔子在回答齐景王如何面对灾荒时说,灾荒之年贤明君主要贬损自己以救助百姓,车马要用劣等的,道路不加修整,而祭祀的时候也不用奏乐。所谓"不悬",王肃注:"不作乐也。"

2. 日常礼节中的乐悬

除了祭祀与丧礼中涉及乐悬以外,其他各种礼节中也普遍地存在着乐悬的使用。对此,孔子同样有不少的评论。

乐悬作为诗乐表演的重要形式,在各种礼节中具有无可替代的作用。在外交方面,乐悬就好像当今的仪仗队一样,要演奏诗乐以迎宾、娱宾。《礼记·郊特牲》曰:

> 宾入大门而奏《肆夏》,示易以敬也,卒爵而乐阕,孔子

---

① 王肃.孔子家语[M].上海:上海古籍出版社,1990:111.

屡叹之。莫酬而工升歌,发德也。歌者在上,匏竹在下,贵
人声也。乐由阳来者也,礼由阴作者也,阴阳和而万物得。

宾入门要演奏《肆夏》,对宾表示和悦、尊敬,直到宾喝完主
人的献酒,诗乐才停止。孔子曾多次赞叹这种礼仪。当然,孔子
赞叹的礼仪还有其他许多方面。如,孔子曰:"吾观于乡,而知王
道之易易也。"孔子认为,通过观看乡饮酒礼,从而知道王道是很
容易推行的。

乐悬除了外交方面,还在乡射、大射礼中不可或缺。在乡射
和大射礼中,总共有三番射,而第三番射必须以诗乐节射,否则,
则射中也不算数。由于射礼中诗乐的运用,使射礼更文明、有
序,所以孔子也大加赞赏。孔子曰:"射之以乐也,何以听?何以
射?"(《礼记·郊特牲》)这是要求射箭的动作与诗乐的节奏相对
应。郑玄注曰:"多其射容与乐节相应也。"①这是孔子叹美因选
拔人才参加祭祀而举行的射礼,一定要使射箭者的容体与诗乐
合拍。"何以听",是要求射箭者能够听准诗乐之节,与射箭时的
容体相对应。而"何以射",是要求射箭之容体与诗乐之节相应。
如果两个方面都能很好地配合,则不仅体现了男子为士之道,也
提高了自身的修养。因为,男子志在四方,不仅要有超强的射
艺,而且要有高尚的品德。《礼记·内则》曰:"男子设弧于门左,
女子设帨于门右。"男子生来就被寄予厚望,希望未来能够有所
作为。男子长大后如果没有射箭的本领,就应当以疾病相推辞。
孔子曰:"士使之射,不能则辞以疾,县弧之义也。"(《礼记·郊特
牲》)当然,仅有射艺是不够的,还要提高自己的修养。《孔子家
语·观乡射》记载:

① 阮元.十三经注疏[M].北京:中华书局,1980:1448.

孔子观于乡射，喟然叹曰：射之以礼乐也，何以射，何以听，修身而发，而不失正鹄者，其唯贤者乎？若夫不肖之人，则将安能以求饮？《诗》云："发彼有的，以祈尔爵。"祈，求也。求中，所以辞爵。酒者，所以养老，所以养病也。求中以辞爵，辞其养也。是故士使之射而弗能，则辞以病，悬弧之义。

在春秋这般战乱的时代，射箭是男子必须具备的本领之一。孔子如此重视射礼，是因为射礼具有重要的意义，这也表明了孔子的尚武之精神。当然，射箭不仅要注重武力，还要重视其中的礼义。所以，孔子更重视不主皮之射，即要求射箭符合礼乐，容体端正，与诗乐合拍。在此标准之下，射箭者更祈求能够射中，以避免遭受罚酒。因为，酒是为老人、病人准备的，而不是为轻、壮年者安排的。所以，射手辞酒就是辞谢别人的奉养，这不正体现贤者的谦卑品德吗？

（二）体现的内涵

1. 对乐悬制度的维护

孔子对乐悬的评论，充分体现了他对乐悬制度的维护。因为，乐悬制度是乐悬体系中最为本质的部分。正因为乐悬的摆设是一种社会制度，所以，乐悬表面上的羽龠、钟鼓就不是礼乐的根本。乐悬的核心内容是"言而履之"、"行而乐之"，从而使整个社会处于祥和、有序和欢乐的状态。《礼记·仲尼燕居》记载：

子张问政，子曰："师乎！前，吾语女乎？君子明于礼乐，举而错之而已。"子张复问。子曰："师，尔以为必铺几筵，升降酌，献酬酢，然后谓之礼乎？尔以为必行缀兆，兴羽龠，作钟鼓，然后谓之乐乎？言而履之，礼也。行而乐之，乐

也。君子力此二者以南面而立,夫是以天下太平也。诸侯
朝,万物服体,而百官莫敢不承事矣。礼之所兴,众之所治
也;礼之所废,众之所乱也。目巧之室,则有奥阼,席则有上
下,车则有左右,行则有随,立则有序,古之义也。室而无奥
阼,则乱于堂室也。席而无上下,则乱于席上也。车而无左
右,则乱于车也。行而无随,则乱于涂也。立而无序,则乱
于位也。昔圣帝明王诸侯,辨贵贱、长幼、远近、男女、外内,
莫敢相逾越,皆由此涂出也。"三子者,既得闻此言也于夫
子,昭然若发蒙矣。

子张问怎样行政,孔子回答他要明于礼乐,并付诸实践。而
礼乐不是仅仅摆放祭品、铺设几筵,宾主劝酒,以及排列舞队、鸣
钟击鼓,演奏乐悬而已。更本质的是,说到做到,就是礼;实行而
让天下人都欢乐,就是乐。礼乐兴起的地方,就是社会治理得当
的地方,礼乐废止的地方,就是社会混乱的地方。圣明的君主能
够辨别贵贱、长幼、远近、男女、内外之别,使百姓不敢违反、超越
其中的界线,并按照礼乐的要求行动,"是以天下太平也"。可
见,在孔子看来,乐悬是一种政治制度的反映,乐悬的完整与否,
与政治的治乱密切相关。

正因为孔子不仅关心乐悬本身的作用,而且更加重视乐悬
所具有的政治意义。因此,孔子对于违背乐悬摆放制度的行为
也是无比反感的。孔子曾经指责卫国不按礼制赏赐乐悬的做
法。据《左传·成公二年》(《孔子家语·正论解》也有类似内容)
记载,卫国与齐国在新筑交战,卫国孙良夫战败。新筑大夫仲叔
于奚救援孙良夫,使之免遭被俘。于是,卫国人给仲叔于奚一块
封地的赏赐,他辞谢了,却提出了"曲县、繁缨以朝"的要求,卫人
"许之"。"曲悬",即"轩悬",就是三面悬挂乐器的乐悬,它与"繁

缨"(用繁缨装饰马匹)一样,都是诸侯才能享受的待遇,而大夫
仲叔于奚却提出了越级的要求,显然是违礼之举。但卫国却答
应了他,这当然是不合礼法的。所以,孔子听到这件事后,评
价道:

> 惜也,不如多与之邑。唯器与名,不可以假人,君之所
> 司也。名以出信,信以守器,器以藏礼,礼以行义,义以生
> 利,利以平民,政之大节也。若以假人,与人政也。政亡,则
> 国家从之,弗可止也已。[①]

孔子认为,器物与爵位不能随便给人,这是君主所掌握的东
西。爵位名号可以体现威信,而威信可以用来保守器物,以此来
包含礼仪,从而推行道义。道义用来谋求利益以治理百姓,这是
政治的关键。如果把它赐给别人,就等于把政权也交给了别人。
政权丧失,国家也就随之丧失,到时就无法挽救了。

2.乐悬是为礼仪服务的

通过以上的分析可知,孔子所论包括乐悬在内的诗乐是为
礼服务的。

孔子曰:"诵《诗》三百,不足以一献。一献之礼,不足以大
飨。大飨之礼,不足以大旅。大旅具矣,不足以飨帝。毋轻议
礼!"(《礼记·礼器》)孔子认为,诗乐懂得再多,也必须要学会行
礼。诗乐只是行礼的一个手段而已。否则,就失去了它的应有
价值。

孔子曾经多次与弟子谈论诗乐,其中不少内容就是有关乐
悬演奏的。如《礼记·乐记》记载了孔子对《大武》乐章的具体分
析。当孔子与弟子宾牟贾谈论到诗乐之时,探讨了《武》乐演奏

---

① 王肃.孔子家语[M].上海:上海古籍出版社,1990:108.

开始时击鼓警众为何持续时间特别漫长,而舞蹈动作为何发扬
蹈厉,气势威猛等原因。接着,孔子详细地分析了《武》乐的演奏
进程以及其中包含的内涵。子曰:

> 且夫《武》,始而北出,再成而灭商。三成而南,四成而
> 南国是疆,五成而分周公左召公右,六成复缀以崇。天子夹
> 振之而驷伐,盛威于中国也。……然后知武王之不复用兵
> 也。散军而郊射,左射狸首,右射驺虞,而贯革之射息也。
> 裨冕搢笏,而虎贲之士说剑也。祀乎明堂而民知孝。朝觐
> 然后诸侯知所以臣,耕藉然后诸侯知所以敬。五者,天下之
> 大教也。食三老五更于大学,天子袒而割牲,执酱而馈,执
> 爵而酳,冕而总干,所以教诸侯之弟也。若此则周道四达,
> 礼乐交通。则夫《武》之迟久,不亦宜乎!(《礼记·乐记》)

孔子说,《武》的演奏一共有六成,一成象征北出,二成象征
灭商,三成象征凯旋南归,四成象征南国归入版图,五成象征周
公、召公分陕而治,六成时舞者重新相缀成行,表示对天子的崇
敬。这时,天子夹舞者而立,振动铃铎,鼓舞士气,四面讨伐,威
势盛于中国。……然后知道武王不再用兵了。于是,通过郊射、
裨冕、祀明堂、朝觐、耕藉田等五者教化天下。此外,举行养老礼
来尊敬长者,懂得悌道。如此,则周朝的教化达于四方,礼乐相
辅相成,相得益彰了。在此,孔子通过对《武》的细致分析,说明
了乐舞作为礼的组成部分,发挥着重要的礼仪作用,可以用来教
化天下的黎民百姓。

又如,《礼记·仲尼燕居》也记载了孔子对乐悬的评价:

> 仲尼燕居,子张、子贡、言游侍,纵言至于礼。……子
> 曰:"慎听之! 女三人者,吾语女:礼犹有九焉,大飨有四焉。

苟知此矣,虽在畎亩之中事之,圣人已。两君相见,揖让而入门,入门而县兴;揖让而升堂,升堂而乐阕。下管《象》、《武》,《夏》、《龠》序兴。陈其荐俎,序其礼乐,备其百官。如此,而后君子知仁焉。行中规,还中矩,和鸾中《采齐》,客出以《雍》,彻以《振羽》。是故,君子无物而不在礼矣。入门而金作,示情也。升歌《清庙》,示德也。下而管《象》,示事也。是故古之君子,不必亲相与言也,以礼乐相示而已。"

孔子跟弟子谈论礼时,专门讨论了诗乐的表演过程。两君相见,相互揖让而入门,入门时,乐悬开始演奏,表示主人对来宾的热情欢迎。然后又相互作揖谦让而登上大堂,这时乐悬就停止演奏。等到宾主献酬之礼结束后,乐工登堂演唱《清庙》,以此赞美宾主的美好德行。紧接着是堂下的笙奏,并依次跳起了武舞《象》、《武》和文舞《夏》、《龠》,表示王业的宏大。然后是间歌、合乐,直到"正歌备",即《周南》、《召南》中六首乡乐演奏完毕。当撤俎时,乐悬要演奏《振羽》。最后,客人出门时,乐悬要演奏《雍》。所以说,古时的君子交往,不必亲自交谈,通过礼乐互相表示情意就够了。礼就是理,乐就是节。礼乐协配,就是有理有节。可见,乐悬可以为行礼规范节奏,增加礼节的氛围,从而增进彼此的感情,提高自身的修养。

第四章　孔子诗乐功能观

第一节　"兴观群怨"新释

一、孔子对诗乐范畴"兴"的拓展

"兴"作为艺术中的一个极为重要的范畴,从产生到发展,衍生了大量丰富的词义。"兴"起源于祭祀活动,而祭祀又往往伴随着诗乐的表演。所以,"兴"的初起之义为"六诗"中的一种体裁。后来,"兴"又发展成《诗经》中的创作手法和春秋时期的鉴赏原则。孔子在复兴传统文化的努力中,不仅把"兴"的表现手法运用于日常的言谈论道,而且从理论上总结"兴"的鉴赏原则,并大量地运用于《诗经》的品评之中。

（一）"兴"义溯源

《说文解字》:"兴,起也。从舁同。同,同力也。"①段玉裁注:"《广韵》曰:'盛也,举也,善也。'《周礼》六诗'曰比,曰兴。兴者,

---

① 许慎.说文解字注[M].段玉裁,注.上海:上海古籍出版社,2011:105.

托事于物。'"①从甲骨文(、)来看,"兴"字很像人的四只手共同兴起一样物体。而金文(、)"兴"的中间加了一"口"字,含有一边合力举起,一边叫喊号子以协同努力。如果把"兴"与"同"比较,就会发现两者原来是同源的。"同"的甲骨文为、,金文为、。在甲骨文、金文中,"同"与"兴"非常相似,只是"同"字的中间多一个"口"字。《说文解字》:"同。合会也。"②可见,"兴"的初起之义是合力举起某种物体,后来又引申出产生、选拔优秀人才之意。如《周礼·地官·乡大夫》:"三年则大比,考其德行道艺,而兴贤者能者。"

　　"兴"字像众人共同举起某物,但此事具体何指,则有多种见解。杨树达认为是"象四手持帆之形。"③商承祚认为是"兴字象四手各执盘之一角而兴起之。"④ 另外,还有一些学者把"兴"理解为举起酒爵进行祭祀的盛大礼仪。傅道彬认为,"兴"字中间部分象征众人所举起之物为"同",而同为酒爵之意。⑤《尚书·顾命》曰:"上宗奉同、瑁。"孔安国《尚书传》曰:"同,爵名。"⑥显然,酒爵的意义比"盘"或"帆"更能反映艺术的意味。因为,祭祀活动往往伴随着诗乐、舞蹈等艺术活动。王国维《宋元戏曲考》曰:"巫之事神,必用歌舞。"

　　从上面的分析来看,把"兴"理解为一种集体性的祭祀表演,不仅比理解为日常生活中的举起、合力劳作更妥当,而且比"把

---

① 许慎.说文解字注[M].段玉裁,注.上海:上海古籍出版社,2011:105.

② 许慎.说文解字注[M].段玉裁,注.上海:上海古籍出版社,2011:353.

③ 杨树达.积微居金文说(增订本)[M].北京:中华书局,1997:225.

④ 商承祚.殷契佚存[M].南京:金陵大学中国文化研究所,1933:62.

⑤ 傅道彬.诗可以观:礼乐文化与古代诗学精神[M].北京:中华书局,2010:158.

⑥ 阮元.十三经注疏[M].北京:中华书局,1980:240.

兴理解为摹拟性的表演活动中的举、起"①更加合理,更能涉及文化的本质。因为,文明的起源往往来源于群体性的宗教活动。傅道彬说,在甲骨文之中,"兴"还具有祭祀之义。他说:"兴是一个以酒祭祖的群体宗教活动。这一活动是集体的,宗教的,巫术的,也是带有艺术性质的。"②事实上,"兴"之代表宗教与艺术的特征,在《周礼》中有所记载。《周礼·地官·乡大夫》:"退而以乡射之礼五物询众庶,一曰和,……五曰兴舞。"孔颖达疏曰:"兴舞即舞乐。"③

"兴"最早起源于祭祀表演,到了西周时期,"兴"则演变为一种诗乐。《周礼·春官·大师》云:"教六诗,曰风,曰赋,曰比,曰兴,曰雅,曰颂。"风、赋、比、兴、雅、颂,合称"六诗",它们原来都是诗乐的不同名称。朱自清说:"'兴'似乎也本是乐歌名,疑是合乐开始的新歌。"④在《周礼》中,"六诗"以声为用,"兴"自然也是一种体裁。《周礼·春官·大师》郑玄注曰:"兴,见今之美,嫌于媚谀,取善事以喻劝之。"⑤郑玄在此是把"兴"当作一种诗体来解释的。

(二)孔子对诗乐范畴"兴"的拓展

到了春秋时期,孔子在前人理论和实践的基础上,对"兴"的范畴进行了拓展,这主要包括以下三个方面。

---

① 彭锋.诗可以兴——古代宗教、伦理、哲学与艺术的美学阐释[M].合肥:安徽教育出版社,2003:58.
② 傅道彬.诗可以观:礼乐文化与周代诗学精神[M].北京:中华书局,2010:159.
③ 阮元.十三经注疏[M].北京:中华书局,1980:717.
④ 朱自清.朱自清说诗[M].上海:上海古籍出版社,1999:82.
⑤ 阮元.十三经注疏[M].北京:中华书局,1980:787.

1.孔子首次解说了《诗经》中"兴"的手法

"兴"作为一种创作手法,不仅出现于《诗经》,而且早已作为一种教学内容而为周代国子所熟知。《周礼·春官·大司乐》:"大司乐……以乐语教国子:兴、道、讽、诵、言、语。"郑玄注:"兴者,以善物喻善事。"①在此,"兴"与其他五种乐的达意技巧一起,构成了一种修辞手法。但是,国子们所学之"兴"的具体运用情况却不得而知,其原因在于缺少相关的文献。

就现在的文献来看,孔子可谓用"兴"的创作手法解说《诗经》的第一人。孔子在言谈中喜欢运用"兴"的手法来启迪学生,达到"举一反三"的效果。因此,他深知"兴"的妙处,能对《诗经》做出非常准确的分析。例如:

> 孔子曰:"小辩害义,小言破道,《关雎》兴于鸟而君子美之,取其雄雌之有别;《鹿鸣》兴于兽,而君子大之,取其得食而相呼。若以鸟兽之名嫌之,固不可行也。"(《孔子家语·好生》)

孔子认为,《关雎》用鸟起兴,而《鹿鸣》则用兽起兴,都是借用鸟兽之类的事物兴起情感,达到托物言志的效果。可见,孔子明确指出了《诗经》中"兴"的创作手法。孔子的这种解说方法显然影响了后人。

2.孔子对于鉴赏原则"兴"的理论总结及大量运用

孔子曰:"诗可以兴"(《论语·阳货》),朱熹注释"兴"曰:"感发志意"②。这就是说"兴"可以是一种"感发志意"的鉴赏原则。当然,这种鉴赏原则早于孔子出现。如《左传·襄公二十九年》

---

① 阮元.十三经注疏[M].北京:中华书局,1980:787.
② 朱熹.四书章句集注[M].北京:中华书局,1988:178.

记载,吴公子季札来鲁国聘问,请观于周乐。鲁国乐工为之奏乐,季札大加赞赏。如,评价《周南》《召南》曰:"美哉!始基之矣,犹未也,然勤而不怨矣。"评价《豳》曰:"美哉!荡乎!乐而不淫,其周公之东乎?"季札这种欣赏《诗经》的方式,在孔子之前虽然比较普通,但并没有形成自觉的意识。而孔子不仅用"诗可以兴"进行理论总结,而且进一步大量地用这种鉴赏原则教育弟子。这类例子俯拾皆是,在《论语》《韩诗外传》和《孔子家语》中都有记载,如:

子曰:"《关雎》,乐而不淫,哀而不伤。"(《论语·八佾》)

子谓《韶》,"尽美矣,又尽善也"。谓《武》,"尽美矣,未尽善也"。(《论语·八佾》)

子曰:"小子何莫学夫诗?诗可以兴、可以观、可以群、可以怨。迩之事父,远之事君,多识鸟兽草木之名。"(《论语·阳货》)

子夏问曰:"《关雎》何以为国风始也?"孔子曰:"《关雎》至矣乎!夫《关雎》之人,仰则天,俯则地,……大哉!《关雎》之道也,万物之所系,群生之所悬命也,……夫六经之策,皆归论汲汲,盖取之乎《关雎》,《关雎》之事大矣哉!……"子夏喟然叹曰:"大哉!《关雎》乃天地之基也。"(《韩诗外传》卷五)

孔子曰:"吾于《甘棠》,见宗庙之敬甚矣。思其人,必爱其树,尊其人,必敬其位,道也。"(《孔子家语·好生》)

上面例子都有一个相同点,那就是:在评论《诗经》时,不具体说明其内涵,而是谈欣赏者对它的评价和感受。无论是"乐而不淫,哀而不伤"、"尽善尽美",还是"兴观群怨"、"天地之基"、

"宗庙之敬",都是欣赏者对诗乐的一种品评,也就是朱熹注释《诗》可以兴"之"兴"的"感发志意"。

此外,上个世纪末出土的《孔子诗论》①(虽然有些地方文字缺漏,但总体能够反映孔子的文艺思想)中也有不少类似的事例,如:

> 孔子曰:吾以《葛覃》得抵初之志,民性固然,见其美必欲返其本,夫'葛'之见歌也,则以绤绤之故也。(第十六简)

> 孔子曰:《蟋蟀》知难,《蟊斯》君子,《北风》不绝,人之怨子,泣不□□□□□(第二十七简)

> 孔子曰:《宛丘》吾善之,《猗嗟》吾喜之,《鸤鸠》吾信之,《文王》吾美之,《清[庙]吾敬之,《烈文》吾悦之](第二十一简)(注:缺字能补出的,用[ ]号表示,下同。)

> [文王,予]怀尔明德"何? 诚谓之也。"有命自天,命此文王",[何]? 诚命之也。信矣! 孔子曰:此命也夫! 文王虽欲也,得乎? 此命也。(第七简)

> 《邦风》其纳物也博,观人俗焉,大敛材焉,其言文,其声善。孔子曰:虽能夫□□□□□(第三简)

在《孔子诗论》的引文中,孔子所说的"得抵初之志,民性固然,见其美必欲返其本",以及"知难"、"君子"、"不绝"、"吾善之"、"吾喜之"、"吾信之"、"吾美之"、"吾敬之"、"吾悦"、"信矣"等等,都是对诗乐的简短评论。这些评论都是针对具体某一诗乐,用极为准确、精练的词语或者概括其主旨,或者表达阅读者

---

① 廖名春.上海博物馆藏诗论简校释[J].中国哲学史,2002(1):9—19.

本身的看法。显然,这也是"感发志意"①的一种鉴赏方式。

从孔子的诗乐实践来看,"诗可以兴"的先决条件如下。首先,作品要抒情言志。关于这一点,孔子有极其清醒的认识。孔子曰:"诗无泯志,乐无泯情,文无泯意。"(《孔子诗论》第一简)孔子的思想来源于《尚书·尧典》中的"诗言志",但又有发展。孔子深刻地认识到文艺可以表达人们内心的志意。其次,读者能够产生"兴"的感动。"兴"是艺术,但是"兴"又可以超越艺术。皎然《诗式·用事》曰:"取象曰比,取义曰兴,义即象下之意。"②这就要求读者能够产生联想,领悟诗乐的"言外之意,弦外之音"。孔子提出以"思无邪"来解释《诗经》,就是这种沿着艺术而又超越艺术的思路。"思无邪"出自《诗经》,孔子断章取义地引用,表达了《诗经》的社会功用。子曰:"《诗三百》,一言以蔽之,曰:思无邪!"(《论语·为政》)孔子所说的"思无邪",是指读者通过阅读《诗经》,产生无邪之思。正如朱熹解释"思无邪"所说:"凡《诗》之言,善者可以感发人之善心,恶者可以惩创人之逸志,其用归于使人得其情性之正而已。"③即读者可以通过读诗感发善心,产生纯正之思。

3.孔子言谈具有"兴"的技巧

其实,"兴"的表达技巧不仅体现在《诗经》的创作中,而且也体现在孔子的言谈之中。因为,"兴"可以使日常性的散文化的语言上升到诗乐的高度。张祥龙先生认为:"诗是平常意义上

---

① 朱熹.诗集传[M].上海:上海古籍出版社,1980:1.
② 皎然.诗式校注[M].李壮鹰,校注.北京:人民文学出版社,2003:31.
③ 朱熹.诗集传[M].上海:上海古籍出版社,1980:53.

的、散文化了的语言达到音乐的必由之路,其要害就在于兴。"①
事实上,孔子与弟子的交谈常常具有"兴"的特色,即喜欢先说一
事物,从而引起其他的内容。这既让人产生联想,而且也"创造
了一种氛围,在这种氛围中,后面的句子才能得到恰当的理
解"。② 例如:

> 子夏问曰:"'巧笑倩兮,美目盼兮,素以为绚兮'。何谓
> 也?"子曰:"绘事后素。"曰:"礼后乎?"子曰:"起予者商也!
> 始可与言诗已矣。"(《论语·八佾》)

在此,孔子与弟子的对答就像是后世的一首联句诗,而不是
一次枯燥的谈话。当弟子子夏问"巧笑倩兮,美目盼兮,素以为
绚兮"这三句诗歌是什么意思时,孔子没有直接解释,而是以一
种"兴"句式的"绘事后素"来启发对方。接着,子夏则以"礼后
乎?"来回答。最后,孔子高兴地感叹:"起予者商也! 始可与言
诗已矣。"

此次对话一共四句,构成了起、承、转、合的完整性。其中,
师徒二人非常默契地完成了一次比兴的创作。孔子以"绘事后
素"为比为兴,子夏便自然地转向了另外一层意思:"礼后乎"?
显然,孔子先言绘画之事,而子夏后言人之美貌必以礼为质。换
言之,孔子先言一事,引起子夏而言及其他,这就是一种"兴"的
手法。这正如朱熹所说:"兴者,先言他物以引起所咏之辞也。"③
"兴"之所以能够言此及彼,原因就在于它能够以语言自身

---

① 张祥龙.孔子的现象学阐释九讲——礼乐人生与哲理[M].上海:华东师范大学
出版社,2009:83.

② 张祥龙.孔子的现象学阐释九讲——礼乐人生与哲理[M].上海:华东师范大学
出版社,2009:85.

③ 朱熹.诗集传[M].上海:上海古籍出版社,1980:1.

的功能营造一个场景、意境,从而引起后面的理解。而"兴"的语言由于依赖了它自身的音乐性、情景性,因而往往无法用另外的句子进行对等性的转换。维特根斯坦曾经指出:

> 我们讲理解一个句子,在一个意义上这个句子可以由另一个说同样东西的句子代替,但在另一个意义上,这个句子又不能由其它句子取代。(正如一个音乐主题不可由另一个取代。)在一种情况下,句子中的思想是同其它不同的句子共有的;在另一种情况下,只有这些字词在这些位置才能表达那些东西。(理解一首诗。)①

这就是说,在一种情况下,一句话可以用另外一句意思相同的话来代替。例如,散文之类的语言可以如此置换。但是诗歌的语言则属于另外一种情况,其中的句子只有在那个位置才能发挥作用,因此也就不能用意思相同的句子来代替了。例如,孔子所说的"绘事后素",就不能转换成其他的句子,否则就失去了原来的韵味,也就无所谓后面的"启予者商也"的感叹了。

孔子言谈之中运用"兴"之手法的句子还有许多,兹再举两例如下:

> 子夏问孝。子曰:"色难。有事弟子服其劳,有酒食先生馔,曾是以为孝乎?"(《论语·为政》)
>
> 子贡问政。子曰:"足食,足兵,民信之矣。"(《论语·颜渊》)

以上孔子所言"色难"、"足食,足兵,民信之矣",都是回环往复,言近旨远,让人兴味无穷。

---

① 维特根斯坦.哲学研究[M].北京:生活·读书·新知三联书店,1992:197.

正是因为孔子的言谈常常具有"兴"的性质,所以整部《论语》都具有音乐的美感。王夫之《读四书大全说》中以"乐"为标准区分了《论语》与《孟子》的高下,认为造成这种情况的原因是,孔子的学说之中充满了乐感,而孟子的学说则缺乏乐感。所以《论语》余音绕梁,言已尽而意无穷,而《孟子》则总有一种尾煞之感。王夫之说:"《孟子》七篇不言乐,自其不逮处,故大而未化。"①从王夫之的评价来看,"兴"的表达技巧具有非凡的意义,使孔子的言谈,其至整部《论语》达到了一个艺术的高度。

（三）小结

"兴"起源于祭祀,具有群体的、祭祀的、酒神的和艺术的内涵,其初起之义为一种诗乐的体裁。孔子在前人的基础上,对诗乐范畴"兴"进行了创造性的拓展。孔子不仅在言论中运用了"兴"的技巧,首次以"兴"解释《诗经》,而且还在理论上总结了"兴"的鉴赏原则,并付诸实践。这些都对后世产生了深远的影响。

在汉代,由于义理之说的大行其道,《周礼》中的"六诗"在《诗大序》中变成了"六义"。于是,"兴"也被约定俗成地当成一种修辞手法。毛亨解释《诗经》,多处以"兴"言诗,就是这种做法。一些学者还进行了定义。如,郑众曰:"兴者,托事于物。"(《周礼注疏》)②陆德明《经典释文》卷五《毛诗音义》曰:"兴是譬喻之名。意有不尽,故题曰兴。"③朱熹曰:"先言他物以引起所咏之辞也。"④再者,以"兴"作为鉴赏原则来品评诗歌的现象也在后

---

① 王夫之.读四书大全说[M].北京:中华书局,1975:232.
② 阮元.十三经注疏[M].北京:中华书局,1980:796.
③ 陆德明.经典释文[M].北京:中华书局,1983:53.
④ 朱熹.诗集传[M].上海:上海古籍出版社,1980:1.

世层出不穷。如,《孔子诗论》就是这方面的代表。另外,因为比兴手法的运用,使得诗歌具有"言近旨远"的韵味,所以,钟嵘又提出了"文已尽而意有余,兴也"的作品鉴赏理论。总的看来,由于孔子对"兴"义的开拓,才使得"兴"逐渐演变为最有艺术性质的诗乐范畴。宋代以后,文人们又不断提出了兴趣、兴会的学说。而"兴"也具备了从作家创作、读者接受、作品鉴赏三个方面的解说路径,从而使"兴"的意义更加丰富、全面。

二、诗何以"观"而不"听"

(一)问题的提出

说到诗乐,我们现在一般想到它是诉诸听觉的。当然,孔子也深知诗乐是可以用来聆听的。

> 孔子曰:"射之以乐也,何以听? 何以射?"(《礼记·郊特牲》)

> 孔子曰:"非礼勿视,非礼勿听,非礼勿言,非礼勿动。"(《论语·颜渊》)

"非礼勿视"与"非礼勿听",即表明了礼乐的特点,又说明了诗乐既可以"视"("观"),也可以"听"。顾炎武《日知录》曰:

> 孔子删诗,所以存列国之风也。有善有不善,兼而存之。犹古太师陈诗以观民风,而季札听之,以知其国之兴衰。正以二者之并陈,故可以观,可以听。[1]

顾炎武将"可以观"、"可以听"相提并论,也说明了诗乐是可以诉诸视觉和听觉的。但是,但孔子却只提"诗可以观",而不说

---

[1] 顾炎武.日知录[M].合肥:安徽大学出版社,2007:117.

"诗可以听",这就值得我们深思。然而,时至今日,学者们对于
"诗可以观"大做文章,而对于"诗"可以"听"却浑然不觉。

在诗乐一体的时代,音乐占据着十分重要的地位。蒋孔阳
先生说:

> 按理说,人在掌握现实的过程中,视觉比起听觉来,要
> 更为广阔,更为包罗万象,更为明确和清晰,因而也给我们
> 的审美活动提供了更多的机会,如绘画、雕刻、建筑、文艺作
> 品等都是。……然而,为什么听觉来和外界建立审美关系
> 的音乐,却比通过视觉的形象所形成的其他各门艺术,更为
> 上古时期的人类所重视,并在上古时期的人类社会生活中
> 占有特别重要的地位呢?[①]

既然,上古时代的音乐比其他艺术更为重要,而音乐是诉诸
听觉的,而孔子却提出了"诗可以观"的著名论断,这就使我们不
得不认真思考和研究。

以往对于孔子"诗可以观"的研究,主要是在"观"字上做文
章,从"观"风俗之盛衰、道德之情感,或者是"观"之文字本身的
内涵进行阐释。这是按照文艺与政治、意识形态之间的关系展
开的,取得了可喜的成绩。当然,我们还可以另辟蹊径,从诗乐
自身的角度来理解孔子的这句名言。其实,如果从诗乐本身所
具有的特性出发,我们就能理解诗何以曰"观",而不曰"听"。尽
管诗是诉诸视觉与听觉的艺术,但孔子更倾向于其视觉性。孔
子的做法与古代希腊哲学家赫拉克利特所说的"眼睛是比耳朵

---

① 蒋孔阳.先秦音乐美学思想论稿[M].北京:人民文学出版社,1986:5.

更可靠的见证"①的理论可谓不谋而合。正因为这个原因，所以对于"诗可以观"，而不是"诗可以听"的理论，就值得我们的关注了。因此，拙文想从这个方面进行粗浅的探讨。

（二）以往研究综述

对于孔子"诗可以观"的研究，传统的思路主要集中在诗歌与政治、意识形态方面，大致包括以下两种。

1."观"风俗之盛衰、道德之情感

对于孔子所说的"诗可以观"，郑玄注曰："观风俗之盛衰。"邢昺疏曰："《诗》有诸国之风俗盛衰可以观览知之也。"②朱熹解释曰："考见得失。"③黄宗羲在《汪扶晨诗序》中释"观"曰：

> 凡论世采风，皆谓之观。后世吊古、咏史、行旅、祖德、郊庙之类是也。……言在耳目，赠寄八荒者，可以观也。④

郭绍虞《中国历代文论选》对于"观"的解释是：诗有"认识社会现实的作用"。⑤ 李泽厚《中国美学史》曰："诗可以'观'并不是强调诗对于某一历史时代的社会生活的详尽描写，而是强调去'观'诗所表现出来的一个社会国家人们的道德感情和心理状态。"⑥叶朗《中国美学史大纲》认为，"观"除了"观风俗"以外，"还有另一层涵义，即'观志'，就是从诗中看出诗人之志，以及诵诗

---

① 北京大学哲学系，外国哲学史教研室.古希腊罗马哲学[M].北京：生活·读书·新知三联书店，1957：28.
② 阮元.十三经注疏[M].北京：中华书局，1980：2525.
③ 朱熹.四书章句集注[M].北京：中华书局，1983：178.
④ 郭绍虞.中国历代文论选（第一册）[M].上海：上海古籍出版社，2001：24.
⑤ 郭绍虞.中国历代文论选（第一册）[M].上海：上海古籍出版社，2001：18.
⑥ 李泽厚，刘纲纪.中国美学史[M].合肥：安徽文艺出版社，1999：120.

人之志"①。

2."观"的内涵分析

张法《中国美学史》把"观"视为中国"审美方式的基型",认为"观"乃"本质之见",②能够通过"俯仰远近"的方式把握事物的本质:"观,俯仰远近,是为了通过把握时空动态系统得到事物的本质。而一旦把握了这个时空动态系统,那么,观,就可从一事物看出与之相连的他事物"③。傅道彬分析了"诗可以观"的社会背景,并认为"观"的本义不仅是《说文》的"谛视",还有《穀梁传》中所说"常事曰视,非常曰观"的更加丰富的内涵:"按照《穀梁传》的理解'观'不是一般的'视',而是涉及礼乐等重大政治活动,唯其如此,才能称做'观'。"④

从上面的分析可知,以往对于孔子"诗可以观"的阐释无疑是十分深刻的,但主要集中在"观"字上,而对于诗乐本身所具有的观赏性还缺少必要的研究。实际上,诗乐不仅诉诸听觉,还可以诉诸视觉,即诗乐具有表演性和绘画性的特点。

(三)诗乐的表演性

孔子时代,诗与乐是一体的,所以,孔子所说的诗,其实就是诗乐。诗乐的表现形式主要包括日常生活中的弦歌吟唱、外交方面的赋诗言志,以及各种礼仪中的乐悬演奏,它们都主要是表演性、观赏性的,而不是聆听性的。

1.日常的弦歌吟诵

春秋时期,士大夫都有无故不撤悬的自律。诗乐是不离身

① 叶朗.中国美学史大纲[M].上海:上海人民出版社,1985:51.
② 张法.中国美学史[M].上海:上海人民出版社,2000:42.
③ 张法.中国美学史[M].上海:上海人民出版社,2000:43.
④ 傅道彬.诗可以观:礼乐文化与周代诗学精神[M].北京:中华书局,2010:189.

的。例如：

> 子之武城，闻弦歌之声。夫子莞尔而笑，曰："割鸡焉用牛刀?"子游对曰："昔者偃也闻诸夫子曰:'君子学道则爱人，小人学道则易使也。'"子曰："二三子! 偃之言是也。前言戏之耳。"(《论语·阳货》)

> 南容三复白圭，孔子以其兄之子妻之。(《论语·先进》)

子游在武城弦歌不辍，南容多次吟诵《诗经·大雅·抑》"白圭之玷，尚可磨也；斯言之玷，不可为也"，都得到了孔子的赞许，可见日常生活中，诗乐对于修身养性的重要性。

2.外交的赋诗言志

从"赋诗言志，吾取所求"的要求，就可见春秋时代赋诗的盛况了。这种记载俯拾皆是：

> 他日，公享之。子犯曰："吾不如衰之文也。请使衰从。公子赋《河水》，公赋《六月》。赵衰曰："重耳拜赐。"公子降，拜，稽首，公降一级而辞焉。衰曰："君称所以佐天子者命重耳，重耳敢不拜。"(《左传·僖公二十三年》)

秦伯设宴招待晋公子重耳，在宴会上，重耳赋《河水》，秦伯赋《六月》。重耳拜谢恩赐，而秦伯也降一级台阶以辞谢。

> 卫宁武子来聘，公与之宴，为赋《湛露》及《彤弓》。不辞，又不答赋。使行人私焉。对曰："臣以为肆业及之也。昔诸侯朝正于王，王宴乐之，于是乎赋《湛露》，则天子当阳，诸侯用命也。诸侯敌王所忾而献其功，王于是乎赐之彤弓一，彤矢百，旅弓矢千，以觉报宴。今陪臣来继旧好，君辱贶之，其敢干大礼以自取戾。"(《左传·文公四年》)

卫国宁武子来鲁国聘问,鲁国国君文公在宴会上为他吟诵《湛露》及《彤弓》。宁武子认为《湛露》是天子为奖赏诸侯效命时所用的诗乐,而自己只不过是为了延续两个诸侯国的友好而已,所以既不辞谢,也不吟诵诗乐予以回答。

从上面的事例可知,诗乐已经成为人们交流的语言。子曰:"是故古之君子,不必亲相与言也,以礼乐相示而已。"(《礼记·仲尼燕居》)孔子所谓君子不必亲相与言,而通过礼乐就可以进行交流,就是这个道理。

3.集体的乐悬演奏

所谓乐悬,就是指钟鼓、磬等乐器悬挂在簨虡上。春秋时期,诗乐往往通过乐悬中众多声乐与器乐的配合来进行演奏的。如此众多的乐器加上大量的乐工,其演奏规模之宏大当然是可想而知的了。季札到鲁国来出使,他目睹的诗乐是一次大型的乐悬演奏。而在当时,乐悬演奏是经常举行的礼仪活动。尽管我们现在很难一睹当时的盛况,但通过考古文物,如湖北曾侯乙墓出土的大型编钟,也可见一斑了。有关乐悬的演奏,"三礼"、《论语》等经典中都有大量的记载,如:

子曰:"两君相见,揖让而入门,入门而县兴。……入门而金作,示情也。"(《礼记·仲尼燕居》)

子曰:"入门而悬兴。"(《孔子家语·论礼》)

大夫皆升就席。席工于西阶上少东。乐正先升。北面立于其西。小臣纳工。工四人。二瑟。小臣左何瑟。面鼓执越。内弦右手。相入。升自西阶北面东上坐。小臣坐授瑟乃降。工歌《鹿鸣》、《四牡》、《皇皇者华》。卒歌。主人洗升献工。工不兴。左瑟一人拜受爵。主人西阶上拜送爵。……笙入,立于县中,奏《南陔》、《白华》、《华黍》。主人洗升。献笙于西阶上。一人拜尽阶。……乃间歌《鱼丽》，笙《由庚》；歌《南有嘉鱼》，笙《崇丘》；歌《南山有台》，笙《由仪》。遂歌乡乐。《周南·关雎》、《葛覃》、《卷耳》，《召南·鹊巢》、《采蘩》、《采蘋》。大师告于乐正曰：正歌备。……遂升反坐。士终旅于上。如初。无算乐。宵则庶子执烛于阼阶上。司宫执烛于西阶上。甸人执大烛于庭。阍人为大烛于门外。宾醉。北面坐。取其荐脯以降。奏《陔》。（《仪礼·燕礼》）

子语鲁大师乐。曰："乐其可知也：始作，翕如也；从之，纯如也，皦如也，绎如也，以成。"（《论语·八佾》）

在交接礼仪之中，客人入门而金奏，以示欢迎。金奏，或曰金作，意味着"县（即悬）"兴。乐悬之兴，指钟磬奏响的开始。当客人入席以后，有升歌、笙奏、间歌、合乐等诗乐的演奏，用以娱宾。之后又有无算爵、无算乐，以示宾主尽情欢乐。最后，客人出门还有诗乐的演奏，表示欢送。等等。这些礼仪中的诗乐具有交接宾主的意义，非同寻常。类似的诗乐演奏在《仪礼》之《乡饮酒礼》和《乡射礼》之中都有记载。如果说以上的记载是对诗乐演奏的实况描绘，那么《论语·八佾》中所记孔子的评论，则是一次完整的诗乐演奏的体会，充分反映了孔子对诗乐演奏的熟悉，以及对此的热爱和享受。

可见，从上面的分析来看，春秋时期，诗乐主要运用于个人的吟诵、外交的赋诗言志，以及集体的乐悬演奏。这些诗乐往往伴随着相关的礼仪动作，所以孔子曰："非礼勿视，非礼勿听，非礼勿言，非礼勿动。"（《论语·颜渊》）尽管其中也有听觉的性质，但主要还是视觉的享受。特别是大型的诗乐演奏，更是如此，所以，孔子曰"诗可以观"，而不曰"诗可以'听'"，主要是因为当时诗乐的表现形式造成的。

（四）诗乐的绘画性

诗乐是诗与乐、舞的结合，它具有绘画的特性。

有关诗、乐、舞的一体性，文献有大量的记载。《礼记·文王世子》曰：

> 登歌《清庙》，既歌而语，以成之也。言父子、君臣、长幼之道，合德音之致，礼之大者也。下管《象》，舞《大武》。大合众以事，达有神，兴有德也。正君臣之位、贵贱之等焉，而上下之义行矣。有司告以乐阕，王乃命公侯伯子男及群吏曰："反！养老幼于东序。"终之以仁也。

这里的"既歌而语"，说明可歌之乐与可语之诗的完美结合。乐可以诉诸听觉的，而诗可以诉诸视觉，这说明诗乐是可以同时诉诸听觉与视觉。换言之，既可以提供听觉上的特殊意象，也可以提供视觉上的特殊意象。诗乐，可以说是伴随诗歌的音乐，或者说是伴随音乐的诗歌。虽然使用的艺术材料和艺术媒介并不纯粹，即并不是纯粹的音乐或纯粹的诗歌，但却因此具有更加丰富的表现能力，能够审美地把更加丰富的内容结合到作品中去。诗乐不仅可以"纯粹的倾听"[①]，还可以"观"，即纯粹的观赏。

美国学者维吉尔·奥尔德里奇认为：

> 音乐作品的内容既是可听的，也是可见的——或准确地说，可听和可见二者在音乐作品中互不排斥——音乐作品的内容是一种单纯的自然的东西，它的目的在于为听众

---

① 张洪模. 现代西方艺术美学文选（音乐美学卷）[M]. 沈阳：春风文艺出版社，辽宁教育出版社，1990：323.

提供某种使情感形式具体化的可视的意象(imagery)。[1]

他还认为：

> 可以把节奏看作是动作和姿态的形式。作品的活力主要可以归因于这种意义的形式正是这种形式,构成了表现处于"确定"形象的视觉和听觉材料以外的东西的内容。说"动态的"形象,无疑就是认识到了节奏这个因素。而且正是这个因素,把音乐同其他艺术,尤其是同舞蹈结合了起来。[2]

这就是说,节奏不仅使音乐与舞蹈结合起来,还与诗歌结合起来。《诗经》大量使用四言句式,采用重章叠句的方式,都表明了诗歌鲜明的节奏性。所以,因为节奏的形式而使诗、乐的结合变得理所当然。

诗乐一体具有绘画性已如前所述。另外,诗与乐各自独立开来,也分别具有绘画性的特征。诗歌的绘画性比比皆是。例如,《诗经·国风·秦风》:"蒹葭苍苍,白露为霜。所谓伊人,在水一方。"王维《山居秋暝》:"明月松间照,清泉石上流。竹喧归浣女,莲动下渔舟。"正因为诗歌的绘画性,所以苏轼高度赞赏王维诗画一体的艺术魅力。苏轼在《书摩诘〈蓝田烟雨图〉》中曾这样评价王维:"味摩诘之诗,诗中有画;观摩诘之画,画中有诗。"[3]苏东坡用诗画相通评论王维的诗歌,给我们很大的启迪,说明了

---

① 张洪模.现代西方艺术美学文选(音乐美学卷)[M].沈阳:春风文艺出版社,辽宁教育出版社,1990:321.

② 张洪模.现代西方艺术美学文选(音乐美学卷)[M].沈阳:春风文艺出版社,辽宁教育出版社,1990:323.

③ 郭绍虞.中国历代文论选(第三册)[M].上海:上海古籍出版社,2001:305.

诗歌的绘画性、可视性。可见,诗歌可以创造一个虚幻的空间,也就是英伽登所说的再现客体(或叫图式化外观层次)。这种图式化外观是客体向主体显示的方式,是被主体感觉的客体的外观内容。再现客体的时空与真实客体的时间是不相同的。再现客体的时间、空间相等于一种方位性的、可塑性的时间、空间,为此它的外观随着接受者不同的视角而不断变成,所以它的多义性就此产生。

同样,音乐也有可视性。音乐的绘画性比诗歌的绘画性更难理解,因此有必要多费笔墨。根据西方音乐理论可知,音乐除了创造时间表象以外,还能创造出空间表象。这种表象不是实物的体积现象,而是一种幻象。这种幻象,就是心理上的空间,虚构的空间,E·库尔斯称之为"能动的空间"。苏珊·朗格说:

> 音乐中确实存在着创造出来的空间幻象。……在音乐中,空间是第二级幻象,但无论是第一级还是第二级,它们都是虚幻的,与实际经验不相干的。……这个空间要素是个可塑的空间。它艺术地转变着,却没有一种特殊可见的方式。……只有当虚幻的时间在这个或那个个别的艺术作品中呈现的情况下,空间要素才会出现,——出现,而后又被遮没。[①]

音乐构造了一个可塑的空间,这个空间出现的前提是虚幻时间的存在。因为,虚幻的时间是第一级的,而虚幻的空间是第二级的。它们的出现,要依靠接受者的想象才能产生。也就是说,接受者通过音乐描绘性的表象引起联想,把它转化为视觉形

---

① 　张洪模.现代西方艺术美学文选(音乐美学卷)[M].沈阳:春风文艺出版社,辽宁
　　教育出版社,1990:300—301.

象。这正如张前所说：创作者是"将客观事物的色、形、线转化为声音，即把视觉形象转化为听觉形象，而欣赏者则把由听觉得到的音乐音响再转回到由色、形、线所构成的视觉形象中去。"①

音乐创造的虚幻空间，也就是音乐的绘画性、可视性。对此，我们还可以从学者们的定义中略知一二。俄国音乐家伊戈尔·斯特拉文斯基认为，音乐"是时间中的某种组织设计"。② 奥地利音乐家爱德华·汉斯立克说："音乐的内容就是乐音的运动形式。"③无论是音乐的组织性，还是运动形式，都给我们以空间的感觉。因为，好的音乐会产生画面感，立即让听众联想到音乐中的内容。相反，劣等的音乐侧不会产生画面感，所以会让听者不知所云，只有感觉声音的起伏而已。也正是这个原因，音乐能够产生通感效应。《列子·汤问》所记"响遏行云"、"余音绕梁"的故事，都说明了音乐的视觉性。泰青"抚节悲歌，声振林木，响遏行云"，韩娥"鬻歌假食，既去而余音绕梁，三日不绝"。④ 两者都能让人如闻其声，又如见其人。同样，孔子听《韶》乐后发出"三月不知肉味"的感叹，就是一种通感。孔子对子游用诗乐教化民众的做法戏称为"割鸡焉用牛刀?"这虽是一种比喻，但又把音乐理解为一种可视的动态技术。以此类推，孔子所说的"诗可以观"多少含有把听觉转为视觉的因素，从而含有通感的内涵。泰戈尔说得好："韵律起着河岸的作用，赋予诗以形式美和特征。"⑤虽然孔子并没有我们如今所谓的通感理论，但他在音乐学

① 张前.音乐欣赏心理分析[M].北京：人民音乐出版社,1983:59.
② 斯特拉文斯基.音乐诗学六讲[M].上海：上海音乐学院出版社,2008:7.
③ 斯特拉文斯基.音乐诗学六讲[M].上海：上海音乐学院出版社,2008:7.
④ 杨伯峻.列子集释[M].北京：中华书局,1985:177-178.
⑤ 程民生.音乐美纵横谈[M].上海：上海音乐出版社,2000:39.

习中却把这种理论运用得炉火纯青。例如：

> 孔子学琴于师襄子。襄子曰："吾虽以击磬为官，然能
> 于琴，今子于琴已习，可以益矣。"孔子曰："丘得其数也。"
> 有间，曰："已习其数，可以益矣。"孔子曰："丘未得其志也。"
> 有间，曰："已习其志，可以益矣。"孔子曰："丘未得其为人
> 也。"有间，曰："孔子有所谬然思焉，有所睪然高望而远眺。"
> 曰："丘迨得其为人矣，近黮而黑，颀然长，旷如望羊，奄有四
> 方，非文王其孰能为此。"师襄子避席叶拱而对曰："君子圣
> 人也，其传曰文王操。"（《孔子家语·辩乐解》）

此事也见于《史记·孔子世家》。从这个故事可知，孔子学
琴一段时间后，"有所睪然高望而远眺"，并且在心目中形成了文
王"近黮而黑，颀然长"的形象。这充分说明了《礼记·乐记》的
理论："乐观其深矣。"孔子的这种做法，岂不是他自己"诗可以
观"理论的一种实实在在的实践？

（五）小结

总之，孔子曰"诗可以观"，而不曰"诗可以'听'"，不仅是因
为"观"之意义非同寻常，在礼乐背景文化下观诗具有丰富的社
会内涵，而且诗乐本身在当时早已具有表演性、绘画性的特征，
孔子对此也已经有了深刻的领悟。以往的解释集中在诗乐的内
涵上，而对于诗乐的形式有所忽视。因此，在传统的解释基础
上，探讨诗乐何以可"观"也是有一定的价值和意义的。

三、诗何以能"群"

孔子所说的"诗可以群"，后人进行了深度阐释。这些阐释
主要集中在"群"的交往意义以及其产生的社会背景，而比较忽

视这么一个问题——"群"何以能够产生？其实,诗乐之所以能"群",除了学者们所解释的外部原因以外,还应当包括作为内部原因的诗乐本身。这大致包括以下五个方面:诗乐思想的传统性;诗乐形式的统一性;诗乐内涵的鼓舞性;诗乐表演的经常性;诗乐运用的群体性。

（一）以往研究简述

以往研究基本上是把关注的焦点放在"群"的交往意义以及产生"群"的社会背景。

1."群"的交往意义

"可以群",孔安国注曰:"群居相切磋"。邢昺疏曰:"《诗》有'如切如磋',可以群居相切磋也。"①朱熹《四书章句集注》曰:"和而不流。"②杨伯峻解释曰:"可以锻炼合群性。"③李泽厚曰:"可以会合群体。"④

近年来,又有学者另立新说:"追求集体性、功利性与交际功能,充分地体现了儒家'诗可以群'的美学观念。"⑤这种理论可以说是古代学者"群居相切磋"理论的延伸,把"以文会友"的思想纳入了研究的视野,已经把"诗可以群"从欣赏角度转向了创作角度。

2."群"的社会背景

傅道彬先生在分析了"群"字本身的含义后,论述了"群"的

---

① 阮元.十三经注疏[M].北京:中华书局,1980:2525.
② 朱熹.四书章句集注[M].北京:中华书局,1983:178.
③ 杨伯峻.论语译注[M].北京:中华书局,1982:185.
④ 李泽厚.论语今读[M].合肥:安徽文艺出版社,1998:407.
⑤ 吴承学,何志军.诗可以群——从魏晋南北朝诗歌创作形态考察其文学观念[J].中国社会科学,2001(5):165-174,208.

社会基础。傅道彬先生以乡饮酒礼和乡射礼为例详细地分析了这些仪礼的内容和过程，说明"群"的社会性，以及诗乐所具有的世俗生活化、艺术化的特点。他说："乡里是实现'诗可以群'的基本政治单位，乡里成员和谐共处的基本准则就是在礼乐文化基础之上的'群'，培养贵族子弟合群乐群的基本能力正是以乡党为基础培养的。"①

显然，现在的学者越来越把重心放在诗可以"群"的礼乐文化背景上进行阐释，这是一种研究的深化。但是，研究的重心仍然在"可以群"这个问题上，而对于"诗"（诗乐）本身的因素却有所忽视。其实，诗乐自身多方面的特性也充分说明了"诗"可以群的原因。

（二）诗乐的多种特性

1.诗乐思想的传统性

国人自古以来就对传统性情有独钟，《老子》所说的"甘居乐食"以及"民至老死不相往来"，《礼记·礼运》中所引孔子描绘和向往的"天下为公"的"大同"社会，都是把目光投向了往古的峥嵘岁月，这表明传统思想在国人心目中是何等的分量！

春秋时期，诗乐也同样饱含浓厚的传统思想。这从它产生的时间就可见一斑。《诗经》收录的诗乐从西周初年一直到春秋中叶，跨度有500多年。这个时期正是礼乐思想盛行的时代。而且孔子也坚持"吾从周"的理想。司马迁说："古者，诗三千余篇。及至孔子，去其重，取可施于礼义，上采契、后稷，中述殷、周之盛，至幽、厉之缺，……三百五篇，孔子皆弦歌之，以合《韶》、《武》、《雅》、《颂》之音"（《史记·孔子世家》）。孔子删诗时，去粗

---

① 傅道彬.诗可以观:礼乐文化与周代诗学精神[M].北京:中华书局,2010:251.

取精,都可以施于礼义,皆可弦歌之,且合于"《韶》、《武》、《雅》、《颂》之音",目的是保持其固有的礼乐传统。所以说,无论从《诗经》的产生土壤,还是被整理的导向,都是一个传统文化渗透极其深刻的过程。而传统往往能够很好地维系社会的群体性。也就是说,群居的前提是传统的保持,否则容易分崩离析。我国人民之所以能够长期地保持血缘性的群居生活方式,与传统的强大惯性有着密切的联系。中华儿女重土难迁,眷恋故乡的情结,浓厚的家庭观念,在每一个人的血脉中扎下了深根。

这种传统能够使血缘性的家庭牢不可破。而家庭性的生活方式,又保证了人际交往的群居性、集体性,促使家庭、邻里之间的相互和睦、共同进步。美国学者沃尔特·李普曼在《公共哲学》一书中说:

> 社会化,必须要从年老的传递到年轻的,习惯和观念必须在传统的承担者之间,像一个无缝的记忆之网般的维持着,一代又一代……当文明传统的延续一旦破裂了,社群就遭受到威胁。除非破裂能加以补救,否则社群就会分裂成派系间的战争。因为当延续中断了,文化的遗产就无法被传递。[①]

因为,文化要通过积累,而新一代只有通过反复的尝试和错误,不断发现、再发现和再学习,才能掌握自身所需要的大多数东西,而仅靠几个人,或者仅靠一代人,是很难建立自己的文化的。

孔子热爱传统,"述而不作",对周代的文化心向神往,在继承前人思想的基础上,提出以父子、夫妇、兄弟、朋友与君臣等五

---

① 史密斯.人的宗教[M].海口:海南出版社,2001:181.

伦来构建理想社会的思想。这种社会是家国同构的,国家由许多小家庭构成,而国家本身也是一个大的家庭。在这个关系社会中,每一种人伦都意义非凡,人与人之间的相互对应关系要恰如其分。史密斯说:

> 父母亲要慈爱,孩子们要孝顺;做兄长的要和气,做弟弟的要尊重;年长的要周到,年幼的要谦恭;统治者要仁爱,臣下要忠贞。在效果上,孔子说:当你这样做的时候是永远不会孤独的。每一项行为都影响到别人。这里所说的是一个系统结构、你可以在其中完成最高限度的自我,而又不会破坏你生命所依赖的社会网络。①

所以,对传统的热爱,使孔子顺理成章地想到“诗可以群”的价值。这就要求每个人以群体为旨归,而不是以个人为旨归。

2.诗乐形式的统一性

艺术的生命形式具有统一性的特点,这是艺术作为情感符号的第一个必要条件。苏珊·朗格说:“艺术在本质上是个整体……所有的艺术都有了统一性。”②诗乐也同样强调完整性和统一性,它包括外部与内部两个方面。诗乐与礼密切相关,礼仪的统一性,必然要求诗乐具有统一性。从外部方面来说,诗乐的统一性,包括金奏、升歌、笙奏、间歌、合乐等环节。曹元弼在《会通》中说:

> 夫诗,感礼教之兴衰而作也。……昔周公制礼,诗为乐章,乡饮、燕射诸篇,以歌、笙、间、合所用诗求之,陶情淑性,

---

① 史密斯.人的宗教[M].海口:海南出版社,2001:188.
② 朗格.情感与形式[M].北京:中国社会科学出版社,1986:121.

事半功倍,余篇可类推之。孔子纯取周诗,故礼经节文尤多合。①

从内部来看,诗乐的统一性要求每一环节都有固定的曲目,如,合乐就是指《周南》《召南》的六首乡乐。另外,诗乐演奏时还要求做到"金声而玉振"。即以钟发声,以磬收韵。"金声也者,始条理也;玉振之也者,终条理也"(《孟子·万章下》)。朱熹注曰:"八音之中,金石为重,故特为众音之纲纪。又金始震而玉诎然也,故并奏八音,则于其未作,而先击镈钟以宣其声;俟其既阕,而后击特磬以收其韵。"②

根据格式塔的理论,艺术的生命形式与人的心理结构具有异质同构的特点。因此,诗乐的生命形式也必然影响参与者、欣赏者的心理结构。诗乐的整体性和统一性,必然要求乡人自觉遵守其中的规范。由于诗乐不是以个体为旨归的,而是以群体为宗旨的,所以,诗乐能够调整乡人的心理结构,逐渐把社会的道德伦理规范内化为为人处世的标准。按照儒家的伦理道德要求,那就是导向群体的尊尊亲亲、和谐共存。

在诗乐盛行的时代,乡人在众多的礼乐活动中,通过诗乐的群体形式与人的内心情感的不断相互作用,逐渐将诗乐特有的表演模式和组织结构,内化为自身的感性认为、思想倾向或行为习惯。久而久之,在内心之中变得稳定、持久和巩固,甚至形成条件反射。这正如滕守尧所说:

> 在这种情况下,一旦特定的外在形式落入视域之内,便会知觉自动选择和筛选,与特定的人类情感模式联系起来,

---

① 曹元弼.礼经学[M].上海:上海古籍出版社,2002:714-715.
② 朱熹.四书章句集注[M].北京:中华书局,1983:315.

引起一种特定的感受。①

这种特定的感受，从而更好地促使乡人的生活如同诗乐的结构和运行一般，自然形成一个统一性的集体，相亲相爱，团结互助。

3.诗乐内涵的鼓舞性

《诗经》中大量的作品都具有令人欢欣鼓舞的内容。其中，有不少诗乐是祝愿子孙绵绵、人丁兴旺的颂歌。如，《诗经·国风·麟之趾》曰："麟之趾，振振公子，于嗟麟兮。麟之定，振振公姓，于嗟麟兮。麟之角，振振公族，于嗟麟兮。"对于此诗，《韩诗》以为"美公族之盛。"②此诗以麟之趾起兴，祝贺诸侯子孙繁衍、昌盛，充满了喜庆的氛围。从写作手法来看，全诗的祝福范围不断扩大，从诸侯的子孙（公子），扩大到诸侯的同姓子孙（公姓），再到诸侯以下的宗族分支（公族），呈逐渐增长之势，令人兴味盎然。姚际恒《诗经通论》曰："趾、定、角由下而及上，子、姓、族由近而及远，此则诗之章法也。"又，《诗经·国风·螽斯》，全诗以螽斯起兴而兼比，祝祷子孙众多而贤能，安集而和乐。此诗清新隽永，一唱三叹，让人欢欣鼓舞。

《诗经》还有不少宴饮诗，也流溢着热烈的氛围。如，《诗经·小雅·湛露》曰：

> 湛湛露兮，匪阳不晞，厌厌夜饮，不醉无归。湛湛露斯，在彼丰草，厌厌夜饮，在宗载考。湛湛露斯，在彼杞棘，显允君子，莫不令德。其桐其椅，其实离离，岂弟君子，莫不令仪。

---

① 滕守尧.审美心理描述[M].成都：四川人民出版社,1998：350.
② 聂石樵，雒三桂，李山.诗经新注[M].济南：齐鲁书社,2000：28.

孔颖达《毛诗正义》曰:"作《湛露》诗者,天子燕诸侯也。诸侯来朝,天子与之燕饮,美其事而歌之。"①"厌厌夜饮",郑玄《毛诗笺》:"燕饮之礼,宵则两阶及庭门皆设大烛焉。"②可以想见,欢饮时灯烛明亮的情景,场面多么温馨、欢快。"不醉无归",是司正对宾客的劝侑之词。《仪礼·燕礼》曰:"司正升,受命,皆命:'君曰无不醉。'宾及卿大夫皆兴,对曰:'诺,敢不醉?'皆反坐。""在宗载考",是指同宗同姓者在夜饮之时,还要向祖宗神灵献祭。"考",林义光《通解》释曰:"祭享也。"③"显允君子,莫不令德"、"岂弟君子,莫不令仪",则写出了宾客在宴享之时,所表现出来的君子仪态。他们不只是宴饮欢乐,而更是讲究美化自己的仪表,培养自己的美德。通过诗歌的描绘,接受者一定会深受感染。宴享时的人群际会、"不醉无归"的热情,"厌厌夜饮"的欢乐,都让听者、观者流连忘返、回味无穷。由于此诗喜庆祥和,所以外交时经常用来赋诗言志。《左传·文公四年》:"诸侯朝正于王,王宴乐之,于是乎赋《湛露》。"又,《诗经·小雅·鹿鸣》也是一首宴饮诗:"呦呦鹿鸣,食野之苹。我有嘉宾,鼓瑟吹笙。……我有旨酒,以燕乐嘉宾之心。"这是一首"燕群臣嘉宾"(《毛序》)之诗,歌唱了主人的殷勤好客、嘉宾的嘉行懿德,以及宴会对人心的维系作用,全诗典雅庄重、丰腴婉曲,充满了热闹而祥和的气象。

此外,《诗经》中还有许多不同内容的作品,也同样描绘了群体的生活,给人一种欣欣向荣的美感。如,《诗经·国风·简兮》曰:"简兮简兮,方将万舞。日之方中,在前上处。硕人俣俣,公

① 阮元.十三经注疏[M].北京:中华书局,1980:420.
② 阮元.十三经注疏[M].北京:中华书局,1980:421.
③ 聂石樵,雒三桂,李山.诗经新注[M].济南:齐鲁书社,2000:332.

庭万舞。有力如虎，执辔如组。"此诗描绘了公庭举行的盛大舞会，歌颂了舞师的健美，以及舞会的热烈场面。又如，《诗经·小雅·庭燎》则歌颂了大臣入朝时兢兢业业的情形，显示出一派堂皇的中兴气象。

可见，从《诗经》的内容来看，有许多作品反映了宗周人口增长、群居和谐的社会面貌，使人情不自禁地产生一种身临其境，甚至想融入其中的冲动，这样的诗乐，岂不是非常适合"群居相切磋"？

4. 诗乐表演的经常性

孔子时代，礼乐文化非常盛行。由于"礼非乐不行，乐非礼不举"[①]，因此在众多的礼仪活动中，总是伴随着优美而热闹的诗乐演奏。

由于各种礼仪渗透到日常生活的方方面面，因此，诗乐演奏具有非常明显的经常性的特点。诗乐首先运用于祭祀。所谓"国之大事，在祀与戎"，祭祀构成日常生活的主题是可想而知了。由于各种祭祀频繁地举行，而祭祀往往又是大型的活动，因此，熙熙攘攘、热热闹闹的场面总让在场的人感觉是一家人一般。陆游《游山西村》诗中的"箫鼓追随春社近"，反映的是祭祀之前的准备，但"追随"两字已经把热闹的场景展现在我们眼前了。为了迎接神圣的祭祀，村民们都争先恐后地追赶着、跟随着，搬来桌椅板凳，打扫房前屋后，准备祭祀的牲口、礼物、香案，一派忙碌、欢快的景象。祭祀之前尚且如此，祭祀之际的热闹当然会更胜一筹了。以此类推，孔子时代的祭祀也同样非常隆重、热烈。《礼记·祭统》曰："夫大尝禘，升歌《清庙》，下而管《象》，

---

① 郑樵. 通志二十略[M]. 北京：中华书局，1995：883.

朱干玉戚以舞《大武》,八佾以舞《大夏》,此天子之乐也。"在以天子之诗乐举行尝禘祭祀之礼时,总要载歌载舞,钟鼓齐鸣,声乐、器乐一同奏响,这是多么宏大的场面!尝禘之祭时如此,其他祭祀也大致如此,虽然礼乐的规格有所不同,但诗、乐、舞结合的大型活动总是免不了的。

除了祭祀以外,日常生活的其他各种礼仪也总是隔三岔五地频繁举行。如乡饮酒礼、乡射礼、冠礼、宴礼、食礼、养老礼等等,无不是汇集众人的礼仪活动,其深刻的意义当然也是不言而喻了。

5. 诗乐运用的群体性

春秋末期,诗乐的表现形式大致包括日常的弦歌吟诵、外交的赋诗言志,以及礼仪中的乐悬演奏。虽然弦歌吟诵具有个体性的特点,但赋诗言志、乐悬演奏是群体性的,则是毫无疑问的。

首先,在赋诗言志的时候,往往有众人的参与。

这可以通过两个实例来说明。

晋范宣子来聘,且拜公之辱,告将用师于郑。公享之,宣子赋《摽有梅》。季武子曰:"谁敢哉!今譬于草木,寡君在君,君之臭味也。欢以承命,何时之有?"武子赋《角弓》。宾将出,武子赋《彤弓》。宣子曰:"城濮之役,我先君文公献功于衡雍,受彤弓于襄王,以为子孙藏。匄也,先君守官之嗣也,敢不承命?"君子以为知礼。(《左传·襄公八年》)

季武子如晋拜师,晋侯享之。范宣子为政,赋《黍苗》。季武子兴,再拜稽首曰:"小国之仰大国也,如百谷之仰膏雨焉!若常膏之,其天下辑睦,岂唯敝邑?"赋《六月》。(《左传·襄公十九年》)

　　以上两个例子都是外交场合,人数众多,诗乐的运用具有明显的群体性的特点。

　　其次,乐悬演奏也是群体性的。

　　因为乐悬是在礼仪中演奏的。在这些礼仪中,有主人、主宾、众宾、介、副介等众多人物的参与,有时还包括观礼者,如著名的季札就曾经在鲁国做过观礼者。而乐悬的演奏包括起初的金奏,之后的升歌、笙奏、间歌和合乐。所有这些步骤都要求众人的合作才能完成。因此,诗乐演奏的过程,就是群居合作,相互促进提高的过程。例如:

> 设席于堂帘东上。工四人,二瑟,瑟先。相者二人,……右手相。乐正先升,立于西阶东。工入……工歌《鹿鸣》、《四牡》、《皇皇者华》。……笙入堂下,磬南,北面立,乐《南陔》、《白华》、《华黍》。主人献之于西阶上。……乃间歌《鱼丽》,笙《由庚》;歌《南有嘉鱼》,笙《崇丘》;歌《南山有台》,笙《由仪》。乃合乐:《周南·关雎》、《葛覃》、《卷耳》,《召南·鹊巢》、《采蘩》、《采蘋》。工告于乐正曰:"正歌备。"……无算爵。无算乐。宾出,奏《陔》。(《仪礼·乡饮酒礼》)

　　在整个演奏过程中,参与的人数相当可观,包括四位乐工、二位相者、一个乐正、二个吹笙者,以及若干合乐者。对此,前辈的研究为我们提供了一个比较可靠的数据。萧友梅先生在明代朱载堉研究的基础上,制图说明了诸侯的轩悬所用奏乐人数、乐器数目分别为 35 人、41 件,而士的单面的特悬所用奏乐人数、乐器数目分别为 15 人、17 件。①

---

① 萧友梅.中国古代乐器考[M].长春:吉林出版集团有限责任公司,2010:16.

乐悬包括宫悬(天子所用)、轩悬(诸侯所用)、判悬(卿大夫所用)、特悬(士所用)四种类型。从特悬、轩悬的乐工人数可以得知,宫悬、判悬也同样不在少数。可见,乐悬是一支庞大的乐队,乐工在奏乐时必须相互协调、共同合作,才能把诗乐演奏得优美动听,余音绕梁。《仪礼·乡射礼》:"三笙一和而成声,"朱载堉《辩三笙一和旧以和为小笙非是》解释说:"三人吹笙,一人歌诗和之而成声耳。"也就是说,三人吹笙,一人持节而歌诗以和之,然后才能成声,见朱载堉所绘"三笙一和"图[①]。

《礼记·乐记》:"《清庙》之瑟,朱弦而疏越。壹倡而三叹。"在演奏时,要做到一个人领着唱,三个人和着唱,这期间彼此配合默契是可想而知了。另外,既然乐队的人数不少,则礼仪活动的其他参与者,包括主人、宾客也一定数量可观。以乡饮酒礼为例,参与者包括主人(乡大夫)、先生、遵者、主宾、众宾(三位众宾之长)、介、乐正、从多乐工、小史、弟子、观礼者,等等。这是一个群体的集会、热闹的场景。当然,热闹并不等于喧闹。因为,那钟鼓齐鸣、金声玉振的乐曲,当是无比典雅庄重、缓慢柔和。因此,欣赏、聆听诗乐,就是全身心地受到古典诗乐洗礼的过程。试想,众人正襟危坐,静静地聆听古典诗乐在耳边响起,则必然会在气定神闲之中透露出良好的礼仪,进退俯仰之际领悟人生的礼节。如此这般,不正是达到了"群居相切磋"的境界吗?

除此之外,乐悬的演奏有时还有聆听长者教诲、相互交流谈论的活动穿插期间,其形式也相当于今天文娱节目的互动。这时,演唱者与观赏者的互动把活动推向了高潮。当然,举办这样的礼乐活动,是为了使乡人生活得更加和谐有序。《礼记·文王

---

① 朱载堉.乐律全书[M].北京:书目文献出版社,1990:572.

三笙一和立

於磬南之圖

南　北

凡堂下樂皆立故經文不言席
皆非無目之人故經文不言相

六十者坐故堂上工宜擇老者
五十者立故堂下樂宜用少者

世子》曰:

> 天子视学……遂设三老、五更、群老之席位焉。……遂发咏焉。退修之以孝养也。反。登歌《清庙》,既歌而语,以成之也。言父子、君臣、长幼之道,合德音之致,礼之大者也。下管《象》,舞《大武》。大合众以事,达有神,兴有德也。正君臣之位、贵贱之等焉,而上下之义行矣。有司告以乐阕,王乃命公侯伯子男及群吏曰:"反!养老幼于东序。"终之以仁也。

这里,天子把视学礼、养老礼结合起来,既重视教育,又重视孝养。在礼仪之中,要奏乐迎接老人入席。升歌之后,参与的众人要聆听长者的教诲,并谈论父子、君臣和长幼之道。接下来,还有《象》、《大武》等大型乐舞的上演。可见,整个礼仪跌宕起伏、其乐融融。无论是相互交谈,还是后来的大型乐舞,都是人数众多,互相之间的感情因此得到了加强,思想境界也得到了提升。

总之,"诗可以群"不仅是时代背景、政治制度造成的,还与诗乐本身的特性有关,那就是:诗乐思想的传统性,诗乐形式的统一性,诗乐内涵的鼓舞性,诗乐表演的经常性,诗乐运用的群体性。

四、从产生背景看"诗可以怨"的本义

对于孔子"诗可以怨"的含义,学者们早已有了深入的阐释。这个问题似乎已经尘埃落定,其实不然。当前学者们,往往从创作的角度进行阐释,虽然细致入微,但已经偏离了孔子的原意。

古代文人的解释已经非常到位了,只是由于没有深入展开,造成了后人的误解。因此,有必要回归到历史语境,来分析孔子此言的本义。

（一）以往研究简述

古代对于"诗可以怨"的理解主要是集中在读者接受以及诗歌功能方面来说的。"诗可以怨",孔安国注曰:"怨刺上政。"邢昺疏曰:"《诗》有'君政不善则风刺之','言之者无罪,闻之者足以戒',故可以怨刺上政。"①朱熹认为"学《诗》之法,此章尽之",对"怨"的解释则是"怨而不怒"。"此章",即指孔子所说"小子何莫学夫诗"云云,此可见朱熹对孔子学《诗》之法的充分肯定。当然,古代学者也已经开始有了从创作方面来理解的倾向。黄宗羲曰:"怨亦不必专指上政。后世哀伤、挽歌、遣摘、讽喻皆是也。"②

到了现代,理解思路发生了根本性的转变。钱锺书先生发表《诗可以怨》的著名演讲,把对"诗可以怨"的理解,完全从接受的理论变成了创作的理论,认为历代许多诗人都是遭受贫困、折磨而发愤抒情了。因此,"中国文艺传统里一个流行的意见:苦痛比快乐更能产生诗歌,好诗主要是不愉快、苦恼或'穷愁'的表现和发泄。"③这实际上把孔子的理论进行了180度的大转弯,这其实可以说是一种误读。与钱锺书的观点相近,钱穆先生也从创作的角度来理解,钱穆解释"可以群,可以怨"曰:"故学诗,通可以群,穷可以怨,学于诗者可以怨,虽怨不失性情之正。"④这里

① 阮元.十三经注疏[M].北京:中华书局,2008:2525.
② 黄宗羲.南雷文定(四集卷一)[M].上海:上海古籍出版社,2002:521.
③ 钱锺书.诗可以怨[J].文学评论,1981(1):16－21.
④ 钱穆.论语新解[M].成都:巴蜀书社,1985:424.

把"穷"与"怨"联系起来，显然是因穷而怨，带有创作、抒发苦闷之意。傅道彬说："形形色色的哀怨情感，构成了'诗二百'丰富而生动的情感与形象世界，这使我们有理由相信，诗如果不可以怨，而仅仅是一味地平静迎合，那诗的艺术一定是单调的苍白的至少是不真实的。"[①]

赵成林《"诗可以怨"源流》一文认为，孔安国等人错误地把孔子的原意理解为创作论："'怨'若依孔安国、朱熹、邢昺等人注疏，却似乎是从作者出发，针对作诗而言。"[②]这其实是误解，因为孔安国等人正是从读者接受的角度来解释孔子的理论的。另外，该文认为孔子所说的"诗可以怨"是从诗歌功能上说的，主体是用诗者，这当然是正确的，但没有详细分析原因，因此有必须进行这方面的补充。本文的论述即从此展开。

(二)"诗可以怨"的本义

孔子所说"诗可以怨"的本义，是指诗乐可以用来委婉的讽谏。这是从诗乐之社会功利作用而说的，它出自《论语·阳货》：

> 子曰："小子何莫学夫《诗》?《诗》，可以兴、可以观、可以群、可以怨。迩之事父，远之事君，多识鸟兽草木之名。"

其中一个"怨"字，内涵非常丰富。《说文解字》："怨，恚也。从心，夗声。"[③]怨，怨恨。对于"怨"，这里的解释没有具体的指向，而《广雅·释诂》则有了具体的指向，云："讥谏，怨也。"又注"谏通刺"。这就意味着"怨"是指向"讥谏"的目的。其实，孔子所言"诗可以怨"之"怨"也应作如是理解。

---

① 傅道彬.诗可以观:礼乐文化与周代诗学精神[M].北京:中华书局,2010:280.
② 赵成林."诗可以怨"源流[J].中国韵文学刊,2001(2):101—107.
③ 许慎.说文解字注[M].段玉裁,注.上海:上海古籍出版社,1981:511.

对于孔子所言"诗可以怨",历代有不少学者把"怨"的主体理解为诗歌的作者,事实上,结合孔子所说的语境,此"怨"是从读者接受的角度而言的。邢昺疏曰:"此章劝人学《诗》也。"孔子以"小子何莫学夫诗"之句开头,显然是要求门人学好诗乐。紧接着,兴、观、群、怨,是从四个方面来说明诗乐可以产生的效果。至于事父、事君,多识鸟兽草木之名,则是诗乐具体而微的价值和作用。况且孔子是为了传播礼乐文化,对《诗经》进行删定,并教育弟子。孔子时代,不可能产生清醒的诗乐创作理论。孔子有关诗乐的评论,都是从接受的角度来说的。可见,孔子的"诗可以怨"就是指诗乐可以发挥讽刺的作用。

1. 从历史文献来看

"诗可以怨"显然出自孔子,但孔子之前这种思想早已产生。《周礼·春官·瞽蒙》曰:"瞽蒙掌……讽诵诗,世奠系,鼓琴瑟。"瞽蒙掌"讽诵诗"之职,郑司农注云:"讽诵诗,主诵诗以刺君过,故《国语》曰'瞍赋蒙诵',谓诗也。杜子春云:'……瞽蒙主诵诗,并诵世系,以戒劝人君也。'"①瞽蒙"讽诵"诗歌的目的是劝诫人君。

《周礼·春官·大师》曰:"太师掌六律六同,以合阴阳之声。……教六诗:曰风,曰赋,曰比,曰兴,曰雅,曰颂。"郑玄注曰:"风,言贤圣治道之遗化也。赋之言铺,直铺陈今之政教善恶。比,见今之失,不敢斥言,取比类以言之。兴,见今之美,嫌於媚谀,取善事以喻劝之。雅,正也,言今之正者,以为后世法。颂之言诵也,容也,诵今之德,广以美之。"②从郑玄对"六诗"的注释来看,似乎只有"赋"、"比"是含有刺责的成分。其实不然,《诗

---

① 阮元.十三经注疏[M].北京:中华书局,1980:797.
② 阮元.十三经注疏[M].北京:中华书局,1980:796.

经》中,除了"颂"以外,其他五者"曰风,曰赋,曰比,曰兴,曰雅",都有讽谏的内容。后人所说的"变风"、"变雅"就是如此。例如,"风",孔颖达疏曰:"风是十五国风,从《关雎》至《七月》,则是总号,其中或有刺责人君,或有褒美主上。今郑云言贤圣治道之遗化者,郑据二南正风而言,《周南》是圣人治道遗化,《召南》是贤人治道遗化,自《邶》、《鄘》已下是变风,非贤圣之治道者也"①。"风"如此,"赋"、"比"、"兴"、"雅"也如此,都不乏劝谏之词。可见,从西周开始,诗就可以"怨"了。

瞽蒙讽诵诗歌以劝诫,太师则教弟子用"比"、"赋"等诗乐以劝诫。有时,不仅太师可以作为这方面的教师,朝廷大臣也能胜任此责。据《国语·楚语》记载,楚庄王请士亹教导太子箴。士亹以无才无能相推辞,无果,于是向申叔时请教怎样教导太子箴,申叔时曰:"教之春秋,而为之耸善而抑恶焉,以戒劝之。教之世,而为之昭明德而废幽昏焉,以休惧其动。"②申叔时认为,历史典籍可以扬善抑恶,起着劝诫的作用,而先王的世系牒可以使人懂得成败得失的道理,从而约束自己的行为。

从《周礼》所记一些分工,以及早已孔子的楚庄王的事迹来看,在孔子之前,用诗乐以劝诫君主的行为已经非常普遍了。

2. 从社会思想观念来看

微言讽谏是商周以来的一个传统。《礼记·曲礼下》曰:"为人臣之礼,不显谏。三谏而不听,则逃之。子之事亲也,三谏而不听,则号泣而随之。"这就是说,做臣子的不要指责国君的过错来劝谏,而应当微言讽谏,如果再三劝谏而君王不听,则可以离开。儿子对待父亲也应如此,即使父亲不接受劝谏,也只有"号

---

① 阮元.十三经注疏[M].北京:中华书局,1980:796.
② 黄永堂.国语全译[M].贵阳:贵州人民出版社,1995:599—600.

泣而随之"。《礼记·内则》说:"父母有过,下气怡色,柔声以谏。谏若不入,起敬起孝,说则复谏;不说,与其得罪于乡党州闾,宁孰谏。父母怒,不说,而挞之流血,不敢疾怨,起敬起孝。"所谓"柔声以谏",就是要求委婉劝谏。只是了得罪"乡党州闾"之人,才犯颜屡谏。而父母发怒,甚至被打得流血,也不敢怨恨父母,反而更加恭敬孝顺。

据《史记》记载,商纣王荒淫无道。纣王的许多大臣进行劝谏,这些大臣包括纣王的叔父箕子和比干,以及纣王的庶兄微子启。由于谏而不听,"微子去之,箕子为之奴,比干谏而死。孔子曰:'殷有三仁焉。'"(《论语·微子篇》)在此"三仁"中,除了比干直言强谏以外,其他两者的进谏都比较委婉。微子曰:"父子有骨肉,而臣主以义属。故父有过,子三谏不听,则随而号之;人臣三谏不听,则其义可以去矣。"(《史记·宋微子世家》)后来,在太师、少师的劝告下,微子才逃走了。微子可谓言行一致,做到了委婉讽谏的本分。

3.从历史事实来看

在春秋赋诗言志的时代,诗乐确实可以用来"怨刺上政"。即赋诗可以规劝君主,讽刺对手。《左传》中记载了大量的历史事件,说明《诗》可以怨的事实。如:

> 初,晋侯使士蒍为二公子筑蒲与屈,不慎,置薪焉。夷吾诉之。公使让之。士蒍稽首而对曰:"臣闻之,无丧而戚,忧必仇焉。无戎而城,仇必保焉。寇仇之保,又何慎焉!守官废命不敬,固仇之保不忠,失忠与敬,何以事君?《诗》云:'怀德惟宁,宗子惟城。'君其修德而固宗子,何城如之?三年将寻师焉,焉用慎?"退而赋曰:"狐裘尨茸,一国三公,吾谁适从?"(《左传·僖公五年》)

士劳担心无事而筑城,会增加国内叛乱分子的势力。晋侯,加上势均力敌的两个公子,一国三公,简直让自己无所适从,故而赋诗对君主进行讽谏。

> 齐庆封来聘,其车美。孟孙谓叔孙曰:"庆季之车,不亦美乎?"叔孙曰:"豹闻之:'服美不称,必以恶终。'美车何为?"叔孙与庆封食,不敬。为赋《相鼠》,亦不知也。(《左传·襄公二十七年》)

齐国庆封来鲁国聘问,但他的车服与身份不符,而在宴会上,也表现很得不恭敬。于是叔孙豹赋《相鼠》讽刺他,但他并不理解。这说明庆封不仅不懂礼法,也很无知。

"诗可以怨"在汉代仍然有传承。例如,汉代有一个非常著名的以诗为谏的事例,主人翁是王式。昌邑王因淫乱被废,王式作为昌邑王的老师,入狱当死。当治事使者指责他为什么不劝谏昌邑王。王式对曰:"臣以《诗》三百五篇朝夕授王,至于忠臣孝子之篇,未尝不为王反复诵之也;至于危亡失道之君,未尝不流涕为王深陈之也。臣以三百五篇谏,是以亡谏书。"(《汉书·儒林传·王式》)正因为王式说话在理,于是得到了赦免。

4. 从孔子的教育思想来看

孔子提出了"温柔敦厚,是诗教也"的诗教主张,这与"诗可以怨"的思路是一致的。正因为诗乐可以微言讽谏,所以才可以使学习者变成"温柔敦厚"。

> 孔子曰:"入其国,其教可知也。其为人也温柔敦厚,《诗》教也;疏通知远,《书》教也;广博易良,《乐》教也;洁静精微,《易》教也;恭俭庄敬,《礼》教也;属辞比事,《春秋》教也。故《诗》之失,愚;《书》之失,诬;《乐》之失,奢;《易》之

失,贼;《礼》之失,烦;《春秋》之失,乱。其为人也,温柔敦厚
而不愚,则深于《诗》者也。疏通知远而不诬,则深于《书》者
也。广博易良而不奢,则深于《乐》者也。洁静精微而不贼,
则深于《易》者也。恭俭庄敬而不烦,则深于《礼》者也。属
辞比事而不乱,则深于《春秋》者也。"(《礼记·经解》)

孔子认为,《诗》之教化在于使人"温柔敦厚",而能够深达于
《诗》之义理者,能以义节之,欲使人虽然敦厚,而不至于愚昧。
显然,孔子对于诗乐所关心的是其教化作用,而不是创作问题。
《礼记·经解》孔颖达疏曰:

《诗》依违讽谏不指切事情,故云"温柔敦厚",是《诗》教
也。……《乐》以和通为体,无所不用,是广博简易良善,使
人从化,是易良。……然《诗》为《乐》章,《诗》、《乐》是一,而
教别者,若以声音、干戚以教人,是《乐》教也;若以《诗》辞美
刺、讽喻以教人,是《诗》教也。[①]

《诗》可以委婉讽谏而不直接指责某事,所以,诗乐的美刺、
讽喻之言辞可以用来教化万民。

当然,孔子主张"诗可以怨",显然是非常懂得"怨不在大,亦
不在小"(《古文尚书·康诰》)的道理。《论语》一书共出现"怨"
字二十处,但孔子对于"怨"是有保留的,即要使"怨"限制在一定
的范围之内,做到"发乎情,止乎礼义"(《毛诗序》)、"怨而不怒"。
"怨而不怒"是臣子事君的一个基本要求。《国语·周语上》曰:
"彘之乱,宣王在邵公之宫,国人围之。邵公曰:'昔吾骤谏王,王
不从,是以及此难。今杀王子,王其以我为慙而怒乎!夫事君者

---

① 阮元.十三经注疏[M].北京:中华书局,1980:1609—1610.

险而不戆,怨而不怒,况事王乎?'乃以其子代宣王,宣王长而立之。"邵公所言"怨而不怒",把"怨"与"怒"作了区分。韦昭注:"怨,心望也。怒,作气也。"①可见,"诗可以怨",要求可怨之情适可而止。这与《左传·襄公二十九年》中季札把"勤而不怨"和"怨而不言"作为评价诗乐的思想是一脉相承的。

孔子提出"诗可以怨"的主张,显然与《诗经》的情感表达有着密切的关联。《诗经》中有许多"怨"的流露。其中有九首诗提到"怨"字,它们分别是《卫风》的《氓》,《小雅》的《节南山》、《雨无正》、《谷风》、《楚茨》、《角弓》,《大雅》的《思齐》、《假乐》、《荡》。在这九首诗乐中,《毛诗序》说是"刺"诗的占有七首。可见,《史记·屈原贾生列传》引用刘安之语说"《国风》好色而不淫,《小雅》怨诽而不乱",是深得其中三昧的。

孔子希望尽量能够消除各种"怨"恨。子曰:"善则称人,过则称己,则民不争。善则称人,过则称己,则怨益亡。"(《礼记·坊记》)《论语》载周公说:"君子不施其亲,不使大臣怨乎不以。故旧无大故,则不弃也。无求备于一人。"(《论语·微子》)周公告诫其子伯禽,不要求全责备,不要让大臣产生怨恨的心理。如果公正无私,就会让人终生没有任何怨言。管仲就是这种人,孔子评价说:"人也。夺伯氏骈邑三百,饭疏食,没齿无怨言。"(《论语·宪问》)在孔子看来,如果能够处理好"怨"的问题,那就达到了"仁"的标准了。弟子仲弓曾经问怎样做到"仁",孔子曰:"出门如见大宾,使民如承大祭。己所不欲,勿施于人。在邦无怨,在家无怨。"(《论语·颜渊》)"己所不欲,勿施于人",如能做好这一点,则在哪里都不会产生怨恨,这就可以算是一种"仁"了。

---

① 徐元诰.国语集解[M].北京:中华书局,2002:15.

孔子虽然希望没有"怨"恨，但真正实现却很难。所以，适当的"怨"是必须的。当然，保持"怨"的适中状态，最好让"怨"有一个消解的方式。子产之所以坚持不毁乡校，就是因为他深知"防民之口，重于防川"的道理，因此要让民众有一个合理的发泄情感的地方。《礼记·礼运》曰："喜、怒、哀、惧、爱、恶、欲，七者弗学而能。"子大叔曾经对赵简子说："民有好、恶、喜、怒、哀、乐，生于六气。是故审则宜类，以制六志。……哀乐不失，乃能协于天地之性，是以长久。"（《左传·昭公二十五年》）每个人都有七情六欲，是不学而能的，如果能够采取适当的措施，谨慎适当地规范它，则能使喜怒哀乐不失于礼，与天地的本性相协调，从而保持长久。

（三）孔子"诗可以怨"的影响

受孔子的影响，孟子也主张"怨而不怒"。孟子要求子女对待父母要"劳而不怨"。如果父母过错较大，则可以"怨"，如果父母过错很小，则可以不"怨"。孟子曰："《凯风》，亲之过小者也。《小弁》，亲之过大者也。亲之过大而不怨，是愈疏也。亲之过小而怨，是不可矶也。愈疏，不孝也。不可矶，亦不孝也。"（《孟子·告子下》）

在汉代，许多儒生受到孔子"诗可以怨"思想的影响，惯用"美刺"的方式评论《诗经》。而《毛诗大序》提出"上以风化下，下以风刺上，主文而谲谏……发乎情，止乎礼义。发乎情，民之性也；止乎礼义，先王之泽也"的主张，显然就是对"诗可以怨"以及"温柔敦厚"诗乐思想的继承和发扬。

尽管孔子提出"诗可以怨"是从接受方面来立论的，但毕竟没有也不可能完全排除创作的因素。因此，随着时代的发展，"怨"从接受的理论逐渐转向了创作的理论。从屈原的"发愤以抒情"(《惜诵》),到司马迁"大抵圣贤发愤之所为作也"(《报任安书》),"诗可以怨"的创作理论呼之欲出了。所以,到了魏晋南北朝,钟嵘《诗品·序》明确地把"可以怨"转向了创作理论:

> 嘉会寄诗以亲,离群托诗以怨。……凡斯种种,感荡心灵,非作诗何以展其义?非长歌何以骋其情?故曰:"诗可以群,可以怨。"使穷贱易安,幽居靡闷,莫尚于诗矣!

后来,韩愈"不平则鸣"(《送孟东野序》)、欧阳修"愈穷则愈工"(《梅圣俞诗集序》)等主张,进一步强化了"诗可以怨"的创作理论。

到了现代,钱锺书《诗可以怨》干脆直接把"怨"理解为诗歌创作的理论,实际上把孔子的理论进行了 180 度的大转弯。这可以说是一种误读,应当引起我们的注意。

第二节 "兴于《诗》,立于礼,成于乐"新释

一、先秦诗乐之"成"释义

在先秦时代,礼是社会的政治制度和行为准则,而礼的实行往往要依靠诗乐的配合。正因为如此,诗乐就有着极为重要的意义。《礼记·乐记》:"乐者,所以象德也。……乐也者,圣人之所乐也,而可以善民心,其感人深,其移风易俗,故先王著其教焉。"先王之所以运用诗乐教育民众,就是因为诗乐可以治心,治心则"易、直、子、谅之心,油然生矣",并最终成为一个合格的君子。子曰:"兴于《诗》,立于礼,成于乐。"(《论语·泰伯》)就是从诗乐成就人的方面而言的。其中,"成"有着非常丰富的内涵。

要理解这个"成"就必须联系先秦大量与"成"相关的礼乐术语,如"一成"、"三成"、"六成"、"成均"、"永观厥成"、"乐成"、"以成"、"成之"、"成于乐"等相关的词语。这些词语看似简单,其实蕴含着丰富的内容。而理解这些词的关键在于对"成"的把握。而"成"是礼乐文化下的一个特殊术语。"成"具有名词的用法,也往往又同时具有动词的意义。也就是说,"成"不仅指诗乐演奏的一个段落、一个单元,还有"完成、成就"之义。在特定的表述中,还包括人格、境界的完成和提升之义。下面对此分别论述之。

（一）周代礼乐制度与先秦典籍中"成"的名词义

1. 指"一首、一章、一阕诗乐"

"成",可以理解为一首、一章、一阕之诗乐。如,《仪礼·燕礼记》:"升歌《鹿鸣》,下管《新宫》,笙入三成。遂合乡乐。"郑玄注:"三成,谓三终也。"三成,即三终,指演奏完三章之乐。"升歌《鹿鸣》",意即乐工登堂表演,在瑟的伴奏下,歌唱《鹿鸣》三章,这三章是《小雅》中的前三首:《鹿鸣》、《四牡》、《皇皇者华》。显然,"成"就是指一首乐歌,"三成"就是指三首乐歌。当然,还有"六成"、"九成"的诗乐。如,孔子与弟子宾牟贾讨论过《大武》乐章,此《大武》一共由六首乐歌构成。此乐章通过乐舞的形成,再现了周朝初期周文王、周武王和周公旦战胜商王、建立周朝、励精图治的经过。孔子对此乐章的表演过程进行了详细的分析。子曰:"夫乐者,象成者也。总干而山立,武王之事也。发扬蹈厉,大公之志也。《武》乱皆坐,周、召之治也。且夫《武》,始而北出,再成而灭商,三成而南,四成而南国是疆,五成而分周公左、召公右,六成复缀以崇。"(《礼记·乐记》)孔子所说的六成,就是指六首乐歌,它们的顺序依次是:《昊天有成命》、《武》、《赉》、

《般》、《酌》、《桓》。①

又如，《尚书·益稷》记载："夔曰：'戛击鸣球，搏拊琴瑟以咏。祖考来格。虞宾在位，群后德让。下管鼗鼓，合止柷敔，笙镛以间，鸟兽跄跄。箫韶九成，凤凰来仪。'""九成"，即九章。箫韶，虞舜时的乐章。《箫韶》九成，是指《箫韶》音乐演奏了九章。其中，"成"是指乐曲之成。孔颖达注："'成'谓乐曲成也。郑云：'成犹终也。'每曲一终，必变更奏，故经言'九成'，传言'九奏'，《周礼》谓之'九变'，其实一也。"②

从上面所列举的情况来看，"成"一般构成"三成"、"六成"和"九成"的词语，也就是说，"成"的前面一般有一个量词来修饰，这时，"成"就是名词，意思是一首、一章诗乐。有趣的是，先秦的乐章一般是由三、六、九等单位构成。除了上面的例子以外，还有大量的实例。如，《三象》、《三夏》、《九章》、《九招》、《九辩》等等。可见，"成"是诗乐演奏的独特的结构方式，它构成诗乐艺术的一个单元、段落，就像今天戏剧中的一场。"一成"或"三成"、"六成"，甚至"九成"，都可以构成一个完整的诗乐结构。

2.指"整遍、整套、整场诗乐"

"成"除了上面所说的一首诗乐以外，还有整套诗乐之义，指的是"整遍、整套、整场诗乐"。《周礼·春官·乐师》："凡乐成，则告备。"郑玄注："成，谓所奏一竟。"③贾公彦疏曰："云'成，谓所奏一竟'者，竟，则终也。所奏八音俱作，一曲终，则为一成，则乐师告备，如是者六，则六成，余八变九变亦然。"④可见，"成"就是

---

① 聂石樵.先秦两汉文学史稿[M].北京:北京师范大学,1994:86.
② 阮元.十三经注疏[M].北京:中华书局,1980:144.
③ 阮元.十三经注疏[M].北京:中华书局,1980:794.
④ 阮元.十三经注疏[M].北京:中华书局,1980:794.

指一整套诗乐演奏完毕、完成，相应地乐工之职责亦告完备。

又，《周礼》中"成均"之"成"的本义亦当为完成、完整、完备之义。语出《周礼·春官·大司乐》："大司乐掌成均之法，以治建国之学政，而合国之子弟焉。"郑众注曰："均，调也。乐师主调其音，大司乐主受此成事已调之乐。"①这里，"成均"，的本义即是完整的乐曲、乐调，转义为整个"乐学"，进而转义为古之"大学"。

"成"也出现在《诗经·周颂·臣工之什》之中。《有瞽》："有瞽有瞽，在周之庭。设业设虡，崇牙树羽。应田县鼓，鞉磬柷圉。既备乃奏，箫管备举。喤喤厥声，肃雍和鸣，先祖是听。我客戾止，永观厥成。"对于其中的"成"，《诗经新注》解释为："乐一阕为成。"②一阕，可以指一首或一段、一章。此诗对于诗乐的演奏，乐器的使用，声音的典雅等，都进行了十分细致的描绘，让人身临其境。这对于我们理解"一成"诗乐是大有裨益的。

（二）周代礼乐制度或先秦典籍中"成"的动词义

"成"除了作名词以外，还可以作动词。当"成"作动词时，就是完成、成就之义。《说文解字》："成，就也。从戊，丁声。"③《诗经·樛木》诗云："乐只君子，福履成之"，毛传对"成"的解释是："成，就也。"《礼记·乐记》："夫乐者，象成者也。"郑玄注："成，谓已成之事也。"④正因为"成"意味着"就"，所以"成均"，就意味着"完成韵调"。"均"是"韵"之古字。《周礼·春官·大司乐》："大司乐掌成均之法，以治建国之学政，而合国之子弟焉。"郑众注

① 阮元.十三经注疏[M].北京:中华书局,1980:787.
② 聂石樵,雒三桂,李山.诗经新注[M].济南:齐鲁书社,2000:609.
③ 汤可敬.说文解字今释[M].长沙:岳麓书社,2001:2121.
④ 阮元.十三经注疏[M].北京:中华书局,1980:1542.

曰:"均,调也。乐师主调其音,大司乐主受此成事已调之乐。"①
"成均之法"涉及"乐德"、"乐语"和"乐舞"等多方面的技能。可
见,在周朝礼乐文化和教育的制度下,诗乐的重要性关系着造就
人才的重要意义。所以,"成均"代指以诗乐造士的大学。

如前所述,"成"可以用"备"来表示。《仪礼·燕礼》:"大师
告于乐正曰:'正歌备'。"郑玄注曰:"正歌者,声歌及笙各三终,
间歌三终,合乐三终,为一备。备亦成也。"②所谓"正歌",就是按
礼仪规定所必需演奏的诗乐。"备"就是"成",表示整套、完备之
义。郑玄的意思是说,正歌就是包括升歌、笙奏、间歌、合乐等若
干环节。所有这些环节构成"一成"。刘台拱解释得更为清楚:
"凡乐之大节,有歌有笙,有间有合,是为一成。始于升歌,终于
合乐。是故升歌谓之始,合乐谓之终。"③"一成"就是始于升歌,
终于合乐的过程。当然,"一成"除了指升歌、笙奏、间歌和合乐
四个环节以外,有时还包括升歌前面的金奏环节。"成"意味着
"备",而其具体诗乐的曲目则可以用"正歌"来表示。所谓"正歌
备",就是说规定的曲目演奏完备。其中,"正歌"既可以指升歌、
笙奏、间歌和合乐的曲目,也可以单独代指乡乐。这一点可以从
文献的记载而推断得知。《仪礼·乡射礼》中没有升歌、笙奏与
间歌,但有合乡乐的环节,所以后面有"正歌备"之语。而《仪
礼·大射仪》之中有升歌、笙奏,但没有间歌和合乐部分,所以没
有大师告乐正"正歌备"之语。可见,"正歌"一定要包括乡乐在
内,甚至专指乡乐。这就是说,在"一成"诗乐当中,尤以乡乐为
重。《仪礼·乡射礼》:"乃合乐,《周南·关雎》《葛覃》《卷耳》,

---

① 阮元.十三经注疏[M].北京:中华书局,1980:787.
② 阮元.十三经注疏[M].北京:中华书局,1980:1021.
③ 刘宝楠.论语正义[M].北京:中华书局,2011:305.

《召南·鹊巢》、《采蘩》、《采蘋》。"郑玄注曰:"不歌、不笙、不间,志在射,略于乐也。不略合乐者,《周南》、《召南》之风,乡乐也,不可略其正也。……用之房中以及朝廷《飨》、《燕》、《乡射》、《饮酒》,此六篇其风化之原也。是以合金石丝竹而歌之。"①《周南》和《召南》中的六首诗就是"正歌",是王化之基,可以"用之乡人焉,用之邦国焉"(《毛诗序》),乡乐的重要性可想而知了。孔子所谓"乐其可知"以及"然后乐正",都是指乡乐。② 可见,乡乐就是《仪礼》所谓的"正歌"。只有合乐,才是正歌,才可说是"正歌备",才能算是"一成"。

关于孔子论诗乐"以成",这里的"以成"出自《论语·八佾》。原文如下:子语鲁太师乐,曰:"乐其可知也:始作,翕如也;从之,纯如也、皦如也、绎如也,以成。"(《论语·八佾》)宋翔凤《论语发微》对孔子的这一番话做了非常准确的解释:

> 始作,是金奏《颂》也。从同纵,谓纵缓之也。入门而金作,其象翕然变动。缓之而后升歌,重人声,其声纯一,故曰纯如。继以笙入,笙者有声无辞,然其声清别,故曰皦如。继以间歌,谓人声笙奏间代而作,相寻续而不断绝,故曰绎如。有此四节而后合乐,则乐以成。③

也就是说,"翕如",指闻金奏而翕如变动之象,"纯如",指升歌时乐工演唱的歌声非常纯一,"皦如"指笙奏之际其声清别,闻其声而知其义。"绎如"指间歌之际人声笙奏相间而作,连绵不断,络绎不绝。而"以成",则指乡乐合奏,正歌完备。当然"成"

①　阮元.十三经注疏[M].北京:中华书局,1980:996.
②　刘宝楠.论语正义[M].北京:中华书局,2011:132.
③　刘宝楠.论语正义[M].北京:中华书局,2011:132.

也包括整个演奏完成之义。显然,孔子这番话是对包括金奏、升歌、笙奏、间歌和合乐五个环节之"一成"的评价。金奏所用乐曲是《颂》,而升歌、笙奏和间歌三个环节所用乐曲都是《雅》,这就是所谓的"《雅》《颂》各得其所"。而最后阶段是合乐,用乡乐,即《关雎》《葛覃》《卷耳》《鹊巢》《采蘩》《采蘋》六首诗。这六首诗属于《风》。总的概括起来,则"一成"涵盖了《风》《雅》《颂》三大部分,这正是"然后乐正,《雅》《颂》各得其所"了。孔子所说的"以成"之"成",其实包括了金奏、升歌、笙奏、间歌和合乐的整个过程。当然,这个"成"实际上也可以理解为动词,意指诗乐的整个曲目演奏完成。

"以成"是一个连绵不断、此起彼伏的过程。因为,礼仪的过程,实际上是诗乐演奏的过程。而诗乐的演奏是一气呵成的。王夫之《读四书大全说》(卷四)"八佾篇"对此做了深入的论述:

> "以成"二字,紧顶上三句,原不另分支节。……"从之,纯如也、皦如也、绎如也,以成";十三字本是一句。言既从之后,以此成乐之一终也。止有两节,不分为三。本文"以"字是现成语,而"绎如也"连上二句一滚趋下,断不可以"纯"、"皦"属"从","绎如"属"成"。……以乐理言之,元声之发,固非无归,而必不别立之归。故曰:"礼主其减",减者,有变易之节也;"乐主其盈",盈者,无孤立之余也。……"乐盈而反",反非拆合,不中放而两端收,一止无余为反也。若已盈而又减之以反,是气不昌而为乐极之悲矣。故"以成"者即以此三者为"成",终其"成"而不易也。[1]

王夫之没有从诗乐的分段来分析孔子的这番话,而是从"乐

---

[1] 王夫之.读四书大全说[M].北京:中华书局,1975:231.

理"方面来论述的。王夫之认为,诗乐是"一滚而下",不绝如缕而又有所归依,而不是彼此孤立无援的。这就表明诗乐是一个整体,首尾相连,天衣无缝。

当然,在整个"一成"诗乐演奏当中,合乐是最为重要的阶段。《仪礼·乡饮酒礼》:"乃合乐,《周南·关雎》、《葛覃》、《卷耳》,《召南·鹊巢》、《采蘩》、《采蘋》。"郑玄注:"合乐,谓歌乐与众声俱作。"贾公彦疏曰:"谓堂上有歌瑟,堂下有笙磬,合奏此诗,故云众声俱作。"①可见,合乐才能算是"以成",因为,合乐是一个群体的礼乐活动,上升到了所谓"诗可以群"的高度了。

由于"成"涵盖了诗乐的整个过程,所以,孔子所说的"以成"之"成",既可以指包括金奏的《颂》,升歌、笙奏、间歌的《雅》,和合乐的乡(《风》),共五个环节,也可以指郑玄所说的升歌、笙奏、间歌和合乐之四个环节。可见,"一成"的具体环节并不是一成不变的,而是要具体问题具体分析。因为,在礼乐盛行的时代,诗乐是有等级和场合之分的,不同的等级和场合,所演奏的诗乐并不完全相同。我们无法得知孔子所说的"以成"是针对于什么情况来说的,但通过五个环节的分析推测,可能是与国君的礼仪有关。国君的礼仪规格最高,演奏的诗乐内容当然也就更加完备。

显然,"成于乐"也意味着一个完全的诗乐演奏进程。其步骤大致是:金奏、升歌、笙奏、间歌和合乐的循序渐进、有条不紊。在完整的行礼奏乐活动中,诗乐是为礼服务的。在礼乐的表演中,人们起始于诗歌,经历礼仪,完成于乐歌。

---

① 阮元.十三经注疏[M].北京:中华书局,1980:986.

（三）"集大成"略说

了解了"成"的含义以后，对于孟了称颂孔子为"集大成"者，就很容易理解了。孟子曰：

> 伯夷，圣之清者也；伊尹，圣之任者也；柳下惠，圣之和者也；孔子，圣之时者也。孔子之谓集大成。集大成也者，金声而玉振之也。金声也者，始条理也；玉振之也者，终条理也。始条理者，智之事也；终条理者，圣之事也。（《孟子·万章章句下》）

朱熹注释曰：

> 此言孔子集三圣之事，而为一大圣之事；犹作乐者，集众音之小成，而为一大成也。成者，乐之一终，书所谓"箫韶九成"是也。金，钟属。声，宣也，如声罪致讨之声。玉，磬也。振，收也，如振河海而不泄之振。始，始之也。终，终之也。条理，犹言脉络，指众音而言也。智者，知之所及；圣者，德之所就也。盖乐有八音：金、石、丝、竹、匏、土、革、木。若独奏一音，则其一音自为始终，而为一小成。犹三子之所知偏于一，而其所就亦偏于一也。八音之中，金石为重，故特为众音之纲纪。又金始震而玉终诎然也，故并奏八音，则于其未作，而先击镈钟以宣其声；俟其既阕，而后击特磬以收其韵。宣以始之，收以终之。二者之间，脉络通贯，无所不备，则合众小成而为一大成，犹孔子之知无不尽而德无不全也。金声玉振，始终条理，疑古乐经之言。故倪宽云"惟天子建中和之极，兼总条贯，金声而玉振之。"亦此意也。[1]

---

① 朱熹.四书章句集注[M].北京：中华书局，1983：315.

孟子所说的"集大成"是一种比喻的说法。"成"是诗乐的一个段落,若干个小的章节汇集成一场大的诗乐,总称为"大成"。所以,孔子就好像诗乐中的"大成",那是汇集众多诗乐而组成一场盛大的礼乐演奏。在演奏过程中,它以金奏起始,经过若干的章节,最后以玉磬收尾。"金声也者,始条理也;玉振之也者,终条理也"。当演奏进入高潮以后,八音并奏,钟鼓齐鸣,"脉络通贯,无所不备",所谓"金声而玉振","集大成也者"。孔子在文化上的造诣,确实是海纳百川,这正如柳诒徵先生对孔子的赞誉:

> 孔子者,中国文化之中心也。无孔子则无中国文化。自孔子以前数千年之文化,赖孔子而传;自孔子以后数千年之文化,赖孔子而开。[①]

(四)孔子成于乐思想对西周乐成传统的继承与发展

"成于乐"表示诗乐的一个完整过程,同时也是参与者受到洗礼的历程。故孔子曰:"兴于《诗》,立于礼,成于乐。"(《论语·泰伯》)这整套乐教,既是诗乐的,也是礼仪的,更是礼乐的境界。"兴于《诗》"不仅包含始于诗之意,还有众人因诗乐而兴起之意。这种兴起,以行动为基础,从而上升到心灵的高度。在诗乐的感染下,行为举止向礼看齐,而心灵也深受鼓舞,受到礼的洗涤。这是一个动态的过程,从翕如、纯如、皦如,到绎如,最后进入合乐"以成"的境界。所以说,"兴于《诗》,立于礼,成于乐",其实是对乡饮酒礼、燕礼、射礼之类的礼乐的一次比较形象的表述。其前后的顺序大致,在宾主经过献、酢、酬之后,进入诗乐的娱宾阶段:歌《诗》用瑟(升歌)→立饮行礼→乐《诗》用笙(笙奏)→立饮

---

① 柳诒徵.中国文化史[M].上海:上海古籍出版社,2001:263.

行礼→歌《诗》用瑟、乐《诗》用笙相间演奏(间歌)→合乐用瑟、用笙(合乐)。这个程序简化一下就是:歌《诗》用瑟(升歌)→立饮行礼→合乐用瑟、用笙(合乐)。为了理解的方便,我们可以绘制如下示意图。

歌《诗》用瑟(升歌)——→立饮行礼——→合乐用瑟、用笙(合乐)

↑↓　　　　↑↓　　　　↑↓

兴于《诗》——→立于礼——→成于乐

这么一个礼乐的表演进程,从小处来看,是一次演礼奏乐的简述;从大处来看,则是一个礼乐文化的概括。就礼乐文化而言,其要义就在于达到"尊尊亲亲"的和谐社会。孔子正是看到了诗乐的非凡魅力,所以也以诗乐教育自己的弟子。《大戴礼记·魏将军文子》曰:

> 吾闻夫子之施教也,先以诗,道之以孝弟,说之以义,而视诸礼,成以文德,盖入室升堂七十有余人。[1]

所以说,"兴于《诗》,立于礼,成于乐"从一次礼乐表演、一个教学阶段的概括,进而上升到一种人生进阶、修齐治平的境界。这里面包括了一个巧妙的转释,从而构成了有机的内在逻辑。可见,孔子不仅高度而形象地表达了礼乐文化的具体内涵,还给礼乐文化赋予了崭新的意义。

(五)小结

从上面的分析可知,孔子所说的"成于乐"之"成",虽然是一个动词,但其意义显然又从其名词而来。"成"是诗乐的金奏、升

---

① 王聘珍.大戴礼记解诂[M].北京:中华书局,1983:107.

歌、笙奏、间歌和合乐的方方面面,它形成了一个完整的礼乐表演整体,任何参与其中的人都会受到熏陶,从音乐的演奏与感动中,提升自己的修养和境界。整个诗乐过程是无比美妙的,孔子禁不住大加赞叹,并与鲁师乐"奇文共赏析"。子曰:"师挚之始,《关雎》之乱,洋洋乎盈耳哉。"(《论语·泰伯》)在这里,孔子不仅形象地描绘了诗乐的动听,而且还精练地概括了一次诗乐演奏的过程。从"始"到"乱"的诗乐演奏,叫作"一成"。这"一成"诗乐,一气呵成,孔子简直被美妙的诗乐迷倒了。从升歌时师挚开始演奏,经过笙奏、间歌,最后到合乐演奏《关雎》、《葛覃》、《卷耳》、《鹊巢》、《采蘩》、《采蘋》,耳旁一直响着美妙的音乐。

正因为诗乐有如此感人的魅力,所以,"成于乐",就是"游于艺",它对于"立于礼"就有很大的现实意义。《礼记·乡饮酒义》:"君子之所谓孝者,非家至而日见之也,合诸乡射,教之乡饮酒之礼,而孝弟之行立矣。孔子曰:'吾观于乡,而知王道之易易也。'"可见,"成于乐",其实就是成于礼,但又有很高的艺术追求。徐复观《中国艺术精神》认为:

> "成"即是圆融。在道德(仁)和生理欲望的圆融中,仁对于一个人而言,不是作为一个标准规范去追求它,而是情绪中的享受。这即是所谓快乐的乐(洛)。[①]

因为,诗乐可以激起人内心深处的仁德,从而使艺术与道德相融无间,达到物我两忘,天人合一的境界。相反,如果没有诗乐的熏陶,则可能"人化物也者",以致"极口腹耳目之欲","于是有悖逆诈伪之心,有淫泆作乱之事"(《礼记·乐记》)。可见,只有"乐"是修身、齐家、治国和平天下之诗乐,这样的"乐"才是雅

---

① 徐复观.中国艺术精神[M].武汉:湖北人民出版社,2009:25.

乐,才是让人快乐的。孔子曰:"言而可履,礼也;行而可乐,乐也"(《孔子家语·问玉》)①,就是这个道理。

二、"兴于《诗》,立于礼,成于乐"的三重内涵

子曰:"兴于《诗》,立于礼,成于乐。"(《论语·泰伯》)在春秋礼乐文化时代,孔子这里面有着丰富的内涵。如果把《诗》、礼、乐三者看作是一种前后相连的动态形式,那么它们可以表述为一次礼仪下的诗乐演奏过程,也可以理解成一个教学进程,同时也包含着在日常生活以及教学中提高人生修养的内涵。简而言之,诗乐演奏、教学进程,以及人生修养,这三重内涵依次展开,又相互关联,具有相得益彰、交相衍生的意义。孔子思想的丰富性、深刻性和创造性于此可见一斑。

对此,历代学者从修养、学习以及人格、审美等诸多方面进行了细致的分析,给人以深刻的启迪。尽管以往的研究成绩斐然,但仍然有所缺漏。原因是,学者们忽视了春秋时代诗乐演奏的过程。其实,只有懂得了诗乐的表演程序,才能更加理解其中深刻和丰富的内涵。

为了理解的方便,下面分别论述之。

(一)以往研究简述

对于孔子"兴于《诗》,立于礼,成于乐"的研究,以往主要是从修身、学习与哲学三个方面进行阐述。其大致情况是,古代学者一般从修身、学习的方面分析,而现当代的学者受美学思想的影响,一般从哲学(美学)的方面进行探讨。

---

① 王肃.孔子家语[M].上海:上海古籍出版社,1990:91.

1. 从修身方面分析

汉代的包咸首先从修身的三个步骤来分析孔子的言论。包咸曰："兴，起也。言修身当先学《诗》。礼者，所以立身。乐所以成性。"邢昺疏曰："此章记人立身成德之法也。兴，起也。言人修身，当先起于《诗》也。立身必须学礼，成性在于学乐。不学《诗》，无以言。不学礼，无以立。既学《诗》、《礼》，然后乐以成之也。"①修身要先学《诗》，接着学礼以立身，而成性在于学乐。

2. 从学习方面剖析

宋代理学家从学习的阶段来探讨孔子的思想。朱熹注曰：

> 兴，起也。诗本性情，有邪有正，其为言既易知，而吟咏之间，抑扬反复，其感人又易入。故学者之初，所以兴起其好善恶恶之心，而不能自已者，必于此而得之。礼以恭敬辞逊为本，而有节文度数之详，可以固人肌肤之会，筋骸之束。故学者之中，所以能卓然自立，而不为事物之所摇夺者，必于此而得之。乐有五声十二律，更唱迭和，以为歌舞八音之节，可以养人之性情，而荡涤其邪秽，消融其查滓。故学者之终，所以至于义精仁熟，而自和顺于道德者，必于此而得之，是学之成也。②

朱熹认为，学习的过程是始于诗歌，通过礼的感染，最后达到性情与道德的完善。为了证明自己的观点，朱熹还引用《礼记·内则》中的学习次第来说明，并引用程颐的观点进行论证。程颐认为，天下之英才都是经过诗歌的兴起感动，日常的洒扫应对，以及耳目在声乐的涵养，才得以成材的。古人成材易，而今

---

①　阮元. 十三经注疏[M]. 北京：中华书局，1980：2487.
②　朱熹. 四书章句集注[M]. 北京：中华书局，1983：104－105.

人成材难,其原因在于是否按照这个次第进行了学习、修养。

3. 从哲学(美学)方面探讨

现当代学者由于受西方思想的影响,往往从哲学(美学)的方面来探讨孔子的观念。钱穆先生认为,从兴于《诗》,到立于礼,再到成于乐,是一个从为个人发展到为公众的过程。这不仅是个人修身的要求,也是齐家治国平天下的旨归,一切制度文为的要义都在于此。他说:"孔子之道,不过于讲求此心与心相通、人与人相接而共达于和敬相乐之一公。"[①]可见,这既是孔子教育的起点,也是孔子教育的归宿。叶朗先生认为:"在孔子看来,一个人的主观意识的修养,要从《诗》开始,要用乐来完成。一个人不学习《诗》,就无法在社会上行走。"从这个意义来看,"孔子是中国历史上第一个重视和提倡美育的思想家"[②]。

另外,一些学者往往把"成于乐"与"游于艺"联系起来。李泽厚和陈望衡两位先生都作如是观。李泽厚先生从人格的发展来进行分析。他认为,"兴于《诗》"和"立于礼"分别有关智力结构和意志结构的构建,而"成于乐"则是审美结构的呈现。所以,"正如'游于艺'高于'志道'、'据德'、'依仁','成于乐'也是高于'兴于诗'、'立于礼'的人格完成。"[③]陈望衡先生认为,"兴于《诗》,立于礼,成于乐",是一个"人格建造螺旋式上升的过程,否定到否定之否定的过程"[④]。"兴于《诗》"以感性为主而带理性,"立于礼"以理性为主而带感性,而"成于乐"则是感性溶解了理性的阶段。它们构成了人格建构的三个阶段,只具有逻辑顺序

① 钱穆.孔子传[M].北京:生活·读书·新知三联书店,2002:96—97.
② 叶朗.中国美学史大纲[M].上海:上海人民出版社,2011:44.
③ 李泽厚.美学三书[M].天津:天津社会科学院出版社,2003:240.
① 陈望衡.中国古典美学史(上卷)[M].武汉:武汉大学出版社,2007:124—125.

的意义,而不表现为时间的过程。

从上面诸家研究来看,他们分别从修身、学习以及人格、美学境界的层次来分析孔子的言论,取得了可喜的成绩。但是,至今还很少在学者专门从诗乐演奏的进程来描述孔子的这种思想。其实,孔子的这番言论正是从诗乐的演奏,概括出学习、修养、审美的境界等级的。

（二）礼乐表演内涵

在礼乐盛行的春秋时代,许多礼仪都与诗乐的演奏密不可分。天子听政、日常燕饮等都有诗乐的表演。而诗乐的表演有固定的程序,其进程大致就是:兴于《诗》→立于礼→成于乐。

我们通过《仪礼·燕礼》、《乡饮酒礼》、《射礼》、《大射仪》等文献的记载可知,每次礼仪,以及礼仪中诗乐的程序都有一定的规定,而且是大同小异的。例如,《仪礼·燕礼》曰:

> 席工于西阶上,少东。乐正先升。北面立于其西。小臣纳工,工四人,二瑟。小臣左何瑟,面鼓,执越,内弦,右手相。入,升自西阶,北面东上坐。小臣坐授瑟,乃降。工歌《鹿鸣》、《四牡》、《皇皇者华》。卒歌,主人洗,升献工。工不兴,左瑟,一人拜受爵。主人西阶上拜送爵……笙入,立于县中,奏《南陔》、《白华》、《华黍》。主人洗,升,献笙于西阶上……乃间歌《鱼丽》,笙《由庚》;歌《南有嘉鱼》,笙《崇丘》;歌《南山有台》,笙《由仪》。遂歌乡乐,《周南·关雎》、《葛覃》、《卷耳》,《召南·鹊巢》、《采蘩》、《采𬞟》。大师告于乐正曰:"正歌备。"

上文记载了燕礼的部分过程。在燕礼之中,经过主人与宾客相互劝酒中的献、酢、酬等礼仪环节之后,要演奏诗乐以娱宾。

其程序是:堂上,两个乐工在两个瑟工的伴奏下演唱《鹿鸣》、《四牡》、《皇皇者华》。之后,在堂下,乐工笙演奏《南陔》、《白华》、《华黍》。紧接着,堂上堂下轮流演奏,堂上乐工唱《鱼丽》,堂下乐工奏《由庚》,然后,奏《南有嘉鱼》,笙《崇丘》,歌《南山有台》,笙《由仪》,依次相间而歌。最后,声乐、器乐一同响起,共同演奏乡乐:《关雎》、《葛覃》、《卷耳》、《鹊巢》、《采蘩》、《采蘋》。于是,大师向乐正报告:规定的诗乐曲目演奏完备。当然,在这期间也有一些必要的礼仪。如,献酒、受爵、拜送、立饮、站位等内容。事实上,所有这些礼乐的进程大致是:歌《诗》→献酒、立饮、站位→笙奏→献酒、立饮、站位→歌《诗》与笙奏相间表演→声乐、器乐共同表演。笼统而言,就是:兴于《诗》→立于礼→成于乐。

当然,孔子所谓的"兴于《诗》",显然不是对诗乐演奏的简单比附,而是把诗乐的表演上升到一个更加普遍意义的高度。因为,在礼乐表演进行之中,无所谓"兴"于诗之说。客观来看,说是"兴于酒"似乎更恰当一些。因为,在礼仪中,反复出现的是"执爵兴"、"卒爵兴"、"卒觯兴"、"执觯兴"、"卒爵兴"(见《仪礼·乡饮酒礼》)和"执觯兴"、"卒爵兴"、"执爵兴"(见《仪礼·燕礼》)的行为。而且在诗乐表演的间隔之中,也确有劝酒的礼仪。例如,在乐工和吹笙者演奏完毕之后,都分别有人向他们献酒。可见,在礼乐活动中,敬酒是一个非常重要的礼节。但孔子的关注点不是在饮酒上面,而是一种艺术——诗乐,他已经把生活、人生与艺术有机地结合起来,从而使生活艺术化了。因为,生活本来就应当是艺术化的。朱光潜《谈美》一书说:

严格地说,离开人生便无所谓艺术,因为艺术是情趣的表现,而情趣的根源就在人生;反之,离开艺术也便无所谓人生,因为凡是创造和欣赏都是艺术的活动,无创造、无欣赏的人生是一个自相矛盾的名词。①

但是,"兴于《诗》"又明显与现实的礼乐实践密切关联。因为,乐工升歌所演唱的是诗乐,尤其以《诗经》中的作品为主。"兴于《诗》",既是礼仪的体现,又是艺术的再现。"兴于《诗》"就是"《诗》可以兴"的一种实践性表达。孔安国释"《诗》可以兴"为"兴,引譬连类"②,朱熹则释为"感发志意"③。"诗可以兴",是读者通过对《诗经》的学习,可以产生类似的联想,从而激发自己的意志,提高自己的修养。"诗可以兴"是对诗歌的价值判断,而"兴于《诗》"则是对读者通过诗歌提高自己的充分肯定。可见,礼乐是"尊尊亲亲"的、和谐伦理的,也是生动的、艺术的。这正如朱光潜《谈美》所说:

> "至高的善"还是一种美,最高的伦理的活动还是一种艺术的活动了。④

同样,"立于礼",也不是对礼仪中具体内容的表述,而是一种艺术的概括。礼仪中,有"升歌"、"登堂"、"立饮"、"立于悬中"(《仪礼》)或"壹献之礼,宾主百拜"(《礼记·乐记》)之类的词语,而没有"立于礼"之说。可见,孔子所说的"立于礼",也是把礼仪规范上升到了哲理的高度。

再者,"成于乐",不仅仅是说礼仪最后完成于乐歌的演奏,还包括对生活和艺术的高度概括,有着丰富的内涵。

其实,礼乐并不只是仪式,或者徒有其表的艺术形式,还要

---

① 朱光潜.朱光潜全集(第二卷)[M].合肥:安徽教育出版社,1987:90—91.

② 阮元.十三经注疏[M].北京:中华书局,1980:2525.

③ 朱熹.四书章句集注[M].北京:中华书局,1983:178.

④ 朱光潜.朱光潜全集(第二卷)[M].合肥:安徽教育出版社,1987:95.

有相应的情感。那就是,对神灵的敬畏之心,对长辈的恭敬之心,对宾客的友好之情,还有在众人和谐欢乐中的喜悦之情。《礼记·仲尼燕居》曰:

> 子曰:"师,尔以为必铺几筵,升降,酌、献、酬、酢,然后谓之礼乎? 尔以为必行缀兆,兴羽籥,作钟鼓,然后谓之乐乎? 言而履之,礼也。行而乐之,乐也。"

可见,只有在恭敬、敬畏和喜悦之情中,诗乐才能真正发挥其服务各种礼的作用。所以说,"兴于《诗》,立于礼,成于乐",就是一个始于艺术、感情,经过礼的道德、仁爱,最后再回到艺术、感情的阶段,如此循环往复——情→仁→情——不断提高修养,达到人人和谐共处的境界。

总之,诗礼乐是生活,也是艺术,是艺术化的生活,也是生活化的艺术。礼是诗乐,而诗乐也是礼。诗乐是艺术化的行为规范,而礼是行为规范的艺术化。所以,"兴于《诗》,立于礼,成于乐",就是兴成于诗乐,立成于礼乐。

(三)教学阶段内涵

"兴于《诗》,立于礼,成于乐"可以说是教学进程的一个反映。这就是说,学《诗》、学礼和学乐是一个不断进步的过程。《礼记·内则》曰:

> 六年教之数与方名。七年男女不同席,不共食。……十年……朝夕学幼仪,请肄简、谅。十有三年学乐,诵《诗》,舞《勺》,成童舞《象》,学射御。二十而冠,始学礼,可以衣裘帛,舞《大夏》,惇行孝弟,博学不教,内而不出。

从七岁开始,儿童就要学习幼仪,到十三岁学习诗乐,二十岁成年以后,开始学习礼仪,并进行乐舞的训练。幼仪、诗乐、礼仪、歌舞，是学习的必修课程，具有难易浅深的内涵。可见，学习要根据年龄的不同而循序渐进。《尚书大传》对此记载得非常清楚："古之帝王者，必立大学小学，使王大子，王子，群后之子，以至公、卿、大夫、元士之适子，十有三年使入小学，见小节焉，践小义焉。年二十入大学，见大节焉，践大义焉。小师取小学之贤者，登之大学；大师取大学之贤者，登之天子，天子以为左右。"①

　　从上文可知，周代的教学存在着学习上的阶段性问题。《诗》可以看作是学习的初级内容。因为，《诗》就像是如今的歌曲，文辞优美，音韵铿锵，朗朗上口，无论男女老少，都可以日闻其说，耳濡目染，兴起情感。至于洒扫应对、婚冠嫁娶，都有礼仪。孩童在久习于《诗》的基础上，对五礼更能产生深刻的理解，从而得以"立于礼"。而"乐"是德音。只有对《诗》、礼皆已熟悉，才能领悟其中高深的内涵。"乐者，乐也"。声音可以悦耳动听，舞姿可以养其血脉，歌咏可以颐养性情。所以，"乐"是日积月累的效果。一个人，通过诗歌的学习，了解礼节，增进道德，最后"成于乐"，这样才算是成材了。《郭店楚墓竹简·六德》说："观诸《诗》、《书》，则亦在矣；观诸《礼》、《乐》，则亦在矣。观诸《易》、《春秋》，则亦在矣。亲此多也，密此多也，美此多也。道无止。"②也明显是按照《诗》、《礼》、《乐》的顺序进行排列，可见孔子教学的先后次序。

　　孔子所表述的教学进程是与当时社会上的教学要求相吻合的。《大戴礼记·卫将军文子》："吾闻夫子之施教也，先以诗，世道者孝悌，说之以义而观诸体，成之以文德。"③孔子的教学是先

---

① 　刘宝楠.论语正义[M].北京:中华书局,2011:438.
② 　刘钊.郭店楚简校释[M].福州:福建人民出版社,2005:108－109.
③ 　王聘珍.大戴礼记解诂[M].北京:中华书局,1983:107.

教以《诗》,再教以礼义,然后是文德之乐。正因为这样的教学次序,所以,学习的情感也依此演进。《礼记·孔子闲居》中说:"志之所至,诗亦至焉。诗之所至,礼亦至焉。礼之所至,乐亦至焉。"可见,孔子的教育是有阶段性的。在教学中,孔子按照循序渐进的原则因材施教。《史记·孔子世家》:"孔子以诗书礼乐教,弟子盖三千焉,身通六艺者七十有二人。"[①]这就是说,弟子们都要学习《诗》《书》礼乐,而更加优秀的弟子还可以进一步学习《周易》、《春秋》。孔子弟子三千,而身通六经的一共有七十二人。孔子教学的阶段性与他治学的历程是息息相关的。孔子一生认真研究和整理古代文献,希望复兴西周礼乐文化。据《庄子·天运篇》记载,孔子曾经跟老聃说:"丘治《诗》、《书》、《礼》、《乐》、《易》、《春秋》六经,自以为久矣。"[②]

当然,对于孔子所说的"兴于《诗》,立于礼,成于乐"这番话,要从宏观的视角来理解。孔子此言是对教学进程的精练概述,因为只概括了三个阶段,所以不可能完全涵盖当时各级教学的所有内容。所以,如果把孔子这句话做机械的理解,就会产生一些疑惑。早在宋代,这出现过这个事例。当时,有人向朱熹提出疑问说,夫子之言,顺序如此,与古代的教学先后并不相同。其依据在于,古代的教学阶段是,十岁开始学幼仪,十三岁学乐和《勺》舞,到十五岁(成童)后,学习《象》舞,二十岁开始学礼,学习《大夏》之舞。对于这种质疑,朱熹作出了精妙的回答,并从教学进程的方面做出了详细和准确的分析。朱熹说:

　　诗者,乐之章也,故必学乐而后诵诗。所谓乐者,盖琴

---

①　司马迁.史记[M].北京:中华书局,1959:1938.
②　郭庆藩.庄子集释[M].北京:中华书局,1961:531.

瑟埙篪,乐之一物,以渐习之,而节夫诗之音律者也。然诗本于人之情性,有美刺讽喻之旨,其言近而易晓,而从容咏叹之间,所以渐渍感动于人者,又为易入,故学之所得,必先于此,而有以发起其仁义之良心也。至于礼,则有节文度数之祥,其经至于三百,其仪至于三千,其初若甚难强者,故其未学诗也,先已学幼仪矣。盖礼之小者,自为童子而不可缺正者也,至于成人,然后及其大者,又必服习之,久而有得焉,然后内有以固其肌肤之会,筋骸之束,而德性之守,得以坚定而不移;外有以行于乡堂州间之间,达于宗庙朝廷之上,而其酬酢之际,得以正固而不乱也。至于乐,则声音之高下,舞蹈之疾徐。尤不可以旦暮而精,其所以养其耳目,和其心志,使人渝肌浃髓而安于仁义礼智之实,又有非思勉之所及者,必其甚安且久,然后有以成其德焉,所以学之最早,而其见效反在诗、礼之后也。①

朱熹认为,诗本于人之情怀,容易掌握,所以学之在前。礼有大小之分,而乐有声音高下、舞蹈疾徐之别。学乐不可立竿见影,必须要日积月累、反复涵养才能奏效。乐之学虽然最早,但效果却在诗、礼之后。所以说,学习的过程是始于学《诗》,然后学习礼仪,最后才学乐。因为礼和乐两者各自都有大小或高下之分,在学习时期,不可能不存在次序交替的情况。但其总体趋势是不会改变的。

可见,"兴于《诗》,立于礼,成于乐"与古代的教学先后顺序并不矛盾,而是存在着相互的一致性。

---

① 朱熹.朱子全书(第六册)[M].上海:上海古籍出版社;合肥:安徽教育出版社,2002:762—763.

（四）哲学思想内涵

春秋时期，礼乐不仅是教化国民的工具，也是修身养性的手段；礼乐在维护社会稳定的同时，还促进了个人的全面发展。孔子"兴于《诗》，立于礼，成于乐"的理论，既包括礼乐表演，又包含着一种教学历程，进而又蕴含着深刻的人生进阶的哲学思想，这表明孔子卓越的见识。这种见识不仅是对社会传统的继承，也是一种创新，即把乐的境界提高到一个新的高度。具体内容如下。

1."兴于《诗》，立于礼，成于乐"的哲理内涵

始于学诗，终于学礼，以此成人。人是诗乐与礼的学习中不断进步。这是教育，也是审美。这种寓教于乐的方式，具有宗教的性质，也有日常生活的气息。在生活的各种事件中，体会宗教的神圣，增进彼此的感情，提高自身的修养。因此，人都带着一个敬畏的心灵待人处世，而社会在和谐的群居中进步发展。

"兴于《诗》"，就是要对诗歌产生同情的理解。所谓"兴"，从起源来看，它具有群体的、祭祀的、酒神的和艺术的内涵，所以，"兴"这一语词才有了兴起、兴趣、兴会的基本含义，并逐渐演变成为最有艺术性质的诗学范畴。[①]而"兴"的大量运用也是有其社会原因的。这种原因，闻一多认为是各种"忌讳"（taboo）。闻一多《神话与诗》中说：

> 《诗》——作为社会诗、政治诗的雅和作为风情诗的风，在各种性质的沓布（taboo）的监视下，必须带着伪装，秘密活动，所以诗人的语言中，尤其不能没有兴，象与兴实际都

---

① 傅道彬.诗可以观：礼乐文化与周代诗学精神[M].北京：中华书局，2010：162.

是隐,有话不能明说的隐。①

这里所说的"隐"不仅指内容上的含蓄,但包括形式上的"以他物引起所起之词"。

众所周知,"兴"的艺术能产生言近旨远的效果。因为,"兴"的修辞手法可以使感性与理性达到完美的统一。黑格尔《美学》说:

> 艺术的任务在于用感性形象来表现理念,以供直接观照,而不是用思想和纯粹心灵性的形式来表现,因为艺术表现的价值和意义在于理念和形象两个方面的协调和统一,所以艺术在符合艺术概念的实际作品中所达到的高度和优点,就要取决于理念与形象能互相融合而成为统一体的程度。②

在我国,"兴"起源于原始的古老艺术活动,在《诗经》中得到了极其充分的艺术体现,这便包含丰富的内涵,让人产生无穷的联想。

正因为"兴于《诗》"的意义非同凡响,孔子不仅以此教育弟子,还以此来判断自己弟子的人品。《论语·先进》:"南容三复白圭,孔子以其兄之子妻之。""白圭"是指《诗经·大·雅抑》的"白圭之玷,尚可磨也;斯言之玷,不可为也"。南容反复诵读此句诗歌,可见此诗对他产生了强烈的共鸣。这也可见南容对自身的要求相当严格。张栻《论语解》:"谨言如此,则谨行可知。"③孔子就把侄女嫁给他,可见他对诗教的重视。

---

① 闻一多.闻一多全集(第一册)[M].北京:生活·读书·新知三联书店,1982:118.
② 黑格尔.美学(第一卷)[M].北京:商务印书馆,1996:90.
③ 刘宝楠.论语正义[M].北京:中华书局,2011:445.

　　当然,在"兴于《诗》"的基础上,情感还是应当受到一定的约束的。所谓"发乎情,止乎礼义"。起于情之后,还应当用礼来规范,因此必须要"立于礼"。徐复观《谈礼乐》说:

> 　　所谓立,乃是自作决定,自有信心,发乎内心的当然,而自然能适乎外物的合理趋向,亦即是自己能把握自己而又能涵融群体的生活。要达到这种生活,只能靠情感与理相谐,以得情理之中的礼的修养。人的修养的根本问题,乃在生命里有情与理的对立。礼是要求能得情与理之中,因而克服这种对立所建立的生活形态。……礼所以得情与理之中,实即是以理制情,使情在理的许可范围内发抒,而并不是把生命中之情加以断绝。久而久之,情随理转,情可成为实现理的一股力量,而情亦是理。完整的生命,便在这一修养过程中升进。亦即是由"克己(情欲),复礼",而实现人我一体的仁。①

　　在"兴于《诗》,立于礼"之后,人的情感得到了适当的寄托,同时也得到了合理的调节。但仅仅如此显然不够。因为,这只是情与理的相互作用、相互配合而已,真正要达到一个完美的人生,还需要情与理的相融无间。所以,继此之后,还要"成于乐"。《礼记·乐记》曰:"礼乐不可斯须去身。致乐以治心,则易、直、子、谅之心油然生矣。易、直、子、谅之心生则乐,乐则安,安则久,久则天,天则神。"可见,乐可以治心,把礼内化为自身的要求。宋儒陈祥道《论语全解》曰:

> 　　学始于言,故"兴于《诗》";中于行,故"立于礼";终于

---

① 徐复观.徐复观文集(第二卷)[M].武汉:湖北人民出版社,2009:99.

德,故"成于乐"。……乐者,学之所终始也。惟其礼乐皆得,谓之有德,然后为修之至矣。

对于诗、礼和乐的不同意义,明代大儒章世纯的见解更为深入。他认为,诗歌有声有义,动于口,感于心,使人情不自禁。礼可以节制私欲,使自身志气日起,表里俱强。而乐对礼的互补作用也非常明显,使礼内化为自身的天性。章世纯《四书留书》曰:

> 乐者所以安礼也。礼强人心,乐则顺之,故圣人使以乐为礼。以乐为礼,是使以顺行强也。顺者既胜,则安其所强而无难;至于信,心自然不入于邪。礼,人之所畏也。畏而不安久,则去之;不去,亦非己质也。圣人制乐以和礼。乐之音声,礼之文辞也;乐之俯仰,礼之节趋也。习于乐者,通乐于礼而礼可安矣。安则化,化则天。

这是一个情→理→情融合的艺术人生。

从孔子的主张来看,仁作为礼的最高阶段,它在内心深处对人的生命具有决定的作用。而这个"仁"可以通过自身的愿望得以实现。子曰:"仁远乎哉?我欲仁,斯仁至矣。"(《论语·述而》)"仁"时时在身边,只要有愿望就能实现。但是,如果是刻意地寻找,则失去了它的应有价值。孔子的高明之处,就是他认识到,诗乐可以融入人的内心深处,把"仁"自然而然地兴发出来。因为,在诗乐的感召下,诗乐之情便与"仁"融为一体了。于是,人在诗乐的艺术感染之中,不知不觉地道德化了。这样的人生便是艺术的人生,也是道德的人生。因此,我们的人生通过诗乐的形式,在潜移默化中向着仁爱之处凑泊而来,"情欲因此而得到了安顿,道德也因此而得到了支持;此时情欲与道德,圆融不分,于是道德便以情绪的形态而流出"。[1]

2."兴于《诗》,立于礼,成于乐"的创新思想

虽然礼是本质,乐是配合,但乐在境界上是可以高于礼的。这就好像马克思主义所说的物质与意识之相互关系。物质决定意识,但意识也反作用于物质。而且意识也有自身的独立性。我们常说的审美是超越现实的,超越功利的,就说明意识、精神虽然取决于物质,但意识、精神在某种程度上可以高于物质。同样的道理,礼决定乐,但乐作为一种审美,可以超越礼,成为一种现实人们追求的目标。

孔子提出"兴于《诗》,立于礼,成于乐"的思想,不仅有着深刻的现实和哲学内涵,更为重要的是,它还体现了一种创新思想,即把乐的位置放在礼之上。徐复观《中国艺术精神》在第一章就论述了"由音乐探索孔子的艺术精神"这一重要问题,徐先生认为,通过西周的文献乃至追述西周情形的资料可以得知,春秋以前,我国古代的教育是以音乐为中心,"礼在人生教育中所占的分量,决不能与乐所占的分量相比拟"[2]。而春秋时代是一个人文主义自觉的时期,礼作为敬与节制的规范性比较容易做到,但乐作为陶冶、陶熔的规范性则难以收到效果。所以,"春秋时代,在人文教养上,礼取代了乐的传统地位"[3]。对此,孔子经常思考如何矫正礼文太过的毛病。"礼乐本是常常合在一起的。礼乐并重,并把乐安放在礼的上位,认定乐才是一个人格完成的境界,这是孔子立教的宗旨。所以他说出了'兴于《诗》,立于礼,成于乐'(《论语·泰伯》)的话。可以说,到了孔子,才有对于音

---

① 徐复观.徐复观文集(第二卷)[M].武汉:湖北人民出版社,2009:25.
② 徐复观.中国艺术精神[M].武汉:湖北人民出版社,2009:3.
③ 徐复观.中国艺术精神[M].武汉:湖北人民出版社,2009:4.

乐的最高艺术价值的自觉;而在最高艺术价值的自觉中,建立了
'为人生而艺术'的典型。"①

　　孔子的上述思想,从礼乐演奏、教学进程,再到人生修养,是
一个美育的过程。它始于情感,经过道德的洗礼,又回到了情
感,其"教人也,则始于美育,终于美育"②。但孔子的美育,显然
不仅仅是诗乐而已,它还与社会人生之美、自然万物之美结合起
来。所谓"克己复礼"、"吾与点也",显然与其诗乐思想互相发
明。孔子平日之教育,注重性情,涵养审美,自然而贴切。可见,
孔子的诗乐教育"固将磅礴万物以为一,我即宇宙,宇宙即我也。
此时之境界……不随绳墨而自合于道德之法则。一人如此,则
优入圣域;社会如此,则成华胥之国"③。

　　事实上,孔子给我们描述了一张人生修养的美育蓝图,即
"游于艺"。这正如柏拉图所说:

　　　　我们必须寻找一些艺人巨匠,用其大才美德,开辟一条
　　道路,使我们的年轻人由此而进,如入健康之乡;眼睛所看
　　到的,耳朵所听到的,艺术作品,随处都是;使他们如坐春风
　　如沾化雨,潜移默化,不知不觉之间受到熏陶,从童年时,就
　　和优美、理智融合为一。④

　　可见,"兴于《诗》,立于礼,成于乐",是真、善、美的完美统
一,达到了冯友兰先生所追求的天地境界,其过程就是:艺术美
→心灵美→行为美→政治美、社会美。"诗"是艺术美,"礼"是心

---

① 徐复观.中国艺术精神[M].武汉:湖北人民出版社,2009:4.
② 王国维.王国维文集(第三卷)[M].北京:中国文史出版社,1997:157.
③ 王国维.王国维文集(第三卷)[M].北京:中国文史出版社,1997:157-158.
④ 柏拉图.理想国[M].北京:商务印书馆,1996:107.

灵美、行为美,而"乐"则是政治美和社会美。其过程是最终把社会变成一个理想的审美王国。其效果是源于漫长的涵养。《礼记·乐记》:"礼乐不可斯须去身。"《礼记·曲礼下》曰:"君无故玉不去身,大夫无故不彻县,士无故不彻琴瑟。"这就是说,礼乐一时半会儿也不能离身。孔子的理论与柏拉图著名的"审美阶梯说"①有异曲同工之妙,"揭示了人类审美理念与理想发展的一般规律或趋向"②。"成于乐"不仅是个体成为理想之人,而且每个个体都实现了全面发展,这时人与人,人与自然,人与神灵高度默契,普天之下最终进入了一种神人以和的境界。

总之,孔子所说的"兴于《诗》,立于礼,成于乐",大致地反映了当时礼乐的演奏过程,同时也总结了教学的进程。但又不是对礼乐演奏和教学进程的简单概括,而是包含了深刻的人生修养的哲理内涵。孔子的表述是一个逻辑的转换。这个转换把现实内容不仅高度而形象地表达了礼乐文化的具体内涵,还给礼乐文化赋予了一种崭新的意义。

---

① 薛永武.柏拉图美学之再阐释[J].齐鲁学刊,2001(5):93－98.
② 阎国忠.古希腊罗马美学[M].北京:北京大学出版社,1983:99.

第五章　孔子诗乐思想的品格

孔子诗乐思想除了丰富的内涵以外,还表现出独特的品格,这主要包括以下几个方面:神道设教,道德一体;观其德义,据仁游艺;文质彬彬,尽善尽美;情理相融,知行合一,等等。

第一节　神道设教,道德一体

孔子诗乐有一个非同寻常的品格,就是"神道设教",即用鬼神之道来教化民众。这种神道又与人道紧密地联系在一起,形成了天道、神道与人道之道德一体的局面。

一、神道设教

"神道设教"一词,最早见于《周易·观·彖辞》:"观天之神道,而四时不忒,圣人以神道设教而天下服矣。"孔子受《周易》思想的影响,决心参天化育,因此,注重效法天道以实现人道之流转。换言之,即以天道落实到人间。天道,在于一个"诚",而人道在于使这个"诚"得到充分的体现。

> 诚者,天之道也;诚之者,人之道也。诚者不勉而中,不

思而得,从容中道,圣人也。诚之者,择善而固执之者也。

……

诚者自成也,而道自道也。诚者物之终始,不诚无物。是故君子诚之为贵。诚者非自成己而已也,所以成物也。成己,仁也;成物,知也。性之德也,合外内之道也,故时措之宜也。(《中庸》)

圣贤要参赞天道,就必须使天道转化为人道。人道在于成己成物。成就自己,在于"仁";成就万物,在于"知"。而求"仁"、求"知",最为重要的是"先诚其意",而"诚"其意,即为"明明德"。当然,明德也需要一个认知的过程。只有懂得事物的美丑善恶、普遍规律,才能做出正确的选择,提高自己的修养。因此,明德,有待于格物致知。而礼乐、诗乐就是这样一个功能。子曰:"《诗》,可以兴,可以观,可以群,可以怨。迩之事父,远之事君,多识于鸟兽草木之名。"(《论语·阳货》)诗乐可以兴观群怨,事父事君,还可以了解更多的鸟兽草木之名。所有这些都是格物致知的途径。所以说,通过诗乐的学习,能够明辨是非,自诚其意。进而做到修身、齐家、治国、平天下。《大学》曰:"大学之道,在明明德……古之欲明明德于天下者,先治其国,欲治其国者,先齐其家;欲齐其家者,先修其身;欲修其身者,先正其心;欲正其心者,先诚其意;欲诚其意者,先致其知,致知在格物。"

正因为人能够通过"先诚其意"来达到平治天下的宏伟愿望,这就意味着人能够推行人道,以贯通天道。天道与人道相通的关键是"诚"。子曰:"人能弘道,非道弘人。"(《论语·卫灵公》)人要弘的这个天道、人道,都在于一个"正心诚意"。可见,孔子的思想观念是注重道德的教化。这种教化以社会伦理为基础,通过礼乐的手段,达到修身、齐家、治国、平天下的目的,它明

显体现了一种"内圣外王"性质的人文主义思想。李建《论孔子生死鬼神观与"神道设教"的人文意蕴》一文认为:

> 孔子的"神道设教"不是在天命鬼神支配、主宰下所推行的教化方式,而是一种尊重、导引民众鬼神信仰的现实、理智而高明的导民化民策略,是一种独具特色的人文教化。[①]

也就是说,孔子重视对神灵的祭祀,而更看重祭祀所蕴含的真心实意、谦卑礼让,以此来引导民众。例如,《孔子家语·曲礼子贡问》曰:

> 孔子在齐,齐大旱,春饥。景公问于孔子曰:"如之何?"孔子曰:"凶年则乘驽马,力役不兴,驰道不修,祈以币玉,祭祀不悬,祀以下牲,此贤君自贬以救民之礼也。"[②]

齐国大旱,齐景公问"如之何"? 孔子建议要减少劳役,节省物力,同时,祭祀时要简化程序,自贬身份。这就可见孔子更加看重祭祀后面的真情实感。

孔子对祭祀非常重视,其原因在于,祭祀是教化的根本。《礼记·祭统》曰:"夫祭之为物大矣,其兴物备矣。顺以备者也,其教之本与? 是故,君子之教也,外则教之以尊其君长,内则教之以孝于其亲。"可见,祭祀是推行教化的首要出发点。这就意味着孔子往往赋予宗教性的祭祀以全新的伦理意义。例如,孔子在回答弟子宰我关于"三年之丧,期已久矣"的质疑时,以"予也,有三年之爱于其父母乎?"的反问来肯定"三年之丧"的必要。

[①] 李建.论孔子生死鬼神观与"神道设教"的人文意蕴[J].社会科学战线,2009(10):32—36.
[②] 王肃.孔子家语[M].上海:上海古籍出版社,1990:111.

对此,李泽厚先生评论道:

> 且不管三年丧制是否儒家杜撰,这里重要的,是把传统礼制归结和建立在亲子之爱这种普遍而又日常的心理基础和原则之上。把一种本来没有多少道理可讲的礼仪制度予以实践理性的心理学的解释,从而也就把原来是外在的强制性的规范,改变为主动性的内在欲求,把礼乐服务和服从于神,变而为服务和服从于人。[①]

不过,孔子所创立的"神道设教"思想,只是"人道设教"的一个辅助。在诗乐教化之中,孔子努力发掘其中历代传诵的圣贤之美德。那些圣贤像天地日月一样没有私心,给万民带来福祉。历史上的商汤和文、武三王就是这样的圣贤,他们"奉三无私以劳天下",可与天地日月并列为三。据《礼记·孔子闲居》记载,孔子曾经引用《诗经》中的诗句来向子夏说明汤、文、武等三王之德,以及夏、商、周三代之德。子夏听后深受感染,肃然起敬。

> 孔子曰:"天无私覆,地无私载,日月无私照。奉斯三者以劳天下,此之谓三无私。其在《诗》曰:'帝命不违,至于汤齐。汤降不迟,圣敬日齐。昭假迟迟,上帝是祗。帝命式于九围。'是汤之德也。天有四时,春秋冬夏,风雨霜露,无非教也。地载神气,神气风霆,风霆流形,庶物露生,无非教也。清明在躬,气志如神,嗜欲将至,有开必先。天降时雨,山川出云。其在《诗》曰:'嵩高惟岳,峻极于天。惟岳降神,生甫及申。惟申及甫,惟周之翰。四国于蕃,四方于宣。'此

---

① 李泽厚.美的历程[M].北京:文物出版社,1981:50.

文武之德也。三代之王也,必先令闻,《诗》云:'明明天子,令闻不已。'三代之德也。'弛其文德,协此四国。'大王之德也。"子夏蹶然而起,负墙而立曰:"弟子敢不承乎!"(《礼记·孔子闲居》)

孔子说三代、三王之德,虽然充满了对神灵的敬仰之情,但其目的显然是其现实的价值和意义。所以说,孔子在"神道设教"时,更为关心人文的教化,而"六艺"就是这两种教化所采用的最好教材。孔子的教化不仅对当时,而且对后世的中国文化都产生了极其深远的影响。胡适曾经指出:

> 每逢中国陷入非理性、迷信、出世思想——这在中国很长的历史上确有过好几次——总是靠孔子的人本主义,靠老子和道家的自然主义,或者靠自然主义、人本主义两样合起来,努力把这个民族从昏睡里救醒。[①]

二、道德一体

子曰:"夫道者所以明德也,德者所以尊道也,是以非德道不尊,非道德不明。"(《孔子家语·王言解》)孔子所说的"道"与是指天道,即自然与社会的运行规律,而"德"则指人类的行为品德。此种思想在西周初年即已形成,这通过《周易》之《彖辞》和《象辞》内容便可得知。周大明先生说:

> 仔细对比《彖辞》和《象辞》,就会发现,前者强调"道",而后者强调"德"。显而易见,道指自然和社会运动的内在的规律;德则指建立在遵循自然和社会运动规律基础上的

---

① 蔡尚思.十家论孔[M].上海:上海人民出版社,2006:95.

人类行为规则。人类从对自然和社会内在规律的认识,到寻求乃至总结自身行为的规则,是一个了不起的进步。[①]

所以说,孔子主张道德合一,其实就是天与仁的统一、天与人的协调,也就是自我与天命的有机结合,在天命的感召下,完成人类的事业。孔子对周朝的文明崇拜有加,因此,对周朝的思想文化多有继承和发扬。这也充分体现了孔子述而不作、继往开来的社会使命感。

孔子毕生追求天道,可谓矢志不渝。子曰:"朝闻道,夕死可矣。"(《论语·里仁》)就是这个意思。《论语》一书中,出现了大量"天"、"天道"、"天命"之类的词语。它们出现的频次是:"天"字十九次,"天道"一次,"天命"三次。这些词语的意义是一致的,孔子把它们视为至高无上的主宰。这体现了孔子对于"天"、"天道"、"天命"的敬畏和信仰。正因为如此,他常常以证悟天道而自信。《论语·子罕》记载:

> 子畏于匡。曰:"文王既没,文不在兹乎?天之将丧斯文也,后死者不得与于斯文也;天之未丧斯文也,匡人其如予何?"

这段话说明,孔子在困难和生死关头,能够镇定自若,其原因就在于对天道的信仰,对自己的信心。孔子曰:"不怨天,不尤人"(《论语·宪问》),就是要遵从天命,而不放弃自身的拼搏,只有如此,才不会因为失败而怨天尤人。正是怀着这种信念,孔子决心以自己的主张力挽狂澜、改变社会。子曰:"苟有用我者,期月而已可也。三年有成。"(《论语·子路》)孔子的自信溢于言

[①] 周大明.中华文明寻根——从口耳相传到文字著述[M].北京:人民出版社,2007:150-151.

表。当然,孔子的自信还来自别人的赞许和肯定。《论语·八佾》记载:"孔子适卫,仪封人求见,出则云:'天下之无道也久矣,天将以夫子为木铎。'"仪封人对孔子的期许与孔子的自我认识是一致的。

正因为孔子深为自己证悟天道而自信,而又愿为实现远大的理想而奋斗,所以,孔子说:"我欲仁,斯仁至矣。"上天给予了孔子传道的使命,孔子也以求仁得仁自居,这就是道与德的完全统一。在坚信天命的同时,不放弃自己的努力。《周易》曰:"天行健,君子以自强不息。"天道强健,生生不息,而人道也应如此。宋代理学大师张载所言"为天地立心,为生民立命,为往圣继绝学,为万世开太平"(《张载集·张子语录》),也就是孔子品格的最好注释。

在孔子看来,道与德的结合,应当通过诗乐之艺术来作纽带。子曰:"志于道,据于德,依于仁,游于艺。"(《论语·述而》)为学先要立志于遵道,得之于心而从不违背。这样,德性就可以常在,而不为物欲所累。然后,自身内外兼修,在生活之中反复涵养,于是不知不觉而达到了艺术的境界了。这个艺术包括礼乐射御书数,诗乐属于它的精华部分。而诗乐的根底则在于道德。王国维曰:

> 是谓先立志讲道,习练之而得于心,愈修养而至于仁。仁,完全之德也。既得此德后,更从容习礼乐射御书数等日用实践之事,"游于艺"者,此之谓也。[①]

可见,孔子对于道与德的追求,是为了使人生艺术化。反过来,又用艺术,用诗乐来促进道德的修养。《吕氏春秋·音初》

---

① 王国维.王国维文集(第三卷)[M].北京:中国文史出版社,1997:147.

曰:"君子反道以修德,正德以出乐,和乐以成顺,乐和而民乡方矣。"所谓"反道以修德,正德以出乐",就是要遵行天道的同时,努力修养自己的品德,把"道"与"德"完美地结合起来,通过"乐"表现出来。这样,民众就会和乐而顺承,从而归向仁义之道、德了。"《礼记·乐记》曰:"乐行而民乡方,可以观德矣。"这就构成了一个循环,始于君子之道德,经过民众之乐,最后君子、民众同归于道德。其中,"乐"就是一个中心,只有这个中心的运转,才能使君子达到教化天下的目的。

当然,敬畏天道并不意味着就要消极等待,孔子从来就没有放弃自己的努力。因为,天道可以通过修"德"来领悟。王国维说:"德者,中庸的良心之我完备之状态也。道者,对于他而行之也。故德者主观的,道者客观的。"①这就是说,"道"是客观的,但"德"是主观的,通过主观之"德"可以通向客观之"道"。当然,这是一项十分艰巨的使命。孔子可谓"明知不可为而为之",主张积极入世。因此,"天道"应当表现为"士不可以不弘毅,任重而道远。仁以为己任,不亦重乎?死而后已,不亦远乎?"(《论语·泰伯》)的执着追求。孔子所构建的以"仁"和"礼"为主体,以"诗乐"为形式的理论体系,以及不懈的实践精神,都是遵从"天道"之意,为的是"替天行道"。

---

① 王国维.王国维文集(第三卷)[M].北京:中国文史出版社,1997:132.

第二节　观其德义，据仁游艺

一、观其德义

由于追求道与德的统一，孔子解释诗乐往往从德义的角度入手，即以"德"作为评判的标准。"乐者，德之华也"(《礼记·乐记》)，就是这种思想的体现。子曰："有德者必有言，有言者不必有德。"(《论语·宪问》)道德与言辞相比，显然道德更为重要。对于道德而言，不仅对人，对于良马，孔子也以此作为评价的标准。子曰："骥不称其力，称其德也。"(《论语·宪问》)孔子如此重视"德"，是因为有德者能够得到上天的保佑。因此，即使面对厄运，上天赐予的"德"也可以让自己化险为夷。子曰："天生德于予，桓魋其如予何?"(《论语·述而》)孔子的自信溢于言表。这种自信是源于"自力"而不是其他。梁漱溟说：

> 中国自有孔子以来，便受其影响，走上以道德代宗教之路。这恰恰与宗教之教人舍其自信而信他，弃其自力而靠他力者相反。①

在孔子看来，"德"的意义非同凡响，具有神奇的力量。在祭祀神灵时，祭祀者之"德"要比"圭璧币帛"之类的实事来得更为重要。对此，出土文献可以做出充分的证明。前些年，上海博物馆所收藏的战国楚竹书《鲁邦大旱》就记载了相关的史实。其全文曰：

---

① 梁漱溟.中国文化要义[M].上海：上海人民出版社，2011：103.

　　哀公谓孔子:"子不为图之?"孔子答曰:"邦大旱,毋乃失诸刑与德乎?"唯[正刑与德]。哀公曰:"庶民以我不知以说之事鬼也,若之何哉?"孔子曰:"庶民知说之事鬼也,不知刑与德,如毋爱圭璧币帛于山川,正刑与[德以事上天]……"

　　孔子出,遇子贡曰:"赐,尔闻巷路之言,毋乃谓丘之答非欤?"子贡曰:"否也。吾子若重命其与?"若夫正刑与德,以事上天,此是哉。若夫毋爱圭璧币帛于山川,毋乃不可。夫山,石以为肤,木以为民,如天不雨,石将焦,木将死,其欲雨又甚于我,又必待乎禜乎? 夫川,水以为肤,鱼以为民,如天不雨,水将涸,鱼将死,其欲雨又甚于我,又必待乎禜乎? 孔子曰:"於乎……"

　　公岂不饱粱食肉哉,无如庶民何。①

　　孔子在回答哀公怎样解决鲁国旱灾的问题时,提出要重视"刑与德"的合理运用。其中,"德"是主要的,"刑"是辅助性的。刘向《说苑·政理》对此进行了详细的阐述:

　　治国有二机,刑德是也;王者尚其德而布其刑,霸者刑德并凑,强国先其刑而后德。夫刑德者,化之所由兴也。德者,养善而进阙者也;刑者,惩恶而禁后者也;故德化之崇者至于赏,刑罚之甚者至于诛。

　　孔子认为,仅仅知道对于祭品来取悦神灵是不够的,还应当有好的德行,才能得到神灵的保佑,从而降下盼望已久的甘霖。子贡也说,山川也希望有雨水的滋润,人们如果只想通过"禜"祭

① 苏建洲.上海博物馆藏战国楚竹书(二)校释[M].台北:花木兰文化出版社,2006:377.

祈求及时雨,显然是不够的。子贡所说的"禜",是一种祭名,出自《周礼·春官·大祝》:"掌六祈……四曰禜"。郑玄注:"禜,日月星辰山川之祭也。"①子贡认为:山川"其欲雨又甚于我,又必待乎禜乎"?所以,只有"正刑与德,以事上天",才是正道。

当然,孔子把诗乐与"德"联系起来,也是渊源有自的。早上孔子之前,这种思维模式就已经存在了。《左传·襄公十一年》记载:"夫乐以安德,义以处之,礼以行之,信以守之,仁以厉之,而后可以殿邦国,同福禄,来远人,所谓乐也。"这表明早在襄公十一年(前561),即孔子出生之前十年,"乐"与"德"就联系在一起,并被赋予了"仁义"的要求了。另外,《诗经》中也屡屡以是否有"德"作为对君王评判的标准。《诗经·大雅·荡》曰:

> 文王曰咨,咨女殷商。女炰烋于中国。敛怨以为德。
> 不明尔德,时无背无侧。尔德不明,以无陪无卿。……文王
> 曰咨,咨女殷商。人亦有言:颠沛之揭,枝叶未有害,本实先
> 拨。殷鉴不远,在夏后之世。

"殷鉴不远",周人要以此为戒。商朝的衰败,主要是因为失德造成的。孔子继承前人的传统,以"德"为重,即使评价《周易》也不忘其"崇德而广业"的价值。子曰:

> 《易》,其至矣乎!夫《易》,圣人所以崇德而广业也。知
> 崇礼卑,崇效天,卑法地。天地设位,而《易》行乎其中矣。
> 成性存存,道义之门。(《周易·系辞上传》)

圣人之所以"崇德而广业",是因为圣人效法天地,把修养本性作为获得"道义"的途径。

---

① 阮元.十三经注疏[M].北京:中华书局,1980:809.

　　要修养本性,可以从诗乐入手。圣人以此为教,可以激发人之情感,而美"德"就生于其中。《孔子家语·观周》记载,孔子到周室参观时,在太祖后稷之庙中观看铜人上有关"慎言"、"慎德"的铭文后,大加赞叹,并要求弟子谨记此言,并引用《诗经》中"战战兢兢,如临深渊,如履薄冰"的话告诫弟子。这正如郭店楚简《性自命出》所云:

　　　　《诗》、《书》、《礼》、《乐》,其始出皆生于人。《诗》,有为为之也;《书》,有为言之也;《礼》、《乐》,有为举之也。圣人比其类而论会之,观其先后而逆训之,体其义而节度之,理其情而出入之,然后复以教。教,所以生德于中者也。①

　　诗乐作为艺术,表达了一定的思想感情。圣人可以以此感情去教化、改造审美的主体。诗乐因此而造就了新人。马克思在《政治经济学批判导言》指出:"生产不仅作为主体生产对象,而且也为对象生产主体。"也就是说,艺术家生产出艺术品,反过来,艺术品也生产出艺术家。"艺术对象创造出懂得艺术和能够欣赏美的大众,任何其他产品也都是这样。"②按照马克思的观点来说,孔子就是这种诗乐对象创造出来的主体。孔子向师襄子学习鼓琴,就充分说明了这一点:

　　　　孔子学鼓琴师襄子,十日不进。师襄子曰:"可以益矣。"孔子曰:"丘已习其曲矣,未得其数也。"有间,曰:"已习其数,可以益矣。"孔子曰:"丘未得其志也。"有间,曰:"已习其志,可以益矣。"孔子曰:"丘未得其为人也。"有间,有所穆然深思焉,有所怡然高望而远志焉。曰:"丘得其为人,黯然

---

①　刘钊.郭店楚简校释[M].福州:福建人民出版社,2005:95.
②　马克思,恩格斯.马克思恩格斯选集(第二卷)[M].北京:人民出版社,1976:95.

而黑,几然而长,眼如望羊,如王四国,非文王其谁能为此也!"师襄子辟席再拜,曰:"师盖云文王操也。"(《史记·孔子世家》)

孔子通过学习鼓琴,不仅学习乐曲,还了解了创作者文王的为人。这种学习提升了自己的艺术水平,更提高了自己的道德境界。因为,孔子对文王推崇备至。孔子曰:"《清庙》,王德也,至矣。"①《清庙》是祭祀文王之诗,为"四始"之一,即周颂的第一篇,它不仅是用于祭祀文王,也可以用于其他重大祭祀或活动之中。孔子认为《清庙》体现了最高的"王德",可见孔子对于诗乐之德的重视。子曰:"升歌《清庙》,示德也。"(《孔子家语·论礼》)王肃注曰:"《清庙》所以颂文王之德也。"②

同样,《论语》也记载了孔子对文王的高度评价:"三分天下有其二,以服事殷。周之德,其可谓至德也已矣。"这种评价可以用《诗经·大雅·文王》予以参照。《诗经·大雅·文王》也是"美盛德之形容"的诗乐,顾名思义乃知是对文王之"德"的歌颂:

> 文王在上,于昭于天。周虽旧邦,其命维新。……上帝既命,侯于周服。侯服于周,天命靡常。……无念尔祖,聿修厥德。永言配命,自求多福。

"天命靡常",唯有有德者才能得到上天的保佑。唯有修德以配天命,才能"自求多福"。这正如《尚书·蔡仲之命》所云:"皇天无亲,唯德是辅。民心无常,惟惠之怀。"《文王》这首庙堂诗乐,充满了对文王美德的赞美之情。这种充沛的激情,无疑使这种诗乐增添了无穷的魅力。这正如孔子所说:"道之以政,齐

---

①　廖名春.上海博物馆藏诗论简校释[J].中国哲学史,2002(1):9—19.

②　王肃.孔子家语[M].上海:上海古籍出版社,1990:73.

之以刑,民免而无耻。道之以德,齐之以礼,有耻且格。"(《论语·为政》)正因为孔子深深懂得艺术对象也能生产出艺术之主体,所以,孔子积极以有德之诗乐教育弟子,使他们成为德才兼备之人。

二、据仁游艺

孔子以证悟天道自居,不仅要以诗乐践行"仁"德,而且还要以"仁"德为依据,悠游于艺术享受之境地。这种享受主要在于天道在人道中的体现,并落实在日常生活之中的每个人身上。

孔子所说的"仁",就是"将性与天道融合在一起的下学而上达的道德内容"。[①]"仁"在孔子看来,不仅是指爱人,而且还指自己人格的建立。爱人,是孔子之前就已经成为普遍认可的仁德内涵,但孔子又增加了新的思想,那就是更加看重仁者自身的修养。也就是说,仁者,不仅成物,而且也成己。《中庸》曰:"成己,仁也。成物,知也。"其实,这里的"成物"是"知",也是"仁"。其原因在于,"一方面是仁必摄知,由词句之交互以见仁知之不可分。另一方面在指出成物必须有成物之智能"[②]。可见,"仁"就是成己成物,换言之,就是孔子所说的"修己以安人"(《论语·宪问》)。当然,要实现这个目的也要讲究方法,即能够以身作则,推己及人,从而实现仁道。子曰:"夫仁者,己欲立而立人,己欲达而达人。能近取譬,可谓仁之方也已。"就是这个意思。

孔子所主张的"仁之方",具体实施的方法主要是诗乐之教。诗乐不仅可以修己,也可以安人。正因为如此,孔子这样地表达了他的人生观:"志于道,据于德,依于仁,游于艺。"(《论语·述

---

① 　徐复观.中国人性论史[M].上海:华东师范大学出版社,2005:57.
② 　徐复观.中国人性论史[M].上海:华东师范大学出版社,2005:58.

而》)所谓"艺",从大的方面来看,就是"六艺"(礼、乐、射、御、书、数),从小的方面来看,就是诗乐。诗乐是人生不可或缺的重要组成部分,它与"道"、"德"和"仁"一样,都可以修己安人。因为,没有诗乐的沟通与连接,"道"、"德"和"仁",既无法"下学而上达",也无法"上学而下达"。由于诗乐之"艺"的存在,才使诗乐之美与"道"、"德"和"仁"之善,两者合为一体,达到了尽善尽美的境界。

当然,"艺"往往要摒弃对功利的追求,对实用的执着。它可以采取自由逍遥的态度来享受。而"游"就是实现这种自由自在精神的审美活动。"游"虽然包含有游历、经历、涉历之意,但同时更带有一个自由之感,或者愉悦之感在内,它就如同游戏一样,具有娱乐性与非功利性,体现了自由的精神。"游"是轻松而愉快的,令人心旷神怡的。孔子就是怀着这种心态去面对学习和工作。《论语》中有关这方面的事例有很多,例如:

> 子与人歌而善,必使反之,而后和之。(《论语·述而》)
>
> 子曰:"知之者不如好之者,好之者不如乐之者。"(《论语·雍也》)
>
> 子曰:"饭疏食饮水,曲肱而枕之,乐亦在其中矣。不义而富且贵,于我如浮云。"(《论语·述而》)

孔子与别人歌唱而感觉优美者,一定让他重新再唱一遍,然后和之。这就充分体现了孔子对于诗乐不仅知之、好之,更是乐之。这种对于艺术的快乐,使他完全忘记了生活的艰辛。相反,孔子还能苦中作乐,安贫乐道,所以,对于富贵,如果不是出于仁义,则视同浮云。孔子这样的人生,可谓求"仁"而得"仁",无需刻意,不假矫情,是自然而然,风行水上一般。之所以美妙动人,就在于"游于艺"的态度,也即是一种"成于乐"的境界。这就意味着孔子要求通过游戏的、娱乐的、观赏的态度对待生活、对待六艺。这里的六艺虽然不仅指我们现在所说的艺术,但显然包含着诗乐之类的艺术在内。只有以"游"的方式,才能够"知之","好之",而且"乐之",最后成为全面发展的人。

就"游于艺"、"成于乐"而言,孔子的人生可谓处处诗情画意,丰富多彩。孔子不仅热爱诗乐,教育弟子,还迷恋绘画,与子贡讨论绘画理论,提出了"绘事后素"的主张。此外,孔子钟情于自然山水,对于山水有着独到的领悟。子曰:"知者乐水,仁者乐山;知者动,仁者静;知者乐,仁者寿。"(《论语·雍也》)在这里,孔子俨然把山水人格化了,并开创了后世"比德"说的先河。自然的旖旎风光,扩宽了他的视野,激荡着他的胸怀。孟子曰:"孔子登东山而小鲁,登泰山而小天下。"(《孟子·尽心上》)孔子站立于山头,游目骋怀,小鲁小天下,没有审美而自由的眼光,怎么可能实现呢? 所以,孔子登山,也显示了不同凡响的胸襟。再者,孔子还醉心于学习与交游。子曰:"学而时习之,不亦说乎? 有朋自远方来,不亦乐乎? 人不知而不愠,不亦君子乎?"(《论语·学而》)这表明,孔子对于知识的渴望非常强烈,学习之后又不断温习,心中会无比舒畅;对于同道的友情也十分珍惜,每当志同道合的朋友自远方而来,快乐就油然而生。通过这两个方面,我们可知,孔子对于生活的热爱可谓如痴如醉,这种生活方式也为后人津津乐道。后人有言:"偶有佳句仰天笑,欣见故人击地歌",不正是这种乐趣的延伸吗? 正是由于对生活、对自然的热爱,孔子发出了"吾与点也"的感叹。对此,《论语·先进》记载得生动有趣,惟妙惟肖:

> 子路、曾皙、冉有、公西华侍坐。子曰:"以吾一日长乎

尔,毋吾以也。居则曰:'不吾知也!'如或知尔,则何以哉?"子路率尔而对曰:"千乘之国,摄乎大国之间,加之以师旅,因之以饥馑;由也为之,比及三年,可使有勇,且知方也。"夫子哂之。"求!尔何如?"对曰:"方六七十,如五六十,求也为之,比及三年,可使足民。如其礼乐,以俟君子。""赤!尔何如?"对曰:"非曰能之,愿学焉。宗庙之事,如会同,端章甫,愿为小相焉。""点!尔何如?"鼓瑟希,铿尔,舍瑟而作。对曰:"异乎三子者之撰。"子曰:"何伤乎?亦各言其志也。"曰:"莫春者,春服既成。冠者五六人,童子六七人,浴乎沂,风乎舞雩,咏而归。"夫子喟然叹曰:"吾与点也!"三子者出,曾皙后。曾皙曰:"夫三子者之言何如?"子曰:"亦各言其志也已矣。"曰:"夫子何哂由也?"曰:"为国以礼,其言不让,是故哂之。""唯求则非邦也与?""安见方六七十如五六十而非邦也者?""唯赤则非邦也与?""宗庙会同,非诸侯而何?赤也为之小,孰能为之大?"

曾皙的理想就是天理流行的社会。在这样的社会,礼乐盛行,那用于祭祀的舞雩台,在暮春时节,总能迎来春服既成的成年人,还有可爱的童子。舞雩台,还有沂水带给他们无比的享受。他们台上吹风,水中沐浴,然后,踏着轻松的步伐,愉快地唱着优美的诗乐回家。他们既受礼的教导,也受乐的熏陶,所以展示了一幅美好的时代风俗画卷。生活在这种社会的人们不正是"成于乐","游于艺"了吗?难怪孔子要啧啧称赞了。

总之,从"吾与点也"的感叹中,我们感知了孔子的理想,那就是,治国首先要有个人"成于乐","游于艺",提高自己的修养,人格得到全面的发展。其次是全天下之人都得到诗乐的教化,和谐共处,其乐融融。因为,仁学的最高境界不是束缚的、功利

的、狭隘的,而是审美的、自由的、宏阔的。这正如李泽厚先生所说:

> 在孔子那里,这个仁学的最高境界恰恰不是别的,而是自由的境界,审美的境界,也即是孔子自论和夸赞颜回"不改其乐"的人生境界。孔子要求把社会的"礼治"和理性的以往规范变为人们出自天性的自觉要求,最终成为一种自由的"游戏"("成于乐"、"游于艺"),以完成全面的人的发展。把本来是维系氏族社会的原始歌舞(乐)转化为与发展完满的自觉的人性相联系,这正是孔子美学观极为深刻的地方。[①]

第三节　文质彬彬,尽善尽美

一、文质彬彬

文质彬彬,实质就是礼乐彬彬之意。虽然孔子没有直接提出此种理论,但结合其言论可知,"质"主要是指礼,"文"主要是指乐。《礼记·礼运》记载:

> 言偃复问曰:"夫子之极言礼也,可得而闻与?"孔子曰:"我欲观夏道,是故之杞,而不足征也。吾得《夏时》焉。我欲观殷道,是故之宋,而不足征也。吾得《坤乾》焉。《坤乾》之义,《夏时》之等,吾以是观之。"

弟子言偃问"礼",而孔子答之以"道"。显然,孔子已经把

---

① 李泽厚,刘纲纪.中国美学史[M].北京:中国社会科学出版社,1984:122.

"道"视为"礼"了。另外,孔子曾说"我欲观夏道"(《礼记·礼运》),孔颖达疏曰:"'我欲观夏道'者,我欲行夏礼,故观其夏道可成以不,是故之适于杞,欲观夏礼而与之成。"这就是说,"夏道"即为"夏礼"。依此,则孔子所云"虞夏之质"(《礼记·礼运》),是指虞、夏礼之质。可见,孔子所言"质",是针对"礼"而已。又因为孔子常常把礼与乐,文与质两两对举,相提并论,因此,"文"主要是指"乐"。司马光《答孔文仲司户书》说:"古之所谓文者,乃所谓礼乐之文,升降进退之容,弦歌雅颂之声,非今之所为谓文也。"所以说,文质彬彬其实就是礼乐合一的另外一种表述,但它又转化为对人和艺术的要求。这种要求的详细内涵可以通过《礼记·表记》中孔子的言论作出判断,它们是:

> 子曰:"夏道尊命,事鬼敬神而远之,近人而忠焉,先禄而后威,先赏而后罚,亲而不尊。其民之敝,蠢而愚,乔而野,朴而不文。殷人尊神,率民以事神,先鬼而后礼,先罚而后赏,尊而不亲。其民之敝,荡而不静,胜而无耻。周人尊礼尚施,事鬼敬神而远之,近人而忠焉,其赏罚用爵列,亲而不尊。其民之敝,利而巧,文而不惭,贼而蔽。"

> 子曰:"夏道未渎辞,不求备,不大望于民,民未厌其亲。殷人未渎礼,而求备于民。周人强民,未渎神,而赏爵刑罚穷矣。"

> 子曰:"虞夏之道,寡怨于民。殷周之道,不胜其敝。"

> 子曰:"虞夏之质,殷周之文,至矣! 虞夏之文不胜其质,殷周之质不胜其文。"

上面几段话中,孔子纵论了历代礼乐之事。"夏道"、"殷道"和"周道"之"道",都是指"礼"。孔子认为,夏礼的特点是,注重四时之政教,侍奉鬼神但敬而远之。重视奖赏而轻视惩罚,待人亲近而忠厚,但不够尊重。这使人们愚蠢粗野而不够文饰。殷礼的特点是,尊崇鬼神而轻视礼仪,重视惩罚而轻视奖赏。待人尊重而不亲和。周礼的特点是,尊崇礼仪而乐于布施,侍奉鬼神但敬而远之。待人亲近而忠厚,用爵位等来进行赏罚,亲和而不尊重。因此,人民的弊端在于贪财取巧,重视文饰而不知惭愧。换言之,夏礼文饰不够,不苛求于民,人民不厌恶君主的亲和。殷人文饰也不足,对人民并不求全责备。而周人则强迫人民,但不烦渎鬼神,赏罚的手段已经用尽了。虞、夏之礼,使民众很少怨言,而殷、周之礼则使人们难以承受。总而言之,虞、夏之礼,以质为本,文不胜质;而殷、周之礼,则文为主,质不胜文。

正因为以往历代的礼乐都存在着质文不相对等的问题。所以,孔子在继承前人礼乐文化的基础上,推陈出新,提出了"文质彬彬"的观点。

> 子曰:"质胜文则野,文胜质则史。文质彬彬,然后君子。"(《论语·雍也》)

> 棘子成曰:"君子质而已矣,何以文为?"子贡曰:"惜乎!夫子之说,君子也。驷不及舌。文犹质也,质犹文也。虎豹之鞟,犹犬羊之鞟。"(《论语·颜渊》)

质胜过文,则显得粗野;文胜过质,则显得浮华。文质往往要相互补充,才能相得益彰。所谓"文犹质也","质犹文也",就是这个道理。所以,只有文质彬彬,才是礼乐盛行的本质,它体现了君子的品格。

按照孔子的理论,社会的礼乐造就了民众的个性。因此,理想的人格就是礼乐互补的人格,即是君子的人格。君子为人应当文质彬彬,在生活中努力追求着"游于艺"、"成于乐"的人生境界。"游于艺"是建立在"志于道,据于德,依于仁"之"礼"的基础上。同样,"成于乐"也是"立于礼"的前提下才能实现的。可见,文质彬彬是从社会制度转向人格与艺术的要求,是一种"为人生而艺术"的理论。

孔子对前代的礼乐文化进行了改造,加以创新,提出了文质彬彬的社会与君子的品质。这种品质是文与质的和谐,是"游于艺"、"成于乐"的基础和载体。

二、尽善尽美

孔子对待诗乐总是从社会政治的角度来进行评判,往往把艺术之美与社会之善有机地统一起来。朱志荣先生说:

> 孔子将"乐"的感化放到对人的全面造成的背景下,让人在诗、歌、舞的感性享受中得到熏陶,并在个体的感性欲求得到满足的同时符合社会文化心理。[①]

孔子把诗乐与社会文化心理的构建联系起来,实际上是一种美善一体的思想,例如:

> 子谓《韶》:"尽美矣,又尽善也。"谓《武》:"尽美矣,未尽善也。"(《论语·八佾》)
>
> 子在齐闻《韶》,三月不知肉味,曰:"不图为乐之至于斯也。"(《论语·述而》)

《韶》乐是歌颂舜之美德的诗乐,所以内容尽善,又由于此乐曲优美动听,故又称之为"美"。而《武》乐是歌颂周武王的诗乐,

---

① 　朱志荣.中国审美理论[M].北京:北京大学出版社,2008:222.

尽管乐曲威武雄壮,悦耳动听,但由于是反映武力定天下的内容,所以说"尽美",而不"尽善"。由于《韶》乐既美又善,所以让孔子"三月不知肉味",流连忘返,真理体会到了艺术与仁德所带来的双重愉悦之感。可见,从孔子对《韶》与《武》的评论来看,孔子既把美与善相互联系,又把美与善区分开来。在概念上孔子有意识地区分它们,但在具体事物上,孔子又希望能够集美善于一体。孔子的这种观念是在继承前人的思想基础上,又有所发展和创新。

孔子之前,一般把美善统一起来,美者必善,善者必美。例如,《国语·楚语上》记载,楚灵王建章华之台,与伍举登台后问:台美夫? 伍举回答曰:"夫美也者,上下、内外、小大、远近皆无害焉,故曰美。若于目观则美,缩于财用则匮,是聚民利以自封而瘠民也,胡美之为? 夫君国者,将民之与处;民实瘠矣,君安得肥? ……若敛民利以成其私欲,使民蒿焉忘其安乐,而有远心,其为恶也甚矣,安用目观?"在此,伍举把形式之美与内容之善对应起来,认为台之美要以百姓安宁为必要条件,否则不但不美,反而是"恶"了。又如,《左传·襄公二十九年》记载,吴公子季札在鲁国观周乐,也处处以善来衡量诗乐之美。

正因为美善统一有着悠久的历史,所以孔子受传统思想的影响,也非常注重美善的联系。

> 子曰:"礼云礼云,玉帛云乎哉! 乐云乐云,钟鼓云乎哉!"(《论语·阳货》)
> 子曰:"人而不仁,如礼何? 人而不仁,如乐何?"(《论语·八佾》)

"礼"是一种道德规范,属于善的范畴,而"乐"是一种艺术,属于美的范畴。礼与乐是相须为用的，则美与善也不可分离。另外，"乐"如果没有"仁"的充实，则失去了它的意义。仅有"乐"之美是不够的，还应当有"仁"之善的衬托、充实，才是完美的。

孔子除了继承前人美善统一的思想，还注意到两者之间的区别，做出了理论上的创新。

当然，孔子之前，人们对美与善的区分有所意识，并逐渐从朦胧走向清醒。例如，《左传·襄公二十六年》记载：

> 初，宋芮司徒生女子，赤而毛，弃诸堤下，共姬之妾取以入，名之曰弃。长而美。平公入夕，共姬与之食。公见弃也，而视之，尤。姬纳诸御，嬖，生佐。恶而婉。大子痤美而狠。

宋国芮司徒所生女儿名叫"弃"。弃后来做了宋平公的侍妾，受到了宠爱，生了佐和太子痤。佐长相丑陋但性格温和，而太子痤长相俊美而心地凶狠。在此，"恶而婉"、"美而狠"都已经把内心之善与外貌之美割裂了开来。这表明他们已经对此进行了区分，但没有上升到理论的高度。大约在同一时期，老子已经注意到美与善之间的不同，在理论上也有了较为清醒的意识。

> 老子曰："天下皆知美之为美，斯恶矣；皆知善之为善，斯不善矣。"（《老子》第二章）

老子已经把美与恶、善与不善对立起来，这就意味着美与善不是同一概念。只是老子对此没有进行详细的界定。等到了孔子，才真正从理论上进行了清晰的表述。可以这么说，孔子算是理论上对美与善进行区别的第一人。

继孔子之后，孟子对美、善等概念进行了明确的定义："可欲之谓善，有诸己之谓信，充实之谓美，充实而有光辉之谓大，大而

化之之谓圣,圣而不可知之之谓神。"(《孟子·尽心下》)值得拥
有叫作"善",自己拥有"善"叫作"信",自身充满"信"叫作"美"。
可见,"美"虽然与"善"不同,但仍然是建立在"善"的基础上,
"美"与"善"既有区别,又有联系。这种思想不仅在中国古代已
经形成,其实,西方也早就产生了相似的理论。换言之,孔子、孟
子的美善思想与西方的美学思想也有不少相通之处。例如:柏
拉图在《斐德若篇》中说:

> 所谓神灵就是美,智,善以及一切类似的品质。[①]

柏拉图与孔子一样,把美、善统一了起来。德国学者谢林也
有类似的观点,他在《德国唯心主义的最初体系纲领》一文中说:

> 我坚信,理性的最高方式是审美方式,它涵盖所有的理
> 念。只有在美中真与善才会亲如姐妹。[②]

谢林认为,理性与审美相互关联,而真、善、美三者也密不可
分,亲如姐妹。

与我国注重美善一体不同的是,西方更倾向于把美与善分
割开来。阿奎那就曾经把美善区别对待,他说:

> 与美关系最密切的感官是视觉和听觉,都是与认识关
> 系最密切的,为理智服务的感官。我们只说景象美或声音
> 美,却不把美这个形容词加在其他感官(例如味觉和嗅觉)
> 的对象上去。从此可见,美向我们的认识功能所提供的是
> 一种见出秩序的东西,一种在善之外和善之上的东西。总
> 之,凡是只为满足欲念的东西叫作善,凡是单靠认识到就立

---

① 柏拉图.文艺对话集[M].北京:人民文学出版社,1963:121.
② 刘小枫.现代性中的审美精神[M].上海:学林出版社,1997:166.

即使人愉快的东西就叫作美。①

阿奎那区别了美与善的不同，同时也把美置于善之外和善之上的东西，这与孔子、孟子的思想显然是一致的。

第四节 情理相融，知行合一

一、情理相融

诗乐也就是礼乐的体现。孔子希望复兴周代礼乐文化，其诗乐思想当然也就是礼乐思想。礼者，理也；乐者，乐也。《礼记·乐记》曰："乐也者，情之不可变者也。礼也者，理之不可易者也。"礼包含义理，乐管乎人情。理是理性的，乐是情感的。当然，乐虽然通乎情，而礼是通乎理，但这也不是完全独立分工的，两者也有交叉之处。乐也包含德义，礼也通乎情感。《礼记·乐记》曰："乐也者，施也。礼也者，报也。乐，乐其所自生，而礼，反其所自始。乐章德，礼报情，反始也。""乐"是施惠，因此不求回报，只求德而已矣；"礼"是回报，他人有恩于己，己则报之以情。对于子孙而言，对先辈的回报即是"反始"之意。可见，礼乐相须，就是情理相融，也就是"发乎情，止乎礼义"（《毛诗序》）。这在孔子的言论之中多有体现，如：

> 子曰："吾之于人也，谁毁谁誉？ 如有所誉者，其有所试矣。斯民也，三代之所以直道而行也。"（《论语·卫灵公》）
>
> 叶公语孔子曰："吾党有直躬者，其父攘羊，而子证之。"

---

① 孟庆枢.西方文论[M].北京:高等教育出版社,2002:86.

> 孔子曰："吾党之直者异于是。父为子隐,子为父隐,直在其
> 中矣。"(《论语·子路》)

上面两段话之中都有一个"直"字,但意思并不相同。前一句的"直"是"正"之意。"直道而行",就是沿着正路而行,办事公正。这个"直",是理性的、规矩的。后一句的"直"是"正直"之意。"直躬",即是直身而行。这个"直"则是情感的、伦理的。朱熹曰:"父子相隐,天理人情之至也。故不求为直,而直在其中。"父子之情是天理,是人情的极致。它不能因为所谓的"正直"而置之不顾。所以说,两种不同的"直",正反映了孔子情理兼顾的思想。王国维先生曰:"孔子以为理与情并重,又因时与地而异。其'直'之解释,如'斯民也,三代之所以直道而行也'之解'直'为理,答叶公之问之'直',则情也。"①又说:"情与理二者以调和为务。此孔子之说所以最酝藉最稳当也。"②

对于情理相通,除了上面两段话,孔子还有其他的表述。如,《论语·泰伯》曰:"兴于《诗》,立于礼,成于乐。"诗是情感的,礼是理性的,而乐则两者兼而有之。王国维先生曰:

> 诗,动美感的;礼,知的又意志的;乐,则所以融和此二者。苟今若无礼以节制,一任情之放任,则纵有美感,亦往往动摇,逸于法度之外。然若惟泥于礼,则失之严重而不适于用。故调和此二者,则在乐乎。③

诗是美感的,礼是意志的。仅有美感,则过于放任;仅有意志,显得拘泥。所有必须两者兼容并包。而"乐"则兼而有之,能

---

① 王国维. 王国维文集(第三卷)[M]. 北京:中国文史出版社,1997:130.
② 王国维. 王国维文集(第三卷)[M]. 北京:中国文史出版社,1997:131.
③ 王国维. 王国维文集(第三卷)[M]. 北京:中国文史出版社,1997:147.

够使两者得到调和。陈望衡先生也说：

> "兴于诗，立于礼，成于乐。"它们的关系可以这样简单地表示：诗（主要为感性，但有理性成分）——礼（基本上为理性，但也有感性成分）——乐（感性，但溶解了理性）。这种从感性经理性再到感性的过程，是人格建造螺旋式上升的过程，否定到否定之否定的过程。[①]

可见，孔子的"兴于《诗》，立于礼，成于乐"，是一个从审美到立善，再到审美的过程，它充分体现了情与理的相通。这样一个过程既是审美的，也是育人的过程，其思路与席勒的美育思想具有异曲同工之妙。席勒说：

> 感性的人通过美被引向形式与思维，精神的人通过美被带回到物质，又被交给感性世界。[②]

也就是说，感性的人通过美引向理性，而理性的人通过美又回到感性。美使感性与理性的对立消失，使情感与理性这两种对立的状态联结起来。席勒认为，人的最高目标是自由，自由也是人的本质。自由实现的最后途径是审美。唯有审美的王国才是自由的王国。人只有通过审美才能真正地实现自己，才能进入自由的王国。而溶解性的美能够显示出其强大的功能，调和情感与理性的矛盾，使人成为进入自由的境界。因为，"片面地受情感控制的人，或曰感性紧张的人，须通过形式得以松弛，获得自由；片面地受法则控制的人，或曰精神紧张的人，须通过物质得以松弛，获得自由。为了实现这双重的任务，溶解性的美就

---

① 陈望衡.中国古典美学史［M］.武汉：武汉大学出版社，2007：124－125.

② 席勒.审美教育书简［M］.北京：北京大学出版社，1985：91.

显示出两种不同的形体。第一,它作为宁静的形式和缓粗野的
生活,为从感觉过渡到思想开辟道路;第二,它以活生生的形象
给抽象的形式配备上感性的力,把概念再带回到观照,把法则再
带回到情感"①。所谓"溶解性的美",大致相同于优美。它的作
用可以在精神与物质方面使人心情松弛。它作为宁静的形式让
粗野的生活和缓,使情感上升到理性。同时,它以鲜活的形象使
理性增添了感染力,从而使之重新回到情感的状态。这样一个
始于情感,经过理性洗礼,又回到情感的审美作用,与孔子"成于
乐"的思想何等相似,可谓不谋而合。

二、知行合一

孔子重视诗乐的教化作用,是因为有一种强烈的使命感。
孔子立志要把天道转化为人道,实现礼乐的盛行,促使社会的和
谐。这种使命感迫使孔子志于道,据于德。这正如《周易·系辞
下》所说:

> 精义入神,以致用也;利用安身,以崇德也。

韩康伯注曰:"精义由于入神以致其用,利用由于安身以崇
其德。理必由乎其宗,事各本乎其根,归根则宁,天下之理
得也。"②

孔子诗乐之精义可谓出神入化,但其目的是学以致用。致
用之道,又在于安身以崇德。而崇德所由之路径则在于推行仁
义。韩愈曰:"博爱之谓仁,行而宜之之谓义,由是而之焉之谓
道,足(乎)己无待于外之谓德。"道是客观的,是不得不行的法

① 席勒.审美教育书简[M].北京:北京大学出版社,1985:89—90.
② 阮元.十三经注疏[M].北京:中华书局,1980:87.

则,而德是主观的,是得之于心而实行的状态。孔子的使命就是要以主观之德行客观之道。王国维先生曰:

> 道者,必不可不行之法则也,是为客观的。德者,谓吾心得是道而行之,生[是]主观的状态也。①

天道作为法则,是以"诚"的面貌出现的,所以人也必须以"诚"来践行这种天道。圣人要博学之、审问之、慎思之、明辨之,也要笃行之,使博学、思辨与力行联系起来。这正如《礼记·中庸》所说:

> 诚者,天之道也;诚之者,人之道也。诚者不勉而中,不思而得,从容中道,圣人也。诚之者,择善而固执之者也。博学之,审问之,慎思之,明辨之,笃行之。

孔子热衷礼乐文化,整理并传播六经,就是为了使"道"在实际运用中得以自明。有关道与用之关系,宋代有一个叫陈舜俞的学者,他曾经写过一篇叫作《说用》的文章,分析得非常清楚,也很有见地。他说:

> 六经之旨不同,而其道同归于用。天下国家所以道其道而民由之,用其用而民从之,非以华言单辞,殊指奥义,为无益之学也。故《易》有吉凶,吉凶者得失之用也;《书》有典诰,典诰者治乱之用也;《诗》有美刺,美刺者善恶之用也;《春秋》有褒贬,褒贬者赏罚之用也;《礼》有质文,质文者损益之用也;《乐》有雅郑,雅郑者性情之用也。故深于《易》者长于变,深于《书》者长于治,深于《诗》者长于风,深于《春

---

① 王国维.王国维文集(第三卷)[M].北京:中国文史出版社,1997:138.

秋》者长于断,深于《礼》者长于制,深于《乐》者长于性。[①]

六经之旨虽然有所不同,但其道却是相同的,都归于用。道之用,就是要使礼乐得以实施。而诗乐是礼乐与道德的一种载体。礼,就是履,就是行动和实践,而道德也讲究付诸实践,并努力运用到日常生活之中。黄卓越先生说:

> 以儒学的情况看,儒学既是一种学问,也是一种生活。从孔子的经历与言述看,儒家尽管倡导一种"问学"的过程,注重知识的追求与教育的提升,但是这些知识与智性更主要地是能够返归于日常生活及其行动细节之中去的,并由此而提出了从家庭到社会的一系列伦理条目。[②]

所以,诗乐不仅是一种理论的学习,还要运用到社会生活之中的方方面面。王国维先生说:"孔子之人生观,在明道理、尽吾力、而躬践道德,至其终极,则以信天命为安心之地,故超然不为生死穷达富贵利害得丧所羁束。"[③]孔子的人生观就是要志于道德,不遗余力地躬践道德。这是上天使命之召唤,也是自己信念之所在,有了这种信念,就能超然物外,不为物役了。既然要学以致用,所以,孔子经常告诫自己的儿子或弟子要把理论运用到实践之中去。例如:

> 陈亢问于伯鱼曰:"子亦有异闻乎?"对曰:"未也。尝独立,鲤趋而过庭。曰:'学诗乎?'对曰:'未也。''不学诗,无

---

① 陈舜俞.都官集(卷六)[M].清乾隆翰林院抄本.
② 黄卓越.在后现代的问题视域中思考儒学的发展[M].//方铭.儒学与二十一世纪文化建设:首善文化的价值阐释与世界传播.北京:学苑出版社,2010:319-324.
③ 王国维.王国维文集(第三卷)[M].北京:中国文史出版社,1997:153.

以言.'鲤退而学诗。他日又独立,鲤趋而过庭。曰:'学礼
乎?'对曰:'未也。''不学礼,无以立。'鲤退而学礼。闻斯二
者。"陈亢退而喜曰:"问一得三,闻诗,闻礼,又闻君子之远
其子也。"(《论语•季氏》)

学诗,是为了能"言";学礼,是为了能"立"。所以,诗乐学习
得再好,如果不懂得实实在在的行礼,那也是没有实质意义的。

孔子曰:"诵《诗》三百,不足以一献。一献之礼,不足以
大飨。大飨之礼,不足以大旅。大旅具矣,不足以飨帝。毋
轻议礼!"(《礼记•礼器》)

学诗诵诗再多,如果不懂得学礼,则失去了应有的价值。可
见,诗乐的学习主要是为了运用到礼的实践之中。也就是说,理
论只有得到实践的检验才有价值,这才是孔子的诗乐思想。子
路在行礼方面能够变通,把礼仪中烦琐的步骤变得更加简单易
行。因此得到了孔子的称赞:"谁谓由也而不知礼乎?"(《礼记•
礼器》)子羔也因"行之"有法而得到孔子的赞赏。《孔子家语•
致思》记载:

孔子闻之曰:"善哉为吏,其用法一也。思仁恕则树德,
加严暴则树怨,公以行之,其子羔乎。"①

子羔,即高柴。他在担任卫国狱官的时期,能够心存仁义,
常怀宽恕,努力树立德行,并公正无私地贯彻施行。

正因为孔子看重知行一体,所以非常反感言过其实的行为,
并以此告诫过子路。《孔子家语•三恕》记载:

① 王肃.孔子家语[M].上海:上海古籍出版社,1990:18.

子路趋而出,改服而入,盖自若也。子曰:"由,志之!吾告汝:奋于言者华,奋于行者伐。夫色智而有能者,小人也。故君子知之曰智,言之要也;不能曰不能,行之至也。言要则智,行至则仁,既仁且智,恶不足哉!"①

所谓"奋于言者华,奋于行者伐",王肃注曰:"自矜奋于言者华而无实。自矜奋行者是自伐。"②孔子认为,夸夸其谈者,属于华而不实;自矜行为者,属于自吹自擂。这两种行为都难以得到别人的信任。所以,做人应当做到言行一致,"知之为知之,不知为不知"。只有这样,才能既"仁"且"智"。如果是这样,那就没有什么不足之处。否则,就应当对言过其实的行为感到耻辱。子曰:"君子耻其言而过其行。"(《论语·宪问》)就是这个意思,它同样要求为人处世言行一致,知行合一。

———————————

① 王肃.孔子家语[M].上海:上海古籍出版社,1990:24.
② 王肃.孔子家语[M].上海:上海古籍出版社,1990:24.

第六章　乐者,乐也
——孔子的审美境界

第一节　春秋晚期从礼乐到礼义的转型

春秋晚期,社会正发生着激剧的变革,西周以来的礼乐制度遭到了严重的破坏,出现了"礼崩乐坏"的局面。其实,"礼崩乐坏"主要不是指礼与乐的完全毁坏,而更是指一种制度、文化的变革。这种变革,有一个突出的特征就是,随着礼与乐的分离,礼乐不断向着礼义的方向转变。礼乐与礼义是不同的两个概念。相比较而言,礼乐更是一种普遍的政治制度、行为规范,包含着浓厚的等级意识,而礼义的政治功能则显著下降,更加带有一种理论性的色彩。随着礼义的突显,"礼"逐渐变成了形式上的礼仪,而"乐"逐渐变成了纯粹性的音乐,它们彼此朝着独立的方向发展。在这种情况下,社会上的礼义观念更加清醒,对其理论意义也更加重视,同时,"赋《诗》言志"的行为也逐渐为"引《诗》言志"所取代。造成以上的原因有很多,主要包括各级贵族对礼制的僭越;士阶层的崛起,诸子纵谈,百家争鸣;传播媒介的改变;乐器的变更;新声对雅乐的挑战等多种因素。

下面就礼乐到礼义之转型的表现及产生原因进行逐一的分析。

一、礼乐到礼义转型的表现

(一)春秋晚期:礼义观念逐渐深入人心

春秋末期,列国分争,天下大乱,旧有的礼乐制度受到了巨大的冲击,礼与乐出现了分离的趋势。在礼乐彼此分离、各自独立发展的进程中,其礼义也明显地凸现出来,并受到了更大的关注。这只要检索《礼记》一书频频出现的"礼义"一词(全书共出现 19 次)便可知其中原委。《礼记》虽然成书于汉代,但却记载了大量孔子的言论,很能说明春秋晚期的社会状况。例如,《礼礼·礼运》记载孔子的言论:

> 今大道既隐,天下为家,各亲其亲,各子其子,货力为己,大人世及以为礼。城郭沟池以为固,礼义以为纪……以著其义,以考其信,著有过,刑仁讲让,示民有常。如有不由此者,在势者去,众以为殃,是谓小康。

孔子曾经感叹自己没有赶上"大道之行也,与三代之英",却生逢"小康"之时代。在这种小康社会中,大道已经消失不见,天下成了君王一家之天下了。周公所制作的"礼乐"已经被"礼义"所取代。"礼义"变为国家的纲纪,社会的各种关系都是依靠"礼义"来维持和巩固。这种种现象表明:

1. 贵族们维护礼的意识更加强烈

自西周周公制礼作乐以来,礼乐的存在和应用都有着普遍的社会意义。无论是祭祀神灵、外交聘问,还是日常起居、迎宾集会,礼乐都被广泛使用,并逐渐形成一种制度和文化,成为贵族们做人处世的准则、安身立命的根本。春秋晚期,社会结构的变迁和各国交往的频繁,使得礼乐处于前所未有的尴尬局面,一方面,其重要性不容忽视,另一方面其稳定性又受到了巨大的挑战。在这种情况下,贵族们对礼的意识更加清醒,经常以礼作为标准来品评人物。例如,公元前517年,鲁昭公将要在襄公庙里举行禘祀,跳万舞的只有二人,多数人都到季氏那里跳舞去了。事后,大夫们对季平子开始产生了怨恨心理。可见,季平子的僭礼行为不得人心(《左传·昭公二十五年》)。又如,公元前526年,郑定公为前来聘问的晋卿韩起举行享礼,郑大夫孔张在典礼上几次站立的位置都不对,被人耻笑,事后,子产对此大发脾气,并认为这是孔张作为一个"在位数世,世守其业"之大夫的耻辱(《左传·昭公十六年》)。

从上面两个事件可知,鲁国的诸多大夫以及郑国的子产在面临礼乐衰落的时候,都表现出了强烈的维护礼乐制度的愿望。与此同时代的孔子,也表现了相同的价值取向。孔子不仅整理文献,还传授礼乐知识,以期复兴周礼。孔子作《春秋》,就是为了维护周礼而作的努力。曹元弼《会通》说:

> 考之《左氏》,卿大夫论述礼政多在定公初年以前。自时厥后,六卿乱晋,吴越迭兴,而论礼精言惟出自孔氏弟子,此外罕闻。盖伏羲以迄周公,人伦道德之教至是而将绝。战国暴秦之势已成。开辟以来,生民祸变莫大于此。呜呼!此孔子《春秋》所以不能已于作,以存礼教于万世而豫为之遏其乱,开其治也。①

---

① 曹元弼.礼经学[M].上海:上海古籍出版社,2002:726.

流传至今的经典《仪礼》和《礼记》，就是弟子们学习礼仪的教材，记载了当时大量礼仪礼节方面的内容。《仪礼》和《礼记》等经典的出现，说明礼义在当时得到了广泛的认可，也表明贵族和士大夫们对于礼义都具有更加清醒的理性意识。另外，《论语》中孔子常常把礼与义、仁等联系起来，也能说明这一点。梁启超的《儒家哲学》中说：

> 孔子学说，最主要者为"仁"，仁之一字，孔子以前，无人道及。……这是孔子最大发明。[①]

孔子以仁来改造礼，说明礼义在当时早已成为社会共识了。

2. 贵族们对礼与仪的区分更加明确

春秋时期，随着对礼义的认识的加强，礼与仪之间的区别也深入人心。《左传》中有两个这方面的事例，说的是晋国两个大臣对礼与仪的区别有着深刻的理解。公元前 537 年，晋国大臣女叔齐笑话前来聘问的鲁昭公只知礼仪，而不知礼。女叔齐认为，鲁昭公屑屑于郊劳、馈赠之礼仪，却把"礼所以守其国，行其政令，无失其民者也"的重大意义置之度外。因为，鲁昭公作为国君却大权旁落，近小人远贤臣，背盟弃约，欺凌小国，自己处身非常危险，却一点也不懂得谨慎忧愁。（《左传·昭公五年》）公元前 517 年，晋国大臣赵鞅回答郑国子大叔的问题时，认为揖让周旋之礼只是一个礼仪，而不是礼，因为礼具有天经地义的重大意义。所谓："夫礼，天之经也。地之义也，民之行也"。（《左传·昭公二十五年》）

对礼义意识的加强，以及对礼与仪的明确区分，反映了当时礼与乐之间关系的疏离。因为，在礼乐制度下，礼与乐是相互配

---

① 梁启超.儒家哲学[M].长沙:岳麓书社,2010:23.

合的。所谓"礼乐相须以为用,礼非乐不行,乐非礼不举"。① 但是,随着礼乐制度的衰落,礼与乐就变成了徒具玉帛和钟鼓的形式而已。孔子所说的"礼云礼云,玉帛云乎哉? 乐云乐云,钟鼓云乎哉?"(《论语·阳货》),是一种痛心疾首的感叹,表明礼与乐水乳交融的状态已经涣然冰释了。

（二）从"赋《诗》言志"到"引《诗》言志"

在孔子时代,随着社会的变迁,西周以来的礼乐思想受到了巨大的冲击。许多贵族不再按照礼乐的要求行事,因此,以往的赋《诗》言志已经没有了太多的意义。在这种情况下,有识之士开始大声疾呼,重申礼乐的重要性,他们在各种场合下都自觉不自觉地引用彼此熟悉的诗句,来表达自己的观点,以期达到说服别人的目的。因此,时代的风云变幻,促使春秋中期非常流行的赋《诗》言志之行为,渐渐转向了春秋晚期开始盛行的引《诗》言志之风尚。

"赋《诗》言志"与"引《诗》言志"虽然有很多联系,但两者之间的区别也是非常明显的。赋《诗》言志是合乐的,而引《诗》言志则不一定要合乐。所谓赋《诗》言志,就是运用《诗经》中能够表达自己思想感情的篇章或诗句,合着乐唱出来,它比较重视赋《诗》本人的意志。赋《诗》既可以是自己唱,也可以请乐工代唱。顾颉刚先生认为:

> 春秋时的"赋诗"等于现在的"点戏",那时的贵族(王、侯、卿、大夫)家里都有一班乐工正如后世的"内廷供奉"和"家伶",贵族宴会的时候,他们在旁边侍候着,贵族点赋什

① 郑樵.通志二十略[M].北京:中华书局,1995:883.

么诗,他们就唱什么诗来,客人要答什么诗,也就点了让他们唱。①

朱自清也持相同的观点:"赋诗是合乐的,也是诗乐不分家。"②因为赋《诗》是合乐的,而且是当场表演的,所以,诗乐就成为社会交往、各国外交表达情意的一种通用语言。但引《诗》言志则不同,它既可以运用于口头,也可见出现于书面。因此,使用者只要把《诗经》中的诗句引用到自己的表达之中即可,与合乐没有必然的联系。据统计,在《国语》、《左传》和《史记》的载述中,赋《诗》与引《诗》的场次分别是 35 和 147,由此可见春秋时期用《诗》格局之转变。③

如果说赋《诗》言志诉诸于听觉和触觉空间的话,那么,引《诗》言志则诉诸视觉空间。不同的空间产生不同的作用。"听觉—触觉空间是卷入的空间。没有这个空间,我们就'失去接触'。视觉空间是拉开距离的空间,是所谓'科学方法的公共预设,是学者的、征引的学问。"④也就是说,引《诗》言志是"学者的、征引的学问",注重诗歌本身的义理性,这与赋《诗》言志注重音乐的感染力显然不同。

二、礼乐到礼义转型的原因

春秋晚期,礼乐转向礼义,这是一种历史的必然,造成这种现象的原因有许多,大致包括以下几种。

---

① 顾颉刚.古史辨(第三册)[M].上海:上海古籍出版社,1982:649.
② 朱自清.朱自清说诗[M].上海:上海古籍出版社,1999:6.
③ 饶龙隼.先秦诸子与中国文学(下册)[M].南昌:百花洲文艺出版社,2010:208.
④ 麦克卢汉.麦克卢汉精粹[M].南京:南京大学出版社,2001:71.

（一）僭越礼制的行为越来越普遍

春秋之际,群雄争霸,社会等级发生了巨大变化,宗族公社也开始瓦解。在这场复杂的社会变革当中,各级贵族不断僭越传统的礼制,以求提高自己的地位和声望。这样的现象层出不穷,不胜枚举。例如,公元前589年,卫国大夫仲叔于奚因救卫卿孙桓子有功,不愿接受城邑的奖赏,却提出"请曲县、繁缨以朝"。"曲县"即乐悬之中的"轩悬",它与"繁缨"都是诸侯才能享有的特权,而卫穆公竟然满足仲叔于奚的无理的越权要求。孔子对此评论道:"惜也! 不如多与之邑。唯器与名,不可以假人。"(《左传》成公二年)因为器与名是礼乐的象征,代表着一定的等级。如果器与名随意赐给别人,则会出现朝纲紊乱的局面,后果不堪设想。又如,《论语》中记载季氏僭用天子的礼仪,公然"八佾舞于庭",而且又在祭祀先祖时,使用天子乐歌《雍》来撤除祭品。孔子对此十分愤怒,说:"八佾舞于庭,是可忍也,孰不可忍也?"(《论语·八佾》)这说明礼乐已经遭到了多少严重的破坏!

正因为贵族们的僭越行为,使得礼仪、乐歌的使用也不再像以前那样有一个明确的等级之分,这表明乐脱离礼的束缚越来越普遍。没有乐的配合,则礼转向抽象的礼义也就在所难免了。

（二）士阶层的崛起,诸子争鸣,重义成为必然

春秋晚期,社会鼎革,各个阶层也经历着重大的变迁。士起初是贵族与庶人之间的一个阶层,处于贵族下降和庶人上升的交汇之所。随着公室和贵族的衰落,以及优秀庶人通过学习而得到上升,贵族与庶人之间的鸿沟逐渐缩小。贵族可能降为士,而庶人也可能上升为士。所谓"学而优则仕,仕而优则学",既是

对庶人，也是对士的一种激励。在孔子生活的时代，贵族与士的界限已经很难截然区分了，这正如余英时先生所指出的：

> 贵族下降为士不仅可以从一般的历史趋势推知，而且还有具体的例案可考。孔子弟子中颜回和曾点、曾参父子的家世最便于说明这一点。[①]

士的地位上升，他们必然要求成为社会的发言人。社会纷争，也给了士阶层一个施展才华的机会。孟子说："圣王不作，诸侯放恣，处士横议，杨朱、墨翟之言盈天下。"（《孟子·滕文公下》）就是当时社会现实的反映。儒家、墨家、道家等诸多流派纷纷登上历史的舞台。孔子及其众多弟子怀揣着理想主义的精神，以一种以道抗势的雄心壮志，对社会表现出深切的关怀。他们著书立说，提出自己的治国主张。当时，诸子百家要在众多的学说中崭露头角、独树一帜，必然要使自己的学说理论化、系统化。因此，他们的论述也必然要采用多种手法。孔子主张的"言之无文，行而不远"，以及庄子提出的寓言、重言、卮言的表述方法，都表明言说方式的重要性。诸子纷争，礼乐的义理化也就成为一种必然。孔子所说的"礼也者，理也；乐也者，节也"（《礼记·仲尼燕居》），表明礼乐已经理论化、理性化了。

（三）传播媒介的改变

礼乐文化的义理化，也与当时传播媒介的改变息息相关。春秋之际，正是从口耳相传到文字书写的过渡时期。当时，帛简、竹简已经得到了极其广泛的使用，逐渐影响和改变着礼乐文化的传统结构。正因为"礼非乐不行，乐非礼不举"，所以，礼总

---

① 余英时.士与中国文化[M].上海：上海人民出版社，2003：11.

是配合乐而得到贯彻执行。事实上,乐,尤其是雅乐、"金石之乐",更加适宜于口耳相传。当口耳相传的传统被打破,代之而起的是文字书写,则乐的衰落就可想而知了。夏商周三代传播媒介的变迁足以说明这一点。

商朝大量使用甲骨,书写传播都并不容易。西周和春秋早期,书写材料主要是铜器,如钟鼎。到了春秋晚期和战国时期,竹书和帛书开始大量使用。当然,竹书的使用比帛书要更为广泛。《论语·卫灵公》有"子张书诸绅"的记载,子张把孔子的教诲写在腰带上,可以相见当时帛书的大致情形。孔子所说的"韦编三绝"则是指竹简书而言。现在考古出土的文献(如上海博物馆藏战国楚竹书)就是有力的证据。

帛书和简书比较容易流传,也是比较便捷的文化符号,因此以一种新的书写符号代替以往的音乐符号,将礼仪、礼义的制度固定和传播开来,就成为一种必然趋势。毕竟,竹书帛书具有"金石之乐"所无法比拟的优势。竹帛书写主要是诉诸视觉的,而"金石之乐"的音乐符号主要是诉诸听觉的,所以竹帛凭借自身的优势创造了一个全新的世界。这是"因为眼睛或耳朵的技术扩张立刻形成新的感官比率,新的感官比率又推出一个令人惊奇的新世界,新世界又激发各种感官强烈的新型'闭合'或相互作用的新奇格局"①。孔子能够编订《诗经》,也是与竹书的广泛运用密切相关。当然,《诗经》文本的出现,使乐舞与诗歌产生了分离。可见,竹帛书的运用,开阔了视野,扩大了距离空间,更加凸现了礼义的价值。

---

① 麦克卢汉.麦克卢汉精粹[M].南京:南京大学出版社,2001:178.

（四）乐器的变迁

雅乐之所以会受到巨大的冲击，其中一个重要原因是，新的乐器的产生，以及制作技术的提高，对传统乐器是一个不小的挑战。雅乐实际上就是"金石之乐"，而"金石之乐"是由乐悬演奏而来。乐悬相当于现今的乐队，人数众多，而乐器也比较笨重。萧友梅先生说：

> 周朝的整个乐队总称为乐悬，这就是说依照特定的序列把乐队乐器（主要乐器是钟和磬）在框架上悬挂起来，它们各有固定的位置。[①]

乐悬所用乐器主要是钟、鼓和磬，而且这些乐器都要悬挂在簨虡之上。钟、鼓和磬由于有一定的等级之分、场地之限，所以使用就不够灵便。它们的体积和重量都比较大，特别是钟磬，由铜和玉石制成，而且往往是成组的编钟编磬，其体积和重量都不言而喻了。所以，"金石之乐"适合于在固定的场合下演奏，而且得由专职人员掌管。另外，"金石之乐"更注重有理有序的节奏而不是诉诸感官的旋律，所谓"礼也者，理也；乐也者，节也"，就是这个意思。可见，乐悬制度下，礼乐之乐可以得到很好的使用，从而使礼乐文化更加稳定地发展。

但是，由于新的乐器，如笙箫之类的吹管乐器和琴瑟之类的弹弦乐器的大量出现，改变了以往金石之乐占主导地位的局面。学者们普遍认为，我国乐器的发展历程是：打击乐器→吹管乐器→弹弦乐器。[②] 金石之乐是打击乐器，比较侧重于节奏感，而吹管乐器和弹弦乐器则更加具有旋律性。而且，吹管乐器和弹弦

---

① 萧友梅.中国古代乐器考[M].长春:吉林出版集团有限责任公司,2010:15.
② 杨华.先秦礼乐文化[M].武汉:湖北教育出版社,1997:174.

乐器更加小巧精制，便于携带，也不太受场地的约束。这无疑拓展了纯音乐的发展空间。在春秋时期，与孔子同一时代，涌现了众多著名的琴师就可见一斑，如鲁国的师襄、晋国的师旷和郑国的师文等都是闻名遐迩的音乐家。新的乐器必要产生新的音乐，所以，广受大众追捧的新乐、俗乐也就应运而生了。

（五）新声对雅乐的挑战

春秋时期，人文思潮不断兴起，而且"随着当时各国的交往增加，商业发达，以及地主阶级的兴起，在奴隶主贵族的'雅乐'之外，另外出现了'新声'、'新乐'"[①]。也就是说，随着生产力的提高，人们对于具有纯粹音乐性质之乐有了更高的追求。"新声"逐渐形成一种潮流，对雅乐造成了巨大的挑战。所谓"新声"，就是一种脱离礼乐约束的纯粹音乐，追求感官的享受和刺激。新声又称为俗乐，包括郑声、女乐等。而"雅乐"则是西周礼乐制度中的诗乐舞蹈，它起着维护和巩固宗法等级制度的特殊作用。"新声"的出现，无疑动摇着礼乐制度的基石，使得人心不古、道德滑坡。孔子所说的"放郑声，远佞人。郑声淫，佞人殆"（《论语·卫灵公》），把郑声、佞人等同视之，可见郑声败坏道德的程度非同小可。孔子除了十分厌恶郑声，对女乐也是非常反感的。《史记·孔子世家》记载，鲁定公十三年时，孔子任大司寇，齐人害怕孔子为政从而使鲁国强大，于是派遣女乐送给鲁国，以迷惑执政者季桓子，使孔子实行礼乐的愿望破灭。孔子只好离开鲁国，并因此开始了漫长的游说生涯。

在新旧交替之际，新声虽然遭到了许多维护雅乐者的反对，但它毕竟是一种新生的力量，很快得到了广泛的青睐，甚至一国

---

① 蒋孔阳.先秦音乐美学思想论稿[M].北京：人民文学出版社，1986：73—74.

之君也为之乐此不疲。《礼记·乐记》记载了魏文侯对新声的痴迷。他对子夏说,自己"端冕而听古乐,则唯恐卧。听郑卫之音,则不知倦"。魏文侯对新声与雅乐的态度截然不同,大有以新声取代雅乐之架势。子夏站在维护雅乐的立场,认为魏文侯所爱好的只是俗乐,而不是雅乐。子夏的立场说明了儒家一派对雅乐的偏爱。事实上,孔子师徒对雅乐与俗乐的态度,表明了雅乐具有非同寻常的价值,但这也表明新声已经开始登上大雅之堂了。雅乐与新声的斗争,说明礼乐制度的衰落,当然,这也就意味着礼义的兴起。

小　结

总而言之,礼乐制度衰落,则感性的音乐内涵少了,抽象的礼义内涵多了。《毛诗序》曰:"发乎情,止乎礼义。发乎情,民之性也;止乎礼义,先王之泽也。"《毛诗》继《孔子诗论》之后,往往以礼义言诗,正表明了这种现实的无奈。这正如郑樵《通志·乐略·乐府总序》所说:

> 乐以诗为本,诗以声为用,八音六律为之羽翼耳。仲尼编诗,为燕享祀之时用以歌,而非用以说义也。古之诗今之辞曲也,若不能歌之但能诵其文而说其义可乎? 不幸腐儒之说起,齐、鲁、韩、毛四家各为序训而以说相高,汉朝又立之学官,以义理相授,遂使声歌之音,湮没无闻。……奈义理之说既胜,则声歌之学日微。[①]

可见,"礼崩乐坏"造成了诗乐的衰退,使礼义、义理大行其道。中国古代以义理言诗并逐渐形成了一种主流,而声歌之学

---

① 郑樵.通志二十略[M].北京:中华书局,1995:883.

却日益衰微,实际上这是礼乐文化衰落的一种必然结果。孔子所说的"郑声淫"就已经透露出乐之衰落的趋势。孔子主张"成于乐",并积极整理《诗三百》,除了保存当时的文字、雅言以外,还有一个更为重要的因素,就是要让雅乐保存下来。这也可见孔子对雅乐的重视。流传至今的《诗经》只有文字,没有音乐,并不能表明孔子删订《诗经》只是为了保存文字,否则就完全误解了孔子"然后乐正,《雅》、《颂》各得其所"的初衷。所以说,如今我们在重温历史的时候,没有理由忽略孔子孜孜以求复兴周礼的努力,学者们解释中国古代诗歌,尤其是先秦文学作品,不能忘记了当时诗乐之盛,人们每天生活在诗乐的氛围之中。因为,只有如此,我们才能更加接近真实的孔子和中国文化。

第二节　孔子对"乐"的坚守

面对春秋晚期礼乐转向礼义的洪流,孔子并没有随波逐流,而是矢志不渝,保持了对"乐"的坚守。从孔子的"兴于《诗》,立于礼,成于乐"到孟子的"以意逆志",再到董仲舒的"诗无达诂",我们可以看出三者对于"乐"的态度。孔子把诗乐与礼联系在一起,而且特别强调"乐"的成人之效。相比之下,孟子时代,"乐"的不断消亡,使解诗更加注重文辞的意义,所以读者要通过诗歌文辞的意义去理解诗人的情志,因此,孟子说"以意逆志"。到了汉代,诗歌已经脱离了音乐性,诗歌的文辞性完全具有独立存在的价值,因此,解释诗歌不可避免地专注于它的文辞了,说"诗"之时,就与"乐"没有了瓜葛,而语言的含糊性、多义性却增加了,使解释无法完全达到诗人的本意,所以董仲舒说"诗无达诂"。

可见,从孔子到孟子,再到董仲舒,"乐"的地位逐渐衰落,诗与乐不断独立,诗歌的文辞性日渐突出。据此,我们可以领会孔子对于"乐"的坚守。这主要表现在删订《诗经》,重视乐教,反对"郑声淫"等几个方面。

一、删订《诗经》

孔子希望复兴周礼,维护周代的礼乐制度,所以积极地推行自己的主张。当十多年游历诸侯各国而只能无功而返之后,孔子于是改弦更张,把全部的精力投入到教育弟子与文献整理的伟大事业之中。孔子删订《诗经》,不仅教育了广大的弟子,也保存了优秀的传统文化。

在春秋时代,生产力水平还很低下,显然与后世不可同日而语。尽管已经出现了帛书,但文字的记载主要还是竹简、木简。因此,文化的传播以口耳相传为主,《诗经》的传承也不例外。当时,王官文化仍然十分盛行,学术为官方所控制,诗乐由专业人才所掌握。但随着战争的频繁上演,社会出现了"礼崩乐坏"的局面,于是专业人才面临着流离失所的困境。《论语·微子》记载:"大师挚适齐,亚饭干适楚,三饭缭适蔡,四饭缺适秦。鼓方叔入于河,播鼗武入于汉,少师阳、击磬襄,入于海。"就是这种现状的反映。

诗乐专业人才的散失,必然使《诗经》文本的保存带来巨大的问题。况且当时诸侯争霸,各自为政,文字也不可能统一,《诗经》当然不可能有固定而完整的版本。因此,整理《诗经》的历史使命落在了孔子身上,孔子当仁不让地承担起了这个重任。季札在鲁国所听周乐的演奏,次序与今本《诗经》大致相同。但孔子有些调整,例如,今本《国风》的次序与季札所听有所不同。杜预云:"于《诗》,《豳》第十五,《秦》第十一,后仲尼删定,故不同。"①

　　说到孔子整理文献,后人常常提出怀疑,其实,这是缺少对历史同情的理解。因为,只要我们设想孔子身后几百年秦始皇君临天下,怎样统一文字,统一货币,就知道列国纷争时代的文化状况了。所以说,虽然在孔子之前有了《诗经》较为完整的版本,但仍然有待整理和改进。这不仅表现在诗歌数量的取舍精选,而且还包括音乐的雍容雅正等问题。孔子创办私学,广招弟子,当然要有比较固定的教材。为了配合自己的教学,孔子删订诗篇,校正乐曲,也是理所当然的事情。对此,孔子自己也有过表述。子曰:"吾自卫反鲁,然后乐正,雅颂各得其所。"(《论语·子罕》)徐复观先生认为,孔子删诗并进行了润色。徐复观说:

　　　　把史官采诗和孔子删诗,都解释为这是对口传诗的选择和写定工作,倒是很自然的。……《诗经》的诗,经过采诗者的润色,经过了乐工的润色,也经过了孔门的润色。《墨子》上所引与儒家典籍里相同的诗,字句常较为拙劣,即其一证。②

　　孔子说自己曾经"正乐",则删诗是毫无疑问的了。因为,诗乐一体,正乐,则必然要删诗。否则,诗乐相须为用的说法岂不是一句空话? 诗是配乐进行演奏的,《诗经》是一句二顿、一顿二字的节奏。当乐调整或删除了一段,而诗词不调整、不删除,这岂能演奏? 且不说当时诗乐配合那么紧密,就算诗与乐配合比较松散的今日,正乐而不正诗,也颇为龃龉难通了。赵坦云:"删

①　孔颖达.毛诗正义[M].北京:北京大学出版社,1999:3.
②　徐复观.中国文学精神[M].上海:上海书店出版社,2006:35.

《诗》之旨可述乎？曰：'去其重复焉尔。'"①大致就是这个意思。

对于孔子删诗之功，司马迁饱含热情地进行了讴歌："古者《诗》三千余篇，及至孔子，去其重，取可施于礼义，上采契、后稷，中述殷、周之盛，至幽、厉之缺……三百五篇，孔子皆弦歌之，以求合《韶》、《武》、《雅》、《颂》之音。"(《史记·孔子世家》)其后，班固也赞同其说。班固《汉书·艺文志》曰：

> 孔子纯取周诗，上采殷，下取鲁，凡三百五篇，遭秦而全者，以其讽诵，不独在竹帛故也……②

孔子删诗之事，不仅孔子亲口说出，而且年代距之比较近的司马迁、班固也对此有过肯定的历史记载。所以，此事毋庸置疑的。当然，由于时代的久远，后世学者不断提出一些疑问。最早的可以算是唐代学者孔颖达了。孔颖达曰："如《史记》之言，则孔子之前，诗篇多矣。案《书传》所引之诗，见在者多，亡逸者少，则孔子所录，不容十分去九。司马迁言古诗三千余篇，未可信也。"在此，孔颖达并不是否定孔子删诗之事，只是对于孔子所删诗的数量有所怀疑而已。后世有些学者据此来否定孔子删诗，不仅误解了孔子，也误解了孔颖达。

在宋代，欧阳修《诗本义·诗谱总序》中，又提出孔子删诗包括删章、删句和删字的几种方式之说。③ 朱熹则认为，孔子只是刊定诗歌，而未必删诗。他说："人言夫子删《诗》，看来只是采得许多诗，夫子不曾删去，只是刊定而已。"④朱熹把孔子删诗说成

---

① 赵坦.宝甓斋文集[M].上海：上海书店，1988：511.
② 班固.汉书[M].北京：中华书局，1962：1780.
③ 欧阳修.诗本义[M].上海：上海古籍出版社，1987：301.
④ 朱彝尊.经义考（第一册）[M].台北："中研院"中国文哲研究所，1997：683.

是刊诗,后人往往产生误解,以为朱熹是否定孔子整理《诗经》之事。如此理解,朱熹岂能认同?

其实,从现存材料来看,真正否定孔子删诗的第一人是宋代的叶适。叶适认为,周代以《诗》为教,置学立师,诗歌的选用取决于朝廷,对于《诗经》的使用而言,"孔子生数百年后,无位于王朝,而以一代所教之诗,删落高下,十不存一,为皆出其手,岂非学者之随声承误,失于考订而然乎。"①此后,附和叶氏之说者代不乏人。元代苏天爵认为,当时列国众多,为何陈、魏等国有诗,而滕、薛、许、蔡、邾、莒等国却无一诗之存?况且季札观乐之时孔子也未删诗,"自《雅》、《颂》之外,其十五《国风》尽歌之,今三百篇及鲁人所存,无加损也,其谓夫子删《诗》,其可信乎?"②

到了清代,否定孔子删诗者更不乏其人,朱彝尊、方玉润即为代表。

朱彝尊《经义考·诗》认为,诗为朝廷所掌握,并把它运用到盟会、聘问、燕享等场所,这不是个人的行为。所以孔子不可能以一人之力删订诗歌。否则,无人信从。朱彝尊曰:

> 窃以《诗》者,掌之王朝、班之侯服,小学大学之所讽诵,冬夏之所教,莫之有异。故盟会、聘问、燕享,列国之大夫赋诗见志,不尽掺其土风。使孔子以一人之见取而删之,王朝、列国之臣其孰信而从之者?③

方玉润《诗经原始·诗旨》认为,孔子只是正乐而已,而并无删诗之事。方氏提出假设说,如果孔子删诗,时间则应当在自卫

① 朱彝尊.经义考(第一册)[M].台北:"中研院"中国文哲研究所,1997:685.
② 朱彝尊.经义考(第一册)[M].台北:"中研院"中国文哲研究所,1997:688.
③ 朱彝尊.经义考(第一册)[M].台北:"中研院"中国文哲研究所,1997:689.

返鲁之后。但为何此前言《诗》只说三百,而无三千之说? 所以,
所谓删诗只是司马迁误把正乐当成删诗,而后人审察不周而已。
方氏说:"奈何后人不察,相沿以至于今,莫不以正乐为删《诗》,
何不即《论语》诸文而一细读之也?"①

到了现当代,否定孔子删诗之说也时有出现,但这种观点少
有认同。近年来,随着考古文献的大量出土,学者们基本达到了
共识,那就是孔子删诗之说几乎已成定论。特别是上海博物馆
藏战国楚竹书《孔子诗论》的出版,更加增加了孔子删诗的说
服力。

二、重视乐教

孔子创办私学,开私家讲学之先河。孔子私学教育的一大
特色就是"乐教"。孔子"乐教"的宗旨是把"乐"置于"礼"的位置
之上,视"乐"为审美人格完成的圆融境界。徐复观先生说:"礼
乐并重,并把乐安放在礼的上位,认定乐才是一个人格完成的境
界,这是孔子立教的宗旨。"②

孔子如此重视"乐",是因为"乐"作为一种艺术具有神圣而
崇高的价值,这对于一种作为哲学家的孔子至关重要。这正如
德国学者谢林所说:"艺术对于哲学家来说就是最崇高的东西,
因为艺术好像给哲学家打开了至圣所,在这里,在永恒的、原始
统一中,已经在自然和历史里分离的东西和必须永远在生命、行
动与思维里躲避的东西仿佛都燃烧成了一道火焰。"③

当然,孔子的"乐"教思想是渊源有自的。因为,乐教由来已

---

① 方玉润.诗经原始[M].北京:中华书局,1986:44.
② 徐复观.中国艺术精神[M].沈阳:春风文艺出版社,1987:4.
③ 谢林.先验唯心论体系[M].北京:商务印书馆,1976:310.

久。《周礼·春官宗伯·大司乐》云:

> 大司乐掌成均之法,以治建国之学政,而合国之子弟
> 焉。凡有道者,有德者,使教焉。死则以为乐祖,祭于瞽宗。
> 以乐德教国子,中、和、祗、庸、孝、友。以乐语教国子,兴、
> 道、讽、诵、言、语。以乐舞教国子,舞《云门大卷》、《大咸》、
> 《大韶》、《大夏》、《大濩》、《大武》。

所谓"凡有道者,有德者,使教焉",是指道德高尚者才有资
格做老师。而老师也要以乐德、乐语和乐舞来教育弟子。这就
意味着教学的主旨是培养德性,提高修养。《礼记·王制》:"乐
正:崇四术,立四教,顺先王诗、书、礼、乐以造士。春秋教以礼
乐,冬夏教以诗书。""四教"之一就是"乐"教,可见其重要性。正
是因为乐教是周朝官学教育的主要课程,所以,孔子有机会获得
这方面的教育。在学习中,孔子虚心好学,刻苦努力。《论语·
述而》曰:"子与人歌而善,必使反之,而后和之。"此外,孔子还有
非凡的音乐天赋。据《孔子家语·辩乐解》记载,孔子曾经跟师
襄学习弹琴,先是"习其曲"、"得其数",然后是"得其志",接着是
"得其人"。也就是说,孔子通过对诗乐的曲调、规律、情感的理
解,能够在心目中形成音乐创作者的形象。

由于转益多师,废寝忘食地学习,孔子掌握了多种乐器的演
奏技巧,并达到了极高的艺术水平。除了弹琴之外,孔子还是奏
瑟、吹笙、击磬的高手。这些都有明文记载:

> 孺悲欲见孔子,孔子辞以疾。将命者出户,取瑟而歌,
> 使之闻之。(《论语·阳货》)

> 子曰:"由之瑟奚为于丘之门?"门人不敬子路。子曰:
> "由也升堂矣,未入于室也。"(《论语·先进》)

　　孔子既祥,五日弹琴而不成声,十日而成笙歌。(《礼记·檀弓上》)

　　子击磬于卫,有荷蒉而过孔氏之门者,曰"有心哉,击磬乎!"(《论语·宪问》)

非凡的造诣,使孔子更加懂得音乐的意义。音乐的感染是春风化雨,水到渠成的。《孝经》曰:"安上治民,莫善于礼;移风易俗,莫善于乐。"治理国家,"礼"最为重要;移风易俗,"乐"最为有效。子曰:

　　乐在宗庙之中,君臣上下同听之,则莫不和敬;族长乡里之中,长幼同听之,则莫不和顺;在闺门之内,父子兄弟同听之,则莫不和亲。故乐者,所以崇和顺,比物饰节,节奏合以成文,所以合和父子、君臣,附亲万民也。是先王立乐之意也。故听其雅、颂之声,志意得广焉,执干戚习俯仰屈信,容貌得齐焉;其缀兆,要其节奏,行列得正焉,进退得齐焉。故乐者天地之命、中和之纪、人情之所不能免焉也。[①]

"乐"是天地之命令,中和之纲纪,它的情感感召力无处不在。宗庙之中,乡里之中,闺门之内,乐能够端正视听者的容貌,整齐视听者的节奏,从而使君臣和敬,让长幼和顺,也让父子兄弟和亲。

由于乐的移风易俗的作用无可比拟,所以,孔子把乐教视为重要的一门课程。《孔丛子·杂训》说:

　　夫子之教,必始于《诗》、《书》,而终于《礼》、《乐》,杂说

---

① 班固.白虎通[M].北京:中华书局,1985:45—46.

不与焉。①

乐教是主干课程,杂学则被摒弃在外。这样的教育受益者众多。《史记·孔子世家》记载:"孔子以诗书礼乐教,弟子盖三千焉,身通六艺者七十有二人,如颜浊邹之徒,颇受业者甚众。"

在孔子看来,音乐是学道的最佳途径。孔子曾经说:"君子学道则爱人,小人学道则易使也。"(《论语·阳货》)这句话被弟子子游牢牢记在心中,并付诸实践。武城的弦歌之声,正是孔子乐教的样板,孔子听后岂能不欢欣鼓舞?基于对音乐的深刻领悟,孔子对音乐可谓无比执着,即便在困顿时期也不改其乐。当孔子在陈、蔡受到困厄,食不果腹之时,依然弦歌于室。当孔子被宋人重重包围之际,孔子仍然弦歌不辍。孔子之所以能够如此镇定、从容,是因为孔子相信天命的安排,深知礼乐的魅力。据《孔子家语·困誓》记载:

> 孔子之宋,匡人简子以甲士围之。子路怒,奋戟将与战。孔子止之曰:"恶有修仁义而不免世俗之恶者乎?夫诗书之不讲,礼乐之不习,是丘之过也,若以述先王,好古法而为咎者,则非丘之罪也。命之夫。歌,予和汝。"子路弹琴而歌,孔子和之,曲三终,匡人解甲而罢。②

从这个故事来看,孔子已经把乐教的功效发挥得淋漓尽致了。孔子通过弹琴就能化干戈为玉帛,其原因在于孔子把仁德通过艺术呈现出来,从而感化人心,达到引人为善的目的。这样的人生态度是既是诗意的,又是道德的。徐复观先生说:"孔子

---

① 王钧林,周海生.孔丛子[M].北京:中华书局,2009:75.
② 王肃.孔子家语[M].上海:上海古籍出版社,1990:61.

通过音乐所呈现的为人生而艺术的最高境界,即是善(仁)与美的彻底谐和统一的最高境界"。①

孔子的乐教虽然取得了显著的成效,但遭到了墨子等反对派的攻击。《墨子·非儒下》曰:

> 孔某盛容修饰以蛊世,弦歌鼓舞以聚徒,繁登降之礼以示仪,务趋翔之节以观众,博学不可使议世,劳思不可以补民,累寿不能尽其学,当年不能行其礼,积财不能赡其乐,繁饰邪术以营世君,盛为声乐以淫遇民,其道不可以期世,其学不可以导众。②

墨子对孔子的乐教所进行的猛烈抨击,这也从反面说明了孔子礼乐教化场面之宏大和热烈。

三、反对"新声"

孔子非常重视"乐"的教化作用,而对"新声"则持否定的态度。"郑声"属于"新声"之列,而且繁音促节,极易激起人们的过度欲望,所以孔子坚决加以反对,例如:

> 颜渊问为邦,子曰:"行夏之时,乘殷之辂,服周之冕,乐则《韶》舞。放郑声,远佞人。郑声淫,佞人殆。"(《论语·卫灵公》)

> 子曰:"恶紫之夺朱也,恶郑声之乱雅乐也,恶利口之覆邦家者也。"(《论语·阳货》)

孔子在两处都指责"郑声",并都与巧言利口相提并论。孔

---

① 徐复观.中国艺术精神[M].沈阳:春风文艺出版社,1987:35.
② 墨子.墨子全译[M].周才珠,齐瑞端,译注.贵阳:贵州人民出版社,1995:343.

子认为,"郑声"与"佞人"都不利于国家的治理,甚至会危害国家。也正因为如此,孔子把"郑声"斥之为"淫"。"淫"乃过度之意。《尔雅·释天》曰:"久雨谓之淫。"邢昺疏曰:"淫,过也。久雨过多,害于五稼,故谓之淫。《月令》:'季春行秋令,则天多沉阴,淫雨早降。'谓久雨也。"①许慎《说文解字》曰:"淫,浸淫随理也。从水㸒声。一曰久雨曰淫。"②

"淫"意味着过度,则"郑声淫"是指郑声之节奏过于繁复。杨慎《升庵经说〈论语·淫声〉》:"郑声淫。淫者,声之过也。"古人认为,声音过度就是扰乱人的心志。《左传·昭公二十五年》:"气为五味,发为五色,章为五声,淫则昏乱。"《荀子·乐论》:"郑卫之音使人心淫。"由于淫声可以扰乱人心,则郑卫之淫声就是乱世之音了。《礼记·乐记》:"郑卫之音,乱世之音也。"其实,对孔子而言,只要是淫声,不管是什么类型的乐曲,都是极力反对的。孔子与宾牟贾谈论《大武》之曲时,问道:"声淫及商,何也?"孔子言下之意是,《大武》之乐曲中怎么总是夹杂着商音?宾牟贾回答说,这可能是有司失其传所造成的。孔子反对商音,究其原因,学者们普遍认为,在周朝,商音属金,与征伐有关,所以一般不为时人所重。

"郑声"由于"淫",所以遭到了贬斥。因为,乐与诗是一体的,雅言要由正声来配合,淫词要由淫声来配合,否则声律不合,情辞难通。钱锺书先生在评论"诗乐理宜配合"时说:

> 夫洋洋雄杰之词不宜"咏"以靡靡涤滥之音,而度以桑、濮之音者,其诗必情词佚荡,方相得而益彰。不然,合之两

① 阮元.十三经注疏[M].北京:中华书局,1980:2608-2609.
② 许慎.说文解字注[M].段玉裁,注.上海:上海古籍出版社,1981:551.

伤,如武夫上阵而施粉黛,新妇入厨而披甲胄,物乖攸宜,用
违其器。①

正因为如此,春秋时期,在崇尚礼义的士人心目中,音乐是
讲究节制的。这种思想在当时是非常普遍的。《左传·昭公元
年》记载,公元前 541 年,晋侯向秦国求医,秦国国君派医和前往
治病。医和在为晋侯治病之际,向他阐述了当时的一些音乐理
论。医和说:

> 先王之乐,所以节百事也,故有五节,迟速本末以相及,
> 中声以降。五降之后,不容弹矣。于是有烦手淫声,慆堙心
> 耳,乃忘平和,君子弗听也。

医和认为,先王的音乐是有节制的,中和之声以下,就不能
弹奏了。否则就是"烦手淫声",填塞心耳,让人忘记平和之志,
甚至影响持家治国。医和还认为,女性是侍候男子的,过多与女
性接触也容易使人患病。

可见,"郑声淫",是指郑声属于"烦手淫声"了,具体来说,就
是郑声突破了四声音阶,运用五声,甚至七声音阶了。因为,《诗
经》运用的主要是西周古乐的四声音阶,孔子所推崇的雅乐就是
这种古乐的典型。这种雅乐是节奏型音乐,诗句以四言为主,绝
大多数是一句二顿、一顿二字的节奏形式。据学者分析,《诗经》
三百零五首共有 7249 句诗歌,而四言之诗句竟达 6669 句,占全
部歌词的 93％以上。可见,《诗经》的句式具有明显的一致性,这
说明与之配合的音乐也具有显著的一致性。这就是说,《诗经》
一般是二字一个节拍,两个节拍构成一句。高华平先生说:"两

---

① 钱锺书.管锥编(第一册)[M].北京:生活·读书·新知三联书店,2001:120.

个汉字语音长度等于音乐中的一拍的上古音乐规则,直到《诗经》时代基本没有改变","《诗经》音乐是用来供人分辨节数的节奏性音乐"。①

　　《诗经》属于节奏性音乐,但郑声已经转向旋律性音乐了。对于郑声如何地具体旋律性,我们现在很难想象。目前,只能通过《郑风》之诗句而略作相关的推测。就诗句而言,《郑风》中三言、五言、七言为主的杂言诗句在《诗经》中所占比例最高。《郑风》共有诗歌 283 句,其中四言以外的杂言达 61 句,占总数的21%,而且其中"兮"、"矣"等拖音的虚字也不少,"这些事实正意味着《郑风》的音乐是旋律型的"。②吴公子季札到鲁国观周乐时评价《郑风》曰:"美哉,其细已甚!民弗堪也,是其先亡乎!""其细已甚",是说《郑风》曲调过于繁复,运用五声或者七声音阶,以致国人无法承受,甚至会导致亡国。经过孔子正乐的《郑风》尚且如此,则新声之"郑声"也就可想而知了。这表明"郑声"毫无疑问地突破了四声音阶,采用五声音阶,甚至是完整的七声音阶,从而转向了旋律性音乐了。

　　顺便要说的是,"郑声淫",是针对郑国当时流行的音乐而言的,并不是指《诗经》中的《郑风》。戴震《书郑风后》曰:"凡所谓声,所谓音,非言诗也。郑卫之音非郑卫诗,桑间、濮上之音非桑中诗,其义甚明。"马瑞辰《郑风总论》说:"郑声之淫固在于声而不在诗也。"③所以说,"郑声淫"不是指《诗经·郑风》的诗词。另外,"郑声淫"与《郑风》之音乐也没有必然的联系。因为,如果《郑风》"淫",则孔子对于"三百五篇"又如何能够做到"皆弦歌

① 高华平.古乐的沉浮与诗体的变迁[J].中国社会科学,1991(5):201—212.
② 孙伯涵."郑声淫"与孔子说《诗》[J].齐鲁学刊,1992(5):30—35.
③ 马瑞辰.毛诗传笺通释[M].北京:中华书局,1989:250.

之"(《史记·孔子世家》)呢？墨子又怎么会说"儒者诵诗三百，弦诗三百，诗三百，舞诗三百"(《墨子·公孟》)呢？《诗经》三百五篇皆弦歌之，则《郑风》不淫也就不言而喻了。

第三节　"乐者，乐也"：孔子对乐的拓展

一、乐(lè)在何处？——乐(lè)的文化渊源

孔子曰："言而可履，礼也；行而可乐，乐也。"(《孔子家语·问玉》)①所谓"行而可乐(lè)，乐(yuè)也"，换言之，"乐者，乐也"。这已经把艺术之乐(yuè)，转化为社会与生理之乐(lè)，是对诗乐理论的一种拓展。

"乐者，乐也"的思想，是对"孔颜乐处"最为形象生动的一种表述，其中有着独特的文化背景。我国是一个"乐感文化"深厚的民族。我们祖先自古以来就有乐业安居、乐观自信、乐善好施等"三乐"精神。追根溯源，这"三乐"精神都能从《周易》之中找到根源。《周易》是我国儒道两家的经典，它蕴含着丰富的思想，是中华民族品格的源头活水。受《周易》思想的浸染，中华民族的"三乐"精神源远流长，代代相传。孔子自然也不例外。所以，要探讨孔子的乐感思想，也必须从《周易》中寻找根据。

---

① 对于《孔子家语》，其真实性颇有争议。但此处引文无疑是孔子的言论。因为，墨子在《墨子·公孟》中以"室以为室"的逻辑错误来批评儒家"乐以为乐"的理论。墨子是稍晚于孔子的思想家，他的评论直接针对儒家，其矛头所指显然就是孔子。

（一）《周易》与中华民族的"三乐精神"

1.《周易》中的"乐业安居"精神

所谓"乐业安居",就是指愉快地从事自己的职业,过着安定的生活。元代无名氏《延安府》第一折:"见如今四海无虞,八方黎庶皆丰富,乐业安居。"我们的祖先生活在一个地大物博的内陆地区,早已形成了勤劳朴实、积极进取而又向往安定、重视家庭的思想观念。

《周易》开篇就讲"乐业",所以《乾·象》曰:"天行健,君子以自强不息。"天的运行刚劲强健,奋进不已,君子应当效仿天道,周而复始地运转,自强不息地拼搏,发愤图强地进取,把建功立业视为人生的第一要义。换言之,易道的作用就在于成就功德事业,不断推进人类在物质与文明方面的进步。《周易》卦爻辞中,多处运用"有功"来说明卦义和爻义。《需·象》曰:"'利涉大川',往有功也。"象辞以"有功"来解释《坎》卦卦义"利涉大川"。《坎·象》:"'行有尚',往有功也。"象辞以"有功"来解释《坎》卦卦义"行有尚"。另外,从周易各卦的编排来看,作者把《乾》卦放在六十四卦之首,显然是为了突出天道的运行规律,从而让君子从天道中领悟自己为人处世的原则。可见,《周易》对君子事业的重视。

《文言传》乾卦九三曰:"'君子终日乾乾,夕惕若,厉无咎',何谓也? 子曰:'君子进德修业。忠信,所以进德也;修辞立其诚,所以居业也。'"《文言传》乾卦九四曰:"君子进德修业,欲及时也。故'无咎'。"这就是说,君子要建功立业,有所作为,就必须首先修养自己的品德,同时也要把握好时机,只有如此,才能心想事成,没有悔恨。

当然,君子要想"乐业",就必须要有"安居"的保障,所以,

《周易》对"安居"特别重视。在《周易》中，与家庭有关的概念相当多，如，"居"字全书一共有 31 个、"家"字 32 个，"庭"字 10 个，另外还有"户"字 8 个、"庐"字 2 个，和"宅"字 1 个，等等。而且，《周易》还特别以《家人》卦来强调家庭在社会中的重要性。

《家人》卦是下离上巽之象，象征着"一家人"，"全卦从不同的人物、背景，阐发'治家'之道。①在《家人》卦中，从初九至九五，五个爻都处当位、正位，上九虽然位不当，但以阳居阴，有家长居高临下之象。《家人》卦曰："利女贞。"家中之人各安其位，有利于女子在家庭中守持正固。所以，《彖》曰："家人，女正位乎内，男正位乎外。男女正，天地之大义也。家人有严君焉，父母之谓也。父父，子子，兄兄，弟弟，夫夫，妇妇，而家道正。正家而天下定矣。"在一家之中，父母、兄弟、夫妇都各就各位，上下有序，各负其责地维护着全家的团结。只有这样，才能"家和万事兴"，进而让整个天下都安定太平。《家人》卦《象》曰："风自火出，家人。君子以言有物而行有恒。"君子要想保持家道的兴旺，就要言行一致，并持之以恒。

除了《家人》卦以外，《周易》中还有不少卦涉及乐业安居的观念。《剥》卦上九曰："硕果不食，君子得舆，小人剥庐。"有了大的果食自己并不独自占有，而是人人有份，使君子有车子坐，而老百姓有房子居住。《复》卦，下震上坤之象，全卦五阴一阳。阳爻初九象征着根本、家园，五阴在外有归"复"（回家）之象，而六二爻辞有漂泊多年之后回乡养老之意。又如，《剥·象》曰："山附于地，剥；上以厚下安宅。"所谓"上以厚下安宅"，就是要求上级应当以仁厚之心对待下属，使他们安心地居住。在重视家庭

----

① 张善文.周易译注[M].广州:花城出版社,2001:153.

观念的同时,《周易》对于人们的房屋建筑也非常重视,先民居住追求天人合一,讲究阴阳和谐、对称变化,讲究诗意的境界。例如,房屋的窗户取象于《离》卦。此卦象征着火,比喻为光明。房屋的大门取象于《大壮》卦,以阳刚为美,表明居住讲究"正大"。《离·象》曰:"明两作,离,大人以继明照于四方。"六十四别卦之《离》卦是由八经卦之"离"重叠而构成。"离",即《离·彖》辞所说的"重明"。这表明圣人以光明而普照于四方。因此,君子要建立"明堂"以表明自己是"向明而治"了。这正如《周易·说卦》所说:"离也者,明也,万物皆相见,南方之卦也,圣人南面而听天下,向明而治,盖取诸此也。"所以,《礼记》曰:"天子立明堂者,所以通神灵,感天地,正四时,出教化,宗有德,重有道,显有能,褒有行者也。"天子立明堂,就是要通于神明,感于天地,顺应四时,以推行有道有德之教化。明乎此,我们就理解了天子立"明堂"象征光明的重要意义了。

2.《周易》中的"乐观自信"精神

《周易》虽然有强烈的忧患意识,但它的主旨还是以乐观自信为主。唐明邦先生说:

> 《周易》的主旨在保持忧患意识,建立乐观的人生、美好的未来、"保合太和"的世界。[1]

《周易》一共有六十四卦和三百八十四爻,在这些卦与爻当中,都是吉卦多于凶卦、吉爻多于凶爻。其中,卦爻辞中,往往存在着由凶转吉的鲜明趋势。我们通过卦爻辞以吉为主,以凶为辅,以及化险为夷的思想可知,《周易》明显有着以吉胜凶,转凶

---

[1]　唐明邦.当代易学与时代精神[M].武汉:湖北人民出版社,1999:80.

为吉的乐观与自信的心理。而这正是中华民族"乐感文化"①的最佳体现。

我们的"乐感文化",来源于《周易》的人文主义精神。《贲·彖》曰:"观乎天文,以察时变;观乎人文,以化成天下。"通过天文可以了解人文,而通过人文又可以推行教化,从而大治天下。在这里,天文之中包含了人文,人文之中也包含了天文,两者相互交融,相得益彰。庞朴先生在《中国文化的人文主义精神(论纲)》一文中说:

> 放眼整个世界,拿希腊、印度、中国这三大古老文明做比较……中国文化,倒是更为富有人文精神的。②

这种人文精神追求一种天人合一的太和境界,有利于形成乐观的信念,从而对未来和生活充满了信心。

《周易》认为,人类乐观,自然界也乐观。"生生"、"天行健"等等都是这种思想的具体体现。例如,《乾》卦全部是阳爻而没有一个是阴爻,而且每一爻都以龙为喻。龙乃是天下大治之象,只有黄帝才能达此境界。传说中,黄帝乘龙升天觐见天帝,后来位列于仙班。《史记·封禅书》:"黄帝采首山铜,铸鼎于荆山下。鼎既成,有龙垂胡髯下迎黄帝。"显然,《周易》以龙为内容,是希望太平盛世能够再现于人间,这表达了我们祖先追求美好生活的愿望。《乾》卦爻辞曰:"初九:潜龙,勿用。九二:见龙在田,利见大人。九三:君子终日乾乾,夕惕若厉,无咎。九四:或跃在渊,无咎。九五:飞龙在天,利见大人。上九:亢龙,有悔。用九:见群龙无首,吉。"六个爻的爻辞都对龙进行了生动的描绘。众

---

① 李泽厚.论语今读[M].合肥:安徽文艺出版社,1998:27—28.
② 张岱年.中国知识分子的人文精神[M].郑州:河南人民出版社,1994:9.

所周知，龙就是中国人的图腾。弗雷泽说：

> 图腾就是原始人以迷信的方式来看待的某类物质性对象，他们相信自己与此类对象的每一个成员之间存在着一种密切的，而且总是特殊的关系。[①]

《周易》开篇就对龙进行了歌颂，生动地再现了龙的刚健、飞腾、曲线等不同形态之美，以及龙的"进德修业"的品格。龙的精神是《周易》的核心思想，龙是中华民族精神的象征，体现了乐观自信的风貌。

3.《周易》中的"乐善好施"精神

中华民族是一个热心善良的民族。在《周易》之中，我们祖先"乐善好施"的美德处处闪烁着耀眼的光芒，无论是卦象，还是《传》文都可见一斑。

首先，《周易》许多卦象都宣扬乐善好施的美德。例如，《乾·象》曰："见龙在田，德施普也。"巨龙在原野上露出头角，美德已经显现出来，并广泛地施及天下了。《屯·象》曰："屯其膏，施未光也。"广施恩泽，但所布施的德泽还没有得到光大。《大有·象》曰："火在天上，大有，君子以遏恶扬善，顺天休命。"火在天上，象征"大有所获"。君子应效法《大有》的卦象，在大获成功之时，努力止恶扬善，顺从天道，完善万物的性命。也就是说，君子在富贵之后，要替天行道，做到激浊扬清，乐善好施，从而完成自身的使命。《谦·象》曰："地中有山，谦；君子以裒多益寡，称物平施。"下为山，上为地，高山藏于地中，象征"谦虚"。君子要取有余而补不足，权衡万物以便公平地施舍。《颐·象》曰："颠颐之吉，上施光也。"居上位者向下求取颐养，是吉祥的，这说明

---

① 　弗洛伊德.图腾与禁忌[M].上海：世纪出版集团，2005：126.

居上而能向下广施光明美德。《益·象》曰："风雷，益。君子以见善则迁，有过则改。"风雷交助，象征"增益"，君子应当去恶从善。《夬·象》曰："君子以施禄及下，居德则忌。"君子应当以恩德施及下民，如果固守德行而不施舍，那就会遭到憎恨。《渐·象》曰："山上有木，渐。君子以居贤德善俗。"山上有树木而不断增长，象征"渐进"。君子在日常生活中要积累美好的德行，从而改善民风民俗。

其次，《易传》也大力宣扬乐善好施的美德。《易传·文言》曰："积善之家，必有余庆；积不善之家，必有余殃。"后世常说的"积善之家，必有达人"，与这种思想可谓一脉相承。所谓"善"，就是以阴阳变化之道开创万物。《易传·系辞上》："一阴一阳之谓道，继之者善也，成之者性也。"天具有这种元始创造之美德，并使之亨通畅达、贞正自守。天从一开始就以美德施行于天下万物，但并不自伐功德，这是多么伟大的品德啊！由于天有"美利利天下"（《易传·文言》），所以，君子就应当效法天道，做到"善世而不伐，德博而化。"（《易传·文言》）

懂得乐"善"，当然能够"好施"了。《易传·系辞下》："《益》，德之裕也。"《益》卦象征着施恩惠于人，是道德充裕的表现。《易传·系辞上》："富有之谓大业，日新之谓盛德"。富有之后，还应当日新其德。把恩惠推而广之。因为，推行恩德可以感化天下之人。孔子曰："君子居其室，出其言善，则千里之外应之，况其迩者乎？"（《易传·系辞上》）

总而言之，《周易》乃我国百经之首，是人生的宝典，生活的指南。它是中华思想智慧的结晶，是中华道德精神的体现。我们祖先自古以来就有乐业安居、乐观自信、乐善好施等"三乐"精神，而这"三乐"精神都能从《周易》之中找到相应的根源。岁月悠悠,中华民族的"三乐"精神早已深深根植于每一个华夏儿女的血脉之中,它们必将源远流长,代代相传。

(二)孔子的"三乐"精神

孔子老而好《易》,受其影响是显而易见的。孔子思想体系中也存在"三乐"精神。

其一,乐业安居。孔子有强烈的建功立业的志向。子曰:"君子疾没世而名不称焉。"(《论语·卫灵公》)孔子希望成名于世,害怕默默无闻地虚度一生。当然,成名的先决条件是立"仁"。既然对成名如此重视,则立"仁"之心情也同样迫切。子曰:"富与贵是人之所欲也,不以其道得之,不处也;贫与贱是人之所恶也,不以其道得之,不去也。君子去仁,恶乎成名?君子无终食之间违仁,造次必于是,颠沛必于是。"(《论语·里仁》)除了乐业之外,孔子还追求安居。当曾皙描述着"莫春者,春服既成。冠者五六人,童子六七人,浴乎沂,风乎舞雩,咏而归"的理想社会时,孔子大加赞叹,曰:"吾与点也!"这表明了孔子对太平盛世的向往。

其二,乐观自信。孔子一生以证悟天命、天道自居。而"皇天无亲,唯德是亲"。孔子自己以德修身,还肩负着传播传统文化的使命,因此自信能够得到上天的保佑,因而自信之情总是溢于言表。《论语》有对此有明确的记载。如:

子曰:"君子道者三,我无能焉:仁者不忧,知者不惑,勇者不惧。"子贡曰:"夫子自道也。"(《论语·宪问》)

子畏于匡。曰:"文王既没,文不在兹乎?天之将丧斯文也,后死者不得与于斯文也;天之未丧斯文也,匡人其如予何?"(《论语·子罕》)

孔子是仁者、知者、勇者，自然不忧、不惑、不惧了。而且孔子以复兴文王以来的礼乐之重任自居，所以，在艰苦和危难面前，能够大义凛然，从而显得格外乐观自信。

其三，乐善好施。孔子是一个名副其实的乐善好施之人。

> 孔子曰："君子居其室，出其言善，则千里之外应之，况其迩者乎？"（《易传·系辞上》）

> 孔子曰："善不积不足以成名，恶不积不足以灭身。小人以小善为无益而弗为也，以小恶为无伤而弗去也，故恶积而不可掩，罪大而不可解。"（《易传·系辞下》）

孔子认为，在日常生活之中，能够出善言，不仅近者受其感染，远者也受其影响。君子不要因为善小而不为，恶小而为之。因为积恶可以灭身，而积善则可以成名。所以，为善乃为人处世之本。当然，为善还包括好施。例如：

> 子曰："如有周公之才之美，使骄且吝，其余不足观也已。"（《论语·泰伯》）

> 子曰："巧言乱德。小不忍，则乱大谋。"（《论语·卫灵公》）

> 子曰："不教而杀谓之虐；不戒视成谓之暴；慢令致期谓之贼；犹之与人也，出纳之吝谓之有司。"（《论语·尧曰》）

上面第一条说，如果有周公之才，但骄傲而吝啬，仍然不值得一提。而吝啬之人自然不会好施了。第二条说，孔子对吝财不舍持否则态度，这同样说明孔子对于慷慨施舍的赞美。杨伯峻注曰："'小不忍'不仅是不忍小忿怒，也包括不忍小仁小恩，没有'蝮蛇螫手，壮士断腕'的勇气，也包括吝财不忍舍，以及见小利而贪。"第三条说，"出纳之吝谓之有司"，杨伯峻译曰："同是给人以财物,出手悭吝,叫作小家子气。"①孔子把出手悭吝与暴虐之类的行为等同视之,可见对此的厌恶了。

孔子嘉言懿行还载之于其他历史文献。如《吕氏春秋·察微》记载:

> 鲁国之法,鲁人为人臣妾于诸侯,有能赎之者,取其金于府。子贡赎鲁人于诸侯,来而让,不取其金。孔子曰:"赐失之矣。自今以往,鲁人不赎人矣。"取其金,则无损于行;不取其金,则不复赎人矣。子路拯溺者,其人拜之以牛,子路受之。孔子曰:"鲁人必拯溺者矣。"孔子见之以细,观化远也。②

孔子赞同弟子们的乐善好施,但认为要注重行为的方式,否则会带来负面的作用。子贡赎人而不问回报,让人难以为继。子路勇救落水者,能够适当地接受感恩,所以值得别人的效仿。可见,孔子主张乐善好施,更主张此种行为可以推而广之,教化天下。孔子心劳天下苍生的广博胸怀也于此可见一斑了。

二、"乐者,乐也":孔子对乐的拓展

(一)为何而乐——乐(lè)节礼乐

孔子曰:"益者三乐,损者三乐。乐节礼乐,乐道人之善,乐多贤友,益矣。乐骄乐,乐佚游,乐宴乐,损矣。"(《论语·季氏》)"乐节礼乐",就是要求乐于以礼乐约束自己。由于礼乐协配,所以"乐"(lè)来自礼乐,并以"礼"为最终的根据,即有"礼"才能有"乐"。曹元弼在《会通》中说:

---

① 杨伯峻.论语译注[M].北京:中华书局,1980:167-168.
② 许维遹.吕氏春秋集释[M].北京:中华书局,2009:419.

　　夫诗,感礼教之兴衰而作也。昔愚尝读《南》、《豳》、《雅》、《颂》诸篇,想见当时人伦之厚,礼俗之美,蹈德咏仁,由仪率性,识其邦本深固,可大可久。……礼者,人情之实,以诗情求礼意,非惟不苦其难,将好之乐之。知其为吾性之所固有而安处,善乐循理,忽不自觉其入于圣贤之域矣。昔周公制礼,诗为乐章,乡饮、燕射诸篇,以歌、笙、间、合所用诗求之,陶情淑性,事半功倍,余篇可类推之。孔子纯取周诗,故礼经节文尤多合。①

诗乐感于礼教而作,孔子纯取周礼,故诗乐与礼经往往相合。换言之,有"礼"才有"乐"(yuè)。因为,以"礼"节"乐",则"君子乐得其道"(《荀子》),否则就是"乐得其欲",变成了"小人","以道制欲,则乐而不乱;以欲忘道,则惑而不乐"(《荀子》)。这也正如《吕氏春秋·侈乐》所说:

　　凡古圣王之所为贵乐者,为其乐也。夏桀、殷纣作为侈乐,大鼓、钟、磬、管、箫之音,以巨为美,以众为观;俶诡殊瑰,耳所未尝闻,目所未尝见,务以相过,不用度量。宋之衰也,作为千钟;齐之衰也,作为大吕;楚之衰也,作为巫音。侈则侈矣,自有道者观之,则失乐之情。失乐之情,其乐不乐。乐不乐者,其民必怨,其生必伤。其生之与乐也,若冰之于炎日,反以自兵。此生乎不知乐之情,而以侈为务故也。

君子与小人所"乐"不同,君子乐天下苍生之乐,而小人乐个人之欲,其结果自然是大相径庭的。所以说,乐者,乐也。其结

---

① 曹元弼. 礼经学[M].上海:上海古籍出版社,2002:714—715.

果可乐。(墨子之非乐,其实与儒家殊途同归,墨子看到是的"乐"的负面作用,而儒家则看到是的"乐"的正面作用。)乐者,乐也。其情可乐,但欲不能过度。乐者,乐也。有德之人才可听可乐。无德之人,则圣乐、雅乐也变为淫乐。

正因为这种观念,古人往往把有道之君,与万民皆"乐"相联系,即把万民皆"乐"归于国君之有道。班固《白虎通·号》:"或曰:唐、虞皆号也。唐,荡荡也,荡荡者,道德至大之貌也。虞者,乐也,言天下有道,人皆乐也。故《论语》曰:'唐、虞之际。'"①这里,把尧舜分别理解为"荡荡"、"乐"。"荡荡",指道德浩荡无边。"乐",就意味着天下有道,众人皆乐。而有道之君是礼乐盛行的时代,所以,古人常把礼乐之"乐"视为快乐之"乐"也是不言而喻了。也就是说,有"乐"(lè),才有真正的"乐"(yuè)。以此类推,国泰民安,万民同乐,乃是最高境界之乐,这就不是普通的钟鼓之乐,而是老子所谓的"大音希声,大象无形",也即孔子所主张的"无声之乐"了。孔子曰:"无声之乐,气志不违……无声之乐,气志既得……无声之乐,气志既从……日闻四方……无声之乐,气志既起。"(《礼记·孔子闲居》)无声之乐,乃在于不违背民心,使民众的意志得到实现,而国君的仁爱则传遍了四面八方。

孔子不仅重视"无声之乐",而且还认为圣明君主是以"无声之乐,无体之礼,无服之丧"之"三无"(《礼记·孔子闲居》)来治理天下的。所谓"三无",孔子引用《诗经》解释曰:"'夙夜其命宥密',无声之乐也。'威仪逮逮,不可选也',无体之礼也。'凡民有丧,匍匐救之',无服之丧也。"(《礼记·孔子闲居》)可见,孔子理想之中的圣贤人物,都具有率先垂范、勤于政务,而又关心民

---

① 班固.白虎通[M].北京:中华书局,1985:25.

瘝的高尚品德。历史上的商汤、文王和武王都能够以此"三无",而又"奉三无私以劳天下"(《礼记·孔子闲居》),从而达到了参天化育的境界。孔子曰:

> 天无私覆,地无私载,日月无私照。奉斯三者以劳天下,此之谓三无私。其在诗曰:"帝命不违,至于汤齐。汤降不迟,圣敬日齐。昭假迟迟,上帝是祇。帝命式于九围。"是汤之德也。天有四时,春秋冬夏。风雨霜露,无非教也。地载神气,神气风霆,风霆流形,庶物露生,无非教也。清明在躬,气志如神,嗜欲将至,有开必先。天降时雨,山川出云。其在诗曰:"嵩高惟岳,峻极于天。惟岳降神,生甫及申。惟申及甫,惟周之翰。四国于蕃,四方于宣。"此文武之德也。三代之王也,必先令闻。诗云:"明明天子,令闻不已。"三代之德也。弛其文德,协此四国,大王之德也。(《礼记·孔子闲居》)

上天无私地覆盖着万物,大地无私地承载万物,而日月无私地照耀万物。商汤、文武都是效法天地日月之无私,以此崇高的品德来劝勉天下。

可见,孔子所谓的"三无",作为一种无声、无体之礼乐,具体所指就是,圣贤效法天地日月,修无私之德,行无言之教。子曰:"予欲无言。"子贡曰:"子如不言,则小子何述焉?"子曰:"天何言哉?四时行焉,百物生焉,天何言哉?"(《论语·阳货》)也是这个意思。如此这般,则天地有序,万民和乐。孔子曰:"至礼不让而天下治,至赏不费而天下士悦,至乐无声而天下民和。"(《孔子家语·王言解》)可见,无声之乐(yuè),乃在于乐(lè)天地万民之"和"。《礼记·乐记》:"乐者,天地之和也;礼者,天地之序也。

和故百物皆化;序故群物皆别。乐由天作,礼以地制。过制则乱,过作则暴。明于天地,然后能兴礼乐也。""乐"已经上升到了天人合一的高度,与宇宙、自然、社会和人生密切相关,而且由于宇宙、自然的和谐有序,进而要求社会、人生的和谐有序。孔子所说的"天何言哉",说明了天地的运行,乃是社会人生的榜样。天地的运转讲究天尊地卑,寒来暑往,有理有节,因此,社会的构成也应讲究长幼尊卑、有条不紊。宋代朱长文《琴史·释弦》曰:

> 圣人既以五声尽其心之和,心和则政和,政和则民和,民和则物和,夫然,故天下之乐皆得其和矣。天下之乐皆得其和,则听之者莫不迁善远罪,至于移风易俗而不知也……五声之感人,皆有所合于中也。宫正脾,脾正则好信,故闻宫声者,温润而宽悦;商正肺,肺正则好义,故闻商声者则断而立事;角正肝,肝正则好仁,故闻角声者,恻隐而慈爱;徵正心,心正则好礼,故闻徵声者,恭俭而谦抑;羽正肾,肾正则好智,故闻羽声者,深思而远谋。此先王所以贵于乐也。①

诗乐能尽天地、社会之和,除了其思想内涵具有移风易俗的特点以外,诗乐自身的形式也具有"和"的特征。这就是说,诗乐演奏的形式,以及所使用的乐器,都要与诗乐作品自身的内在要求相一致。孔子时代,诗乐的内涵雍容典雅,形式自然是简洁质朴,而乐器也古朴厚重。以这些乐器,演奏相应的诗乐,就感觉乐器与诗乐浑然一体,天衣无缝。这就好像演奏"梁祝"小提琴协奏曲中的"楼台相会",作曲家以纤细、华丽之音色的小提琴音乐代表祝英台,而用质朴、浑厚之音色的大提琴代表梁山伯一

---

① 修海林.中国古代音乐史料集[M].西安:世界图书出版西安公司,2000:383—384.

样。这也就是形式之美与内容之乐的完美结合了。对于因"美、善"而乐,近现代著名音乐学家王光祈先生在谈到孔子偏好"善"的音乐观时说:

> 一首"善"的乐曲一定能使人平静,而不是刺激人们的神经。出于这一观点,繁音促节的音乐遭到排斥,因为这种音乐使人不得平静。人们就是抱着这一观点去创作庙堂歌曲、歌曲和器乐曲(例如琴曲)的。复调极少使用(通常用八度、五度、四度,很少用二度)。速度都极慢。旋律进行也相当平衡,常常是围绕着主音来回游移,类似本文的变格音。①

(二)如何而乐——乐者,乐也

如上所述,孔子本来是一个乐业安居、乐观自信,而又乐善好施的"三乐(lè)"君子,加之又"乐节礼乐",所以孔子自然而然地把心理之"乐(lè)"与"礼乐"之"乐"(yuè)联系在一起了。

其实,孔子所说的"乐得礼乐",已经透露出"乐者,乐也"的理念。因为,在孔子看来,礼乐是一体的。既然有"礼"则可"乐"(lè),则有"乐"(yuè)也可"乐"(lè)。礼虽然属阴,乐虽然属阳,但阴阳一气,则礼乐也可相互依托。《古今图书集成》曰:

> 礼乐本非判然二物也。人徒见乐由阳来,礼由阴作,即以为礼属阴,乐属阳,判然为二。殊不知,阴阳一气也。阴气流行即为阳,阳气凝聚即为阴,非真有二物也。礼乐亦止是一理。礼之和即是乐,乐之节即是礼,亦非二物也。善观者既知阴阳礼乐之所以为二,而又知阴阳礼乐之所以为一,

---

① 王光祈.论中国古典歌剧[M].长春:吉林出版集团有限责任公司,2010:221.

则达礼乐之体用矣。①

孔子深知《周易》阴阳之理,也熟知礼乐之义,当然能够体会礼乐本为一物的道理。所以说,孔子所谓的"乐得礼乐",其实包含了"乐(lè)得于乐(yuè)"的思想。在孔子心目之中,"乐"(yuè)与"乐"(lè)已经混沌难分了,简直不知何者为"乐"(yuè),何者为而"乐"(lè)了。例如,子在齐闻韶,三月不知肉味。曰:"不图为乐之至于斯也!"(《论语·述而》)"不图为乐"之"乐",既是艺术的,又是心理的,到底如何读音,何如理解,颇让人产生无限遐想。这其实也可以说是孔子的高明之处,其高明就在于此情此景已经是"诗无达诂"的境界了。

正因为孔子懂得艺术与心理之紧密关系,所以,孔子才明确提出了"乐者,乐也"的理论。《孔子家语·问玉》记载:

> 子张问圣人之所以教。孔子曰:"师乎,吾语汝,圣人明于礼乐,举而措之而已."子张又问,孔子曰:"师,尔以为必布几筵,揖让升降,酌献酬酢,然后谓之礼乎? 尔以必行缀兆,执羽钥,作钟鼓,然后谓之乐乎? 言而可履,礼也;行而可乐,乐也。"

孔子之意,"乐"乃乐(yuè)、乐(lè)不分,兼而有之了。孔子的这种表述显然是艺术性的,也深为弟子所喜爱。但墨子对孔子这种表述方式显然不能接受,因为他讲学非常注重逻辑性。墨子以"室以为室"的逻辑错误来批评儒家"乐以为乐"的理论。子墨子曰:

> "问于儒者:'何故为乐?'曰:'乐以为乐也。'"子墨子

---

① 古今图书集成(第705册)[M].上海:中华书局,1934:6.

曰:"子未我应也。今我问曰:'何故为室?'曰:'冬避寒焉,夏避暑焉,室以为男女之别也。'则子告我为室之故矣。今我问曰:'何故为乐?'曰:'乐以为乐也。'是犹曰:'何故为室?'曰:'室以为室也。'"(《墨子·公孟》)[1]

墨子从逻辑学的角度来批评是有一定道理的,但他忽视了孔子等儒家学者如此这般的良苦用心。其实,墨子的批评,也从反面说明孔子是把乐(yuè)提升到了乐(lè)的高度,从而使"乐"从音乐转向了音乐产生的心理、社会效果。受孔子的影响,后世这种表述比比皆是,如:

《礼记·乐记》曰:"夫乐者,乐也。"

《礼记·檀弓上》曰:"君子曰:'乐,乐其所自生也。礼,不忘其本。'"

《礼记·乐记》曰:"丝声哀,哀以立廉,廉以立志……鼓鼙之声欢,欢以立动,动以进众。君子听鼓磬之声,则思将帅之臣。君子之听音,非听其铿锵而已也,彼亦有所合之也。"

乐者,乐也。乐其所自生。尽管"丝声哀",但哀声也能产生"思无邪"的效果。这种良好而积极的心理反应,就是值得高兴的。更何况"鼓鼙之声欢"。所以说,乐者,乐也,不仅是音乐本身是欢乐的,更是指听者产生欢乐的反应。

乐(yuè)与乐(lè)相通,则"乐(lè)"也就上升到了一个艺术的高度了。这种艺术所带来的快乐,到底如何? 其实,孔子及后代学者都有深刻的认识。

---

[1] 墨子.墨子全译[M].周才珠,齐瑞端,译注.贵阳:贵州人民出版社,1995:575.

孔子在齐闻《韶》,感叹"不图为乐之至于斯也",已经达到一种大彻大悟、醍醐灌顶的境界了。这种《韶》乐,在孔子看来就是:"此曲只应天上有,人间能得几回闻?"(杜甫语)这种美感只可意会,不可言传。尽管儒家圣贤情感比较内敛,但也禁不住兴高采烈,手舞足蹈了。孔门后学对此有动情的描述。如:

> 师乙答子赣曰:"故歌之为言也,长言之也。说之,故言之;言之不足,故长言之;长言之不足,故嗟叹之;嗟叹之不足,故不知手之舞之,足之蹈之也。"(《礼记·乐记》)

> 孟子曰:"礼之实,节文斯二者是也;乐之实,乐斯二者,乐则生矣;生则恶可已也,恶可已,则不知足之蹈之、手之舞之。"(《孟子·离娄上》)

类似的经历,类似的体验,想必每人都似曾相识的,而且当时颇有一种真理现身的感觉。那时,音乐简直就是"进入神秘界的口号"①。詹姆士认为音乐和语言都能够拨动我们的心弦,他说:

> 人心有个边界,是这些东西常萦绕的;并且从这个边界来的低语与我们的悟性的作用混合起来,恰如无边大海将水波冲到我们海岸的石卵而起浪花一样。②

这样的体验,说得具体一些,可以以梅森布的回忆为例:

> 我自个儿在海岸上,那时一切这些解放的并和解的思想洋溢于我心上;并且此刻像一度在好久以前在宾菲纳的阿尔卑山(The Alps of Dauphiné)一样,我起了冲动要跪

---

① 詹姆士.宗教经验之种种——人性之研究[M].北京:商务印书馆,2002:411.
② 詹姆士.宗教经验之种种——人性之研究[M].北京:商务印书馆,2002:410.

下,这一回跪在无边的海洋,无量界的象征之前。我觉得我
祈祷的诚恳,是我从来没有的,并且此时知道祈祷的真义,
即由个别化的孤寂回到感到与万有为一的意识⋯⋯天、地
和海都共鸣,好像成了一曲广漠的包围全世界的和声乐。
这好像一切已往的伟人的合唱在我周围。我觉得我自己与
他们为一,并且似乎我听到他们致敬:"你也属于能克服者
的集团。"①

这里所描述的天、地和海齐声共鸣,好像是一曲和声音乐,
让听者感觉与天地自然合为一体。这就是所谓的天人境界了。
这种审美感受属于庄子《庄子·人间世》所说的"听之以气"的体
验,宗炳《画山水序》所说的"畅神而已"②的满足。从西方的理论
来看,则属于是"高峰体验"。马斯洛说:

高峰体验只能是善的,是人们求之不得的,从来不会被
体验成恶的和人们不希求的。⋯⋯人们都怀着敬畏、惊奇、
诧异、谦卑甚至崇敬、兴奋和虔诚的心情来对它作出反应。
"神圣"一词间或也用来描绘一个人对这种体验的反应。它
在存在的意义上是愉悦的和"娱人的"。③

马斯洛认为,高峰体验总是让人体验到善的,而不是恶的。
这也正好与《礼记·乐记》所说的"德音之谓乐"的观念相一致。
在高峰体验之中,人们的灵魂得到了净化和洗礼,而身心则得到
了巨大的满足和愉悦。可见,高峰体验是一个自我肯定,自我确
证的过程,它本身就是目的,具有内在的价值。因为,"任何一个

① 詹姆士.宗教经验之种种——人性之研究[M].北京:商务印书馆,2002:387.
② 沈子丞.历代论画名著汇编[M].台北:世界书局,1984:15.
③ 马斯洛.自我实现的人[M].北京:生活·读书·新知三联书店,1987:290.

人在任何一种高峰体验中都暂时具有我在自我实现的个人身上发现的许多特征。这就是说,此刻他们成了自我实现者"①。

第四节　构建诗乐盛行的理想社会

孔子重视乐教,拓展了"乐"的内涵,其目的就是要构建一个诗乐盛行的理想社会。其具体模式就是:以天道、天命为纲,以礼、乐、仁(德)为纪,来构建社会。其中,"仁(德)"是主观的修养,"礼"是客观的行为,而"乐"则是沟通两者、服务两者的。孔子的这种思想来自周朝,但更加系统化、理论化了。这正如蒋孔阳先生所说:

> 以"天命"为纲,配上德、礼、乐,就形成了周人全部的思想体系和典章制度。音乐在这里面,起着积极的上层建筑的作用。后来儒家为了"拨乱世反之正",更是把周人的这一套礼和乐的思想加以理想化和系统化。②

孔子的这种思想发展到后来就有了格物、致知、诚意、正心、修身、齐家、治国、平天下的美好蓝图。

一、孔子理想的社会蓝图

按照孔子思想的逻辑推演,其理想社会应当如此构成:在天道流行的基础上,确立礼、乐的制度。以此为起点,礼又应当派生出内在的仁、外在的礼。而乐,又衍生出诗乐之乐、快乐之乐。

---

① 马斯洛.自我实现的人[M].北京:生活·读书·新知三联书店,1987:315.
② 蒋孔阳.先秦音乐美学思想论稿[M].北京:人民文学出版社,1986:25.

再进一步演变,就生发出八目:格物、致知、诚意、正心、修身、齐家、治国、平天下。如下图所示:

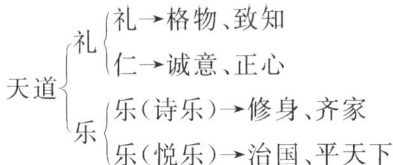

$$
天道
\begin{cases}
礼
\begin{cases}
礼 \rightarrow 格物、致知 \\
仁 \rightarrow 诚意、正心
\end{cases} \\
乐
\begin{cases}
乐(诗乐) \rightarrow 修身、齐家 \\
乐(悦乐) \rightarrow 治国、平天下
\end{cases}
\end{cases}
$$

从上可知,基于孔子诗乐思想的这种天地演化图,如果与《周易》和道家的天地演化图比较,我们会发现三者之间有许多相通之处。

《周易》的天地演化:太极生两仪,两仪生四象,四象生八卦。八卦再衍生出天地万物。如下图:

$$
太极
\begin{cases}
阴
\begin{cases}
老阴 \rightarrow 坤、艮 \\
少阳 \rightarrow 巽、坎
\end{cases} \\
阳
\begin{cases}
少阴 \rightarrow 离、震 \\
老阳 \rightarrow 乾、兑
\end{cases}
\end{cases}
$$

道家的天地演化:道生一,一生二,二生三,三生万物。道生一阴一阳,一阴生出老阴、少阳,一阳生出少阴、老阳。老阴、少阳、少阴和老阳(都是二爻组成,所以说一生二),生出乾、坤、震、巽、坎、离、艮、兑八卦(都是由三爻组成,所以说二生三)。再由八卦衍生出天地万物。如下图:

$$
道
\begin{cases}
阴(一阴)
\begin{cases}
老阴(由二爻组成) \rightarrow 坤、艮(各由三爻组成) \\
少阳(由二爻组成) \rightarrow 巽、坎(各由三爻组成)
\end{cases} \\
阳(一阳)
\begin{cases}
少阴(由二爻组成) \rightarrow 离、震(各由三爻组成) \\
老阳(由二爻组成) \rightarrow 乾、兑(各由三爻组成)
\end{cases}
\end{cases}
$$

通过上面三者的比较可知,儒家、道家的思想由《周易》演化而来。《周易》是圣人仰观俯察天地之象而设计出来的,做到了

人事与天道的融合无间。同样,儒家、道家的社会结构也是把人事与天道对应起来。圣人就是要参天地之功,设计美好的现实蓝图。孔子正是以天道为纲为太极,以礼乐为纪为二仪,从而派生出万事万物,形成了一个和谐的天下。这种思想可以通过《礼记》找出其线索。

> 《礼记·乐记》:"大乐与天地同和,大礼与天地同节。和故百物不失,节故祀天祭地,明则有礼乐,幽则有鬼神。"
>
> 《礼记·郊特牲》:"乐由阳来者也,礼由阴作者也,阴阳和而万物得。"
>
> 《礼记·乐记》:"乐由天作,礼以地制。"
>
> 《礼记·乐记》:"天尊地卑,君臣定矣。……在天成象,在地成形;如此,则礼者天地之别也。……乐者天地之和也。"

幽则有鬼神有天道,明则有礼乐有天地。礼以地制,属阴;乐由天作,属阳。礼乐协配,则阴阳和顺,万物滋生,而且君臣定矣。这就是礼乐盛行的社会,也是孔子追求的复兴周礼的社会。这样的社会充满了神性,其艺术自然也就具有更为深厚的感染力。这种艺术是我们缺少神话的现代社会所难以望其项背的。施莱格尔《关于神话的谈话》说:

> 我们的诗缺少一个中心,就像神话是古代诗歌的核心。现代诗落后于古代诗的所有原因,可以概括为:我们没有神话。但是补充一句,我们将很快就有一个新的神话,或者更确切地说,现在已经是需要我们严肃地共同努力可以创造

一个新神话的时候了。①

在那个充满神性、盛行神话的时代,孔子一边说"朝闻道,夕死可矣。"(《论语·里仁》),一边又说:"周监于二代,郁郁乎文哉! 吾从周。"(《论语·八佾》)如此看来,这个"道",就是天道、天命,而演化为人事,则是尧舜时代之大道,以及周代之礼乐了。大道盛行,是天下为公的大同时代。而礼乐盛行,则是天下为家的小康时代。在孔子心目中,大同社会是最高的理想,难以企及,而小康社会则实实在在,完全可以实现。孔子对此进行了详细的论述。子曰:

> 大道之行也,天下为公。选贤与能,讲信修睦,故人不独亲其亲,不独子其子,使老有所终,壮有所用,幼有所长,矜寡孤独废疾者,皆有所养。男有分,女有归。货恶其弃于地也,不必藏于己;力恶其不出于身也,不必为己。是故谋闭而不兴,盗窃乱贼而不作,故外户而不闭,是谓大同。今大道既隐,天下为家,各亲其亲,各子其子,货力为己,大人世及以为礼。城郭沟池以为固,礼义以为纪;以正君臣,以笃父子,以睦兄弟,以和夫妇,以设制度,以立田里,以贤勇知,以功为己。故谋用是作,而兵由此起。禹、汤、文、武、成王、周公,由此其选也。此六君子者,未有不谨于礼者也。以著其义,以考其信,著有过,刑仁讲让,示民有常。如有不由此者,在势者去,众以为殃,是谓小康。(《礼记·礼运》)

二、诗乐盛行的社会

在这个天道之下、礼乐之中,就能享受"孔颜乐处"、"吾与点

---

① 施莱格尔.雅典娜神殿断片集[M].北京:生活·读书·新知三联书店,2003:230.

也"的美妙生活。礼乐盛行,则诗乐能够发挥其积极的社会作用,具体表现如下。

1.尊卑有序

圣人制造各种乐器,播以德音,配以多种舞蹈,运用于宗庙祭祀,献酬酳酢,可以使贵贱得宜,长幼有序。《礼记·乐记》:"圣人作为鼗、鼓、椌、楬、埙、篪,此六者德音之音也。然后钟磬竽瑟以和之,干戚旄狄以舞之,此所以祭先王之庙也,所以献酬酳酢也,所以官序贵贱各得其宜也,所以示后世有尊卑长幼之序也。"

2.纪农协功

在春秋时期,人们已经把五声与五行、四季联系起来;使十二律与十二月相互对应,认为可以诗乐省风、省土、宣气、纪农事等。所以,"圣人保乐而爱财,财以备器,乐以殖财"(《国语·周语下》)[1]。这可以通过《诗经》与《国语》的相关记载得到相互发明。

《诗经·周颂·载芟》是一首"春籍田而祈社稷"的乐歌。孔颖达疏曰:

> 《载芟》诗者,春籍田而祈社稷之乐歌也。谓周公、成王太平之时,王者于春时亲耕籍田,以劝农业,又祈求社稷,使获其年丰岁稔。诗人述其丰熟之事,而为此歌焉。经陈下民乐治田业,收获弘多,酿为酒醴,用以祭祀。[2]

《载芟》所描写的"载芟载柞,其耕泽泽。千耦其耘,徂隰徂畛",是一幅宏大而壮观的劳动场景。在周朝,农业是社会的命

---

① 徐元浩.国语集解[M].北京:中华书局,2002:110.
② 阮元.十三经注疏[M].北京:中华书局,1980:601.

脉。周王朝每年都要在春季举行籍田礼,告诫万民,抓紧时间,搞好生产,以求获得丰收。《诗经》反映籍田之礼与史书《国语》所载是完全吻合的。《国语·周语上》曰:

> 是日也,瞽帅、音官以风土。廪于籍东南,钟而藏之,而时布之于农。稷则遍诫百姓,纪农协功,曰:"阴阳分布,震雷出滞。"土不备垦,辟在司寇。乃命其旅曰:"徇,农师一之,农正再之,后稷三之,司空四之,司徒五之,太保六之,太师七之,太史八之,宗伯九之,王则大徇,耨获亦如之。"民用莫不震动,恪恭于农,修其疆畔,日服其镈,不解于时,财用不乏,民用和同。①

在举行籍田礼的当天,盲人乐师、乐官用律管来审听风气和土性。大农官通告全国百姓,要大家齐心协力从事农业生产。天子率领公卿百官视察籍田的农事。这样,上行下效,万民踊跃,秩序井然,修田耕耘,开始了一年的劳作,撒下了希望的种子。

3.宣养正气

诗乐除了省风省土以外,还可以宣养六气,培育九德,从而使社会国泰民安,其乐融融。《国语·周语下》记载,周景王将铸造无射律之钟,向伶州鸠询问乐律之事。伶州鸠对曰:

> 律所以立均出度也。古之神瞽考中声而量之以制,度律均钟,百官轨仪,纪之以三,平之以六,成于十二,天之道也。夫六,中之色也,故名之曰黄钟,所以宣养六气、九德也。由是第之:二曰太蔟,所以金奏赞阳出滞也。三曰姑

---

① 徐元浩.国语集解[M].北京:中华书局,2002:19—21.

洗,所以修洁百物,考神纳宾也。四曰蕤宾,所以安靖神人,献酬交酢也。五曰夷则,所以咏歌九则,平民无贰也。六曰无射,所以宣布哲人之令德,示民轨仪也。为之六间,以扬沈伏,而黜散越也。元间大吕,助宣物也。二间夹钟,出四隙之细也。三间仲吕,宣中气也。四间林钟,和展百事,俾莫不任肃纯恪也。五间南吕,赞阳秀也。六间应钟,均利器用,俾应复也。律吕不易,无奸物也。……大昭小鸣,和之道也。和平则久,久固则纯,纯明则终,终复则乐,所以成政也,故先王贵之。[①]

这就是说,用十二律管的长短来审定乐音,制作乐器,确立百事的法则,记载天神、地祇和人鬼三者的活动。用律管来确定六个标准音,使阴阳相配成为十二乐律,这正是合乎上天规律的大数。而十二律是由六种阳律和六种阴律构成的。六种阳律叫六律,六种阴律叫六吕。这六律六吕可以宣养六气九德,招致神明,接纳应酬宾客,还可以审和百事,赞助阳气,促使万物开花结果。而六律六吕各司其职,就能使乐音有序平和。乐音平和就可以使国家长治久安。这样就用诗乐成就政治,所以先生特别重视乐律。

4.和谐上下

诗乐的和谐主要不是乐曲的和谐,而是通过乐曲促使社会君臣和谐。如果只强调乐曲的声律,而不顾及民众的财力,则有可能造成巨大的危害。

《国语·周语下》记载,周景王二十三年(前 522),周景王想铸造无射律之钟,先铸造了大林钟为它审音。单穆公劝阻周景

---

① 　徐元浩.国语集解[M].北京:中华书局,2002:113—123.

王,认为不可以这样。因为铸造大林钟要消耗大量的财物,是劳民伤财之举。所谓大林钟,就是比礼制范围内的林钟之音域还要低八度的钟。[①] 而按照音域越低,钟体越大的规律,制造大林钟必然要消耗大量的青铜,这样就会减少民众的财力,对音乐也无益,使用这样的钟也就没有什么好处了。所以,"先王之制钟也,大不出钧,重不过石"。也就是说,钟的音域与大小都有一定的范围。钟的音响不得超过一钧的范围,钟的重量不能超过一百二十斤的重量。这样做的目的是使人从钟声中听出和谐,从律度中看出法度。否则"上失其民,作则不济,求则不获,其何以能乐? 三年之中,而有离民之器二焉,国其危哉"! 显然,单穆公不仅看重音乐声律的和谐,更重要声律之后的社会和谐。而声律的和谐要与社会的和谐相一致,这才是真正的"乐"。而不和谐之音,就会使人离心离德,甚至让国家危亡。

但是,周景王不听劝阻,又去询问乐官州鸠。伶州鸠也说出了与单穆公相似的音乐理论,他说:

> 夫政象乐,乐从和,和从平。声以和乐,律以平声。金石以动之,丝竹以行之,诗以道之,歌以咏之,匏以宣之,瓦以赞之,革木以节之,物得其常曰乐极,极之所集曰声,声应相保曰和,细大不逾曰平。[②]

音乐是政治的象征,音乐要求和谐,和谐就是使政治稳定。五声用以调和乐曲,而声律用以协调五声,它们通过诗乐表现出来,使之保持常态、适中。这样的音调汇集起来就是正声、和平

---

① 黄翔鹏.溯流探源——中国传统音乐研究[M].北京:人民音乐出版社,1993:143-145.
② 徐元浩.国语集解[M].北京:中华书局,2002:111.

之声。其特点是乐调与乐律相互配合,细声与大声互不逾越。伶州鸠的见解虽然非常深刻,但周景王仍然一意孤行,铸造出了音律和谐之钟,但"亡民罢,莫不怨恨"①,所以,最后钟声也不算和谐。

总而言之,诗乐是沟通天道与人事的有效手段,是艺术化的,也是道德律令的。诗乐的流行,就是天道的流行,礼乐的盛行。在这样的社会,人人懂得"修己以安人",也就是说,"自天子以至于庶人,壹皆是以修身为本",齐心协力,同舟共济,通过格致、致知、诚意、正心、修身、齐家、治国、平天下的步骤,构建美好的小康社会,甚至进入无比幸福的大同盛世。

第五节 人是一种诗乐的存在

在孔子看来,在礼乐社会,人的存在是诗意的、悦乐的,换言之,人是一种诗乐的存在。

中国哲学非常关心人的生存、存在的问题。孔子也不例外。美国学者赫伯特·芬格莱特对于孔子的理解非常独到深刻,他说:

> 我觉得《论语》的文本,无论在文字上还是精神上,都支持和丰富了我们西方最近出现的对于人类的看法,也就是说,人是一个礼仪性的存在(a ceremonial being)。②

他还说:

> 人类的生活在其整全之中,最终表现为一种广阔的、自

---

① 徐元浩.国语集解[M].北京:中华书局,2002:112.
② 芬格莱特.孔子:即凡而圣[M].南京:江苏人民出版社,2002:14.

发的和神圣的礼仪：人类社群。[①]

可见，芬格莱特把孔子学说中人的存在理解为一种人类社群的礼仪性存在。应当说，芬格莱特从存在主义的角度来解释孔子，是一种创见，特别是提出"人是一个礼仪性的存在"的学说，把孔子研究提高到了一个全新的高度。仔细推敲，我们会发现，芬格莱特的理论前提是，孔子的核心思想是"礼"。其实，孔子的核心思想是"仁"，这是对西周以来"礼"的发展。所以，尽管芬格莱特的理论富于创见，但并不能说没有商榷的余地。而且，礼仪也不能涵盖孔子的诗意存在的思想。事实上，通过孔子所说"兴于《诗》，立于礼，成于乐"的表述中，我们可以得知，孔子的最终理念无疑是"乐"，是"大乐与天地同和"之"乐"。结合柯尔德林的诗句"人诗意地栖居"，以及诗、礼乐一体的历史事实，我们可以得出结论说，孔子的理想生活是：人是一种诗乐的存在。

人是一种诗乐的存在，换言之，人是一种艺术的存在。这种存在就是人与艺术之间的实际现实生活过程。马克思《德意志意识形态》说：

人们的存在就是他们的现实生活过程。[②]

所以说，人的这种现实存在必须从具体的历史现实去考察，而不是脱离历史存在去进行抽象的思辨。

艺术与生活息息相关。在孔子时代，诗乐构成了他们的存在。《礼记·曲礼下》所说的"大夫无故不彻县，士无故不彻琴瑟"，说明了诗乐与民众的生活形影不离。孔子主张通过诗乐去

---

① 芬格莱特.孔子：即凡而圣[M].南京：江苏人民出版社，2002：16.
② 马克思，恩格斯.马克思恩格斯选集(第一卷)[M].北京：人民出版社，1995：72.

体悟天道、地道和人道。孔子所说的"礼云礼云,玉帛云乎哉?乐云乐云,钟鼓云乎哉?"(《论语·阳货》)表明礼乐主要不在于其形,而在于其神。礼乐与"仁"、"道"有着密不可分的联系。对此,宗白华先生体味深刻,他说:

> 只有活跃的具体的生命舞姿、音乐的韵律、艺术的形象,才能使静照中的"道"具象化、肉身化。德国诗人荷尔德林(Hoerdelin)有两句诗含义极深:"谁沉冥到那无边际的深,将热爱着这最生动的生。"他这话使我们突然省悟中国哲学境界和艺术境界的特点。中国哲学是就"生命本身"体悟"道"的节奏。道具象于生活、礼乐制度,道尤表象于"艺"。灿烂的"艺"赋予"道"以形象和生命,"道"给予"艺"以深度和灵魂。[①]

这就是说,艺术是人的特殊的存在世界。艺术使生命、生存之道得以显现。胡经之先生说:

> 艺术使存在之本质在其生命的永恒之中显现出来。……这样,艺术活动就不是人的一件外部操作活动,而是成为人的生命意义赋予活动。艺术直接成为人的一种特殊生存方式。[②]

可见,作为艺术的诗乐,把人带入一种特殊的存在。孔子"游于艺"的理想,其实构建了一个诗乐的存在,即一个诗乐盛行的艺术社会。因为,诗乐是在多样性中发现"统一秩序"的思维艺术,这正如俄国音乐家伊戈尔·斯特拉文斯基所说的那样:

---

① 宗白华.艺境[M].北京:北京大学出版社,1987:160.
② 胡经之.文艺美学[M].北京:北京大学出版社,1989:18.

音乐是"人类共存交流的一种形式——与我们的同胞，与至高的存在"。①

据《论语·先进》记载，子路、冉有、公西华、曾皙先后与孔子谈论了自己的志向，而曾皙最受孔子的称赞。原因在于，曾皙为人谦逊，而且志向与众不同，简直超凡脱俗。当孔子问曾皙的志向时，曾皙不紧不慢，"鼓瑟希，铿尔，舍瑟而作"。然后回答曰："莫春者，春服既成。冠者五六人，童子六七人，浴乎沂，风乎舞雩，咏而归。"夫子喟然叹曰："吾与点也！"朱熹注曰：

> 曾点之学，盖有以见夫人欲尽处，天理流行，随处充满，无少欠阙。故其动静之际，从容如此。而其言志，则又不过即其所居之位，乐其日用之常，初无舍己为人之意。而其胸次悠然，直与天地万物上下同流，各得其所之妙，隐然自见于言外。视三子之规规于事为之末者，其气象不侔矣，故夫子叹息而深许之。②

曾皙鼓瑟，以及"咏而归"的理想，岂不都是一种诗乐的境界？因为，孔子与曾皙都以诗乐的方式来思考人生和社会。《论语》中还有许多类似的可资佐证的材料：

> 子之武城，闻弦歌之声。夫子莞尔而笑，曰："割鸡焉用牛刀？"子游对曰："昔者偃也闻诸夫子曰：'君子学道则爱人，小人学道则易使也。'"子曰："二三子！偃之言是也。前言戏之耳。"（《论语·阳货》）
>
> 子击磬于卫。有荷蒉而过孔氏之门者，曰："有心哉！

---

① 斯特拉文斯基. 音乐诗学六讲[M]. 上海：上海音乐学院出版社，2008：7.
② 朱熹. 四书章句集注[M]. 北京：中华书局，1983：130.

击磬乎!"既而曰:"鄙哉! 硁硁乎! 莫己知也,斯己而已矣。深则厉,浅则揭。"子曰:"果哉! 末之难矣。"(《论语·宪问》)

南容三复白圭,孔子以其兄之子妻之。(《论语·先进》)

子曰:"衣敝缊袍,与衣狐貉者立,而不耻者,其由也与?'不忮不求,何用不臧?'"子路终身诵之。子曰:"是道也,何足以臧?"(《论语·子罕》)

子曰:"由之瑟奚为于丘之门?"门人不敬子路。子曰:"由也升堂矣,未入于室也。"(《论语·先进》)

上面几个实例都说明了诗乐在社会生活中的重要意义。孔子到武城,到处是弦歌之声。原来,弟子子游管理武城时,牢记老师的教诲,以诗乐作为教化的手段,才有了这般和谐的景象。这充分证明了"小人学道则易使"的卓见。孔子自己也经常奏乐。所谓"士无故不彻琴瑟"。当孔子困于卫国之时,仍然弦歌之声不辍,以致遭到隐者的讥讽。同样,南容、子路也是诗乐不离身。南容反复吟诵《诗经》中"白圭之玷",子路终身吟诵"不忮不求,何用不臧",都说明他们以诗乐来充实生活,增修美德。可见,诗乐建构了他们的存在。其原因在于诗乐具有人性的特点,诉说人的存在过程,体现了人的全面发展。

一、诗乐的人性特征

这主要包括以下几点:传统性与日常性的统一;个体性与群体性的统一;生命性与神圣性的统一。

(一)传统性与日常性的统一

在孔子时代,日常的各种生活,人生的每个阶段,都无法与诗乐完全脱离关系。因为,祭祀是当时的重大活动,而祭祀必然有诗乐的演奏。在"国之大事,在祀与戎"的生活中,诗乐随着祭祀而不断上演。此外,还有乡饮酒礼、燕礼、射礼、大射礼等等,都必须有诗乐来迎宾、娱宾和送宾。对于诗乐的价值,孔子无比欣赏、赞叹。据《礼记·郊特牲》记载:"宾入大门而奏《肆夏》,示易以敬也,卒爵而乐阕,孔子屡叹之。"孔子之所以"屡叹之",是因为诗乐具有深刻的意义,可以"示易以敬也"。当然,诗乐不仅具有日常性,还具有传统性。因为,诗乐的内容和形式一旦成熟和形成之后,就有着相对稳定的内涵,从而成为一种规范、一种传统。于润洋先生说:

> 音乐形式及其各种构成因素,在其发展演变的过程中,往往具有很强的历史继承性,从而在不同意识形态的音乐文化发展框架中,仍然能构成一条后浪接前浪的形式的历史长河。[①]

正是因为传统性与日常性的有机结合,才使诗乐焕发迷人的魅力,不仅留下美好的瞬间,还使人回想以往温馨的岁月。因为,在礼乐社会,诗乐就是一种礼仪、仪式。每一次诗乐的演奏都是一次洗礼,唤醒参与者的回忆,进而熟稔了社群共同的生活。同时,也因此构成了当下美好的存在,既获得了沟通与交流的通关仪式、传统准则,又因此获得了新知,得到了满足、快乐和幸福。

正因为如此,诗乐作为艺术与人们如此亲近、密切,从而能够揭示人的存在。伽达默尔说:

---

① 于润洋.音乐史论问题研究[M].福州:福建教育出版社,1997:176.

因为在自然和历史中我们所面对的一切事物里,正是艺术最直接地对我们说话,它同我们有一种神秘的亲近,能把握我们整个存在,好像我们之间完全没有距离,每次同它相遇都是同我们自己相遇。①

可见,诗乐作为艺术,是孔子时代与他们最为亲近的事物,在日常生活中直接与他们对话、相遇。诗乐构成了孔子时代的存在。换言之,对于孔子而言,诗乐是一种存在,而人是诗乐的存在。

(二)个体性与群体性的统一

诗乐有一个明显的作用,那就是能够把人的个体性与群体性有机地结合起来。因为,艺术形式不仅与个体生命形式有着相类似的逻辑形式,也与群体的生活形式有着类似的逻辑形式。诗乐既可以用于个体的修养,如"南容三复白圭","子路终身诵之"而不辍。诗乐学可以运用于乡饮酒礼之类的大型群体性演奏。孔子主张"修己以安人"(《论语·宪问》),"修己"是个体的提升,而"安人"则是群体的要求。在这里,个体性与群体性是完全统一的。人首先是个体的存在。马克思《德意志意识形态》:

全部的人类历史的第一个前提无疑是有生命的个人的存在。因此,第一个需要确认的事实就是这些个人的肉体组织以及由此产生的个人对其他自然的关系。②

但个体的是集体的一部分。这正如马克思所说:

人的本质并不是单个人所固有的抽象物。在其现实性

---

① 朱立元,张德兴.西方美学通史(第七卷)[M].上海:上海文艺出版社,1999:231.
② 马克思,恩格斯.马克思恩格斯选集(第一卷)[M].北京:人民出版社,1995:67.

上,它是一切社会关系的总和。^①

春秋时期,统治者按照诗乐的形式来构建社会,形成了个体与群体的一致性。因为,单个的篇章只有融入整个的诗乐才能完成礼仪的使命。同样,个体的人只有融入群体之中才更有意义,并因此而熠熠生辉。个体与群体是辩证统一的存在。海德格尔认为,社会性的"共在"是个体性的"此在"的本质规定,但个体的单独存在"独在"又是共在的一种特殊形式。他说:

> 我们用共同此在这个术语标识这样一种存在:他人作为在世界之内的存在者就是向这种存在开放的。他们的这种共同此在在世界之内为一个此在从而也为诸共同此在的存在者开展出来,只因为本质上此在自己本来就是共同存在。此在本质上是共在——这一现象学命题有一种生存论存在论的意义。^②

又说:

> 即使他人实际上不现成摆在那里,不被感知,共在也在生存论上规定着此在。此在之独在也是在世界中存在。他人只能在一种共在中而且只能为一种共在而存在。独在是共在的一种残缺样式,独在的可能性恰是共在的证明。^③
>
> 此在作为共在在本质上是为他人之故而"存在"。这一点必须作为生存论的本质命题来领会。即使实际上某个此在不趋就他人,即使它以为无需乎他人,或者简直不要他

---

① 马克思,恩格斯. 马克思恩格斯选集(第一卷)[M].北京:人民出版社,1995:60.
② 海德格尔.存在与时间[M].北京:生活·读书·新知三联书店,1987:148.
③ 海德格尔.存在与时间[M].北京:生活·读书·新知三联书店,1987:148.

们,它也是以共在的方式存在。①

孔子虽然并不排除个体的价值,但更加重视群体的意义。孔子所主张的"诗可以群",就非常真实地表明了这一点。赫伯特·芬格莱特说:

> 在《论语》中,作为个体的人不是神圣的。……因为社会并不是一个独立的存在,就如同礼仪并非独立于礼仪的参与者、神圣的礼器、祭坛和祭祀用语一样。社会就是人们彼此把对方当做人来看待(仁)的那样一个场所,或者更为具体地说,按照礼的权利与义务,出于爱、忠和恕,这些都是人们彼此之间的人际关系所要求的。②

(三)生命性与神圣性的统一

诗乐作为艺术,与人的生命具有异质同构的性质。诗乐的形式与人的情感、理智的动态形式是同构的。诗乐的节奏与人的脉搏是对应的,诗乐的音调结构也与人的情感具有惊人的一致性,而诗乐的组成,也与人的群体性结合非常类似。因此,诗乐的形式就是情感的形式,它可以呈现出来供人们去认识。苏珊·朗格说:

> 音乐的音调结构,与人类的情感形式——增强与减弱,流动与休止,冲突与解决,以及加速、抑制、极度兴奋、平缓和微妙的激发……在逻辑上有着惊人的一致。这种一致恐怕不是单纯的喜悦和悲哀,而是与二者或其中一者在深刻程度上,在生命感受到的一切事物的强度、简洁和永恒流动

---

① 海德格尔.存在与时间[M].北京:生活·读书·新知三联书店,1987:151.
② 芬格莱特.孔子:即凡而圣[M].南京:江苏人民出版社,2002:77.

中的一致……音乐是情感生活的音调摹写。[①]

例如,在诗乐的演奏中,上行的音调往往表示兴奋激扬的情绪,悠扬的音调代表怡然自得的情绪,而下行的音调又往往与悲伤低沉的情绪相关。可见,诗乐的基本特征与人的生命形式的特征是相一致的,诗乐也因此具有了人的生命性。人的情感、生命,以及人的集体组织和结构,组成了诗乐的意义。诗乐的形式,往往为听者培育了一种相应的感受能力。这个过程对人的心理生活、社会态度、思想倾向,乃至世界观的形式都会产生潜移默化的、细致入微的影响。这正如黑格尔所说:

> 音乐所表现的内容既然是内心生活本身,即主题和情感的内在意义,而它所用的声音又是在艺术中最不便于造成空间形象的,在感性存在中是随生随灭的,所以音乐凭声音的运动直接渗透到一切心灵运动的内在的发源地。所以音乐占领住意识,使意识不再和一种对象对立着,意识既然这样丧失了自由,就被卷到声音的急流里去,让它卷着走。[②]

就诗乐与人的情感之关系来看,孔子更倾向于"乐者,乐也"的诗乐。因为,'乐'(lè)是人愉快、舒畅的心情。这种情感的色调是明朗的,而其运动则呈现出一种跳跃的、向上的形态。同样,表现"乐"的感情的诗乐,也表现出相似的动态结构。《礼记·乐记》说:"论伦无患,乐之情也。欣喜欢爱,乐之官也。""官",犹事也。孔颖达疏曰:"在心则伦类无害,故为乐情。在貌则欣喜欢爱,故为乐事也。"诗乐的内在精神是和谐而不混乱,外

---

① 朗格.情感与形式[M].北京:中国社会科学出版社,1986:36.
② 黑格尔.美学[M].北京:商务印书馆,1981:349.

在形貌是欣喜欢爱,表明了内与外的协调一致性。

诗乐除了生命性以外,还具有神圣性。诗乐与礼是融合一体的。人在诗乐的生存状态下,总是怀有一种对神灵的敬畏之心。孔子曰:"君子有三畏:畏天命,畏大人,畏圣人之言。小人不知天命而不畏也,狎大人,侮圣人之言。"(《论语·季氏》)事实上,人应当对神灵有一种敬畏之心。因为,如果心中没有神灵的存在,也就不会有"慎独"的要求。做人往往会没有底线,甚至是为所欲为了。儒家讲究一个"慎独",就是敬畏神灵的一种表现。而"慎独"的核心思想就是"敬"与"诚"。《论语·八佾》:"祭如在,祭神如神在。子曰:'吾不与祭,如不祭。'"孔子说,无论是祭祀先祖,还是神灵,都设想神灵就在身边。所以,自己不参与祭祀,而请人代劳,就会感觉不踏实,好像没有祭祀一样。这表明了孔子对于祭祀的诚敬之意。范氏(范祖禹)曰:

> 君子之祭,七日戒,三日斋,必见所祭者,诚之至也。是故郊则天神格,庙则人鬼享,皆由己以致之也。有其诚则有其神,无其诚则无其神,可不谨乎? 吾不与祭如不祭,诚为实,礼为虚也。[1]

"慎独"、"敬"、"诚"就是春秋时代的文化信仰。

孔子作为一个思想家,希望全社会有一个"文化信仰"的普遍价值观。而诗乐就是"文化信仰"的一种最为恰当的形式。诗乐可以使道德内化于心,从而使人在日常生活之中体会自由、体会修养的幸福。在西方也有类似的道德要求,康德曾言:

> 有两种东西,我们愈经常愈持久地加以思索,它们就愈

---

[1] 朱熹.四书章句集注[M].北京:中华书局,1983:64—65.

> 使心灵充满日新月异、有加无已的景仰和敬畏：在我之上的
> 星空和居我心中的道德法则。①

星空在我们头顶之上，显得高贵和辽远，让人油然而生敬畏之情。而道德也同样严肃和圣洁，让人无比"敬仰"，从而产生"慎独"之心。孔子把自己整个学说都建立在礼和乐之上。按他的观点，"要用礼和乐代替法律和宗权来治理民众。因为每个人都有良知，只要良知受到培育，那么每个人就都能自己管理自己了。如果一个人只是在国家的或者神的刑罚前面才产生畏惧的话，那就为时已晚了"②。

二、诗乐诉说人的存在过程

海德格尔说，语言是存在之家。诗乐作为语言的艺术，诉说着人的存在过程，这个过程就是孔子所说的"兴于《诗》，立于礼，成于乐"的整个阶段。

在诗、礼、乐的辩证关系之中，虽然礼是本质的、决定性的，而乐是配合的、从属性的，但乐在境界上是可以高于礼的。这就好像马克思主义所说的物质与意识之相互关系。物质决定意识，但意识也反作用于物质。而且意识也有自身的独立性。我们常说的审美是超越现实的，超越功利的，就说明意识、精神虽然取决于物质，但意识、精神在某种程度上可以高于物质。所以说，礼虽然决定乐，但乐作为一种自由的审美，可以超越礼，成为一种现实人们追求的目标。"兴于《诗》，立于礼，成于乐"，既代表着一个完美的诗乐演奏过程，也代表着一个人、一个社会的成

---

① 康德.实践理性批判[M].北京：商务印书馆，2000：177.
② 王光祈.论中国古典歌剧[M].长春：吉林出版集团有限责任公司，2010：220.

长历程。在这个不断进步的历程中,人实现了真、善、美的完美统一,达到了冯友兰先生所追求的天地境界。其过程就是:艺术美→心灵美→行为美→政治美、社会美,"诗"是艺术美,"礼"是心灵美、行为美,而"乐"则是政治美和社会美。其过程是最终把社会变成一个理想的审美王国。

孔子"兴于《诗》,立于礼,成于乐"的理论,如果与西方的理论相比较,则与柏拉图著名的"审美阶梯说"①有异曲同工之妙,它"揭示了人类审美理念与理想发展的一般规律或趋向。"②"成于乐"不仅是个体成为理想之人,而且每个个体都实现了全面发展,这时人与人,人与自然,人与神灵高度默契,普天之下最终进入了神人以和的境界。

也就是说,诗乐构成了天、地、神、人的存在。海德格尔认为,通过语言为中介的艺术可以建构起一个人与天、地、神的和谐世界。海德格尔说:"人们似乎作为语言的创造者和主人在活动,而实际上语言才是人的主人。……在所有我们人类能够由自身一道带入言说的呼唤中,语言是至高无上的。"③作为语言的诗乐,把大地和天空,神圣者和人类存在统一于原一,④即物我合一的艺术境界。这正如《礼记·乐记》所说:"乐者,天地之和也。礼者,天地之序也。和故百物皆化,序故群物皆别。乐由天作,礼以地制。过制则乱,过作则暴。"又曰:"大乐与天地同和,大礼与天地同节。和,故百物不失;节,故祀天祭地。明则有礼乐,幽则有鬼神。如此,则四海之内,合敬同爱矣。""大乐与天地同

① 薛永武.柏拉图美学之再阐释[J].齐鲁学刊,2001(5):93—98.
② 阎国忠.古希腊罗马美学[M].北京:北京大学出版社,1983:99.
③ 海德格尔.诗·语言·思[M].北京:文化艺术出版社,1991:132.
④ 海德格尔.诗·语言·思[M].北京:文化艺术出版社,1991:135.

和"，岂不是表明，人的存在上升到了天地之境界，达到了天人合一的化境？

三、诗乐体现了人的全面发展

（一）"从心所欲，不逾矩"

"从心所欲，不逾矩"（《论语·为政》），是孔子对自己一生的一个总结。朱熹注曰："随其心之所欲，而自不过于法度，安而行之，不勉而中也。"①这是说，自己能够随心所欲，但又没有超出礼乐的要求、礼制的范围。其深层的含义是，个体性的发展与社会化的进步是同步的，达到了和谐一致的最高境界，这不仅是心理健康至善的标志，也是个人全面发展的体现。

当然，一个人的发展是一个不断进步的过程。孔子也曾经有过孜孜以求、厚积薄发的努力。子曰："吾十有五而志于学，三十而立，四十而不惑，五十而知天命，六十而耳顺，七十而从心所欲，不逾矩。"（《论语·为政》）胡氏（胡安国）曰："圣人言此，一以示学者当优游涵泳，不可躐等而进；二以示学者当日就月将，不可半途而废也。"②孔子这番话表明了自己循序渐进的人生经历。又如：

> 大宰问于子贡曰："夫子圣者与？何其多能也？"子贡曰："固天纵之将圣，又多能也。"子闻之，曰："大宰知我乎！吾少也贱，故多能鄙事。君子多乎哉？不多也。"（《论语·子罕》）

> 牢曰："子云：吾不试，故艺。"（《论语·子罕》）

---

① 朱熹.四书章句集注[M].北京:中华书局,1983:54.
② 朱熹.四书章句集注[M].北京:中华书局,1983:55.

孔子年少时穷苦,长大后又被国家所用,所以学习掌握了许多鄙贱的技能。然而,孔子并不仅仅满足于学习一些技能而已。他希望能成为君子,做一个道德圆融之人。子曰:"君子不器。"(《论语·为政》)朱熹注曰:"器者,各适其用而不能相通。成德之士,体无不具,故用无不周,非特为一才一艺而已。"①子贡曾经问孔子曰:"赐也何如?"子曰:"女器也。"曰:"何器也?"曰:"瑚琏也。"(《论语·公冶长》)朱熹注曰:"夏曰瑚,商曰琏,周曰簠簋,皆宗庙盛黍稷之器而饰以玉,器之贵重而华美者也。子贡见孔子以君子许子贱,故以己为问,而孔子告之以此。然则子贡虽未至于不器,其亦器之贵者欤?"②瑚琏是祭祀中的祭器。孔子认为子贡是非常有用之器,但还没有完全成为一个"成德之士"。因此,子贡仍然需要努力,争取做一个道德圆融之人。

孔子不仅严格要求自己的弟子,而且也严以律己,真正做到了以身作则、率先垂范。在孔子看来,诗乐等同于人性。诗乐的运用虽然起初有一些刻意、强制,但久而久之,在社会上就能固定下来,成为群体的集体性行为模式。而行为模式又可以变成为一种习惯。等到诗乐的表演成为一种习惯、观念,它就会融化为人性、人生的一部分,将人生美化为一种美好的境界,从而生动有趣、无比动人。

因此,诗乐与人的发展是息息相关的。所谓"从心所欲,不逾矩",说明了诗乐的演奏过程中,人经过了一个模仿、成熟、巧妙、精练,再到自然的过程,即进入了"由方入圆圆又化,由简入繁繁又简"的化境。所谓"化境",是指没有了人工雕琢的痕迹,上升到一个无为而无所不为的简易境界。"工夫深处渐天然",

---

① 朱熹.四书章句集注[M].北京:中华书局,1983:57.
② 朱熹.四书章句集注[M].北京:中华书局,1983:76.

诗乐的教化就有这个效果。孟子曰:"仁言不如仁声之入人深也。"(《孟子·尽心上》)这就是说,单纯的言语说教不如诗乐更能感人至深,产生巨人的效果。

(二)"好之者,不如乐之者"

孔子说:"知之者,不如好之者。好之者,不如乐之者。"(《论语·雍也》)这句话放在艺术生活上,也同样发人深省。孔子视人生如艺术,视艺术如人生。他要求不仅要"知之",还要"好之",进而"乐之"。"知之",仅仅是理解而已,"好之",则在理解的基本上,提高到喜爱的程度。当然,仅有喜爱是不够的,还要对所"好之"的事物沉浸、痴迷、陶醉和忘我地"乐之"。孔子就是如此地对待生活和学习。据《史记·孔子世家》记载:

> 孔子学鼓琴师襄子,十日不进。师襄子曰:"可以益矣。"孔子曰:"丘已习其曲矣,未得其数也。"有间,曰:"已习其数,可以益矣。"孔子曰:"丘未得其志也。"有间,有所穆然深思焉,有所怡然高望而远志焉。曰:"丘得其为人,黯然而黑,几然而长,眼如望羊,如王四国,非文王其谁能为此也!"师襄子辟席再拜,曰:"师盖云《文王操》也。"

孔子首先"习其曲",其次"得其数",然后"得其志",最后"得其人"。这个过程,是从对诗乐的曲谱的学习,进而掌握诗乐的规律,体会诗乐的思想内涵,乃至了解作曲者的为人。这就是从"知之",到"好之",最后上升到"乐之"。可见,孔子的艺术追求是生活化的,情感化的。在此基础上,诗乐因而复活了往日的岁月,开启了一扇敞亮的大门,那里蕴藏着属于情感的,处于现实之外与历史之中的东西。谢林《德国唯心主义的最初体系纲领》

一文说:"没有审美感,人根本无法成为一个精神富有者。"①孔子不仅具有审美感,还是一个精神富有者,成为一个全面发展之人的典范。曾繁仁先生认为:

> 个体生存的完满不仅仅在于他有道德、有智力、有健康的身体,也不仅仅在于有财富、有权力、有名誉,而且还在于有丰富的情感需要和满足,有敏锐的存在感受。一个情感麻木、枯竭或压抑的人,即使其他方面十分富足,他的个体人格也不会有全面的发展,其生存也不会完满、幸福。②

所以说,幸福、全面发展的人生,是一个审美的人生。孔子对曾皙的赞叹"吾与点也",就是对诗乐之成的追求。这是一种超然于物质形式之上、无拘无束、坦坦荡荡的人格审美体验,是"胸次悠然,直与天地万物上下同流"的审美人生境界。

诗乐作为一种艺术,可以让人"志于道,据于德,依于仁,游于艺"(《论语·述而》),最后使人进入一种精神生活之中。在其中,人与自然、社会的对立都被克服,人成为自由的主体,世界成为自由的世界,人因而获得了自由的生存方式。自由的生存方式克服了现实生存方式的局限,真正实现了生存的本质。马克思曾经指出:

> 自由不仅包括我靠什么生存,而且也包括我怎样生存,不仅包括我实现自由,而且也包括我在自由地实现自由。③

所谓"自由地实现自由",就是要用艺术来点亮人生。因为,在艺术活动之中,人进入了自由的生存方式。这种生存方式使

---

① 刘小枫.现代性中的审美精神[M].上海:学林出版社,1997:166.
② 曾繁仁.文艺美学教程[M].北京:高等教育出版社,2005:251.
③ 马克思,恩格斯.马克思恩格斯全集(第一卷)[M].北京:人民出版社,1998:77.

人得到了审美的、自由的生存体验,于是,存在的意义了然于胸。这时,个体不仅感受到了身心的愉悦,而且还有一种大彻大悟、醍醐灌顶的满足。这种感觉打开了一扇心灵的窗户,让真理之光照亮尘世。正如杨春时先生所说:

> 人生的真谛、人生的价值在审美活动中被掌握,存在的意义获得了显现的可能。[①]

海德格尔认为,人的本真的存在应该是"诗意地栖居",这是把审美作为一种自由的生存方式来看待。在存在的敞开中,栖居和诗意相互切近。诗人愈有诗意,他的道说愈是自由。荷尔德林说:

> 充满劳绩,但人诗意地,栖居在这片大地上。[②]

诗乐的生存,就是一种审美的存在方式。它使人得到了全面发展,人的特殊性和精神的丰富性都在审美个性中得到了实现。因此,"人的理解力、情感世界和想象力都获得充分发展,人的天性不受束缚地得到发挥,每个人都最充分地实现了自己的独特性,这是人的最理想的存在形式。"[③]

可见,人的诗乐的存在,就是最理想的存在。因为,无限丰富而瑰丽的诗乐世界,简直就是一个取之不尽、用之不竭的源泉,随时随地都有甘泉飞涌,而飞涌的方式又是那么自由、灵妙、轻盈,那么自然、舒缓、静穆。令仁者、智者用全部生命去体验、去沉醉、去感悟。他们对待诗乐,并不满足于浅尝辄止,而是要满怀激情地"好之"、"乐之",用全部的智慧和心智去追求诗乐的

① 杨春时.美学[M].北京:高等教育出版社,2006:62.
② 海德格尔.荷尔德林诗的本质[M].北京:北京,商务印书馆,2000:46.
③ 杨春时.美学[M].北京:高等教育出版社,2006:58.

审美境界,从诗乐中获得完满的、充盈的意蕴,领略那如诗如画的美感,领悟那生命与人生的真谛。因为,从诗乐从获得"高峰体验",就是今人与古人的心灵的交谈与对话。在诗乐之中,时光开始倒流,灵魂穿越时空。当欣赏者沉醉在这种交流之中,就已经进入一个全新的世界,获得了人生最高的、自由的生命存在方式! 因此,我们可以自豪大胆地欢呼:"人生多美啊!"(莫扎特语)

结语:孔子诗乐思想的影响及其当代价值

　　孔子一生的追求都在于志道、据德、依仁、游艺。志道,就是为了使自己的学说本之于天地。据德,是为了使天地之道落实在现实人生。然而立德是一个循序渐进的进程,其最高之境界是"仁",即爱人。达此境界,然后从容学习礼乐,优游于艺术,得到审美而快乐的人生。当然,这个过程不是线性的,而是环形的。孔子并没有把人生看作是一个刻板的旅程,而是使之诗乐化、艺术化。因此,实际的人生应当是以诗乐的态度去领悟天地之道。然后以此道去教化万民,使普天之下的百姓都能够其乐融融。司马光《答陈充秘校书》:

> 孔子自称"述而不作",然则孔子之道,非取诸己也,盖述三皇、五帝、三王之道也。三皇、五帝、三王,亦非取诸己也,钩探天地之道,以教人也。故学者苟志于道,则莫若本之于天地,考之于先王,质之于孔子,验之于当今,四者皆冥合无间,然后勉而进之,则其智之所及,力之所胜,虽或近或远,或大或小,要为不失其正焉。舍是而求之,有害无益矣。(《司马温公集编年笺注》卷五十九)

孔子以担当历史的使命自居，栖栖遑遑，上下求索，其目的是为了复兴周礼，重建礼乐盛行的社会。礼乐不是彼此分离的，而是相互依托的。要想人人依礼而行，就必须做到乐不离身。因为，诗可以兴观群怨，从小的方面说，可以修身齐家，从大的方面讲，可以治国平天下。兴，管乎情；观，通乎礼。既兴而观，则情与礼相亲，从而"发乎情，止乎礼义"。然而，个人如此仍然不够。社会毕竟是一个群体，而在群体之中有分工，一些人是劳心者，一些人是劳力者。诗乐可以使个人在群体之中找到合适的位置，同时又与他人和睦相处。即使其中有一些劳心者有所过错，他人也可以以诗怨之，使之"有则改之，无则加勉"。怨，就是一个温和的讽谏。这样，在诗乐环绕的社会中，百姓可以以礼节情，而统治者也能够明辨是非。这样，天子不就与万民同乐了吗？

所以说，诗乐之乐，不是乐器，也不是乐书。这正如清代毛奇龄《竟山乐录》所说的"乐器不是乐"、"乐书不是乐"一样。诗乐不仅指"诗"和"乐"的相加，即诗歌与音乐的结合，而且还涉及伦理、心理、教育、美学、政治等诸多内涵，它包括生活中的弦歌鼓舞，交往中的言语应对，也包括教学上的兴道讽诵，政治上的道德仁义，还包括社会中的太平和乐，它始于诗书，成于礼乐，它是人类进步的阶梯。因为，诗能够兴起积极的情感，使人成为一个依礼而行的君子。在此之上，形成人人相互理解，相亲相爱的社会。这个社会实现了天地与人的和谐，是一个"与人乐乐"的世界。

乐是有德之音，它通乎神明，高深莫测，是天、地、人相通的一种艺术、一种境界。乐，是要用心去体会，用行动来践行的。在夏商周三代，人们对于礼乐没有自觉，但礼乐达于天下。当时,行礼则见钟鼓之容,行步则闻环佩之声,所谓"大夫无故不去钟虡,士无故不撤琴瑟"。等到周朝衰落,礼崩乐坏之时,天下视玉帛为礼,指钟鼓为乐。于是,礼乐流于一种技术或礼义而已。孔子生当时代鼎革之际,不辞劳苦,整理六经,举办私学,使王官之学走向民间,礼乐文明得到推广。对于六经之诗、乐,孔子不仅是要保存它们的文字形态,而更重要的是,要使诗乐合一,可歌可诵可弦可舞,并施之于礼义。所以说,孔子的诗乐,统而言之,就是"修己以安人",就是"内圣而外王";分而言之,则"诗"是"兴发感动"(叶嘉莹语)、情感偶然"触发"(徐复观语)的艺术,它通过以"善物喻善事"(郑玄语),从而达到"修己"("内圣",梁启超之说)的功夫,而"乐"则是"独乐乐"不如"与人乐乐"的追求,它通过乐己,从而达到普天同庆以"安人"("外王",梁启超之说)的境界。诗乐相融,就是"修己"以"安人","内圣"而"外王"。陶水平老师说:

> 诗乐结合,不仅是要求诗有音乐的声律与节奏,而且要求诗有音乐的境界、音乐的精神。要实现这一目的,诗歌不仅要声律节奏流美和畅,而且要格调典雅正大,意象浑朴圆融。更重要的是,诗歌必须包含一种情与理、人与自然、个人与社会和谐一致的内在意蕴。[①]

诗乐虽然无用,但最终又有无用之大用。诗乐是道德的化身,是艺术的奇葩,而人生的幸福主要不是物质的多寡,而是道德的完善,以及艺术的完美,只有道德高尚的社会,人性才能得到全面的发展,从而成为一个"完整的人"。这时,人们才能尽情地享受艺术的人生。这正如王夫之所说:"乐为神之所依,人之

---

① 陶水平.船山诗学研究[M].北京:中国社会科学出版社,2001:214.

所成。"①所以说,诗乐是一种艺术,一种精神,它是天地境界、审美王国。有识之士在日常生活中追求诗乐的教化,引领风尚,从而使整个社会成为一个和乐融融的人间仙境。在这样的人间仙境之中,我们每一个人都能尽情地体验和享受艺术所带来的崇高和永恒。

正因为如此,孔子诗乐思想以其独特的魅力昭示后人,并产生着深远的影响。

一、孔子诗乐思想的影响

孔子的诗乐思想,通过孔子自己和弟子的努力,传之于子思,再传之于后人。所以,孔子的诗乐思想早已深入人心。文献对此有大量记载。例如,

> 子思曰:"夫子之教,必始于《诗》、《书》,而终于《礼》、《乐》,杂说不与焉。"(《孔丛子·杂训》)

> 及高皇帝诛项籍,引兵围鲁,鲁中诸儒尚讲诵习礼,弦歌之音不绝,岂非圣人遗化,好学之国哉?(《史记·儒林列传》)

孔子以诗书、礼乐教化万民,而其他各种杂说则坚决地予以摒弃。孔子的乐教即使历经秦火,仍然薪火相传,生生不息。楚汉战争之际,鲁中诸儒仍然弦歌鼓舞,不正说明了这一点吗?

大致说来,孔子诗乐思想在后世的影响主要包括两个方面,一是理论著述。二是朝廷用乐。

(一)理论著述

孔子诗乐思想主要见之于《论语》和《礼记·乐记》。而《乐

---

① 陶水平.船山诗学研究[M].北京:中国社会科学出版社,2001:210.

记》就是孔子弟子记载老师有关诗乐的理论著述,内容非常丰富全面。之后,荀子的《乐论》也是诗乐方面的专题论著,它与《乐记》的思想可谓一脉相承。止因为它们两者的密切关系,后人对于《乐记》与《乐论》孰前孰后,以及期间的溯源关系颇有争论。当然,从《乐记》出自孔子弟子记载老师讲解礼乐的文献《礼记》一书来看,《乐记》产生于《乐论》之前是毫无疑问的。荀子《乐论》之后出现了《毛诗序》,它可谓是微缩的《乐记》。之所以得出这种结论,是因为两者相似之处实在太多,无论是思想内涵,还是用辞都非常接近。这只要通过部分的比较便可略知一二。

《毛诗序》与《乐记》之关系如此密切,这也就表明了孔子诗乐思想对《毛诗序》的影响非常深刻。而《毛诗序》对学术的影响是不言而喻的。因为,郑玄《诗谱系》、孔颖达《毛诗正义》都是对《毛诗序》的笺注,其间的渊源关系自不待言。这样看来,孔子的诗乐思想向后世传承的线路也就非常清晰了:

孔子→《乐记》→《乐论》→《毛诗序》→《诗谱序》→《毛诗正义》。

《毛诗正义》自唐宋以后列为四书五经之一,成为科举考试必考内容,其诗乐思想对封建士人的行为举止、价值取向的影响毫无疑问是非常深刻的。

需要说明的是,梁启超先生、刘师培先生都曾经制作孔子传经表一份,两者大同小异。两位学者所列传承谱系与上述孔子诗乐传承线路其实是一致的。例如,刘师培先生制作的诗学传承系统起于孔子,迄于汉初,具体顺序为:

孔子—子夏—曾申—李克—孟仲子—根牟子—荀卿—

浮邱伯、毛亨。[①]

显然，两者的区别只是一用人物，而另一用著作来编排传承关系而已。

（二）朝廷用乐

如果说，上面所说孔子诗乐思想的传承是在学术界的话，那么，孔子诗乐思想还深刻地影响着历代统治者的政治制度、意识形态。那就是，随着汉代"罢黜百家，独尊儒术"制度的确立，历代都把孔子作为至圣先师，无不对他高山仰止、顶礼膜拜。孔子的诗乐思想自然就是统治者们的旗帜。这可以通过史书得到确证。因为，在二十五史之中，绝大多数都有"乐"志，尽管名称不一，但其实都是有关诗乐之志。如《史记》有《乐书》，《汉书》、《元史》有《礼乐志》，《宋书》、《南齐书》、《辽史》、《金史》、《明史》、《清史稿》有《乐志》，等等。这些史书都专设《乐书》或《乐志》，详细地论述了历代或本朝礼乐、诗乐的意义或使用情况。通过历代史书来看，虽然不是任何一部史书都有《乐书》或《乐志》，但任何一个朝代的统治者都非常重视诗乐，则是不争的事实。在每一个朝代，诗乐都已经成为当时的政治制度和意识形态。这些乐书或乐志，其实都是孔子诗乐思想的延伸与拓展。

相关的实例在史书之中可谓不胜枚举，比比皆是。

《汉书·礼乐志》记载：

> 高祖时，叔孙通因秦乐人制宗庙乐。大祝迎神于庙门，奏《嘉至》，犹古降神之乐也。皇帝入庙门，奏《永至》，以为行步之节，犹古《采荠》、《肆夏》也。乾豆上，奏《登歌》，独上

① 刘师培.中国中古文学史讲义[M].北京：中国人民大学出版社，2011：176.

歌,不以管弦乱人声,欲在位者遍闻之,犹古《清庙》之歌也。
《登歌》再终,下奏《休成》之乐,美神明既飨也。皇帝就酒东
厢,坐定,奏《永安》之乐,美礼已成也。①

汉高祖刘邦指令叔孙通管理礼乐之制作事宜。于是,朝廷
制定宗庙之乐,并在祭祀活动中举行演奏。如,大祝迎神于庙
门、皇帝入庙门、祭器中的干肉奉上、乐工升歌、皇帝就酒于东
厢、坐定之时,都要演奏相关的诗乐,好像周人祭祀一样。

《三国志·吴主传》记载:

> 十一月,策命权曰:"今封君为吴王……君化民以德,礼
> 教兴行,是用锡君轩县之乐。君宣导休风,怀柔百越,是用
> 锡君朱户以居。……钦哉!敬敷训典,以服朕命,以勖相我
> 国家,永终尔显烈。"②

建安二十五年十一月,孙策赐命孙权时,除赐予玺绶策书、
衮冕之服,以及虎贲之士等以外,还有诸侯级别的轩悬之乐。孙
策希望以此勉力孙权敬奉礼典,大兴礼教,服从父命,辅助治国,
永保祖先之功烈。

《晋书·列传第四十七》记载东晋大臣蔡谟事迹曰:

> 成帝临轩,遣使拜太傅、太尉、司空。会将作乐,宿县于
> 殿庭,门下奏,非祭祀燕飨则无设乐之制。事下太常。谟议
> 临轩遣使宜有金石之乐,遂从之。临轩作乐,自此始也。③

东晋时期,大臣蔡谟建议皇帝亲御前殿时也应像在正殿一

---

① 　班固.汉书[M].北京:中华书局,1962:1043.
② 　陈寿.三国志[M].裴松之,注.北京:中华书局,1982:829-830.
③ 　房玄龄.晋书[M].北京:中华书局,1974:2035.

样，应当有金石之乐。成帝允诺，从此，皇帝亲御前殿也要演奏诗乐。

据《旧唐书》记载，唐太宗李世民起初对于雅乐并不重视，后来接受尚书右丞魏徵和太常少卿祖孝孙的建言，考订大唐雅乐，作为朝廷法则，具体规定道：

> 祭天神奏《豫和》之乐，地祇奏《顺和》，宗庙奏《永和》。天地、宗庙登歌，俱奏《肃和》。皇帝临轩，奏《太和》。王公出入，奏《舒和》。皇帝食举及饮酒，奏《休和》。皇帝受朝，奏《政和》。皇太子轩悬出入，奏《承和》。元日，冬至皇帝礼会登歌，奏《昭和》。郊庙俎入，奏《雍和》。皇帝祭享酌酒、读祝文及饮福、受胙，奏《寿和》。①

相同的实例还有许多，不必赘述。历代统治者除了在祭祀宴飨等礼仪之中演奏诗乐以外，还专门设有管理诗乐之机构。秦汉时期设乐府，隋唐时有太乐署和鼓吹署，宋代设太乐局、鼓吹局、大晟府、教坊、教坊所等，明代有太常寺，而清代则设有乐部。据《清史稿·志·官职一》记载：

> 乐部，典乐大臣无员限，礼部满洲尚书一人兼之。……司乐二十有五人。正九品。凡乐生百八十人、舞生三百人属之，俱汉员，兼隶太常寺，掌郊庙、祠祭诸乐。②

朝廷专设乐部，管理郊庙、祠祭、殿廷朝会、燕飨诸乐。这些朝廷的成规定法，是传统礼乐制度的延伸，它要求严格执行，否则就是犯上作乱，扰乱朝纲。朝廷用乐有规定，则各级官吏用乐

---

① 刘昫.旧唐书[M].北京：中华书局，1975：1041.
② 赵尔巽.清史稿[M].北京：中华书局，1977：3284.

当然也有讲究。

　　由于时代的变迁,统治者可能会因地制宜地自制诗乐。例如,在汉代礼仪中,刘邦就大量地改变了传统诗乐的曲目。从某种程度来说,这对于《诗经》诗乐一体的传承是极为不利的。加之汉代四家诗学的兴起,遂更使诗、乐分离。因此,《诗经》的声歌之道不断衰落。郑樵《通志总序》曰:

> 乐以诗为本,诗以声为用。……汉立齐鲁韩毛四家博士,各以义言诗,遂使声歌之道日微。至后汉之末,诗三百仅能传《鹿鸣》、《驺虞》、《伐檀》、《文王》四篇之声而已。太和末又失其三,至于晋室,《鹿鸣》一篇又无传。自《鹿鸣》不传,后世不复闻诗。然诗者人心之乐也,不以世之兴衰而存亡。继风雅之作者,乐府也。

　　孔子所传诗乐经过秦火,又经过汉代的各种冲击,到晋代已复不闻声歌之事,留下的只是《诗经》的文字而已。

　　另外,在历代,都存在着一些官吏自作主张地僭用礼乐。例如,唐代成都的花敬定,他是成都尹崔光远手下的武将,因平定段子璋的叛乱而居功自傲,目无法纪,僭用天子之礼乐。杜甫赠诗《赠花卿》对此进行了委婉的讽刺,诗云:"锦城丝管日纷纷,半入江风半入云。此曲只应天上有,人间能得几回闻。"所谓"此曲只应天上有",就是指此曲只能为天子所用,而不能为臣子肆意僭越。杜甫此诗深得风人之旨,所以为当时歌妓广为传唱。杨慎《升庵诗话》记载,唐人乐府多唱诗人绝句,其中以王昌龄和李白的作品为多,杜甫七言绝句近百首,而锦城歌妓仅唱其《赠花卿》一首,这可见歌妓们的见地,又说:

> 花卿名敬定,丹棱人,蜀之勇将也。恃功骄恣,杜公此

诗讥其僭用天子礼乐也。而含蓄不露,有风人言之无罪,闻
之者足以戒之旨。公之绝句百余首,此为之冠。①

沈德潜《说诗晬语》也说:

诗贵寄意,有言在此而意在彼者。……杜少陵……刺
花敬定之僭窃,则想新曲于天上。②

可见,统治者的改弦更张,或者各级官吏的胡作非为,都使
孔子的诗乐思想和精神受到巨大的冲击,造成不小的负面影响。
当然,灿烂的传统文化就好像浩浩长江,"青山遮不住,毕竟东流
去"。因此,孔子诗乐思想仍然在中国历史文化的主流中悄悄地
流淌,这就意味着孔子所追求的诗乐一体的局面也不会完全消
失。因为,诗乐一体的精神仍然生生不息,代代相传。那就是,
它逐渐演变为汉代的乐府,唐代的绝句,宋代的词,元代的曲,明
清的传奇、戏曲,以及如今的歌曲,等等。

二、孔子诗乐思想的当代价值

尽管当代的社会生活与孔子时代不可同日而语,但作为传
统文化的孔子诗乐思想仍有其深刻的现实意义,并且具有强大
的生命力。这主要表现在以下几点。

(一)诗乐传家,门风优美

在现代社会,作为炎黄子孙,我们既要面向世界,又要立足
传统。德国哲学家卡尔·雅斯贝斯说:

直至今日,人类一直靠轴心时代所产生、思考和创造的

---

① 杨慎.升庵诗话笺证(卷八)[M].王仲镛,笺证.上海:上海古籍出版社,1987:234.
② 沈德潜.说诗晬语(卷下)[M].北京:人民文学出版社,1979:251.

一切而生存。每一次新的飞跃都回顾这一时期，并被它重燃火焰。①

孔子是我国轴心时代的杰出代表，他的诗乐教育具有深厚的艺术道德底蕴，可以算作"优美之门风"②之源头，并在后世形成良好的传统。

例如，东晋太傅谢安经常召集族中弟子谈古论今、品评诗赋。据《世说新语·文学》记载，某日，谢安问子侄们《诗经》中哪句最佳，侄儿谢玄认为是"昔我往矣，杨柳依依；今我来思，雨雪霏霏"。谢安说，应该是"訏谟定命，远猷辰告"最佳，因为此句特有雅人之深致。③ 又据《世说新语·言语》记载，谢安在某一雪天聚集家人谈论诗文。正当大雪纷飞之际，谢安欣喜地问道："白雪纷纷何所似？"侄子胡儿说："撒盐空中差可拟。"侄女谢道蕴曰："未若柳絮因风起。"谢安听后，大笑不已，兴高采烈。④

幸得文人的生花妙笔，谢安家人的言谈举止，似乎穿越历史浮现在我们的眼前。陈寅恪先生曾经称赞东晋南朝"基于学业"的家教为"门风之优美"⑤。谢安式的家教就是这方面的典范，常常为后人津津乐道，而谢道蕴也因此成为后世才女的代名词。

除了谢家以外，历代具有"优美之门风"者还有众多。颜之推《颜氏家训》、朱熹《朱子家训》、朱柏庐《朱子格言》等都用诗歌般的语言阐述家风、家教，这些不都是对孔子诗乐传家的继承和发扬吗？

---

① 雅斯贝斯.历史的起源与目标[M].北京:华夏出版社,1989:14.
② 陈寅恪.唐代政治史述论稿[M].上海:上海古籍出版社,1982:71.
③ 余嘉锡.世说新语笺疏[M].北京:中华书局,1983:235.
④ 余嘉锡.世说新语笺疏[M].北京:中华书局,1983:131.
⑤ 陈寅恪.唐代政治史述论稿[M].上海:上海古籍出版社,1982:71.

最近一段时期以来，家风、家教是一个热门话题。家风、家教中的明礼知耻、诗书传家等思想又一次得到了国人的高度关注。孔子诗乐传家的作风依然值得我们大力提倡。那就是，努力做到礼、乐、诗相互配合，使之相得益彰。

首先，礼乐要相须为用。"礼"的传承并非仅在于其仪式、仪礼，它还必须有"乐"的配合才更有价值。郑樵《通志》中说"礼非乐不行，乐非礼不举"①，就是这个意思。中华民族是一个礼仪之邦，"礼"是我们文化之根。守住这个传统之根乃是我们义不容辞的职责。但是，对于"礼"的理解，许多人已经浑然不知地只停留在礼仪之上，而对于道德艺术则有所忽视。究其原因，就在于对"乐"的疏离。"乐"是"德音"，只有"乐"的配合，"礼"才能成为"礼乐"，达到道德与艺术的统一。"礼乐"不是徒有其表的仪式，而是有着深厚内涵的文化。所以，"扬礼善文化，建和谐校园"之类的校园标语，还值得改进，应当把其中的"礼善"改为"礼乐"，才更有价值。

其次，诗乐要有机结合。诗乐是文学与音乐的结晶，而且对于其内涵中的道德性也有很高的要求，因此，诗乐的教育意义不可低估。近年来的诗歌与音乐似乎越来越彼此分离，甚至背道而驰。因此，如何促进音乐与诗歌的完美结合，乃是我们的当务之急、题中之义。因为，诗歌没有音乐性，必然会失去韵味，而音乐缺少诗歌，也减小了许多魅力。只有相辅相成，才能使两者更加高雅，蕴含着更加丰富的道德品质。如果一味地各自独立，反而会降低其品位。所以，诗乐结合就其本身所具有的形式性而言，也在一定程度上对内容提出了不小的要求。其实，用诗乐的

---

① 郑樵.通志二十略[M].北京：中华书局，1995：883.

形式,可以一定程度当纠正诗歌或音乐庸俗化的趋势。

(二)引领大众,品位为上

孔子生当王官文化转向士人文化时期,教学的性质也在发生转变。梁启超在《志三代宗教礼学》中说:

> 三代以前,以教为学;春秋战国以后,以学为教,此我国精神思想界一大变迁也。[1]

这就是说,三代以前,教是主而学是辅,老师教什么,学生就学什么。知识掌握在统治者手中,被一部分人所垄断。而春秋战国以后,学是主而教是辅,知识的垄断局面已经完全改变。就教育而言,并不是老师教什么学生就学什么,而是老师必须根据学生的需要调整并设计教学内容。从某种程度来讲,孔子的教学已经要重视弟子的需求了。但是,孔子视野开阔,立足高远,有自己的志向和理想,那就是在文化上引领大众,品位为上。

孔子创办私学,弟子三千,他俨然就是当时之明星。当孔子在矍相之圃射箭之时,万人空巷,观者如堵墙,争睹这位明星的风采。《左传·昭公七年》记载,鲁国大臣孟僖子要求"说(南宫敬叔)与何忌(孟懿子)"学礼于夫子。这不仅反映了孔子在学术上的造诣,也表明他在社会上的声望。当然,面对巨大的荣誉,面对知识的大众化,孔子没有改变自己的立场和原则,而是依然保持对知识的神圣感。作为文化的精英,他不是一味地迎合世人,而是以一种自信而坚定的态度传承六艺,教育弟子,以此引领大众,引领时代。我们通过孔子对六艺的评价就可见他对主流价值的肯定和坚守:

---

[1] 梁启超. 饮冰室合集[M]. 上海:中华书局 1936:1.

孔子曰：

入其国，其教可知也。其为人也温柔敦厚，《诗》教也；疏通知远，《书》教也；广博易良，《乐》教也；洁静精微，《易》教也；恭俭庄敬，《礼》教也；属辞比事，《春秋》教也。故《诗》之失，愚；《书》之失，诬；《乐》之失，奢；《易》之失，贼；《礼》之失，烦；《春秋》之失，乱。其为人也，温柔敦厚而不愚，则深于《诗》者也。疏通知远而不诬，则深于《书》者也。广博易良而不奢，则深于《乐》者也。洁静精微而不贼，则深于《易》者也。恭俭庄敬而不烦，则深于《礼》者也。属辞比事而不乱，则深于《春秋》者也。（《礼记·经解》）

此番言论可见孔子对礼乐文化的执着。孔子在仕途顺利时是如此，在人生失意时也不改其乐。《庄子·秋水》曰："孔子游于匡，宋人围之数匝，而弦歌不辍。"孔子不仅理论上引导弟子，还在实践中言传身教。当樊迟请求学习种庄稼，孔子说自己不如老农；当樊迟请求学习种菜蔬，孔子说自己不如菜农。孔子的态度很明确，就是要弟子学好"礼"、"义"。因为，社会分工不同，孔子希望弟子能够懂得礼乐，"学而优则仕，仕而优则学"，以后担当重任，有所作为，从而更好地治国平天下。当南容反复吟诵"白圭之玷，尚可磨也；斯言之玷，不可为也"之后，孔子便把自己的侄女嫁给了他。当颜渊、仲弓请问仁德，孔子告诫颜渊要"非礼勿视，非礼勿听，非礼勿言，非礼勿动"，告诫仲弓要"己所不欲，勿施于人"。颜渊回答曰："回虽不敏，请事斯语矣。"仲弓回答曰："雍虽不敏，请事斯语矣。"（《论语·颜渊》）弟子们对老师的教导可谓铭刻在心，并努力付诸实践。《论语·阳货》记载：

子之武城，闻弦歌之声。夫子莞尔而笑，曰："割鸡焉用牛刀？"子游对曰："昔者偃也闻诸夫子曰：'君子学道则爱人，小人学道则易使也。'"子曰："二三子！偃之言是也。前言戏之耳。

子游认为，"君子学道则爱人，小人学道则易使"。可见，弦歌之声具有非凡的感染力量。这也说明以高雅的艺术引领风尚的意义。

当前，细致的行业化和特定的职业化使得艺术早已被商品化所腐蚀，而教育也面临商品化、技术化的冲击。随着审美神圣感的逐渐缺失，教育的任务也变得越来越刻板。因此，作为文化的精英，无论是教师，还是艺术工作者，或者是政府官员，都应当保持清醒的意识，态度坚定，提升品位，勇做时代的弄潮儿，率先垂范，引领风尚。蔡元培先生的一番话至今仍有一定的指导意义：

> 每日可有音乐，选取的标准，与图画一样，刺激太甚的、卑靡的，都不可取。①

（三）德音为首，兼顾多元

严格来说，"乐"与"声"、"音"有着不同的内涵。"乐"并不是我们现代意义上的"音乐"，而是诗乐，即"德之音"，它通乎人的伦理。而"声"为声响，它作用于感官。"音"乃旋律之声，达于人的心智。故《礼记·乐记》曰：

> 知声而不知音者，禽兽是也；知音而不知乐者，众庶是也。唯君子为能知乐。

---

① 蔡元培.蔡元培美学文选[M].北京：北京大学出版社，1983：155.

换言之，动物只知"声"，而人则知"音"。人又有品位、修养之不同，其中只有君子才能懂得和欣赏"乐"。对此，春秋战国时期的士人有着深刻的领悟。《礼记·乐记》记载，孔子的弟子子夏曾经给魏文侯谈论起"乐"与"音"的区别。魏文侯说自己听"古乐"就想打瞌睡，提不起精神，而听"新乐"则兴高采烈，不知疲倦。子夏曰："今君之所问者乐也，所好者音也！夫乐者，与音相近而不同。"也就是说，魏文侯问的"乐"是，但听的却是"音"，两者相近却并不相同！

事实上，魏文侯式的爱好在我们当今时代可谓极其盛行。可以这么说，古人重"乐"，今人重"音"，甚至重"声"。重"乐"，则德性自然流行，重"音"、重"声"，则道德不断滑坡。重"乐"，则追求"孔颜乐处"，宁静淡泊。重"音"、重"声"，则心为物役，人心浮躁。所以，重"音"或重"声"的后果可想而知。"声"为动物所接受，"音"为大众所喜欢，"声"、"音"都没有道德的必然要求，可以尽情地表现，为所欲为。然而，人的欲望无边无际。当声音毫无节制之日，也正是人的欲望无所节制之时。由于时下音乐过分追求感官之刺激，导致人的欲望激剧膨胀。可见，重申《毛诗》中"发乎情，止乎礼义"的思想仍然很有必要。

近年来，随着科技的进步，音乐的传播渠道可谓五花八门，音乐也得到了迅猛的发展。但这种发展几乎如脱缰之马，各种奇怪之声音早已充斥大街小巷。海豚音、饶舌歌、飙高音等音乐，在现代年轻人耳畔震响，使他们情不自禁地手舞足蹈。而喧闹的声响就像炸鸡腿一样，喂养出来的只是空虚的头脑、笨拙的身躯，甚至是人格扭曲的心灵。久而久之，高雅音乐为他们所不屑，而流行音乐却被津津乐道。现在，听音乐以提高修养者已经越来越少，而优美动听的经典、红歌几乎被新一代所抛弃。之所以会造成如此局面,是因为许多人只顾音乐形式上下功夫,声音之节奏、旋律得到了前所未有的推崇,而音乐的品位几乎无从顾及,因此出现了江河日下的趋势。这种不良现象值得我们警醒。因为,音乐的技巧固然重要,音乐的多元化也大势所趋,但我们不能顾此失彼。音乐无论如何发展,都还要讲究一个主旋律、真善美。

因此,对于"乐"的观念仍值得大力提倡。那就是,听音乐主要不为了耳目之享受,而是为了品位之提升。《礼记·乐记》曰:

> 礼乐皆得,谓之有德。德者得也。是故乐之隆,非极音也。食飨之礼,非致味也。清庙之瑟,朱弦而疏越,壹倡而三叹,有遗音者矣。大飨之礼,尚玄酒而俎腥鱼,大羹不和,有遗味者矣。是故先王之制礼乐也,非以极口腹耳目之欲也,将以教民平好恶而反人道之正也。

行礼不是为了口腹之欲,而听"乐"也不是为了耳目之悦。礼乐的实行,是为了追求高尚的道德。

20世纪,社会上还没有产生声音泛滥的忧虑,但自从进入21世纪以后,西方文化的渗透进一步加剧,年轻人对于西方音乐元素、西方音乐特色推崇备至,却在不知不觉中丢失了自己民族的宝贵财富。当饶舌歌、街舞等变为音乐主力军的时候,我们越来越感觉现代人的品位、涵养俗不可耐,而社会风气也每况愈下。

可见,面对当前音乐的现状,孔子主张的"成于乐"仍然是我们艺术的指南。钱穆先生说:

> 惟孔子由艺见道,道德心情与艺术心情兼荣并茂,两者

合一,遂与当时一般儒士之为学大不同。①

"乐"作为"德音",是艺术与道德的结晶,给人以享受,使人在愉悦之际受到了熏陶和洗礼,其价值是无法估量。毕竟,道德才是一切文化的目标和宗旨。这正如唐君毅先生所说:

> 人类一切文化活动,均统属于道德自我或精神自我、超越自我,而为其分殊之表现。……一切文化活动之所以能存在,皆依于一道德自我,为之支持。一切文化活动,皆不自觉的,或超自觉的,表现道德价值。②

① 钱穆.孔子传[M].北京:生活·读书·新知三联书店,2002:15.
② 唐君毅.文化意识与道德理性[M].北京:中国社会科学出版社,2005:3.

参考文献

古籍

阮元.十三经注疏[M].北京:中华书局,1980.

墨子.墨子全译[M].周才珠,齐瑞端,译注.贵阳:贵州人民出版社,1995.

司马迁.史记[M].北京:中华书局,1959.

班固.汉书[M].北京:中华书局,1962.

班固.白虎通[M].北京:中华书局,1985.

韩婴.韩诗外传今注今译[M].赖炎元,注译.台北:台湾商务印书馆,1979.

范晔.后汉书[M].北京:中华书局,1973.

陈寿.三国志[M].裴松之,注.北京:中华书局,1982.

房玄龄.晋书[M].北京:中华书局,1974.

刘昫.旧唐书[M].北京:中华书局,1975.

赵尔巽.清史稿[M].北京:中华书局,1977.

刘安.淮南子全译[M].许匡一,译注.贵阳:贵州人民出版社,1995.

许慎.说文解字注[M].段玉裁,注.上海:上海古籍出版社,1981.

王弼.周易注[M].北京:中华书局,2012.

王肃.孔子家语[M].上海:上海古籍出版社,1990.

陆德明.经典释文[M].北京:中华书局,1983.

欧阳修.诗本义[M].上海:上海古籍出版社,1987.

皎然.诗式校注[M].李壮鹰,校注.北京:人民文学出版社,2003.

陈舜俞.都官集[M].清乾隆翰林院抄本.

郑樵.六经奥论[M].长春:吉林出版集团有限责任公司,2005.

郑樵.通志二十略[M].北京:中华书局,1995.

朱熹.周易正义[M].北京:中华书局,2012.

朱熹.四书集注[M].南京:凤凰出版社,2005.

朱熹.四书章句集注[M].北京:中华书局,1983.

朱熹.诗集传[M].上海:上海古籍出版社,1980.

朱熹.朱子全书(第六册)[M].上海:上海古籍出版社;合肥:安徽教育出版社,2002.

萧昕.乡饮赋[M]//文苑英华.北京:中华书局,1982.

刘濂.乐经元义[M].明嘉靖间刻本.

韩邦奇.苑洛志乐[M].吴元莱刻本,清康熙二十二年.

朱载堉.乐律全书[M].北京:书目文献出版社,1990.

王阳明.传习录[M].郑州:中州古籍出版社,2004.

杨慎.升庵诗话笺证[M].王仲镛,笺证.上海:上海古籍出版社,1987.

沈德潜.说诗晬语[M].北京:人民文学出版社,1979.

顾炎武.日知录校注[M].陈垣,校注.合肥:安徽大学出版社,2007.

王夫之.读四书大全说[M].北京:中华书局,1975.

黄宗羲.南雷文定(四集卷一)[M].上海:上海古籍出版社,2002.

刘宝楠.论语正义[M].北京:中华书局,2011.

王聘珍.大戴礼记解诂[M].北京:中华书局,1983.

曹元弼.礼经学[M].上海:上海古籍出版社,2002.

章学诚.文史通义[M].上海:上海书店,1988.

朱彝尊.经义考(第一册)[M].台北:"中研院"中国文哲研究所,1997.

孙诒让.周礼正义[M].北京:中华书局,1987.

方玉润.诗经原始[M].北京:中华书局,1986.

今人论著

蔡元培.蔡元培美学文选[M].北京大学出版社,1983.

蔡尚思.十家论孔[M].上海:上海人民出版社,2006.

蔡先金.孔子诗学研究[M].济南:齐鲁书社,2006.

蔡清富,黄辉映.毛泽东诗词大观[M].成都:四川人民出版社,2007.

岑家梧.图腾艺术史[M].上海:学林出版社,1987.

陈桐生.《孔子诗论》研究[M].北京:中华书局,2004.

陈寅恪.唐代政治史述论稿[M].上海:上海古籍出版社,1982.

陈成国.先秦礼制研究[M].长沙:湖南教育出版社,1991.

程俊英.诗经译注[M].上海:上海古籍出版社,1985.

程民生.音乐美纵横谈[M].上海:上海音乐出版社,2000.

陈望衡.中国古典美学史(上卷)[M].武汉:武汉大学出版

社,2007.

邓球柏.帛书周易校释(增订本)[M].长沙:湖南出版社,1996.

丁鼎.孔子与六经[M].济南:山东文艺出版社,2004.

丁进.周礼考论:周礼与中国文学[M].上海:上海人民出版社,2008.

丁绵孙.恢复孔子六经[M].天津:天津社会科学院出版社,2007.

冯友兰.三松堂全集:第四卷[M].郑州:河南人民出版社,1986.

冯友兰.中国哲学史新编[M].北京:人民出版社,2001.

傅道彬.诗可以观:礼乐文化与周代诗学精神[M].北京:中华书局,2010.

郭沫若.卜辞通纂[M].北京:科学出版社,1983.

郭沫若.青铜时代[M].北京:科学出版社,1960.

郭沫若.郭沫若全集[M].北京:人民出版社,1984.

郭沫若.十批判书[M].北京:东方出版社,1996.

郭绍虞.中国历代文论选[M].上海:上海古籍出版社,2001.

郭绍虞.中国文学批评史(上卷)[M].天津:百花文艺出版社,2001.

郭庆藩.庄子集释[M].北京:中华书局,1961.

顾颉刚.古史辨[M].上海:上海古籍出版社,1982.

勾承益.先秦礼学[M].成都:巴蜀书社,2002.

黄怀信.大戴礼记汇校集注[M].西安:三秦出版社,2005.

黄翔鹏.溯流探源——中国传统音乐研究[M].北京:人民音乐出版社,1993.

洪湛侯.诗经学史[M].北京:中华书局,2002.

胡适.中国哲学史大纲[M].上海:上海古籍出版社,2000.

胡经之.文艺美学[M].北京:北京大学出版社,2000.

江灏,钱宗武.今古文尚书全译[M].贵阳:贵族人民出版社,1990.

蒋孔阳.先秦音乐美学思想论稿[M].北京:人民文学出版社,1986.

金景芳,吕绍纲,吕文郁.孔子新传[M].长沙:湖南出版社,1991.

金景芳.学易四种[M].长春:吉林文史出版社,1987.

匡亚明.孔子评传[M].南京:南京大学出版社,1990.

寇淑慧.二十世纪诗经研究文献目录[M].学苑出版社,2001.

梁启超.儒家哲学[M].长沙:岳麓书社,2010.

梁启超.饮冰室合集[M].上海:中华书局,1936.

柳诒徵.中国文化史[M].上海:上海古籍出版社,2001.

梁漱溟.中国文化要义[M].上海:上海人民出版社,2011.

刘方炜.孔子纪[M].桂林:广西师范大学出版社,2009.

刘钊.郭店楚简校释[M].福州:福建人民出版社,2005.

刘梦溪.中国现代学术经典(黄侃、刘师培卷)[M].石家庄:河北教育出版社,1996.

刘师培.刘师培学术文化随笔[M].北京:中国青年出版社,1999.

刘师培.中国中古文学史讲义[M].北京:中国人民大学出版社,2011.

李泽厚.美的历程[M].北京:文物出版社,1981.

李泽厚.中国古代思想史[M].北京:人民出版社,1985.

李泽厚.中国美学史[M].北京:中国社会科学出版社,1984.

李泽厚.论语今读[M].合肥:安徽文艺出版社,1998.

李春青.乌托邦与诗:中国古代士人文化与文学价值观[M].北京:北京师范大学出版社,1995.

林沄.釐釐辨[M]//古文字研究第十二辑.北京:中华书局,1985.

李生龙.儒家文化与中国古代文学[M].长沙:岳麓书社,2009.

罗根泽.中国文学批评史[M].上海:上海书店出版社,2003.

马承源.上海博物馆藏战国楚竹书[M].上海:上海古籍出版社,2001.

敏泽.中国美学思想史(第一卷)[M].济南:齐鲁书社,1987.

孟庆枢.西方文论[M].北京:高等教育出版社,2002.

聂石樵,雒三桂,李山.诗经新注[M].济南:齐鲁书社,2000.

聂石樵.先秦两汉文学史稿[M].北京:北京师范大学,1994.

吕思勉.先秦学术概论[M].长沙:岳麓书社,2010.

彭锋.诗可以兴——古代宗教、伦理、哲学与艺术的美学阐释[M].合肥:安徽教育出版社,2003.

皮锡瑞.经学历史[M].北京:中华书局,1981.

彭林.中国古代礼仪文明[M].北京:中华书局,2004.

钱穆.孔子传[M].北京:生活·读书·新知三联书店,2002.

钱穆.论语新解[M].成都:巴蜀书社,1985,70.

钱锺书.管锥编[M].北京:生活·读书·新知三联书店,2001.

钱锺书.谈艺录[M].北京:生活·读书·新知三联书店,2001.

钱玄.三礼通论[M].南京:南京师范大学出版社,1996.

钱玄,钱兴奇.三礼辞典[M].南京:江苏古籍出版社,1998.

饶龙隼.先秦诸子与中国文学(下册)[M].南昌:百花洲文艺出版社,2010.

任继愈.中国哲学史[M].北京:人民出版社,2010.

商承祚.殷契佚存[M].南京:金陵大学中国文化研究所,1933.

沈文倬.宗周礼乐文明考论[M].杭州:浙江大学出版社,2001.

孙培青.中国教育史[M].上海:华东师范大学出版社,2000.

沈子丞.历代论画名著汇编[M].台北:世界书局,1984.

苏建洲.上海博物馆藏战国楚竹书(二)校释[M].台北:花木兰文化出版社,2006.

陶水平.船山诗学研究[M].北京:中国社会科学出版社,2001.

汤可敬.说文解字今释[M].长沙:岳麓书社,2001.

唐君毅.文化意识与道德理性[M].北京:中国社会科学出版社,2005.

唐明邦.当代易学与时代精神[M].武汉:湖北人民出版社,1999.

滕守尧.审美心理描述[M].成都:四川人民出版社,1998.

童书业.春秋史[M].上海:上海古籍出版社,2010.

王国维.观堂集林[M].石家庄:河北教育出版社,2003.

王国维.王国维遗书[M].上海:上海书店出版社,1996.

王国维.王国维文集[M].北京:中国文史出版社,1997.

王光祈.王光祈音乐论著选集[M].北京:人民音乐出版社,1993.

王光祈.论中国古典歌剧[M].长春:吉林出版集团有限责任公司,2010.

王子初.中国音乐考古学[M].福州:福建教育出版社,2003.

王清雷.西周乐悬制度的音乐考古学研究[M].文物出版社,2007.

王钧林,周海生.孔丛子[M].北京:中华书局,2009.

王宏建.艺术概论[M].北京:文化艺术出版社,2004.

王振复.中国美学史新著[M].北京:北京大学出版社,2009.

王秀臣."三礼"用诗考论[M].北京:中国社会科学出版社,2007.

闻一多.闻一多全集(第一册)[M].北京:生活·读书·新知三联书店,1982.

翁礼明.礼乐文化与诗学话语[M].成都:巴蜀书社,2007.

修海林.中国古代音乐史料集[M].西安:世界图书出版西安公司,2000.

熊十力.原儒[M].上海:上海书店出版社,2009.

徐中舒.甲骨文字典[M].成都:四川辞书出版社,1990.

徐元浩.国语集解[M].北京:中华书局,2002.

徐复观.中国人性论史(先秦篇)[M].上海:上海三联书店,2001.

徐复观.中国文学精神[M].上海:上海书店出版社,2006.

徐复观.徐复观文集[M].武汉:湖北人民出版社,2009.

许道勋,徐洪兴.中国经学史[M].上海:上海人民出版社,2006.

许兆昌.先秦乐文化考论[M].哈尔滨:黑龙江人民出版社,2010.

萧友梅.中国古代乐器考[M].长春:吉林出版集团有限责任公司,2010.

夏静.礼乐文化与中国文论早期形态研究[M].北京:中华书局,2007.

萧兵.孔子诗论的文化推绎[M].武汉:湖北人民出版社,2006.

许维遹.吕氏春秋集释[M].北京:中华书局,2009.

杨树达.积微居小学金石论丛[M].北京:科学出版社,1955.

杨树达.积微居金文说(增订本)[M].北京:中华书局,1997.

杨树达.论语疏证[M].上海:上海古籍出版社,1986.

杨伯峻.论语译注[M].北京:中华书局,1980.

杨伯峻.列子集释[M].北京:中华书局,1985.

杨荫浏.中国古代音乐史稿(上)[M].北京:人民音乐出版社,2004.

杨宽.西周史[M].上海:上海人民出版社,2003.

杨宽.古史新探[M].北京:中华书局,1965.

杨向奎.宗周社会与礼乐文明[M].北京:人民出版社,1992.

杨向奎.大一统与儒家思想[M].北京:北京出版社,2011.

杨春时.美学[M].北京:高等教育出版社,2006.

杨华.先秦礼乐文化[M].武汉:湖北教育出版社,1996.

杨志刚.中国礼仪制度研究[M].上海:华东师范大学出版社,2001.

袁静芳.中国传统音乐概论[M].北京:音乐出版社,2000.

阎国忠.古希腊罗马美学[M].北京:北京大学出版社,1983.

叶朗.中国美学史大纲[M].上海:上海人民出版社,2011.

余英时.士与中国文化[M].上海:上海人民出版社,2011.

于民.中国美学思想史(精华版)[M].上海:复旦大学出版社,2010.

于润洋.音乐史论问题研究[M].福州:福建教育出版社,1997.

宗白华.艺境[M].北京:北京大学出版社,1987.

周大明.中华文化寻根——从口耳相传到文字著述[M].北京:人民出版社,2007.

章太炎.章太炎全集[M].上海:上海人民出版社,1984.

张祥龙.孔子的现象学阐释九讲——礼乐人生与哲理[M].上海:华东师范大学出版社,2009.

张岩.从部落文明到礼乐制度[M].上海:上海三联书店,2004.

张西堂.诗经六论[M].上海:商务印书馆,1957.

浙江大学古籍研究所.礼学与中国传统文化——庆祝沈文倬先生九十华诞国际学术研讨会论文集[M].北京:中华书局,2006.

张岱年,方天立.中国文化概论[M].北京:北京师范大学出版社,1994.

张岱年.中国知识分子的人文精神[M].郑州:河南人民出版社,1994.

张法.中国美学史[M].上海:上海人民出版社,2000.

张前.音乐欣赏心理分析[M].北京:人民音乐出版社,1983.

张善文.周易译注[M].广州:花城出版社,2001.

张少康.中国文学理论批评史(上)[M].北京:北京大学出版社,2005.

赵玉敏.孔子文学思想研究[M].北京:北京大学,2010.

朱自清.朱自清说诗[M].上海:上海古籍出版社,1999.

朱东润.诗三百篇探故[M].上海:上海古籍出版社,1981.

朱立元,张德兴等著.西方美学通史(第七卷)[M]上海:上海文艺出版社,1999.

朱光潜.朱光潜全集(第二卷)[M].合肥:安徽教育出版社,1987.

朱光潜.朱光潜全集(第九卷)[M].合肥:安徽教育出版社,1993.

朱志荣.中国审美理论[M].北京:北京大学出版社,2008.

曾繁仁.文艺美学教程[M].北京:高等教育出版社,2005.

张洪模.现代西方艺术美学文选(音乐美学卷)[M].沈阳:春风文艺出版社,辽宁教育出版社,1990.

刘小枫.现代性中的审美精神[M].上海:学林出版社,1997.

黄卓越.在后现代的问题视域中思考儒学的发展[M].//方铭.儒学与二十一世纪文化建设:首善文化的价值阐释与世界传播.北京:学苑出版社,2010:319－324.

李建.论孔子生死鬼神观与"神道设教"的人文意蕴[J].社会科学战线,2009(10):32－36.

钱锺书.诗可以怨[J].文学评论,1981(1):16－21.

吴承学,何志军.诗可以群——从魏晋南北朝诗歌创作形态考察其文学观念[J].中国社会科学,2001(5):165－174,208.

薛永武.柏拉图美学之再阐释[J].齐鲁学刊,2001(5):93－98.

刘雨.西周金文中的祭祖礼[J].考古学报,1989,(4):495.

郭杰.孔子的诗学[J].深圳大学学报(人文社会科学版),2000(6):65－72.

陶水平师,刘衍军.孔子"《诗》可以群"命题的本义还原[J].江西社会科学,2010(9):217－223.

李叔华.试论孔子对传统礼乐文化的贡献[J].孔子研究,1994(4):14－20.

周光庆.孔子创立的儒学解释学之核心精神[J].孔子研究,2005(4):90－104.

王秀萍.甲骨文"乐"字研究分析[J].交响(西安音乐学院学报),2007(1):34－38.

廖名春.上海博物馆藏诗论简校释[J].中国哲学史,2002(1):9－19.

廖名春."六经"次序探源[J].历史研究,2002(2):32－41,189.

夏静.试论礼与乐的关系[J].孔子研究,2010(2):51－57.

晁福林.从上博简《诗论》看《关雎》的主旨[J].中国文化研

究,2008(春之卷):83－92.

傅道彬.《周易》的诗体结构形式与诗性智慧[J].文学评论,2010(2):36－44.

林方直.关于《尚书·尧典》一段乐论的认识[J].内蒙古民族师院学报,1988(2):15－19.

姚效先.读《诗》说乐舞[J].河南大学学报(社会科学版),1993(5):84－88.

姚小鸥.《诗经·关雎》篇与《关雎序》[J].文艺研究,2001(6):81－87.

张中宇.《国语》、《左传》的引"诗"和《诗》的编订——兼考孔子"删诗"说[J].文学评论,2008(4):29－36.

李景林,孙栋修.自然与文明的连续性——先秦儒家的历史意识[J].社会科学战线,1995(3):39－44

洪家义.试论孔子思想的形成及其特点[J].齐鲁学刊,1984(4):31－37.

陈双新."乐"义新探[J].故宫博物院院刊,2001(3):57－60.

周彦武."乐"义三辨[J].音乐艺术,1998(3):1－4.

冯洁轩."乐"字析疑[J].音乐研究.1986(1):63－68,18.

修海林."樂"之初义及其沿革[J].人民音乐,1986(3):50－52.

洛地."樂"字考释[J].音乐艺术(上海音乐学院学报),2007(1):26－28.

刘正国."樂"之本义与祖灵(葫芦)崇拜[J].交响(西安音乐学院学报),2011(4):5－17.

张国安."乐"名义之语言学辨析[J].黄钟(武汉音乐学院学报),2005(1):94－95,117.

许兆昌."樂"字本义及早期樂与藥的关系[J].史学月刊,

2006(11):20—24.

薛永武.柏拉图美学之再阐释[J].齐鲁学刊,2001(5):93—98.

陈昭瑛.孔子诗乐美学中的整体性概念[J].江海学刊,2002(2):131—137.

余开亮.孔子情感论与诗乐美学再阐释[J].中国人民大学学报,2009(1):121—126.

吴子林."文以化成":存在境域的提升——孔子审美教育思想诠论[J].文艺理论研究,2011(4):21—28.

蒋孔阳.孔子的美学思想[J].学术月刊,2000(6):3—7,14.

金忠明.孔子乐学三探[J].河北师范大学学报(教育科学版),2012(1):46—50.

田小军.孔子乐教思想论略[J].中国音乐,2008(2):218—222.

王平.论孔子的乐教思想[J].西北大学学报(哲学社会科学版),2002(4):31—33.

姚继舜.孔门"乐教"探析[J].江西社会科学,1991(3):78—82.

陈建标.福建历史建筑瑰宝——仙游清代"乐善好施"坊[J].文博,2010(6):66—70.

赵成林."诗可以怨"源流[J].中国韵文学刊,2001(2):101—107.

高华平.古乐的沉浮与诗体的变迁[J].中国社会科学,1991(5):201—212.

孙伯涵."郑声淫"与孔子说《诗》[J].齐鲁学刊,1992(5):30—35.

西方著作

柏拉图.国家篇[M].北京:商务印书馆,1987.

柏拉图.文艺对话集[M].北京:人民文学出版社,1963.

柏拉图.理想国[M].北京:商务印书馆,1996.

亚里士多德.政治学[M].北京:商务印书馆,1965.

亚里士多德.尼各马可伦理学[M].北京:中国社会科学出版社,1999.

邓尔麟.钱穆与七房桥世界[M].北京:社会科学文献出版社,1998.

牟复礼.中国思想的渊源[M].北京:北京大学出版社,2009.

史密斯.人的宗教[M].海口:海南出版社,2001.

芬格莱特.孔子:即凡而圣[M].南京:江苏人民出版社,2002.

朗格.情感与形式[M].北京:中国社会科学出版社,1986.

詹姆士.宗教经验之种种——人性之研究[M].北京:商务印书馆,2002.

康德.实践理性批判[M].北京:商务印书馆,2000.

黑格尔.美学[M].北京:商务印书馆,1981.

叔本华.作为意志和表象的世界[M].北京:商务印书馆,1982.

马克思,恩格斯.马克思恩格斯全集(第一卷)[M].北京:人民出版社,1998.

马克思,恩格斯.马克思恩格斯选集(第二卷)[M].北京:人民出版社,1976.

马斯洛.自我实现的人[M].北京:生活·读书·新知三联书店,1987.

费尔巴哈.十八世纪末——十九世纪初德国哲学[M].北京:商务印书馆,1975.

席勒.审美教育书简[M].北京:北京大学出版社,1985.

谢林.先验唯心论体系[M].北京:商务印书馆,1976.

施莱格尔.雅典娜神殿断片集[M].北京:生活·读书·新知三联书店,2003.

海德格尔.诗·语言·思[M].北京:文化艺术出版社,1991.

海德格尔.荷尔德林诗的本质[M].北京,商务印书馆,2000.

海德格尔.存在与时间[M].北京:生活·读书·新知三联书店,1987.

弗洛伊德.图腾与禁忌[M].上海:世纪出版集团,2005.

维特根斯坦.哲学研究[M].北京:生活·读书·新知三联书店,1992.

雅斯贝斯.历史的起源与目标[M].北京:华夏出版社,1989.

斯特拉文斯基.音乐诗学六讲[M].上海:上海音乐学院出版社,2008.

麦克卢汉.麦克卢汉精粹[M].南京:南京大学出版社,2001.

博登海默.法理学:法律哲学与法律方法[M].北京:中国政法大学出版社,1999.

后　记

　　本书由我的博士论文整理而成。说到博士论文，心中不免产生许多感慨。本人博士毕业已经六年多了。当初是因为喜欢孔子而研究儒学。而对儒学的浓厚兴趣，又使我持之以恒地研究。现在想来，当时的选择是正确的。因为，理解了孔子，就比较容易理解整个中国文化，这对自己的论文写作，以及教学工作都是大有裨益的。

　　博士论文的完成，让我对于儒学和文艺学，有了进一步的理解，为今后的研究打下了良好的基础。因为，我必须对于儒家经典达到一定程度的"同情之理解"，才能开始论文的写作，否则难以达到预期的效果。而要弄懂儒家经典，就必须狠下苦功。例如，为了阅读《周易》，我曾经花了整整七个多月耐心地品味，硬着头皮反复琢磨其中的含义，如此这般，简直到了一字一句揣摩的程度。其间，除了必须的生活学习之外，整天手不释卷，全身心地投入。而为了研究孔子，我先后阅读了《论语》的多个版本，其中包括邢昺的《论语注疏》、朱熹的《论语章句》、李泽厚的《论语今读》，等等。正是在这种艰苦的阅读之中，我才慢慢地理解了儒学，理解了孔子的诗乐思想。在此基础上，才有了写作的灵感。

　　具体而言,本书的写作灵感,来源于《仪礼》的启迪。记得第一次阅读《仪礼》时,感觉非常吃力,简直不知所云。只因知道这是一部具有重要价值的名著,所以在阅读时告诫自己要咬牙坚持,再苦再难也不能放弃。到了第二次阅读之时,才慢慢地有所理解和感触。后来,终于明白了诗与乐合一的内涵与价值。因为,当时有许多礼仪,都是要配乐的——此乐就是《诗经》。

　　有了灵感,论文题目的选择就是水到渠成的了。当然,选择这个论文题目,就像准备、积累工作一样,颇为曲折。但真正的撰写还是比较顺手的,而且所花时间也不算太长。一年之内就完成了初稿、修改和定稿,并成功地通过了博士论文的答辩。而且,自己对于论文的质量也比较满意。因为,不是按照文学的思路来写作,而是按照诗乐演奏及其作用的思路来写作的。换言之,这是建立在对于《周易》、《仪礼》、《礼记》、《论语》、《诗经》等经典以及《孔子诗论》(上博简)所有体悟的基础上的写作,有一定的新意,内容也比较充实。

　　论文的撰写,是我学术上的一次转变。我以前只是把孔子的诗歌,当作古代文学来研究,经过这些经典的研习,逐渐地转向了文艺学的研究。这种综合性的研究,必然要涉及社会与文化的各个方面。可以这么说,从文学到文艺学的转换,使我对于孔子的诗乐有了更为深入的感悟。这里面就涉及哲学、美学、音乐、文学等多方面的知识。而这也促使我不断学习,不断积累,为我今后的学习,打下了良好的基础。后来,我在文艺学、美学上的进步,都得益于当初的选择。

　　严羽《沧浪诗话》说,学诗要“入门须正,立志须高”,这当然也适用于学术研究。我之所以坚持孔子研究,也正是这个原因。

尽管起初为确定具体的研究题目颇为犯难，但我还是义无反顾地坚持了下来。因为，我知道，研究孔子虽然要面对着大量的前人成果，难以创新，但其中的好处也是显而易见的，那就是，这种研究必然会有比较可观的前景，从而具有可持续发展的潜力。事实上，研究孔子，使我走上了一条比较宽广的学术道路。这让我接触并理解了大量中华传统经典，也理解了许多优秀的儒学大师。研究他们，增长了我的知识，拓展了我的视野。我虽然非常驽钝，但由于学术路途比较宽阔——这无形之中也减少了我不少无谓的时间——取得了更多的收获。从自己的研究经历来看，我对于儒学的研究，先后经历过原始儒家、宋明理学和现代新儒学等三个阶段。而在各个阶段之中，我都选择一二名人进行了较长时间的研究。原始儒家阶段的孔子、宋明理学的王阳明和刘宗周，以及现代新儒学的牟宗三，都是我心仪的杰出代表。他们之间可以连成一条线，形成一个首尾相应的整体。

为了撰写博士论文，我付出了许多的汗水和努力。其中，最明显的感受就是，博士毕业以后，头发已经掉了很多，以前浓密的黑发，越来越稀疏了。因为，我每天都必须坐在电脑面前，不停地敲打键盘，一章一章、一节一节地完成任务。眼花缭乱、腰酸背痛，也是常有的体验。艰难的努力，才有了点点的收获。积少成多，才能初见端倪。等到撰写了初稿，再查找文献的出处，标注之后，还要反复校对，不敢有半点马虎。

论文的写作，与父亲息息相关。想当初，父亲因为我能够考上博士，自豪之情溢于言表，到处宣扬。父亲的做法在旁人看来或许可笑，却让我深深地感动，这一直鞭策着我、激励着我，不断奋发、不断前进。父亲虽然在我博士毕业之前一年离世，没能等到我论文的完成，但他相信自己的儿子一定不负众望，能够顺利地完成学业。如今,每当想起读博的情形,父亲的音容笑貌就会自然而然地浮现在眼前,让我心情久久难以平静。

要特别强调的是,从论文的写作、定稿,到最后的出版,凝聚了许多人的心血,这让我常怀感恩之心。有母校陶水平老师的谆谆教导,我才能完成论文的写作;有家人的任劳任怨、默默付出,我才能静下心来伏案工作、潜心研究;有浙江大学出版社马海城编辑、吕倩岚编辑的好心提携和积极帮助,拙作才能顺利地出版发行。

2020年9月12日星期六于宁波